BASTEI LÜBBE
TASCHENBUCH

Über den Autor:

Michael Thode, 1974 in Heide/Holstein geboren, studierte Jura und Fachjournalismus in Bayreuth, Göttingen, Kiel und Berlin. Er veröffentlichte zahlreiche Kurzkrimis, für die er mehrfach ausgezeichnet wurde. *DAS STUMME KIND* ist sein erster Roman.
Michael Thode lebt mit Frau, Hund und zwei Pferden in der Lüneburger Heide.

5

Michael Thode

DAS STUMME KIND

Thriller

BASTEI LÜBBE TASCHENBUCH

BASTEI LÜBBE TASCHENBUCH
Band 16 988

1. Auflage: August 2014

Dieser Titel ist auch als E-Book erschienen

Die in diesem Roman verwendeten Zitate aus
Das Bildnis des Dorian Gray von Oscar Wilde
sind Übersetzungen des Originaltextes
(erweiterte und endgültige Fassung, erschienen 1891 bei
Ward Lock & Co., London)
durch Michael Thode

FSC
www.fsc.org
MIX
Papier aus verantwortungsvollen Quellen
FSC® C006701

Originalausgabe

Dieser Titel wurde vermittelt durch die Literarische Agentur Kossack

Titelillustration: Johannes Wiebel, punchdesign, München,
unter Verwendung von Motiven von © shutterstock/Ultrashock;
shutterstock/serazetdinov; shutterstock/Antonov Roman
Umschlaggestaltung: Johannes Wiebel, punchdesign, München,
Satz: Urban SatzKonzept, Düsseldorf
Gesetzt aus der Garamond
Druck und Verarbeitung: CPI – Ebner & Spiegel, Ulm
Printed in Germany
ISBN 978-3-404-16988-7

Für Annika

Prolog

Autobahnraststätte südlich von Hamburg,
dreizehn Jahre zuvor

Vielleicht hätte Andreas Joost sein Schicksal an diesem Abend ein letztes Mal zum Guten wenden können. Dazu hätte er allerdings all seinen Mut zusammennehmen müssen.

Es war seit einigen Stunden dunkel, als er seinen Mercedes-Kombi südlich von Hamburg auf eine Raststätte an der A7 lenkte. Vor ihm spiegelte sich der Schein der Straßenlaternen auf dem nassen Asphalt und erzeugte so an wenigen Stellen etwas Helligkeit. Den Rest der Szenerie verbarg die Nacht.

In einem abgelegenen Winkel des Rastplatzes parkte Joost den Wagen, nestelte eine Zigarette aus seiner Hemdtasche und steckte sich mit leicht zitternder Hand das Mundstück zwischen die Lippen. Anschließend zog er ein Streichholz mehrmals über die Reibefläche der Pappschachtel, bis das dünne Stäbchen dem Druck seiner Finger nicht mehr standhielt und brach. Er nahm ein neues Streichholz und brauchte zwei weitere Versuche, dann erst flammte der Zündkopf auf. Endlich glomm der Tabak. Er inhalierte den Rauch tief in seine Lungen, schloss die Augen und konzentrierte sich darauf, die quälenden Grübeleien der letzten Tage aus seinem Kopf zu verbannen.

Sosehr Joost sich auch bemühte – die erzwungene Ruhe dauerte nur wenige Augenblicke. Noch bevor der Zigarettenqualm sich aufgelöst hatte, drängten sich die Gedanken an seine Frau Sarah wieder in den Vordergrund. Seit Tagen peinigten ihn dieselben Bilder: Sarah hatte sich in ihrem Krankenhausbett aufgesetzt und schmiegte ihre neugeborene Tochter an sich. Zärtlich strich seine Frau über die Wangen des Säuglings, dann strahlte sie mit einem Ausdruck vollkommenen Glücks.

Für ihn war dieser Anblick kaum zu ertragen.

Einige Male fuhr er mit den Fingern durch sein dichtes Haar und starrte auf das Glimmen des Tabaks. Schließlich bemühte er sich, seine Konzentration auf das bevorstehende Treffen mit der Frau zu lenken, die er den »Eis-Engel« nannte.

Joost hatte den Eis-Engel vor eineinhalb Jahren kennengelernt. Sie hatte zerbrechlich auf ihn gewirkt und seinen Beschützerinstinkt geweckt. Heute wünschte er sich, jemand würde ihn beschützen – vor ihr.

Joosts Gedanken schweiften erneut ab; unwillkürlich musste er an die vergangenen Jahre denken. Schon als Teenager war es sein Traum gewesen, Medizin zu studieren, eine Familie zu gründen und als Kinderarzt zu arbeiten. Spätestens ab dem 45. Geburtstag wollte er sein Leben genießen: mit Landhausvilla, Frau, Kindern, Porsche und ausgedehnten Reisen in die Südsee.

Zunächst verlief alles nach Plan: Er bestand den Medizinertest und das Abitur mit Bravour und erhielt prompt einen Studienplatz an der Medizinischen Hochschule Hannover. Wegen einer harmlosen Allergie musste er keinen Zivildienst leisten und konnte sich im Alter von neunzehn Jahren bereits an der Universität einschreiben.

In den ersten Wochen seines Studiums lernte er Sarah kennen. Sie war ebenfalls Medizinstudentin und entsprach ganz seinem Geschmack: Sie war schlank, sportlich und mit rund einem Meter sechzig nicht allzu groß. Dazu hatte sie dunkelbraune Augen und lange blonde Haare, die sie meist hochgesteckt trug.

Joosts Vater arbeitete als Pilot und seine Mutter als Journalistin: Sie besaßen genug Geld, um sein Studium sehr großzügig zu finanzieren.

Heute, mit vierundzwanzig Jahren, lagen das Physikum und das erste Staatsexamen hinter ihm. Beides hatte er ohne größere Probleme bestanden. Daher hatte er keinerlei Bauchschmerzen, wenn er an das zweite und an das dritte Staatsexamen dachte. Joost war sich im Klaren darüber, dass er zum privilegierten Teil der Gesellschaft gehörte. Er wusste, dass der Lebensstandard, den er genoss, nicht selbstverständlich war – dennoch hatte er nie damit gerechnet, dass seine Situation sich ändern könnte. Ein fataler Fehler.

Wieder führte er die Zigarette an den Mund, umschloss den Filter fahrig mit seinen Lippen und inhalierte den Rauch so tief er konnte. Er hielt den Atem an, bis ihm übel wurde, dann blies er den Rauch an den Plastikhimmel des Mercedes. Er spürte, wie eine ohnmächtige Wut in ihm aufstieg und ihn zu übermannen drohte. Mit beiden Armen holte er weit aus und schlug seine Handballen so heftig gegen das Lenkrad, dass die Asche des verglühten Tabaks auf das Armaturenbrett fiel. Es zogen Bilder durch seinen Kopf, die ihn wütend machten:

Er sah Sarah vor sich, wie sie ihm unaufhörlich vorschwärmte, dass ein Kind ihre Beziehung bereichern würde.

Er sah Sarah vor sich, wie sie ihm unablässig vorhielt, dass der Schwangerschaftstest schon wieder negativ ausgefallen war.

Er sah Sarah vor sich, wie sie ihn beharrlich davon zu überzeugen versuchte, dass auch er sich von einem Spezialisten untersuchen lassen müsste.

Er sah Sarah vor sich, wie sie das Gutachten endlos studierte und sich einredete, dass auch Fachleute sich irren konnten.

Er sah Sarah vor sich, wie sie ihm wieder und wieder vorwarf, dass seine Eltern die finanzielle Unterstützung reduziert hatten.

Er sah Sarah, Sarah, Sarah!

Als er damals dachte, dass seine Probleme nicht größer werden könnten, war der Eis-Engel in sein Leben getreten. Er hatte dies für eine glückliche Fügung des Schicksals gehalten. Er hatte nicht geahnt, dass von nun an alles noch schlimmer würde! Hätte er damals bloß *Nein* gesagt!

Doch der Eis-Engel hatte ihn in Versuchung geführt, und er hatte nicht widerstanden.

Joost drückte die Zigarette im Aschenbecher aus, legte beide Hände auf das Lenkrad und setzte sich aufrecht. Sein Blick fiel in den Rückspiegel, und er musterte sein Gesicht.

Plötzlich war er so entschlossen wie noch niemals zuvor in seinem Leben. Nur ein kleines Wort trennte ihn davon, zumindest einen Teil seines inneren Friedens wiederherzustellen!

Doch Joost bekam keine Gelegenheit mehr, sein neu gewonnenes Selbstbewusstsein zu nutzen und sich für das anstehende Gespräch eine Taktik zurechtzulegen. Unvermittelt öffnete sich die Beifahrertür, und der Eis-Engel glitt auf den Sitz neben ihm. Die Frau zog die Tür ins Schloss, legte einen Aluminiumkoffer auf ihren Knien ab und schaute ihn an.

Er drehte den Kopf und starrte auf das Lenkrad. Er brauchte einige Augenblicke, bis er endlich Worte fand: »Ich steige aus!«

Sie lachte kurz auf. »Sie können ruhig sitzen bleiben, Herr Joost!«

Ihre Finger strichen über das Aluminium des Koffers, dann

hörte er ein schnelles »Klick-Klick«. Sie hob den Deckel des Koffers an und gab den Blick auf dessen Inhalt frei.

Er staunte.

»Wie besprochen«, sagte sie. »Die ersten zweihundertfünfzigtausend Mark bekommen Sie jetzt. Die restlichen zweihundertfünfzigtausend erhalten Sie, wenn alles abgeschlossen ist.«

Sie ließ den Deckel fallen und verriegelte die Schlösser wieder. Dann stellte sie den Koffer im Fußraum ab. »Ich melde mich, wenn wir so weit sind!«

Joost atmete schwer. Erst als die Hand des Eis-Engels sich um den Türgriff schloss, traute er sich zu fragen: »Wann … wann ist denn alles abgeschlossen?«

Sie wandte ihm das Gesicht wieder zu: »Wie ich Ihnen schon mehrmals gesagt habe: in etwa drei Jahren!«

Er schaute sie an und schwieg. Ihre türkisfarbenen Augen erinnerten ihn an die letzte Island-Reise. Gebannt hatte er damals auf den Gletscher Vatnajökull gestarrt. Dessen Eis wirkte kristallklar – und doch war es unergründlich.

Sie stieg aus und beugte sich noch einmal zu ihm hinunter. »Das ganze Team lässt übrigens herzliche Glückwünsche zur Geburt Ihrer wunderschönen Tochter ausrichten.«

Er zuckte zusammen und schaute sie verblüfft an. »Ach so. Ja … ja«, murmelte er schließlich und ärgerte sich darüber, dass ihm einfach keine passenden Worte einfallen wollten.

Kapitel 1

Döhle,
Wohnhaus der Familie Joost,
Mittwoch, 04. April, 17:05 Uhr

»Ja, ich komme schon!«, rief Andreas Joost, legte das ausgeblasene Ei vorsichtig zurück in die Pappschachtel und eilte zur Haustür. Das Osterwochenende stand vor der Tür, und morgen früh würde er Anna aus ihrem Wohnheim in Winsen abholen. Er hoffte, dass sie die Eier, die er gerade ausblies, gemeinsam anmalen würden.

Als er die Tür öffnete, erstarrte er. Ungläubig schaute er in ein türkisfarbenes Augenpaar, das das Bild des Gletschers Vatnajökull nach all den Jahren wieder in sein Gedächtnis rief.

Letztes Wochenende hatte er im Heide-Park Soltau in einer der schnellsten und höchsten Holzachterbahnen gesessen. Colossos. 143 Sekunden Fahrzeit, 1500 Meter Streckenlänge, 120 km/h Höchstgeschwindigkeit und bis zu 61 Grad Gefälle. Am Ende der Fahrt hatte er beschlossen, dass er das nie wieder erleben wollte.

»Was … was wollen Sie?«, stammelte er schließlich.

»Darf ich reinkommen?«

Seine Lippen öffneten sich, zitterten und schlossen sich wieder. Ohne seine Antwort abzuwarten, drängte sie sich an ihm vorbei in den Hausflur.

Als der Eis-Engel ihm schließlich am Wohnzimmertisch gegenübersaß, sprach sie den Grund ihres Besuches ohne Umschweife an: »Ich bin in eigener Sache hier.«

Er ahnte, dass Colossos in wenigen Augenblicken mit ihm

ein weiteres Mal in die Tiefe stürzen würde. Seine Hände suchten verzweifelt nach Halt.

Während sie den Anlass für ihren Besuch so ruhig darlegte, als würden sie bei einem Glas Rotwein zusammensitzen und über die guten alten Zeiten plaudern, raste für ihn die Achterbahn mit 120 km/h ins Nichts hinab. Er befand sich im freien Fall, und sein Magen begann zu rebellieren.

»... Ich biete Ihnen hunderttausend Euro«, beendete sie ihre Ausführung schließlich.

Joost wünschte sich nichts sehnlicher, als sie aus seinem Wohnzimmer zu schreien, sie aus seinem Haus zu brüllen, sie aus seinem Leben auszulöschen.

Nein!, wollte er schreien.

»Bitte gehen Sie jetzt«, murmelte er.

Zu seiner Verwunderung stand sie tatsächlich auf und ging aus dem Wohnzimmer. Er folgte ihr. Plötzlich drehte sie sich im Flur noch einmal um.

»Herr Joost!« In einem Tonfall, der keinerlei Zweifel an ihrer Entschlossenheit zuließ, sagte sie drohend: »*Sie* werden mich nicht aufhalten!«

Als sie die Haustür hinter sich geschlossen hatte, stürzte er zur Toilette und übergab sich.

Die Fahrt mit Colossos hatte gerade erst begonnen.

Kapitel 2

SMS von Andreas Joost an Thomas Wilke,
Mittwoch, 04. April

»Hallo Thomas. Brauche dringend Deine Hilfe. Melde Dich bitte sofort, wenn Du nach Hause kommst!«

* * *

SMS von Thomas Wilke an Andreas Joost,
Karfreitag, 06. April

Hallo Andreas. Habe gestern alles wie besprochen erledigt. Gruß Thomas.

* * *

Holm-Seppensen,
Wohnhaus von Thomas Wilke,
Dienstag, 10. April, 21:05 Uhr

Nachdenklich musterte Rechtsanwalt Thomas Wilke sein Abbild im Spiegel des Badezimmers. Als er gerade ein Kosmetiktuch auf seine wulstigen Lippen presste, um damit die überschüssige Farbe des Lippenstifts zu entfernen, klingelte es an der Haustür. Das Geräusch riss ihn aus seinen Gedanken und beschleunigte seinen Herzschlag.

Wilkes Einstimmung auf diesen besonderen Abend hatte

bereits heute Morgen im Gerichtssaal begonnen. Er war wie so häufig als Strafverteidiger eines Mannes aufgetreten, der wegen sexuellen Missbrauchs vor Gericht stand. Dieser Fall hatte ihm besonders viel Vergnügen bereitet, da es keine Tatzeugen gab, keine objektiven Beweise und keine aussagekräftigen Indizien. Somit stand die Aussage seines Mandanten gegen die des Opfers. In letzter Minute hatte Wilke seinen Mandanten davon abbringen können, ein Geständnis abzulegen. Eindringlich hatte er ihm bei einem Gespräch unter vier Augen erklärt, was man in einem solchen Fall vor Gericht aussagt und wie man sich dort verhalten sollte. Es war eine wirkliche Genugtuung für Wilke gewesen, als er seinen Mandanten im Rahmen der Vernehmung zur Sache hatte empört ausrufen hören: »Die lügt doch! Ich bin unschuldig!«

Durch diesen überzeugenden Auftritt vor Gericht hatte Wilke sein erstes Ziel erreicht: Nun war die junge Frau zu einer Aussage gezwungen und musste den genauen Ablauf der Tat wiedergeben.

Insgeheim verglich er seine Tätigkeit im Gerichtssaal mit dem Genuss eines kostbaren *1955er Graham's Vintage Porto*. Diesen Portwein schätzte er ganz besonders. Erst vor Kurzem hatte sich Wilke davon eine Kiste mit zwölf Flaschen für knapp dreitausendfünfhundert Euro von einem befreundeten Weinhändler aus England schicken lassen. Den kostbaren Tropfen trank er nur bei ganz besonderen Anlässen.

Heute war einer dieser Anlässe: Vor Gericht hatte sich Wilke wie die Spindel eines Korkenziehers mit seinen Fragen tief in die Seele der jungen Frau gebohrt. Ihren Kampf um Glaubwürdigkeit hatte er beglückt verfolgt. Als sie kurz vor Ende der Verhandlung weinend zusammengebrochen war, hatte ein Gefühl tiefer Befriedigung ihn durchströmt. In Gedanken hatte er bereits den *Vintage Porto* auf seiner Zunge gespürt.

Sein Mandant war freigesprochen worden – für ihn hatte dies nur noch eine nebensächliche Bedeutung. Ein Großteil der Kollegen und Richter, die beruflich mit ihm zu tun hatten, verachteten ihn mittlerweile für seine Auftritte vor Gericht. Hätte man diese Juristen aufgefordert, Wilke mit einem alkoholischen Getränk zu vergleichen, hätten sie wohl eher einen billigen Tafelwein genannt.

Wilkes Einstellung zu Frauen musste man, vorsichtig formuliert, als delikat beschreiben; und die Gründe dafür lagen auf der Hand: Sein Vater hatte früher – ebenfalls als Rechtsanwalt – meist bis tief in die Nacht gearbeitet und war deshalb so gut wie nie für ihn da gewesen, und so hatte seine launenhafte Mutter die Zügel zu Hause fest in ihren Händen gehalten. Hilflos war er ihren Stimmungsschwankungen ausgeliefert gewesen.

Wenn sie gute Laune hatte, ließ sie ihn in Ruhe. Hatte sie dagegen schlechte Laune, machte sie ihm das Leben zur Hölle: Regelmäßig schlug sie ihn und ließ dabei immer erst dann von ihm ab, wenn er seine Tränen nicht mehr zurückhalten konnte. Jedes Mal versuchte er zu verstehen, was er falsch gemacht hatte. Damals wie heute fand er keine Erklärungen.

Als er auf das Gymnasium wechselte, traf er eine weitreichende Entscheidung: keine Tränen mehr!

Als sie ihn das nächste Mal schlug, bemühte er sich eisern, weder zu schreien noch zu weinen. Während er seine Lippen aufeinanderpresste, raste sie vor Wut. Sie fummelte an seiner Gürtelschnalle, riss dabei auch die Knöpfe am Hosenschlitz auf und zerrte schließlich den Ledergürtel aus dem Bund. Die Hose rutschte bis auf den Boden und legte sich so um seine Knöchel, dass er seine Beine kaum bewegen konnte. Dann schlug sie mit dem Gürtel zu. Immer wieder. Zuerst auf den Rücken, dann tiefer. Sie schlug so lange auf ihn ein, bis er seine Tränen nicht mehr zurückhalten konnte. In diesem Moment war sein Zorn über sich selbst größer als die Wut auf seine Mutter.

Da er einsehen musste, dass er sich in seinem Alter noch nicht gegen sie wehren konnte, konzentrierte er sich auf etwas, das nur er alleine kontrollierte. Ungezügelt stopfte er alles in sich hinein, was essbar war. Stets aß er so lange, bis seine Mutter ihm sagte, es sei genug. Daraufhin sah er sie kurz stumm an und aß anschließend weiter: Er setzte damit ein Zeichen, er hatte die Kontrolle. Allerdings wuchs er dadurch nicht nur in die Höhe, sondern ebenso in die Breite.

Es dauerte ein weiteres Jahr, bis er endlich schaffte, wonach er so lange gestrebt hatte: Es war egal, wie sehr sie zuschlug, seine Tränen waren versiegt. An dem Tag, an dem er nicht mehr weinte, war sie zunächst irritiert – dann aber schlug sie wie von Sinnen auf ihn ein.

Unvermittelt geschah etwas, womit weder er noch seine Mutter hatte rechnen können: Wilke fühlte mit jedem Schlag eine Art Euphorie, die jede Faser seines Körpers erfasste. Die Schläge versetzten ihn in Ekstase und führten zu einer heftigen Erektion.

Sie zitterte vor Entsetzen, er vor Scham.

Seit diesem Tag schlug Wilkes Mutter ihn nicht mehr. Für ihn war dies aber keinesfalls positiv. Seltsamerweise vermisste er die Schläge, die für ihn in einer höchst befremdlichen Art und Weise auch eine Art von Beachtung darstellten. Stattdessen behandelte sie ihn wie Luft. Für sie existierte er offensichtlich nicht mehr.

Wilkes Mutter war außerordentlich konsequent. Sie bestrafte ihn mit ihrer Missachtung, bis sie etliche Jahre später starb.

Nach dem Abitur zog Wilke nach Hamburg und begann, Rechtswissenschaften zu studieren. Schon bald streifte er regelmäßig über die Reeperbahn und las einschlägige Zeitungsannoncen.

Als eine Domina ihn schließlich zum ersten Mal an ein Andreaskreuz fesselte und mit einer Bullenpeitsche tiefe Striemen auf die Haut seines Rückens schlug, schrie er den angestauten Druck heftig aus sich heraus. Er verspürte trotz der Schmerzen ein unbeschreibliches Wohlgefühl.

Doch je häufiger er sie besuchte, desto seltener fühlte er sich befriedigt. Sie bemerkte dies und herrschte ihn bei einem ihrer Termine an, Frauenkleider überzustreifen. Diese Erfahrung versetzte ihn in Ekstase – seine zitternden Hände waren kaum in der Lage, die Lederriemen der High Heels zu schließen.

Während des Studiums lernte Wilke eine Kommilitonin kennen, die sich in ihn verliebte. Auf ihre Annäherungsversuche reagierte er sehr schüchtern, und es dauerte Monate, bis sie miteinander ins Bett gingen. Es war ein Fiasko. Sie bemühte sich sehr um ihn, doch er bekam keine Erektion. Je länger sie ihn streichelte und küsste, desto wütender wurde er. Schließlich sprang er auf und schlug ihr so heftig ins Gesicht, dass sie rücklings vom Bett stürzte. Während sie benommen auf dem Boden lag, begann er sie zu würgen. Es war wie in einem Rauschzustand: Die Todesangst in ihren Augen führte bei ihm zu einer Erektion. Erst als einer ihrer panischen Fausthiebe ihn im Gesicht traf, realisierte er, was er tat. Schlagartig ließ er von ihr ab und blickte stumm auf seine Hände. Sie starrte ihn ungläubig an und war unfähig zu sprechen. Mit zitternden Händen raffte sie ihre Kleidung zusammen, streifte sie eilig über und verschwand. Er sah sie nie wieder.

Nach diesem Erlebnis vermied er es, sich mit Frauen anzufreunden; stattdessen besuchte er weiterhin in unregelmäßigen

Abständen die Domina. Sein Studium beendete er erfolgreich, und im Anschluss an das Referendariat übernahm Wilke die Rechtsanwaltskanzlei, die sich seit Generationen im Familienbesitz befand. Als kurz nach dem Tod seiner Mutter auch sein Vater verstarb, zog er wieder nach Holm-Seppensen in sein Elternhaus.

Thomas Wilke hatte einige Monate vor dem heutigen Abend von seiner Domina erfahren, dass es ein geschlossenes Internetforum gab, in dem sich Gleichgesinnte mit sadistischen und masochistischen Neigungen austauschten. Sofort war er fasziniert davon. Er schaffte es, Teil dieser Gruppe zu werden, und surfte seitdem täglich unter dem Benutzernamen *desperate-sadist* durch die virtuelle Welt aus Demütigung und Unterdrückung.

Mit zunehmendem Interesse verfolgte *desperate–sadist*, dass in diesem Forum regelmäßig über eine Lady Pain geschrieben wurde – eine Domina, die ausschließlich Hausbesuche machte. Es gab von ihr keine Fotos, sondern nur vage Beschreibungen. Das Besondere an Lady Pain war, dass sie nicht nur die gestrenge Herrin spielte: Sie war ebenso bereit, in die passive Rolle zu schlüpfen.

Thomas Wilke hatte bei seiner Domina gelernt, dass das Prinzip der Freiwilligkeit eine wesentliche Voraussetzung für sadomasochistische Rollenspiele war. Es galt das ungeschriebene Gesetz, dass ein Rollenspieler seine Zustimmung durch ein sogenanntes *Safeword*, das vorher vereinbart worden war, jederzeit und bedingungslos widerrufen konnte. Mit der Äußerung dieses Wortes endete das Spiel sofort.

Im Forum wurde einstimmig berichtet, dass Lady Pain in der passiven Rolle bisher niemals das *Safeword* benutzt hatte.

Wilke war zunächst der Überzeugung, es wäre für ihn zu gefährlich, eine Domina direkt zu sich nach Hause kommen zu lassen. Er wusste nur zu gut, dass seine Karriere als Anwalt quasi mit einem Peitschenhieb beendet sein konnte, wenn die Leute von seiner sexuellen Veranlagung erfuhren. Doch nach einigen Wochen siegte sein Verlangen über die Vernunft, und er wandte sich über das Internet direkt an Lady Pain.

Es folgte ein kurzer E-Mail-Verkehr, bei dem alle Absprachen getroffen wurden. Er vereinbarte mit ihr, dass er zuerst die passive Rolle spielen würde. Erst danach wollte er den aktiven Part übernehmen.

Sie diktierte den Preis: Eine Sitzung kostete zweitausend Euro. Sollte sie sich länger als vereinbart bei ihm aufhalten, waren noch einmal zweitausend Euro fällig. Der Termin war für heute um 22:00 Uhr angesetzt; in seinem Haussafe lagerten viertausend Euro.

Thomas Wilke war erregt, als er am frühen Abend aus seiner Kanzlei nach Hause zurückkehrte und seine Verwandlung begann.

Zunächst begutachtete er sich intensiv in dem Spiegel, der sich im Bad oberhalb des Marmorwaschtisches über die gesamte Wandbreite erstreckte und von zwei Leuchtern in warmes Licht getaucht wurde. Er hatte lange nach passenden Leuchtern gesucht, die seinem Geschmack entsprachen und seiner Meinung nach optimal in das aus orangerotem italienischem Marmor gefertigte Bad passten. Schließlich hatte er zwei Einzelstücke in einem Hamburger Einrichtungshaus an der Alster gefunden: Sie hatten die Form von Engeln und waren mit Blattgold belegt. Die Engel waren zwar so dick, dass sie unförmig wirkten, aber genau so liebte er sie. Die Engel wurden häufig Zeugen von Wilkes Ritual. Heute war vieles jedoch anders; man könnte fast sagen – intensiver.

Er duschte sich, kämmte die Haare mit Gel streng zurück, zog eine schwarz-rote Leder-Corsage an und streifte einen Stringtanga über. Anschließend rasierte er sich sorgfältig das Gesicht, bis keinerlei Anzeichen von Bartwuchs mehr zu sehen waren.

Als er das Aftershave auftrug, begann er vor Erregung zu keuchen. Das Brennen auf seiner Haut war zwar nicht übermäßig stark, reichte aber aus, um zu einer Erektion zu führen. Der dreieckige Stoff des Strings, unter dem sich sein Penis befand, spannte sich, wodurch der Lederriemen des Tangas stärker in seine Gesäßspalte gezogen wurde. Er stöhnte leidenschaftlich auf und griff nach dem schweren Bilderrahmen, den er mit Bedacht am Rand des Waschtisches positioniert hatte. Hinter dem Glas war die vergilbte Schwarz-Weiß-Fotografie einer älteren Frau, deren harte Gesichtszüge, streng gekämmte Haare und bohrende Blicke ein beklemmendes Gefühl hinterließen.

Er stellte den Bilderrahmen vor sich auf den Waschtisch, streifte den Stringtanga ab, griff mit der rechten Hand fest um seinen Penis und begann zu masturbieren. Zunächst bewegte er die Hand hastig hoch und runter, dann schlug er seinen Penis immer wieder auf die Kante des Waschtisches. Er spannte seine Gesichtsmuskeln an und presste die Zähne aufeinander.

Seine immer heftiger werdende Atmung strengte ihn zusätzlich an, denn die eng geschnürte Leder-Corsage ließ nur wenig Freiheit für den voluminösen Brustkorb und das üppige Bauchfett. Es dauerte nicht lange, bis aus ihm die Worte herausplatzten: »Jetzt bekommst du Drecksau, was du verdienst!« Dann entlud er sich.

Keuchend stützte er sich auf dem Waschtisch ab, schloss die Augen und versuchte, sich auf seine Atmung zu konzentrieren. Noch während er nach Luft japste, trieb sein schlechtes Gewissen ihn dazu, den Bilderrahmen unverzüglich und mit großer Sorgfalt zu reinigen. Als er alle Spuren seines Spermas beseitigt hatte, nuschelte er verschämt: »Entschuldige bitte!«

Schließlich stellte er das Porträt der alten Frau zurück an seinen Platz und setzte seine Verwandlung mit Hilfe von Tages- und Grundierungscreme, Abdeck- und Kajalstift, Puder, Rouge, Lidschattencreme, Wimperntusche, Brauenpuder, Konturen- und Lippenstift fort.

Als Wilke das Ritual abgeschlossen hatte, begutachtete er im Spiegel das Ergebnis seiner Metamorphose.

Wie ein Schmetterling, dachte er.

Wie ein Frosch, hätte wohl ein neutraler Betrachter geurteilt.

Sie ist viel früher hier als verabredet, fuhr es Wilke durch den Kopf, als es zum zweiten Mal an der Haustür klingelte.

Er griff nach dem handbreiten Lederband mit den spitzen Stahlnieten, das neben ihm auf dem Waschtisch lag. Mit geübter Hand schnallte er es so eng um seinen Hals, dass er das Pulsieren des Blutes in der Halsschlagader spüren konnte. Noch einmal blickte er in den Spiegel und atmete so tief ein, wie die Leder-Corsage es zuließ. Danach streifte er einen Bademantel über und verließ das Zimmer.

Sein Weg führte aus dem linken Flügel seines Hauses durch einen kurzen Flur in die Empfangshalle. Auf deren Einrichtung hatte er ganz besonderen Wert gelegt, und so empfand er stets ein Gefühl der Zufriedenheit, wenn er den Raum betrat. Für ihn war der Marmorfußboden nicht einfach weiß-grau, sondern *bianco arabescato vagli*. Die Wände waren mit hellen Farbtönen – Weiß und Blassrosa – gestrichen und bildeten einen perfekten Hintergrund für die bunten Kunstdrucke der Surrealisten Salvador Dalí und Joan Miró. Über jedem der aufgehängten Bilder hatte Wilke zudem einen Halogenstrahler anbringen lassen, wodurch sie wirkungsvoll in Szene gesetzt wurden.

Als Wilke an der Haustür angekommen war, hielt er kurz inne und blickte auf den Bildschirm, der den Eingang zu seinem Grundstück zeigte. Schemenhaft konnte er eine Person erkennen, die sich mit einer tief ins Gesicht gezogenen Strickmütze und einem fast bis zur Nase um den Hals geschlungenen Schal vor der feuchten Kälte schützte. Er sah zu, wie sie ein weiteres Mal klingelte – er konnte ihre Ungeduld förmlich spüren.

Zögerlich nahm er den Telefonhörer der Gegensprechanlage in die Hand. »Ja … bitte?«

Sie antwortete nicht.

Er beobachtete, wie sich ihr Gesicht langsam in Richtung Videokamera drehte. Gebannt starrte er auf ihre Augen. Auch wenn sie beide sich nicht direkt gegenüberstanden, spürte er förmlich, wie ihr Blick ihn durchdrang und nicht wieder losließ. Als ob er unter Hypnose stünde, betätigte er die Taste des automatischen Türöffners. Er hörte dessen Summen im Telefonhörer, den er immer noch an sein Ohr gedrückt hielt. Einen Augenblick später verschwand seine Besucherin vom Bildschirm.

Thomas Wilke legte den Hörer auf, umfasste den Türgriff und hielt kurz inne. Er dachte noch einmal an das, was er sich in den letzten Tagen überlegt und immer wieder durchgespielt hatte.

Er wollte die Tür nicht zu schwungvoll öffnen, um das

Gleichgewicht auf den High Heels nicht zu verlieren. Auf jeden Fall würde er ihr erhobenen Hauptes und mit aufrechter Körperhaltung entgegentreten. Schließlich stellte er als Rechtsanwalt etwas dar. Außerdem wollte er sich darauf konzentrieren, ihr fest in die Augen zu schauen. Auf gar keinen Fall durfte er ihrem Blick ausweichen. Auch hatte er sich lange über eine möglichst unverkrampfte Begrüßung Gedanken gemacht. Noch bis heute Nachmittag hatte er vorgehabt, sie relativ herausfordernd zu empfangen, denn sie sollte von Anfang an wissen, dass er sich nicht alles gefallen lassen würde.

Du bist also Lady Pain?, hatte er zur Begrüßung sagen wollen. *Ich bin dein Sklave Thomas und kann es kaum erwarten, deine Peitsche zu spüren!*

Er war dann aber zu dem Entschluss gelangt, sie auf eine weniger offensive Art zu begrüßen.

Hallo, ich bin Thomas. Schön, dich endlich kennenzulernen!

Das energische Klopfen an der Haustür holte ihn in die Realität zurück. Ein wenig erschrocken drückte er den Griff so weit wie möglich nach unten und riss die Tür schwungvoll auf. Er musste einen Ausfallschritt nach vorne machen, um das Gleichgewicht nicht zu verlieren. Er fing sich und streckte ihr seine Hand entgegen.

Sie verharrte einen winzigen Augenblick; dann trat sie einen Schritt zur Seite und drängte sich an ihm vorbei ins Haus. Seine dargebotene Hand ignorierte sie.

Plötzlich war er so nervös, dass ihm keiner der Sätze mehr einfiel, die er sich zuvor zurechtgelegt hatte. Dennoch hatte er den Eindruck, dass er zur Begrüßung etwas sagen sollte. »Ähm ...«, begann er. »Ähm ... ja ...«

Wilke spürte eine unerträgliche Hitze in sich aufsteigen. Er schloss die Tür und drehte den Schlüssel so lange im Schloss herum, bis er den Anschlag erreicht hatte. Dann holte er tief Luft und versuchte noch einmal, das Gespräch zu eröffnen.

»Ähm ... das ist mein erstes ... Na ja, also ... Das ... das ist mein erstes Mal hier. Ein Freund hat ... ähm ... hat Sie empfohlen.«

»Sind wir alleine?«

»Ja, ich habe ... ähm ... ich habe keine Familie. Und meine ... ähm ... meine Haushaltshilfe ... kommt erst am Freitag wieder.«

Sie nickte, verstaute ihre Mütze in einer Tasche ihres Lodenmantels, löste den Schal und fixierte Wilke ohne erkennbare Emotionen.

Er wich ihrem Blick zwar aus, dennoch konnte er seine Augen nicht von ihrem Gesicht lassen. Ihn erregten die hellblonden, streng zurückgekämmten und zu einem Knoten hochgesteckten Haare, das schmale Gesicht, die hohen Wangenknochen und die zarten Lippen.

Sie vergrub beide Hände in ihren Manteltaschen und hob die Augenbrauen.

Wilke spürte, wie die ersten Schweißtropfen von seiner Stirn rannen. »Wir ... also ... wir könnten dann erst einmal ins Wohnzimmer gehen und ein wenig plaudern. Oder ... ähm ... oder wir könnten auch gleich ...«

»Gleich was?«

»Gleich ... gleich ... anfangen, meinte ich.«

»Wir fangen gleich an.«

Enttäuschung machte sich in ihm breit. Er hatte sich das erste Treffen mit Lady Pain ganz anders vorgestellt. »Gut, dann ... ähm ... dann besprechen wir alles Weitere in meinem Studio.«

Wilke ging mit kleinen, eiligen Schritten um sie herum in Richtung Treppe, die mit cremefarbenem Teppichboden ausgelegt war. Er führte seine Besucherin zur Galerie in die erste Etage, wo sie an vollgestopften Bücherregalen vorbeigingen. Sie blieben vor einer Tür stehen, die keinerlei Hinweise darauf gab, dass hinter ihr etwas Besonderes verborgen war.

Er drehte sich kurz zu seiner Besucherin um. »So, da … ähm … da wären wir«, sagte er, drückte die Klinke herunter und stieß die Tür auf. Dann trat er zur Seite, sodass sie direkt in das Zimmer blicken konnte. Ohne zu zögern schritt sie an ihm vorbei und betrat den Ort, der für Wilke eine ganz besondere Bedeutung hatte.

Das Studio war ebenso großzügig bemessen wie das gesamte Haus. Doch im Unterschied zu den übrigen Räumen wurde dieser hier von dunklen Farben beherrscht. Der Boden war mit tiefbraunem Walnussparkett ausgelegt, die Mauern waren in Karminrot gehalten. An jeder Wand befanden sich dimmbare Leuchter, deren Licht dem Raum eine Atmosphäre von Wärme und Geborgenheit verlieh.

Thomas Wilke folgte ihr in den Raum. Sie standen vor einer Vielzahl sadomasochistischer Geräte. An einer der Wände hingen Schlagwerkzeuge, deren Funktion auch für Laien keinerlei Erklärung bedurfte. Kenner der Sadomasochismus-Szene bezeichneten diese Spielzeuge als Rosshaar-Flogger, als Lederpeitschen mit geflochtenen Riemen, als Gummipeitschen mit Rund- oder Vierkantsträngen, als Reitgerten aus Fiberglas und als Bullenpeitschen. Des Weiteren gab es in dem Raum verschiedene Foltergeräte, die es erlaubten, jedes Körperteil zu fesseln, zu quetschen, zu stauchen, zu strecken, zu dehnen oder in anderer Weise zu malträtieren.

»Also«, setzte Wilke nach einer Weile an, »bisher habe ich immer alleine in meinem Studio gearbeitet. Ein Freund aus dem Chatroom hat Sie … Na ja … er hat Sie empfohlen. Das ist mal was anderes, habe ich mir gedacht.«

»Aha«, erwiderte sie, immer noch ohne eine Regung zu zeigen.

Wilke drehte sich auf seinen High Heels um und ging zu der Wand, an der die Schlagwerkzeuge hingen. Er nahm den Rosshaar-Flogger aus weißem Pferdeschweifhaar von der Wand, kehrte zu ihr zurück und streckte ihn ihr entgegen. »Wir sollten erst einmal langsam anfangen«, schlug er vor.

Nachdem sie ihm den Flogger aus der Hand genommen hatte, beugte er sich vor, sodass er ihr direkt in die Augen schauen konnte.

»Und MAYDAY ist unser *Safeword*. Wenn ich es sage, ist Schluss!«

Sie nickte.

»Ach ja«, fügte er hinzu, wühlte in den Taschen seines Bademantels und holte einen metallenen Gegenstand hervor. »Hier ist der Schlüssel für die ... ähm ... für die Handschellen. Ein Generalschlüssel, der zu allen Handschellen in meinem Studio passt.«

Sie nahm den Schlüssel an sich und verstaute ihn in ihrer Manteltasche.

Dann ging er in eine der Ecken neben den Peitschen und hängte seinen Bademantel an einem Kleiderhaken auf. »Ach ... und noch was. Das Geld ... ähm ... das Geld gibt's nachher.«

Sie nickte.

»Ich möchte mit dem Andreaskreuz anfangen. Alleine habe ich es bislang noch nie richtig benutzen können«, erklärte er und blickte in Richtung der Wand, an der zwei massive, x-förmig angebrachte Holzstämme hingen, die mit schwarzem Leder umwickelt und mit silbernen Ziernägeln beschlagen waren. Das Andreaskreuz hatte eine Höhe von zwei Metern fünfzig und eine Breite von einem Meter. An den beiden oberen Enden befanden sich Handschellen, an denen die Handgelenke eines sogenannten Sklaven gefesselt werden konnten. An den beiden unteren Enden waren Lederriemen befestigt, um auch die Fußgelenke fesseln zu können. In der Mitte des Andreaskreuzes gab es einen breiten ledernen Fesselgurt, durch den sich die Bewegungsfreiheit des Sklaven im Taillenbereich auf ein Minimum reduzieren ließ.

Wilke stellte sich mit dem Rücken an das Kreuz und schloss den Fesselgurt fest um seine Hüfte.

»Sie … sie müssten … ähm … können dann den Rest machen«, forderte er sie auf und versuchte, sie aufmunternd anzulächeln, doch er brachte nur ein unsicher wirkendes Grinsen zustande.

Sie reagierte weder auf seine Worte noch auf seine Mimik. Entschlossen ging sie auf ihn zu und warf den Rosshaar-Flogger neben dem Andreaskreuz auf den Boden. Obwohl sie ihre Lederhandschuhe anbehielt, fesselte sie Wilkes Fußgelenke geschickt und so fest, dass er sich nicht selbst hätte befreien können.

»O ja«, stöhnte er.

Dann fesselte sie Wilkes Handgelenke mit den Handschellen an die beiden oberen Enden des Andreaskreuzes. Sie musste sich strecken, um die Fesselung bewerkstelligen zu können. Zusätzlich hatte sie sich auf ihre Zehenspitzen gestellt.

»Das ist gut«, zischte er schwer atmend und schloss die Augen.

Sie zog ein längliches Etui aus der rechten Manteltasche und öffnete es. Dann nahm sie eine Einwegspritze und eine Kanüle heraus.

Wilke presste die Augenlider immer noch aufeinander und wartete gespannt auf den Einsatz des Rosshaar-Floggers. Er spürte die zunehmende Erregung mit jedem Herzschlag, der das Blut durch seinen Körper trieb. Als es ihm schließlich ungewöhnlich vorkam, dass immer noch nichts passiert war, öffnete er vorsichtig die Augen.

Er erstarrte.

»Was soll das?«, platzte es aus ihm heraus. »MAYDAY!«

Während sie die Kanüle in die transparente Durchstechflasche stieß und die Spritze sich mit einer wässrigen Flüssigkeit füllte, klärte ihn die Frau, die er für Lady Pain gehalten hatte, über den Grund ihres Besuchs auf.

»Wir werden uns jetzt über Andreas Joost unterhalten!«

Kapitel 3

Döhle,
Wohnhaus der Familie Joost,
Dienstag, 10. April, 23:15 Uhr

Noch vor wenigen Minuten hatten Hauptkommissar Rolf Degenhardt, Oberkommissar Jens Vorberg und Kommissaranwärterin Jana Liebisch im *Nachtcafé* in Buchholz in der Nordheide gesessen. Degenhardt und Vorberg arbeiteten für den Zentralen Kriminaldienst der Polizeiinspektion Nordheide. Rolf Degenhardt leitete das Erste Fachkommissariat, und Jens Vorberg war einer seiner fähigsten Kollegen. In ihre Zuständigkeit fielen die sogenannten »Delikte am Menschen«. Jana Liebisch absolvierte an der Polizeiakademie in Nienburg an der Weser den Bachelorstudiengang »Polizeivollzugsdienst« und war den beiden Kommissaren für ein dreimonatiges Ermittlungspraktikum zugeteilt.

Das *Nachtcafé* lag keine fünfhundert Meter vom Dienstgebäude der Polizeiinspektion Harburg entfernt. Heute war es wegen einer Fortbildungsveranstaltung spät geworden, und sie hatten sich entschlossen, den Tag gemeinsam ausklingen zu lassen. Die Getränke waren gerade serviert worden, als Degenhardts Handy klingelte. Es war die Einsatzleitstelle der Polizeiinspektion Nordheide. Der diensthabende Beamte erklärte Degenhardt, womit sie sich den Rest der Nacht beschäftigen würden: eine männliche Leiche in Döhle – das Opfer eines Gewaltverbrechens.

Während sie zum Dienstwagen geeilt waren, hatte Degenhardt den Autoschlüssel Vorberg gegeben. Wie immer in solchen Fällen hatte er nicht selbst den Kombi steuern wollen, um sich während der Fahrt per Handy möglichst viele Informationen vorab zu beschaffen.

Nun saß Degenhardt auf dem Beifahrersitz und hörte aufmerksam dem zu, was man ihm zum Mordfall berichten konnte. Das Opfer hieß Andreas Joost, war Mitte dreißig und Kinderarzt von Beruf. Seine Frau hatte ihn tot aufgefunden. Eine Information ließ den Hauptkommissar besonders aufhorchen: Das Ehepaar Joost hatte eine Tochter namens Anna, die vermisst wurde. Fraglich war, ob es einen Zusammenhang mit dem Mord gab.

Degenhardt kannte das kleine Heide-Dorf Döhle nur zu gut, denn er war dort aufgewachsen und hatte bis zum Abitur dort gelebt. Auch als ihn seine Karriere bei der Polizei quer durch Niedersachsen geführt hatte, war er regelmäßig bei seinen Eltern zu Besuch gewesen. Der enge Kontakt zu dem Heide-Dorf hatte erst Anfang dieses Jahres ein abruptes Ende gefunden, als seine Mutter und sein Vater nach Hanstedt in eine Senioren-Residenz gezogen waren. Das Ehepaar Joost dagegen war ihm unbekannt.

Als Vorberg den Passat Variant schließlich in Döhle vor dem rot-weißen Absperrband stoppte, fielen den dreien zunächst die Schaulustigen ins Auge, die sich mit betroffenen Mienen unterhielten, sowie der Einsatzwagen des Notarztes. Der Mediziner war bereits damit beschäftigt, seine Koffer wieder im Wagen zu verstauen.

Degenhardt legte die Hand auf den Türgriff, um auszusteigen, hielt dann jedoch inne. Der Arzt war ihm in der Vergangenheit bereits häufiger an Tatorten begegnet. Angestrengt versuchte er, sich an den Namen des Mannes zu erinnern. Je mehr Degenhardt nachdachte, desto unwahrscheinlicher wurde es, dass der Name ihm jetzt einfallen würde.

»Ist was?«, fragte Vorberg schließlich.

»Weißt du noch, wie er heißt?«

»Wer?«, wollte Vorberg wissen.

»Der Notarzt.« Degenhardt rollte mit den Augen.

»Hast du seinen Namen schon wieder vergessen?« Vorberg schüttelte den Kopf.

»Würde ich sonst fragen?«, erwiderte Degenhardt barsch. Sein Gesichtsausdruck signalisierte, dass er umgehend eine Antwort erwartete.

Vorberg seufzte. »Markus Schröder.«

Wortlos öffnete Degenhardt die Beifahrertür, stieg aus und ging zum Notarztwagen: »Guten Abend, Herr Schröder; können Sie mir schon sagen, was passiert ist?«

Der Notarzt nickte. »Ich denke schon. So wie es aussieht, hat jemand mit einem Messer immer wieder auf ihn eingestochen. Auffällig viele Einstiche haben ihn im Genitalbereich getroffen. Ich gehe davon aus, dass die Oberschenkelarterie dabei verletzt wurde. Er ist höchstwahrscheinlich verblutet. Ihre Kollegen haben einen Rechtsmediziner angefordert. Der kann Ihnen dann später sicherlich mehr erzählen.«

»Danke«, erwiderte Degenhardt und kehrte zum Dienstwagen zurück. Dort standen Vorberg und Jana bereits am geöffneten Kofferraum und legten die für die Tatortarbeit vorgeschriebene Schutzbekleidung an.

»Und, was hat er gesagt?«, wollte Vorberg wissen.

»Er wurde erstochen und ist verblutet. Der Rechtsmediziner ist schon auf dem Weg.« Auch Degenhardt zog einen weißen Einweg-Overall, einen weißen Einweg-Mundschutz, hellblaue Einweg-Handschuhe und dunkelblaue Einweg-Schuhüberzieher an.

Als die drei endlich über das Absperrband stiegen, verstummte das Getuschel der Schaulustigen.

»Rolf, mien Jung, büst du dat?«, fragte eine ältere Dame erstaunt.

»Tante Annemarie!«, rief Degenhardt und schüttelte den Kopf. »Geht doch nach Hause, hier gibt es nichts zu sehen!«

Das Getuschel setzte wieder ein. »Dat is doch Rolf Degenhardt. De Jung vun Werner und Hertha. Dat de mol in Döhle ermitteln deit ...«

Vorberg zog den Mundschutz über seine Nase – so konnte niemand sein Grinsen sehen.

In dem Moment, als die drei ihre Gesichter den Schaulustigen zuwandten, blitzte das grelle Licht eines Fotoapparates auf. Jana und Vorberg drehten sich instinktiv weg, um nicht geblendet zu werden. Degenhardt stockte kurz, dann hielt er sich die Hand vor die Augen und ging auf die Menschenmenge zu.

Als er direkt vor ihr stand, erkannte er ein Gesicht, das er in der letzten Zeit mehrmals an Tatorten gesehen hatte. »Sie arbeiten für die *Harburger Kreiszeitung*, nicht wahr?«

»Richtig; ich bin Redakteur«, antwortete der hagere Mann mit den schulterlangen grauen Haaren und der abgewetzten Jeans-Jacke. Sein Drei-Tage-Bart und die eingefallenen Wangen ließen ihn alt erscheinen.

»Ich habe bisher meist mit Ihrer Kollegin zu tun gehabt«, teilte Degenhardt ihm mit. »Sie hat immer sehr gut recherchiert, bevor sie ihre Artikel verfasst hat. Arbeitet sie nicht mehr für die *Kreiszeitung*?«

»Sie ist jetzt bei der Konkurrenz.«

»Aha«, murmelte Degenhardt. »Und woher kommen Sie jetzt?«

»Aus Buchholz.«

Degenhardt hob die Augenbrauen. »Ich nehme an, dass Sie rein zufällig vor uns am Tatort eingetroffen sind?«

»Ja, rein zufällig.« Der Redakteur nickte und zog einen Notizblock aus seiner Jackentasche. »Können Sie mir sagen, was hier los ist?«

»Wie heißen Sie?«

»Tom Wiese. Ist das von Interesse?«

»Für mich schon«, erwiderte Degenhardt.

»Dann haben wir das jetzt ja geklärt. Also: Was ist hier los?«

»Ich bin von Ihrem Blitzlicht beinahe blind, Herr Wiese«, entgegnete Degenhardt. »Das ist hier los! Für alle weiteren Informationen wenden Sie sich bitte an unsere Pressestelle!«

Während Wiese seinen Notizblock zurück in die Jackentasche steckte und entrüstet den Kopf schüttelte, rief Tante Annemarie verwundert: »O ha, so streng kenn ick em gor nich.«

Degenhardt wandte sich dem Haus der Familie Joost zu. Es war deutlich erkennbar. Während der gesamte Straßenzug von der Dunkelheit verschlungen wurde, tauchten Halogenstrahler die große, mit Reet eingedeckte Fachwerk-Villa in grelles Licht. Ein junger Polizist eilte ihnen entgegen und blieb schließlich nach Atem ringend vor ihnen stehen.

»Schmidt, Polizeikommissariat Winsen«, schnaufte er, während seine Gesichtsfarbe sich von einer fahlen Blässe in ein zartes Rot wandelte. »Sind Sie vom Zentralen Kriminaldienst in Buchholz?«

Degenhardt musterte den jungen Mann eingehend. Schließlich nickte er. »Ich würde mich gerne mit einem Kollegen unterhalten, der uns in den Tatort einweisen kann.«

»Ich bringe Sie zu Kommissar Körber«, erwiderte der junge Polizist. Ohne eine Reaktion abzuwarten, drehte er sich um und eilte los.

Degenhardt atmete auf: Er kannte Körber aus vorangegangenen Einsätzen und wusste, dass der Kollege eine hervorragende Tatortarbeit leistete.

Auf dem Weg zum Wohnhaus der Familie Joost hatte der junge Beamte Degenhardt, Vorberg und Jana schon nach wenigen Sekunden abgehängt. Einige Augenblicke lang murmelte Degenhardt etwas Unverständliches vor sich hin, dann schallte seine Stimme scharf durch die Dunkelheit: »Herr Schmidt!«

Prompt blieb der junge Beamte stehen, drehte sich um und schaute Degenhardt betroffen an. »Ja?«

Während Vorberg und Jana ein Stück zurückblieben, schloss Degenhardt zu ihm auf. »Sind Sie zum ersten Mal an einem Tatort?«

Schmidt nickte. »Mein erster Mord.«

»Dann merken Sie sich bitte eines«, erklärte Degenhardt ernst. »An einem Tatort verlange ich Ruhe. Hektik kann ich hier nicht gebrauchen. Hektik zerstört Spuren.«

Schmidt brauchte einen Moment, bis ihm die Bedeutung dieser Worte bewusst wurde. »Verstanden«, antwortete er verlegen.

Körber war bereits aus der Haustür getreten. Er zog seine Handschuhe aus, nahm den Mundschutz ab, gab Jana die Hand und stellte sich ihr vor. Dann begrüßte er Degenhardt und Vorberg ebenfalls mit Handschlag und kam ohne Umschweife zur Sache: »Um zweiundzwanzig Uhr fünfzehn ist der Notruf von Frau Joost in der Einsatzleitstelle der Polizeiinspektion Nordheide eingegangen. Wir wurden sofort alarmiert und waren als Erste am Tatort. Frau Joost hat uns in das Zimmer ihrer Tochter Anna im ersten Stock geführt. Dort haben wir die Leiche von Andreas Joost gefunden.«

Degenhardt nickte. »Haben Frau Joost oder der Notarzt die Lage der Leiche verändert?«

»Nein, haben sie nicht. Als die übrigen Kollegen dazukamen, haben wir angefangen, die Nachbarn zu befragen. Bisher ohne Ergebnis – niemand hat etwas beobachtet. Eine Kollegin kümmert sich um Frau Joost.«

»Haben Sie das Kriseninterventionsteam benachrichtigt?«

»Nein, Frau Joost wünscht keine psychologische Betreuung. Sie hat aber schon mit einer Freundin telefoniert. Sie wird bei ihr unterkommen, bis die Tatortarbeit abgeschlossen ist. Ich habe Frau Joost schon gesagt, dass Sie gleich noch einige Fragen an sie haben werden.«

»Wie geht's ihr im Moment?«

Körber schwieg einige Augenblicke; offenbar bemühte er sich, die passenden Worte zu finden. Schließlich antwortete er: »Relativ gut, wenn man bedenkt, was sie gerade durchmacht. Ich kann nur sagen, dass ich Ihnen nachher viel Spaß mit ihr wünsche ...«

Degenhardt runzelte die Stirn, ließ die etwas seltsame Bemerkung jedoch unkommentiert.

Körber fuhr fort: »In Rücksprache mit der Einsatzleitstelle habe ich einen Rechtsmediziner angefordert. Die Kollegen der Tatortgruppe werden in den nächsten Minuten ebenfalls eintreffen, um mit der Spurensicherung zu beginnen. Wir haben übrigens direkt neben der Leiche ein Messer gefunden, an dem sich sehr viel Blut befindet. Außerdem hat der Täter am Tatort Lederhandschuhe zurückgelassen.«

Degenhardt hob die Augenbrauen. »Aha.«

»Das war noch nicht alles! Andreas Joost hat kurz vor seinem Tod die Ziffernfolge ›0103‹ neben sich auf den Boden geschrieben.«

»Womit?«

»Mit seinem eigenen Blut.«

»Wissen Sie schon, was das bedeuten soll?«

»Ich habe Frau Joost danach gefragt, aber sie wusste es nicht.«

»Oder sie sagt es uns nicht. Gibt es ansonsten noch etwas, das wir wissen sollten?«

»Die Tochter der Familie Joost ist verschwunden. Anna heißt sie.«

»Das hat die Einsatzleitstelle mir auf der Herfahrt schon erzählt. Gibt es Hinweise auf eine Entführung?«

»Nein, keine. Aber wir haben im Café an der Straße zum Naturschutzgebiet Zeugen gefunden, die Anna Joost in der Dämmerung anscheinend noch gesehen haben. Das Mädchen soll in Richtung Naturschutzgebiet gelaufen sein. Wir haben über die Einsatzleitstelle eine Suche nach ihr eingeleitet.«

»Okay«, murmelte Degenhardt. »Wie alt ist das Mädchen?«

»Dreizehn. Und sie ist behindert.«

»Welche Art von Behinderung?«

»Sie ist Autistin. Ihre Mutter sagte, dass sie nicht redet.«

»Sie redet nicht?«

»Soweit ich Frau Joost richtig verstanden habe, hat Anna noch nie ein Wort gesprochen.«

»Seit dreizehn Jahren kein Wort?«

»Frau Joost kann Ihnen sicherlich mehr erzählen.«

»Wissen Sie, ob Anna ein Handy dabei hat, das wir orten könnten?«

»Sie hat kein Handy dabei.«

»Haben Sie schon ein Foto, das wir für die Fahndung nutzen können?«

»Wir haben von Frau Joost ein Familienfoto bekommen, auf dem das Mädchen abgebildet ist. Das Foto reicht, um Nachbarn und Anwohner zu befragen. Für die Fahndung brauchen wir ein besseres.«

»Haben Sie Einbruchspuren gefunden?«

»Nein, keine. Es ist nichts durchwühlt oder entwendet worden. Mit Sicherheit steht nur fest, dass es sich bei dem Toten um Andreas Joost handelt. Seine Frau hat ihn eindeutig identifiziert.«

»In Ordnung. Dann wollen wir uns mal den Tatort ansehen. Danach spreche ich mit Frau Joost.«

Degenhardt, Vorberg und Jana rückten ihren Mundschutz zurecht, anschließend folgten sie Körber in die Reetdach-Villa.

»Tolles Haus«, sagte Jana anerkennend. Sie bestaunte die großzügig bemessene, in bordeauxrot gehaltene Diele, die mit ihrem herrschaftlichen Kamin, den alten englischen Ledersesseln, mächtigen Fachwerkbalken und stilvollen Ölgemälden einen Besucher förmlich dazu einlud, bei einer Tasse Tee zu verweilen.

»Hier stirbt es sich auch nicht schöner als woanders«, meinte Degenhardt, während sie ins erste Stockwerk stiegen.

Oben angekommen, blieb Körber stehen und zeigte auf eine Tür, die weit offen stand. »Da drinnen liegt er.«

In dem Moment, als Degenhardt den Raum betrat und einen ersten Blick auf die Leiche warf, überfiel ihn augenblicklich ein Gefühl grenzenloser Ohnmacht. Es war die gleiche Hilflosigkeit, wie er sie vor vier Jahren schon einmal erlebt hatte.

Er taumelte kurz – seine rechte Schulter neigte sich zur Seite und wurde vom Holz des Türrahmens aufgefangen. Kalte Schweißtropfen bildeten sich auf seiner Stirn, und seine Beine schienen sich mehr und mehr in eine weiche Knetmasse zu verwandeln. Degenhardt riss den Mundschutz unter sein Kinn und schnappte nach Luft. Er wischte sich den Schweiß mit dem linken Ärmel seines weißen Einweg-Overalls von der Stirn und zog den Mundschutz wieder nach oben.

Vorberg, der sich im Raum umsah, erschrak beim Anblick seines Chefs. Ohne zu zögern legte er ihm eine Hand auf die Schulter.

»Rolf, ist alles in Ordnung?«

»Geht schon.«

Hinter ihnen balancierte Jana auf ihren Zehenspitzen und machte sich über die Schultern ihrer Kollegen hinweg ebenfalls ein Bild vom Tatort. Sie blickte in ein Kinderzimmer, das ungewöhnlich steril wirkte: Die Einrichtung bestand aus einem weißen Kleiderschrank mit Lamellentüren, einem Bettgestell aus weiß lackiertem Metall, einem Schreibtisch und einem Drehstuhl, beides ebenfalls weiß. Dieselbe Farbe hatte auch die Bettwäsche. Der Fußboden war mit weißem Laminat ausgelegt, Wände und Decke waren weiß getüncht. Gleißende Halogenstrahler, die die Kollegen zur Ausleuchtung des Raumes aufgestellt hatten, unterstrichen die irreale Atmosphäre des Raumes.

Gleichzeitig glich das Zimmer einem Schlachtfeld. Unzählige Blutspritzer waren über den Raum verteilt. Das meiste Blut befand sich in der Nähe des Toten, vor allem rund um die Körpermitte hatte sich auf dem Boden eine große Lache gebildet. Es gab zahllose Blutspritzer an der Wand neben der Leiche, auf der Bettwäsche und sogar oben an der Decke. Auf dem Laminatboden waren blutige Abdrücke von Schuhsohlen zu erkennen; die Profilspuren führten von der Leiche zum Eingang des Zimmers. Etwas weiter von der Leiche entfernt lagen schwarze Lederhandschuhe und ein Messer auf dem Boden. Es war rund dreißig Zentimeter lang, hatte einen schwarzen Griff und eine doppelseitig geschliffene Stahlklinge.

Der Tote selbst lag flach auf dem Bauch. Sein Kopf ruhte

seitlich auf der rechten Wange, die Augen waren geschlossen. Trotz der Blutspuren, die quer über sein Gesicht verliefen, wirkte sein Ausdruck friedlich.

Der linke Arm war leicht angewinkelt und lag fast parallel zu seinem Rumpf. Die Hand, deren ebenfalls blutverschmierte Innenseite zu sehen war, befand sich auf Höhe des Oberschenkels.

Der andere Arm des Toten war über den Kopf gestreckt. Wenige Zentimeter neben der Hand waren auf dem Laminat blutige Wischspuren zu sehen, die bereits verkrustet waren. Innerhalb dieser Wischspuren war die Zahlenkombination 0103 erkennbar.

»Kein schöner Anblick«, stellte Vorberg fest.

»Ich habe noch kein Mordopfer gesehen, das schön anzusehen war«, erwiderte Degenhardt, dessen Hände noch immer zitterten. Er wandte sich an die junge Kommissaranwärterin und zeigte auf die Blutflecken an der Decke direkt über der Leiche.

»Schauen Sie«, sagte er, und seine Stimme klang atemlos. »Dort sehen Sie Schleuderspuren. Wenn ein Täter mit einem Messer mehrmals auf sein Opfer einsticht, werden bei den Ausholbewegungen Blutstropfen weggeschleudert, die sich an der Klinge befunden haben. Je nach Auftreffwinkel kommt es dabei zu sehr unterschiedlichen Blutspuren. Man kann grob sagen, dass die Blutspritzer eine kreisrunde Form haben, wenn sie im rechten Winkel auf eine Oberfläche treffen. Bei anderen Winkeln sind sie entweder länglich oder elliptisch. Dadurch können wir Rückschlüsse auf den wahrscheinlichen Standort des Mörders während der Tat schließen.«

Jana, die ihm aufmerksam zugehört hatte, nickte. »Okay.«

Degenhardt zeigte auf das Messer, das wenige Meter neben der Leiche lag. »Zu diesem Bild passt natürlich das Messer.«

»Die Tatwaffe?«

»Vermutlich.«

Dann wies er auf das Paar schwarze Lederhandschuhe, das nicht weit von dem Messer entfernt lag. »Ich verstehe allerdings nicht, warum der Täter seine Handschuhe am Tatort zurückgelassen hat – wenn es überhaupt die Handschuhe des Täters sind.«

»Das bedeutet, dass er beim Verlassen des Hauses Fingerabdrücke hinterlassen haben könnte?«

»Ja, genau. Und mithilfe von Hautschuppen in den Handschuhen können wir mit etwas Glück die DNA des Täters feststellen.«

»Wirklich merkwürdig«, schloss sich Jana an.

»So, den Rest können die Kollegen von der Tatortgruppe und die Rechtsmediziner erledigen«, erklärte Degenhardt und wandte sich an Vorberg. »Du klärst, ob die Suchaktion nach Anna Joost schon läuft. Ich brauche schnellstmöglich einen Sachstand.« Dann sah er Körber an. »Ich würde mich jetzt gerne mit Frau Joost unterhalten.«

Körber führte die Beamten aus Buchholz wieder ins Erdgeschoss. Er zeigte auf eine geschlossene Tür: »Ich wünsche Ihnen viel Spaß mit Frau Joost!«

Degenhardt zog den Mundschutz unter sein Kinn, streifte die hellblauen Handschuhe ab und atmete tief durch. Trotz aller Erfahrung, die er im Laufe der Jahre bei der Polizei gesammelt hatte, war es für ihn immer noch sehr schwierig, mit den Emotionen der Angehörigen umzugehen. Schließlich klopfte er kurz an die Tür und trat ein, ohne auf eine Antwort zu warten.

Neben einer Polizeibeamtin saß eine sehr gefasst wirkende Frau, die ein zweiteiliges dunkelbraunes Kostüm trug. Der Farbton entsprach exakt dem ihrer Augen. Degenhardt grüßte die Polizistin mit einem kurzen Nicken und wandte sich dann Sarah Joost zu. Er streckte ihr seine Hand entgegen: »Ich bin Hauptkommissar Rolf Degenhardt. Sie sind Frau Joost?«

Sie stand auf und erwiderte stumm seinen Händedruck.

»Mein Beileid«, murmelte er und konzentrierte sich darauf, ihr in die Augen zu schauen.

Sarah Joost reagierte nicht.

»Sie haben Ihren Mann gefunden?«, fragte er und bemühte sich dabei um eine möglichst sanfte Stimme.

»Ja, habe ich.«

»Können Sie sich vorstellen, was passiert ist?«

»Ich denke, dass mein Mann ermordet wurde. Oder was meinen Sie?«

Degenhardt nickte. »Haben Sie in den letzten Tagen verdächtige Personen in Ihrer Umgebung oder sonst etwas Ungewöhnliches bemerkt?«

»Nein, habe ich nicht.«

»Können Sie sich vorstellen, was Ihr Mann mit ›0103‹ gemeint haben könnte?«

Sarah Joost antwortete schroff: »Keine Ahnung!«

»Wissen Sie, wo wir nach Ihrer Tochter suchen sollen?«

»Meine Güte! Natürlich nicht!«

Rolf Degenhardt überlegte kurz. »Ist Anna schon häufiger weggelaufen?«

»Nein! Vielleicht hat sie den Mord beobachtet und ist daraufhin weggelaufen? Sind Sie denn noch nicht auf diese Idee gekommen?«

»Doch, natürlich. Gibt es vielleicht irgendeinen Weg, den Ihre Tochter besonders mag?«

»Mein Mann ist häufig mit ihr durch die Heide nach Wilsede spazieren gegangen oder mit der Kutsche gefahren.«

Degenhardt nickte verständnisvoll. »Okay, ich brauche von

Ihnen dann noch eine Personenbeschreibung und ein aktuelles Foto von Ihrer Tochter.«

»Das habe ich zusammen mit Ihrer Kollegin schon erledigt«, antwortete Sarah Joost verärgert und übergab Degenhardt einen handgeschriebenen Zettel mit der Beschreibung des Mädchens sowie ein Foto.

Als er das Bild des Mädchens betrachtete, zogen ihre türkisfarbenen Augen seine Aufmerksamkeit auf sich. Die Farbe erinnerte ihn an seinen letzten Urlaub in der Türkei. Am Strand von Antalya hatte er sich auf einer Luftmatratze durch das türkisfarbene Wasser treiben lassen. Es war sein letzter gemeinsamer Urlaub mit seiner Familie gewesen.

»Frau Joost, wo haben Sie sich heute Abend aufgehalten, bevor Sie Ihren Mann gefunden haben?«

»Auf einer Tagung.«

»Frau Joost«, bat Degenhardt eindringlich, »ich wünsche mir von Ihnen etwas detailliertere Informationen!«

Sie stöhnte gereizt. »Ich war auf einer Dermatologie-Tagung. Ich bin Fachärztin für Haut- und Geschlechtskrankheiten und habe auf dieser Tagung einen Vortrag gehalten.«

Noch einmal bemühte sich Degenhardt, eine Verbindung zu Sarah Joost aufzubauen: »Sie sind also Fachärztin für Dermatologie.«

»Nein, ich bin Fachärztin für Dermatologie und Venerologie. Ich hatte mir schon gedacht, dass Sie davon keine Ahnung haben. Deswegen habe ich die Fachbegriffe nicht genannt.«

Beide schauten sich in die Augen, ohne dass einer dem Blick des anderen auswich.

Im nächsten Moment fuhr sie ihn an: »Ich habe keine Lust mehr, mit Ihnen über belangloses Zeug zu reden. Mein Mann ist ermordet worden, und meine Tochter ist verschwunden. Sie ist Autistin und dringend auf Hilfe angewiesen. Ich erwarte von Ihnen, dass Sie meine Tochter schnellstmöglich finden. Danach können wir uns gerne weiter unterhalten!«

Degenhardt schüttelte den Kopf. »Okay, dann habe ich abschließend noch zwei Dinge zu klären. Erstens muss ich Sie bitten, das Haus so lange nicht zu nutzen, bis unsere Tatortarbeit abgeschlossen ist. Schwer abzuschätzen, wie lange das noch dauern wird. Vielleicht schon morgen, vielleicht erst übermorgen. Ich habe bereits erfahren, dass Sie währenddessen bei einer Freundin unterkommen können. Bitte teilen Sie meiner Kollegin die Adresse und wie Sie zu erreichen sind mit.«

Sarah Joost holte tief Luft, dann fuhr sie Degenhardt an: »Das habe ich alles längst erledigt!«

Obwohl es ihm schwerfiel, blieb er ruhig. »Zweitens möchte ich Ihre Zeugenaussage offiziell dokumentieren. Könnten Sie es einrichten, zeitnah nach Buchholz in die Polizeiinspektion zu kommen?«

Ihre Augen verengten sich. »Nur, wenn Sie meine Tochter gefunden haben!«

»Gut, dann sehen wir uns in Buchholz. Die Kollegin wird Ihnen den Weg dorthin beschreiben und einen Termin mit Ihnen vereinbaren.«

Während sie sich mit einem knappen Händedruck voneinander verabschiedeten, stellte sie fest: »Ich werde bei der Suche nach meiner Tochter übrigens dabei sein!«

Degenhardt nickte bloß, öffnete den Reißverschluss seines Overalls, zog sein Portemonnaie aus der Gesäßtasche und überreichte ihr nach kurzem Suchen eine Visitenkarte. »Hier«, sagte er, »eine gute Firma für die Tatortreinigung.«

Ohne eine Reaktion von Sarah Joost abzuwarten, verließ er das Wohnzimmer, schloss die Tür hinter sich und atmete tief durch. Nach ein paar Augenblicken holte er sein Handy hervor und suchte nach der Telefonnummer von Staatsanwalt Gerhard Hagemann.

Erst nach längerem Klingeln meldete sich die ihm vertraute Stimme des Staatsanwalts. »Hagemann?«

»Hauptkommissar Rolf Degenhardt von der Polizeiinspektion Nordheide hier. Bitte entschuldigen Sie, dass ich Sie so spät störe.«

»Schon gut. Sie rufen mich sicherlich nicht wegen einer Lappalie an. Was ist denn passiert?«

Degenhardt berichtete von dem Mordfall und der vermissten Tochter des Opfers.

Hagemann hörte zunächst aufmerksam zu, anschließend stellte er einige Fragen. Am Ende des Gespräches entschied er, noch in derselben Nacht nach Döhle zu fahren und sich einen eigenen Eindruck vom Tatort zu verschaffen.

Kapitel 4

Schreiben des Rechtsanwaltes Torben Gruner
an Andreas Joost,
einige Monate zuvor

Sehr geehrter Herr Joost,

Ihre Ehefrau Sarah Joost teilte mir mit, dass Sie und Ihre Frau eine einvernehmliche Ehescheidung wünschen. Für Sie kommt eine Online-Scheidung in Betracht, bei der bis auf die mündliche Gerichtsverhandlung alles Weitere vorab per E-Mail erledigt werden kann. Voraussetzung ist lediglich, dass Sie und Ihre Ehefrau seit einem Jahr getrennt leben und dass Sie alle Scheidungsfolgevereinbarungen einvernehmlich getroffen haben. Dies umfasst unter anderem die zukünftige Nutzung des Hauses, die Verteilung des Hausrats, das Sorgerecht und das Umgangsrecht bezüglich Ihrer Tochter Anna, den Kindesunterhalt und den Ehegattenunterhalt. Gerne biete ich Ihnen die Durchführung Ihrer Scheidung im Online-Verfahren an. Ich bitte Sie, gemeinsam mit Ihrer Frau in meiner Kanzlei zu erscheinen, sodass wir die erforderlichen Absprachen treffen können. Für Terminvereinbarungen wenden Sie sich bitte an mein Sekretariat.

Mit freundlichen Grüßen
Gruner, Rechtsanwalt

* * *

Döhle,
Wohnhaus der Familie Joost,
Mittwoch, 11. April, 03:15 Uhr

Seit über drei Stunden waren die Beamten der Tatortgruppe in Anna Joosts Zimmer mit der Spurensicherung beschäftigt. Sie hatten von einer Trittleiter aus Übersichtsfotografien aus allen Richtungen gemacht, sämtliche Spuren und tatrelevanten Gegenstände mit gelben Spurenziffer-Tafeln markiert und diese ebenfalls durch Übersichts-, Detail- und Nahaufnahmen dokumentiert. Zusätzlich hielten sie die gesamte Szenerie maßstabsgetreu in einer Skizze fest, sodass die Ermittler sich den Tatort jederzeit wieder ins Gedächtnis rufen konnten.

Beim Fotografieren der blutigen Schuhsohlen-Abdrücke achteten die Kripobeamten besonders darauf, das Gangbild des Verursachers – dessen Schrittlänge, Fußstellung und Gangart – in die Dokumentation einzubeziehen. Darüber hinaus sicherten sie die Profilspuren durch Folienabzüge. Weiterhin dokumentierten die Beamten blutige Wischspuren auf dem Laminat, die möglicherweise von weiteren Schuhprofilen stammten. Offensichtlich hatte sich jemand bemüht, die Spuren an diesen Stellen nachträglich zu beseitigen. Anschließend gingen die Beamten dazu über, die im Raum vorhandenen Fingerabdrücke mittels Rußpulver sichtbar zu machen und ebenfalls durch Folienabzüge zu sichern.

Auch Degenhardt und Jana hatten sich an der Tatortarbeit beteiligt. Sie begutachteten das Messer und die schwarzen Lederhandschuhe, packten sie in Beutel ein und kennzeichneten sie jeweils mit einem Spuren-Etikett. Gleiches taten sie mit einem Handy, das sie in einer der Gesäßtaschen des Toten entdeckten.

Bei der Untersuchung der Schränke machten sie eine erstaunliche Entdeckung: Aus einer der Schrankhälften waren alle Regale und Kleiderstangen entfernt worden. Die Schrankhälfte hatte ein Innenmaß von etwa einem Meter Breite und einen Meter sechzig Höhe. Auf der linken Seite war ungefähr einen halben Meter oberhalb des Schrankbodens ein stabil gearbeitetes Sitzbrett montiert.

Fasziniert setzte Degenhardt sich auf das Brett, schloss die Schranktür und sperrte sie mit einem innen angebrachten Riegel ab. »Können Sie mich von draußen sehen?«, fragte er laut.

»Nein!«, war die übereinstimmende Antwort der Kollegen.

Im Gegensatz zu ihnen konnte er sie aus dem Schrank heraus beobachten: Die Holzlamellen der Tür waren so in den Rahmen eingearbeitet, dass winzige Sehschlitze blieben. *Genial!*

Vielleicht hatte Sarah Joost ja recht: Von hier aus hätte das autistische Mädchen den Mord an ihrem Vater beobachten können, ohne vom Täter bemerkt zu werden. Auch diese Entdeckung hielten die Kollegen der Tatortgruppe mit einer Digitalkamera fest.

Als es in Annas Zimmer nichts mehr zu untersuchen gegeben hatte, waren Degenhardt und Jana zurück ins Erdgeschoss gegangen und hatten kurz Rücksprache mit Sarah Joost gehalten: Sie war – wenn auch widerwillig – damit einverstanden gewesen, dass der Computer der Familie Joost für eine kriminaltechnische Untersuchung sichergestellt wurde.

Während nun Degenhardt und Jana den Computer der Familie Joost im Kofferraum ihres Wagens verstauten, ertönten Motorengeräusche, die rasch lauter wurden. Jana wandte den Blick und schaute an dem halben Dutzend Dienstwagen vorbei, die die Kollegen der Tatortgruppe und weitere Beamte aus Winsen und Buchholz am Straßenrand abgestellt hatten. Im Licht der Straßenlaternen sah sie, wie ein dunkler Geländewagen und ein silberner Kastenwagen hinter der Dienstwagenkolonne parkten. Die beiden Fahrer stiegen aus, begrüßten sich mit einem Handschlag und streiften weiße Einweg-Overalls über.

Der Mann, der aus dem Kastenwagen gestiegen war, wirkte klein und untersetzt. Er ging zum Kofferraum seines Autos und hob zwei Aluminiumkoffer heraus, die offensichtlich einiges an Gewicht hatten.

Der zweite Mann war bemerkenswert hochgewachsen und sehr schlank. Er nahm dem anderen Mann einen der Alu-Koffer ab. Beide unterhielten sich angeregt, während sie auf die Absperrung zuschritten.

»Wer ist das?«, fragte Jana den Hauptkommissar mit gedämpfter Stimme.

Degenhardt, der noch immer mit dem Verstauen des Computers im Kofferraum beschäftigt war, richtete sich auf, stieß sich dabei den Kopf an der geöffneten Heckklappe, fluchte und blickte kurz auf die beiden Männer. »Doktor Ahrens und Staatsanwalt Hagemann.«

»Aha«, erwiderte Jana und fragte sich, wer von beiden der Rechtsmediziner war und wer der Staatsanwalt.

Kurz bevor die Männer sie und Degenhardt erreichten, beendete der Hauptkommissar seine Bemühungen, den Computer sicher zu verstauen. »Na bitte, geht doch!«, sagte er zufrieden, schloss die Kofferraumklappe und wandte sich ebenso wie Jana den beiden Neuankömmlingen zu.

Der großgewachsene Mann mit der wuchtig gerahmten Hornbrille und den streng nach hinten gekämmten Haaren, den Jana für den Rechtsmediziner hielt, wechselte den Alu-Koffer in die linke Hand, schaute auf Jana herab und gab ihr die Hand mit deutlich zu festem Druck. »Hagemann, Staatsanwaltschaft Lüneburg.«

Jana, deren Hand weiterhin im Klammergriff des Juristen war, erwiderte höflich: »Kommissaranwärterin Liebisch, Polizeiinspektion Nordheide, Erstes Fachkommissariat.«

»Sie sind die neue Praktikantin von Herrn Degenhardt?«, wollte Hagemann wissen.

»Richtig«, antwortete Jana, die sich in der Gegenwart dieses Mannes zunehmend unwohl fühlte. Sein fester Händedruck tat ihr weh, und sein starrer Blick, der auf sie geheftet war, bereitete ihr Unbehagen.

Der Rechtsmediziner schien ihre Missstimmung zu fühlen. »Das reicht jetzt, mein lieber Hagemann«, protestierte er, »jetzt bin ich an der Reihe!« Mit einem Augenzwinkern drängte er sich zwischen den Staatsanwalt und die Kommissaranwärterin, nahm ihre Hand und deutete einen Handkuss an. »Michael Ahrens«, sagte er schmunzelnd. »Ich hätte Sie gerne in einem angenehmeren Ambiente kennengelernt.«

»Das ist aber nett«, murmelte Jana ein wenig verlegen.

Degenhardt verdrehte die Augen. »Ich hätte Frau Liebisch vor Ihnen warnen sollen.«

Michael Ahrens war mindestens einen Kopf kleiner als Jana und wirkte mit seinem dunklen Haarkranz, der schwarzen Krawatte und dem deutlich ausgeprägten Bauchansatz nicht sonderlich attraktiv. Er strahlte jedoch so viel Herzlichkeit und Lebensfreude aus, dass es Jana unmöglich war, sich seinem Charme zu entziehen.

Hagemann unterbrach sie schroff: »Zur Sache bitte, Herrschaften!«

Ahrens zuckte mit den Schultern, dann begann Degenhardt mit der Darstellung der ersten Ermittlungsergebnisse.

Die beiden Männer folgten den Ausführungen konzentriert. Anschließend diskutierten sie, welches Szenario sich vor einigen Stunden im Haus des Mordopfers abgespielt haben könnte.

»Im Moment ist eine Sache vordringlich!«, schloss Hagemann das Gespräch nach einigen Minuten. »Wir müssen das Mädchen finden – und zwar so schnell wie möglich!«

Degenhardt nickte zustimmend. »Oberkommissar Vorberg klärt gerade die Details der Suchaktion. Er müsste bald zurück sein.«

Einer der Beamten der Tatortgruppe verließ das Haus der Familie Joost und kam zielstrebig auf die Gruppe zu: »Wir sind mit der Arbeit im Schlafzimmer des Mädchens fertig. Wir machen in den übrigen Räumen weiter. Wenn Sie wollen, können Sie die Leiche jetzt untersuchen.«

»Sehr schön«, erwiderte Hagemann. Er zog sich die Kapuze seines Einweg-Overalls über den Kopf und den Mundschutz über die Nase, dann schaute er in die Runde. »Auf geht's, meine Herren ... ähm ... und natürlich meine Dame.«

Im Zimmer von Anna Joost stellten sich Degenhardt und Jana nebeneinander vor den Schrank, aus dem das Mädchen den Mord am Vater möglicherweise beobachtet hatte. Hagemann und Ahrens inspizierten zunächst die Leiche sowie die Spuren, die der Täter hinterlassen hatte. Anschließend präsentierte Degenhardt ihnen das Versteck im Schrank.

Jana war angespannt. Sie beobachtete jeden Schritt von Ahrens und Hagemann: Die Männer beeindruckten sie, denn beide zeigten keinerlei Emotionen. Bisweilen wies einer von beiden wortlos auf etwas, das ihm aufzufallen schien, und der andere nickte. Jana hatte keinen Zweifel daran, dass hier zwei Profis am Werk waren.

Ahrens ging schließlich zu einem seiner Tatort-Koffer und

entnahm ihm eine Spiegelreflexkamera. Er schritt um die Leiche herum und machte Aufnahmen aus verschiedenen Perspektiven. Gelegentlich hockte er sich neben die Leiche und fotografierte Details, die ihm wichtig erschienen. Als Ahrens die Kamera wieder verstaute, sah Hagemann ihn über den Rand seiner Brille an.

»Und?«, fragte der Staatsanwalt.

Ahrens griff sich an den Krawattenknoten, der durch den weißen Overall schimmerte, und rückte die Krawatte wieder in die korrekte Position. Dann sah er Hagemann mit sehr ernstem Gesichtsausdruck an: »Er ist tot.«

Jana lachte schallend auf, ansonsten blieb es still. Augenblicklich verstummte sie und murmelte ein leises »Entschuldigung«.

Ahrens musste nun den Todeszeitpunkt des Mordopfers bestimmen und vor der Obduktion der Leiche im Institut für Rechtsmedizin am Universitätsklinikum Hamburg-Eppendorf (UKE) erste Einschätzungen zum Verletzungsmuster treffen. Der Rechtsmediziner öffnete den zweiten Tatort-Koffer, entnahm ihm zwei Scheren und streckte Degenhardt eine davon entgegen.

»Wie ich das hasse«, murmelte Degenhardt, hockte sich neben Ahrens, nahm die Schere und begann zusammen mit Ahrens, die Kleidung des Toten aufzuschneiden. Es war nicht der erste Tatort, den sie gemeinsam untersuchten. In der Vergangenheit hatte es sich bewährt, dass Vorberg dem Rechtsmediziner bei der Arbeit an der Leiche assistierte. Da Vorberg nun aber nicht zur Verfügung stand, blieb Degenhardt nichts anderes übrig, als dessen Part zu übernehmen. Weil die Totenstarre bereits eingesetzt hatte, kostete es die beiden Männer einige Mühe, bis der Tote endlich nackt vor ihnen lag.

Ahrens drehte sich zu Jana um. »Ist das Ihr erster Tatort?«

»Nicht mein erster Tatort, aber meine erste Leiche«, antwortete sie.

»Können Sie sich vorstellen, Herrn Degenhardt abzulösen?«, fragte Ahrens.

»Klar.« Jana nickte und zögerte nicht, sich neben Ahrens zu knien.

»Ich brauche Sie jetzt nicht mehr«, sagte der Rechtsmediziner zu Degenhardt.

Der Hauptkommissar atmete auf und ging zurück zu Hagemann. Währenddessen griff Ahrens in seinen Tatort-Koffer, holte ein Klemmbrett heraus und drückte es Jana in die Hand.

»Ich arbeite mit einer Checkliste, die Sie in jedem Lehrbuch finden«, teilte der Rechtsmediziner ihr mit. »Auf dieser Liste sind rund vierzig Prüfpunkte aufgeführt, die wir gleich gemeinsam abarbeiten werden. Wenn wir alle Faktoren zusammengetragen haben, können wir den Todeszeitpunkt recht zuverlässig auf wenige Stunden eingrenzen.«

Jana schaute interessiert. »Und was prüfen wir mit der Checkliste im Detail?«

»Zum Beispiel die Ausprägungen der Totenstarre und der Totenflecke. Außerdem messen wir, wie stark die Leiche ausgekühlt ist; und wir kontrollieren, ob bestimmte Muskeln und die Iris noch auf Außenreize reagieren. So viel zur Theorie. Nun kommen wir zur Praxis!« Während Ahrens ein elektronisches Thermometer aus dem Tatort-Koffer nahm, erklärte er weiter: »Die Körpertemperatur bleibt im Innern einer Leiche etwa zwei bis drei Stunden konstant. Dann sinkt sie um circa ein Grad pro Stunde ab; der genaue Wert ist abhängig von verschiedenen Korrekturfaktoren. Durch eine rektale Messung der Körperkerntemperatur können wir somit den ungefähren Todeszeitpunkt errechnen. Diese Methode funktioniert natürlich nur, wenn die Leiche die Umgebungstemperatur noch nicht angenommen hat.«

»Okay, das habe ich verstanden«, bestätigte Jana.

Ahrens ermittelte die Temperatur im Körperinnern des Toten mit einer langen Sonde. »Vierunddreißig Grad«, las er schließlich vom Display des Thermometers ab und vermerkte den Wert auf seiner Checkliste.

Währenddessen rechnete Jana: »Ungefähr zwei bis drei Stunden bleibt die Temperatur konstant. Dazu kommen die drei Stunden, die sich aus der Differenz zwischen der Normaltemperatur von siebenunddreißig Grad und den vierunddreißig Grad ergeben, die wir gerade gemessen haben. Das müsste bedeuten, dass Andreas Joost seit ungefähr fünf bis sechs Stunden tot ist.«

»Richtig!« Ahrens nickte. »Das ist natürlich nur ein grober Anhalt, weil wir die Korrekturfaktoren, wie etwa die Temperatur des Zimmers und des Laminatbodens, noch nicht in die Kalkulation einbezogen haben. Die Werte ermitteln wir später.«

Er desinfizierte die Sonde, verstaute das Thermometer wieder in seinem Tatort-Koffer und wandte sich erneut an Jana. »Fassen Sie bitte mal mit an!«

Gemeinsam packten sie den Toten an der Hüfte und drehten ihn um.

Der Rechtsmediziner wunderte sich darüber, dass die Kommissaranwärterin so beherzt zufasste. »Ich habe bisher nur Praktikanten kennengelernt, die sich geziert haben, meine Leichen anzufassen.«

Sie zuckte mit den Schultern. »Ich bin auf einem Bauernhof groß geworden. Wir haben noch selbst geschlachtet.«

Ahrens schmunzelte und erläuterte weiter: »Wir kommen

nun zur Totenstarre. Sie tritt etwa zwei bis vier Stunden nach Eintritt des Todes ein. Meistens beginnt die Starre im Bereich der Kiefermuskulatur. Die Starre nimmt dann an Intensität zu und ist innerhalb von sechs bis acht Stunden im gesamten Körper voll ausgebildet.«

Er stand auf, ging um die Leiche herum, fasste sie an verschiedenen Stellen des Kopfes, der Arme und der Beine an und versuchte, die Körperteile und Gelenke hin und her zu bewegen.

»Ich kann an allen Gelenken – am Kiefer, an den Fingern, Ellenbogen, Knien und Fußknöcheln – eine kräftig ausgebildete Totenstarre feststellen«, teilte er schließlich mit und wandte sich erneut an Jana: »Versuchen Sie bitte, den Arm auf Ihrer Seite anzuheben und den Ellenbogen zu beugen.«

Sie hob den Arm der Leiche ein wenig an. »Der lässt sich nicht bewegen!«

Während sie sich noch ein weiteres Mal vergeblich bemühte, das Ellenbogengelenk zu beugen, erklärte Ahrens: »Wir haben es mit einer vollständig ausgeprägten Leichenstarre zu tun. Entsprechend diesem Prüfungspunkt muss der Tod vor mindestens sechs bis acht Stunden eingetreten sein.«

Er machte eine entsprechende Notiz auf seiner Checkliste und legte sie beiseite, um Jana mit dem Ellenbogengelenk zu helfen.

»Wenn man die Totenstarre gewaltsam bricht«, erklärte er, »kann man in den ersten acht Stunden nach Todeseintritt beobachten, dass die Starre wieder einsetzt.«

Er übernahm den Arm und begann, das starre Gelenk mit Gewalt hin und her zu bewegen. Zunächst knackte und knirschte es besorgniserregend, dann ließ das Gelenk sich zunehmend leichter bewegen.

Währenddessen fragte Jana: »Sollte die Starre in der nächsten Zeit wieder einsetzen, wäre er also höchstens acht Stunden tot?«

»Absolut richtig. Das können wir also erst später überprüfen.« Ahrens deutete auf eine großflächige, blassblau-violette Färbung im Bauchbereich des Toten. Innerhalb dieser Verfärbung waren die Hemdfalten und die Knopfleiste des Hemdes hautfarben abgebildet.

»Hier erkennen Sie einen sogenannten Totenfleck«, sagte er. »Totenflecke entstehen etwa zwanzig bis dreißig Minuten nach Eintritt des Todes als Folge des Herz-Kreislauf-Stillstandes durch schwerkraftbedingtes Absinken des Blutes in die Blutgefäße, auf denen die Leiche aufliegt. Da es sich bei diesen Hautkapillaren um sehr kleine Blutgefäße handelt, nehmen wir die Totenflecke flächenhaft wahr. Typisch ist, dass wir hier die Hemdfalten und die Knopfleiste des Hemdes als Abdrücke innerhalb der Totenflecke erkennen können, da die Hautgefäße durch sie abgedrückt werden und sich kein Blut in den abgedrückten Kapillaren ansammeln kann. Etwa drei Stunden nach Todeseintritt sind die Totenflecke dann maximal ausgebildet. Das ist hier definitiv der Fall. Bis zu zwanzig Stunden nach Eintritt des Todes können die Totenflecke dann durch kräftigen Fingerdruck noch vollständig weggedrückt werden. Los geht's!«, forderte er sie auf. »Probieren Sie selbst einmal aus, ob Sie die Totenflecke wegdrücken können!«

Die Kommissaranwärterin zögerte nicht und drückte mit ihrem Daumen zunächst vorsichtig, dann kräftig auf den blau-violett verfärbten Unterleib der Leiche. Als sie ihren Daumen zurückzog, blieb ein hautfarbener Abdruck zurück.

»Das müsste nach diesem Prüfungspunkt bedeuten, dass

er nicht länger als zwanzig Stunden tot ist, oder?«, fragte Jana.

»Ja, genau!« Ahrens nickte und machte eine entsprechende Notiz auf seiner Checkliste.

Während der nächsten Minuten untersuchten Ahrens und Jana die mechanische und elektrische Erregbarkeit der Muskulatur, die Reaktion der Iris auf eine Atropin-Injektion und die weiteren Prüfpunkte, die laut der Checkliste abgearbeitet werden mussten. Als sie alle Ergebnisse in die Liste eingetragen hatten, überflog der Mediziner die Daten. Dann schob er den rechten Ärmel seines Einweg-Overalls ein wenig zurück und blickte auf seine Armbanduhr. Die zeigte mittlerweile 04:00 Uhr.

»Andreas Joost ist vor drei bis acht Stunden getötet worden, also zwischen zwanzig Uhr und ein Uhr in der Nacht«, erklärte er.

»Zwischen zwanzig und zweiundzwanzig Uhr fünfzehn«, korrigierte ihn Jana, »denn heute Abend um Viertel nach zehn ist der Notruf von Sarah Joost eingegangen.«

Ahrens hob anerkennend die Augenbrauen, legte die Checkliste beiseite und richtete seine Aufmerksamkeit auf den verstümmelten Genitalbereich und die traktierten Oberschenkel der Leiche. »Ich halte es für sehr gut möglich, dass die Verletzungen durch das Messer verursacht wurden, das Sie sichergestellt haben. Auffällig ist, dass alle Messerstiche direkt im Genitalbereich platziert sind oder in einem kleinen Radius um ihn herum. Ich denke, dass er letztendlich durch die Verletzung der Oberschenkelarterie verblutet ist. Sie können bei dieser Leiche außerdem erkennen, dass die Totenflecke nur spärlich ausgeprägt sind. Das würde zu der Vermutung passen, dass der Tod durch Verbluten eingetreten ist. Es gibt nur einen Punkt, den ich noch nicht einordnen kann: An den Händen und Armen der Leiche müssten eigentlich Abwehrverletzungen sein. Normalerweise versuchen Menschen, die mit einem Messer attackiert werden, nach der Waffe oder die Hand des Täters zu greifen und den Angriff abzuwehren. Dann bleiben entsprechende Schnittwunden im Bereich der Hände und Arme zurück. Bei dieser Leiche fehlen Abwehrverletzungen dieser Art.«

»Das verstehe ich nicht«, meinte Jana.

»Vielleicht war er betäubt«, erwiderte Ahrens. »Genaueres kann ich erst nach der toxikologischen Untersuchung seiner Körperflüssigkeiten sagen. Haben Sie eigentlich schon einmal eine Obduktion in der Rechtsmedizin miterlebt?«

Jana schüttelte den Kopf. »Nein, bisher noch nicht.«

Seine Augen strahlten. »Dann wird es heute das erste Mal sein!«

»Gerne, falls ich das überhaupt darf«, erwiderte sie und drehte sich zu Hagemann und Degenhardt um.

Degenhardt zögerte kurz, dann nickte er. »Natürlich dürfen Sie!«

Als Leiter des Ersten Fachkommissariats des Zentralen Kriminaldienstes war Degenhardt einer der wichtigsten Männer in der Polizeiinspektion Harburg. Da er darüber hinaus über ein hervorragendes Fachwissen verfügte, hatte der Chef der Polizeiinspektion Harburg – Polizeidirektor Achim Meislahn – ihm die Verantwortung für die Betreuung der Kommissaranwärter übertragen, die ihr Ermittlungspraktikum in Buchholz leisteten. Degenhardt war als äußerst anspruchsvoller und fordernder Ausbilder bekannt. Es war ein offenes Geheimnis, dass diejenigen Kommissaranwärter, die für den Polizeidienst nicht geeignet waren, an ihm scheiterten. Engagierten sich die angehenden Kommissare jedoch und war Degenhardt von deren Potenzial überzeugt, konnten sie auf seine uneingeschränkte

Unterstützung zählen – und dies weit über die drei Monate des Praktikums hinaus.

Degenhardt hatte von Anfang an nicht daran gezweifelt, dass Jana Liebisch genau dieses Potenzial besaß. Er spürte, dass in ihr die gleiche Leidenschaft brannte, die auch ihn antrieb. Er mochte ihre selbstbewusste und unerschrockene Art. Mit ihren neunundzwanzig Jahren, ihrer Größe von einem Meter fünfundsiebzig und den roten Haaren war sie zwar auch als Frau äußerst attraktiv, Degenhardt allerdings konzentrierte sich darauf, sein Interesse an ihr auf das Berufliche zu beschränken. Letztendlich hatte sie sich innerhalb kürzester Zeit gut in sein Team eingefügt, was Degenhardt nur von wenigen Praktikanten behaupten konnte. Er mochte sie und gewährte ihr manches, was er anderen abgeschlagen hätte. So hatte er sofort zugestimmt, als sie ihn vor einigen Tagen darum gebeten hatte, die nächste Woche Urlaub nehmen zu dürfen. Ihre Begründung, dass ihre in England lebende Großmutter Geburtstag habe und sie sie dort besuchen wolle, hatte er mit einem Lächeln und einem »Gratulieren Sie ihr von mir!« quittiert.

Sie hatten die erste Untersuchung der Leiche gerade beendet, als Vorberg das Kinderzimmer betrat. Er zog seinen Mundschutz über die Nase, dennoch ließ sich seinem Gesichtsausdruck entnehmen, dass er niedergeschlagen war. Offensichtlich brachte er keine guten Neuigkeiten.

»Und, wie sieht's aus?«, wollte Degenhardt wissen.

»Das Mädchen ist immer noch verschwunden.«

»Scheiße«, murmelte Hagemann.

»Ein Polizeihubschrauber aus Hannover ist auf dem Weg hierher und wird mit einer Wärmebildkamera nach ihr suchen«, teilte Vorberg ihnen mit. »Die Kollegen aus Winsen planen eine Suchaktion, die um sechs Uhr vom großen Parkplatz am Naturschutzgebiet aus starten soll.«

»Vielen Dank für die Informationen«, erwiderte Staatsanwalt Hagemann und schaute dann Degenhardt mit finsterer Miene an. »*Sie* müssen das Mädchen finden!«

»Nein.« Degenhardt schüttelte den Kopf. »*Wir* müssen sie finden!«

Kapitel 5

E-Mail von Andreas Joost an
Rechtsanwalt Doktor Gruner,
einige Monate zuvor

Sehr geehrter Herr Rechtsanwalt Doktor Gruner,

der Scheidungswunsch meiner Frau ist mir zwar bekannt, jedoch kann von einer einvernehmlichen Scheidung keine Rede sein. Insbesondere bin ich nicht bereit, auf mein Haus zu verzichten, so wie es meine Frau wünscht. Insofern halte ich eine Terminvereinbarung in dieser Angelegenheit für überflüssig. Bitte führen Sie sämtlichen weiteren Schriftverkehr mit meinem Rechtsanwalt Thomas Wilke in Holm-Seppensen.

Mit freundlichen Grüßen
Andreas Joost

* * *

Döhle,
Parkplatz am Naturschutzgebiet,
Mittwoch, 11. April, 05:30 Uhr

Die Dämmerung hatte vor Kurzem eingesetzt, doch auf dem Parkplatz am Naturschutzgebiet herrschte trotz der frühen Morgenstunde hektische Betriebsamkeit. Gerade traf ein Rettungswagen des Deutschen Roten Kreuzes ein. Die Feuerwehr hatte bereits ein Zelt aufgebaut, von dem aus der Sucheinsatz nach Anna Joost geleitet werden sollte. Es waren an allen Seiten deutlich sichtbare Schilder mit der Beschriftung *EINSATZLEITUNG* angebracht worden. In dem Zelt hingen Übersichts- und Lagekarten, die für die Suchaktion sorgfältig vorbereitet worden waren. Abseits des Zeltes stand der Einsatzleitwagen der Feuerwehr. Auch dort waren alle Vorbereitungen abgeschlossen, um den gesamten Funkverkehr mit den Sucheinheiten zu führen.

Als Degenhardt und Vorberg aus dem Dienstwagen stiegen, zogen sie den Reißverschluss ihrer Jacken bis an das Kinn hoch. Da die Temperatur nur knapp über dem Gefrierpunkt lag, fröstelten sie dennoch.

»Ich möchte zwar nicht mit Jana tauschen«, sagte Vorberg, »aber in der Rechtsmedizin ist es jetzt bestimmt wärmer.«

Degenhardt hob die Augenbrauen. »Da friere ich lieber.«

Der erste Weg der Kommissare führte sie in das Zelt der Einsatzleitung. Dort war ein Feuerwehrmann damit beschäftigt, die Lagekarten zu studieren. In einer Ecke des Zeltes saß Sarah Joost mit einer Freundin. Die beiden Frauen hatten sich in Wolldecken gehüllt und tranken aus dampfenden Bechern.

»Hauptkommissar Degenhardt und Oberkommissar Vorberg, Polizeiinspektion Nordheide«, stellten sie sich dem Feuerwehrmann vor. »Wer leitet den Sucheinsatz und kann uns einweisen?«

»Den Gesamteinsatz leitet Oberkommissar Wachter aus Winsen«, erwiderte der Feuerwehrmann. »Ich bin der Gemeindebrandmeister und koordiniere den Feuerwehreinsatz. Wenn es dringend ist, kann ich Sie selbstverständlich auch einweisen.«

»Es ist dringend«, entgegnete Degenhardt.

»Das habe ich mir gedacht«, sagte der Gemeindebrandmeister und begann, Degenhardt und Vorberg ins Bild zu setzen. »Heute Nacht hat ein Helikopter das Naturschutzgebiet überflogen und mit einer Wärmebildkamera nach dem verschwundenen Mädchen gesucht. Leider ohne Erfolg. Seit heute Morgen um kurz vor vier Uhr fährt ein Einsatzfahrzeug der Feuerwehr die Wege im Naturschutzgebiet ab, und zwar ebenfalls mit einer Wärmebildkamera. Bisher leider auch ohne Erfolg. Seit einer halben Stunde gehen drei Teams der Rettungshundestaffel mit Flächensuchhunden die Wege von Döhle aus ab: in nördliche Richtung nach Sudermühlen, in westliche Richtung nach Wilsede und in südliche Richtung nach Hörpel. Das Sudermühlen-Team sucht anschließend weiter in Richtung Undeloh und das Hörpel-Team in Richtung Wilsede. Ab sechs Uhr werden wir die Suche in Richtung Wilsede beginnen. Ich habe dafür rund fünfzig Kameraden aus Hanstedt, Ollsen, Wesel, Undeloh, Sahrendorf-Schätzendorf, Egestorf, Evendorf, Hörpel und Volkwardingen zusammengetrommelt. Die Polizei stellt noch einmal sechzig Beamte der Bereitschaftspolizei für eine Suchkette bereit. Damit können wir eine ganz ordentliche Fläche in Richtung Wilsede absuchen.«

»Warum in Richtung Wilsede?«, wollte Degenhardt wissen.

»Weil uns gesagt wurde, dass ein Mädchen, auf das die Beschreibung passt, in diese Richtung gelaufen sein soll.«

»Ach ja, richtig.« Degenhardt schüttelte den Kopf darüber, dass er diese Information schon wieder vergessen hatte.

»Wir haben dann noch vier weitere Teams mit Flächensuchhunden zur Verfügung, die einige zugeteilte Sektoren in Richtung Sudermühlen und in Richtung Sellhorn absuchen werden. Dazu kommen noch zwei Hundeführer der Polizei, die in zugeteilten Sektoren jenseits von Wilsede aus eingesetzt werden. Ab etwa elf Uhr unterstützt dann noch ein *Mantrailer* die Suche nach dem Mädchen.«

»Ein *Mantrailer?*«

»Ja, ein Hund, der auf die Duftspur des vermissten Mädchens angesetzt wird. Nachdem der *Mantrailer* den Geruch einer vermissten Person aufgenommen hat, folgt er der Spur so lange, bis er die Person gefunden hat. Die Flächensuchhunde reagieren dagegen nur auf allgemeinen menschlichen Geruch und folgen keiner individuellen Spur.«

»Funktioniert das mit dem *Mantrailer* denn überhaupt noch, wenn er erst am späten Vormittag mit der Suche nach dem Mädchen beginnt?«

»Ein guter *Mantrailer* kann einer Spur unter optimalen Bedingungen auch noch nach mehreren Tagen folgen. Und das sogar auf Asphalt.«

»Und warum ist der *Mantrailer* jetzt noch nicht hier?«

»Weil der Hundeführer mit Familie und Hund zurzeit Urlaub in Dänemark macht. Er kann erst gegen elf Uhr hier sein.«

Degenhardt seufzte. »Okay. Gibt's hier irgendwo Kaffee?«

»Ja, im Einsatzleitwagen nebenan. Eine Dame vom Café gegenüber ist so nett und verpflegt uns.«

Degenhardt und Vorberg gingen zum Einsatzleitwagen und bekamen dort den ersehnten Kaffee. Während Vorberg über den Parkplatz ging und sich die Vorbereitungen auf die Suche näher ansah, ging Degenhardt zurück zum Wagen und lehnte sich an den Kotflügel. Er ließ seinen Blick umherschweifen und beobachtete, dass immer mehr Fahrzeuge der Feuerwehr und der Polizei auf den Parkplatz fuhren. Schließlich starrte er durch den Dampf seines Kaffees zum Horizont. Dort färbte die aufgehende Sonne den ansonsten strahlend blauen Morgenhimmel in ein tiefes Rot und Orange. Das hektische Wirbeln um ihn herum und das Stimmengewirr, das immer wieder von aufgeregtem Hundebellen unterbrochen wurde, blendete er langsam aus.

Degenhardt hatte nicht damit gerechnet, dass der Anblick des getöteten Andreas Joost ihn derart aus der Bahn werfen würde. Dabei hatte er in seinen neunundfünfzig Jahren, von denen er fast vierzig bei der Polizei zugebracht hatte, viel erlebt.

Seine Laufbahn bei der Polizei hatte er kurz vor seinem zwanzigsten Geburtstag als Schutzpolizist begonnen. Während seines Streifendienstes in Winsen und später in Hannover war er mit dem gesamten Elend, das das Leben zu bieten hatte, konfrontiert gewesen: geschlagene Ehefrauen und Kinder, Prügeleien im Rotlichtmilieu, Einbrüche, Diebstähle und schwere Verkehrsunfälle waren nur ein kleiner Auszug dessen, was sein Berufsalltag mit sich brachte. Sein Erfahrungsschatz und seine Gelassenheit machten ihn schnell zu einem Polizeibeamten, mit dem seine Kollegen gerne auf Streife gingen. Er war der verlässliche Fels in der Brandung und beherrschte selbst Situationen, die andere für aussichtslos hielten.

In seinem fünften Jahr bei der Polizei wurde Degenhardt zu einem Einsatz gerufen, der sein Leben veränderte. Es war eine klirrende Winternacht im Januar. Eine Frau hatte den Notruf gewählt und um Hilfe gebeten, da ihr Mann sie angeblich verprügelt hatte. Da er ihrer Aussage zufolge stark alkoholisiert war, fürchtete sie, dass er noch einmal zuschlagen würde. Es hörte sich nach einem Routineeinsatz an.

Als er gemeinsam mit seinem Freund und Kollegen Bernd Köhnke, mit dem er seit Jahren zusammenarbeitete, am Einsatzort ankam, lag das Haus vollkommen im Dunkeln. Keines der Fenster war erleuchtet, und sie fragten sich, ob sie sich in der Adresse geirrt hatten. Sie klingelten, doch niemand öffnete ihnen die Tür. Sie umrundeten das Haus und leuchteten mit ihren Taschenlampen in jedes Fenster, aber sie konnten nichts Ungewöhnliches entdecken. Sie kehrten zur Haustür zurück und klingelten noch einmal, doch wieder gab es keine Reaktion. Probeweise drückte Degenhardt die Klinke nieder und stellte überrascht fest, dass sich die Tür öffnen ließ. Er schob sie auf und blickte in ein schwarzes Nichts. Während er mit der linken Hand nach dem Lichtschalter tastete, leuchtete er den Hausflur mit seiner Taschenlampe aus – und erstarrte. Adrenalin schoss durch seinen Körper: Im Hausflur lag eine Frau in einer riesigen Blutlache. Er hatte nicht den geringsten Zweifel daran, dass sie tot war.

In dem Moment, als der Lichtstrahl seiner Taschenlampe den in der Ecke des Flurs kauernden Mann erfasste, krachte der erste Schuss. Innerhalb von Sekundenbruchteilen folgte der zweite. Dann der dritte – und schließlich auch noch der vierte.

Degenhardt selbst spürte nichts, doch er hörte alles – wie Bernd Köhnke neben ihm röchelte und zusammensackte, und wie der Schütze im Hausflur begann, das Magazin seiner Waffe zu wechseln. Degenhardt überwand die Schockstarre, packte seinen Kollegen und zerrte ihn so schnell wie möglich aus dem Schussfeld. Dann gab es noch einen Schuss, und es wurde still – totenstill. Degenhardt erfuhr später, dass der Schütze sich mit diesem Schuss das Leben genommen hatte.

Bernd Köhnke war von zwei Projektilen getroffen worden: Das eine war in seine Lunge eingedrungen, das andere in sein Herz. Als Degenhardt mit der Wiederbelebung begann, war sein Kollege längst tot.

Erst viel später spürte er, dass auch er zweimal getroffen worden war. Eine Kugel hatte seinen linken Oberarm durchschlagen, die andere sein Gesicht gestreift. Die Armverletzung erwies sich als recht kompliziert: Das Projektil hatte den Knochen teilweise zertrümmert, sodass zahlreiche Splitter in die umliegende Muskulatur getrieben worden waren. Dem Können der Ärzte verdankte er es, dass keine Folgeschäden zurückblieben.

Der Streifschuss hatte jedoch Spuren im Gesicht hinterlassen, die er noch heute mit jedem Blick in den Spiegel erkennen konnte. Seine linke Wange war aufgerissen worden. Die Ärzte sprachen von einem unglaublichen Glück, denn bei einer nur geringfügig anderen Schussbahn hätte er schwerwiegende Gehirn- oder Gesichtsverletzungen erleiden können. Es blieb eine Narbe zurück, die sich von seinem linken Mundwinkel bis fast zum linken Ohrläppchen zog.

In den ersten Jahren nach diesem Zwischenfall empfand er sein Lächeln als merkwürdig. Durch die Narbe wirkte es, als würde sein Mund bis zum linken Ohrläppchen reichen. Besonders extrem fiel ihm dies auf Fotos auf, die sein linkes Profil zeigten.

Degenhardt kehrte nach diesem Vorfall nicht mehr in den Streifendienst zurück. Seine Vorgesetzten entschieden, dass er an der Aufklärung von Gewaltverbrechen mitwirken sollte. Noch im Mai desselben Jahres fing er an, bei der Kriminalpolizei in Hannover zu ermitteln.

Knapp vier Jahre später machte er sich dort durch seinen feinen Spürsinn und die subtile Art seiner Vernehmungen einen Namen. Er war derjenige, der dem sogenannten Tapetenleim-Mörder ein Geständnis entlockte. Der Tapetenleim-Mörder hatte seiner Frau im Schlaf einen vollen Eimer mit Tapetenleim über das Gesicht gestülpt und so lange zugedrückt, bis sie durch die zähe Masse erstickt war. Ihre Leiche wickelte er in Wolldecken und verbarg sie im Keller in einer Truhe. Zum Schutz gegen die Geruchsentwicklung legte er Lavendelzweige in die Truhe. Auch wenn die Vernehmungen des Ehemanns widerlich waren: Degenhardt wahrte die notwendige Distanz und schloss den Fall erfolgreich ab.

Ein paar Jahre danach wurde er zum Landeskriminalamt Hannover versetzt und beschäftigte sich mit der Analyse von Gewaltdelikten. Mit großem Erfolg bearbeitete er vor allem Fälle, in denen die Identität von Toten zunächst nicht geklärt werden konnte. So dauerte es auch dort nicht lange, bis er sich einen Namen gemacht hatte; und seine Fachkompetenz war bundesweit gefragt.

Nachdem er vier Jahre beim LKA tätig gewesen war, bot man ihm an, als Dozent an die Landespolizeischule in Hannoversch Münden zu wechseln. Er war erst einmal sprachlos. Die Schule kannte er in- und auswendig, da er seine Grundausbildung und seine Laufbahnlehrgänge dort absolviert hatte. Aber er selbst als Dozent?

Man ließ ihm eine Woche Bedenkzeit, und schließlich sagte er zu. Fortan schulte er seine Kollegen in allen Belangen der Kriminalwissenschaften, und die logische Konsequenz war, dass er im Bundesland Niedersachsen außerordentlich bekannt wurde. Dort erhielt er bald einen recht ehrenvollen Spitznamen. Auch wenn sich niemand jemals traute, ihn mit diesem Namen anzusprechen, kannte er ihn doch genau: *The Boss*. Er war nicht sicher, ob seine Leidenschaft für Bruce Springsteen ihm diesen Titel eingebracht hatte oder ganz allgemein sein respekteinflößendes Auftreten. Wahrscheinlich war es eine Kombination aus beidem.

Im Alter von einundvierzig Jahren lernte er bei einem Besuch seiner Eltern in Döhle eine Frau kennen, die ihm nicht mehr aus dem Kopf ging: Sie hieß Ulrike, war zehn Jahre jünger als er und wohnte im Nachbarort Egestorf. Die beiden trafen sich mehrere Male, sie kamen sich immer näher – und Ulrike wurde von ihm schwanger. Sie heirateten noch im selben Jahr, kurz vor der Geburt ihrer Tochter Alexandra. Da Ulrike nicht bereit war, zu ihm nach Hannoversch Münden zu ziehen, stellte er einen Versetzungsantrag und ermittelte kurze Zeit später für die Kriminalpolizei in Lüneburg. Er und seine Frau führten eine glückliche Ehe, und zweieinhalb Jahre nach der Geburt der Tochter kam ihr Sohn Tobias auf die Welt.

Mit einundfünfzig Jahren wurde Degenhardt schließlich nach Buchholz in der Nordheide zur Polizeiinspektion Harburg versetzt, wo er die Leitung des Ersten Fachkommissariats übernahm.

Das entsetzliche Erlebnis in jener klirrend kalten Winternacht vor nunmehr vierunddreißig Jahren hatte er zwar nicht aus seinem Gedächtnis löschen können, doch es hatte ihn nicht traumatisiert. Zumindest war er dadurch nicht in seiner Handlungsfähigkeit eingeschränkt, wie Degenhardt jahrzehntelang glaubte.

Dann aber war er eines Besseren belehrt worden. Vor vier Jahren im Februar hatte es ihn aus heiterem Himmel getroffen, und zwar härter, als er es sich je hatte vorstellen können.

Seine Kollegen und er waren damals zu einem Feldweg gerufen worden, der in der Nähe von Holm-Seppensen verlief. Ein Fahrradfahrer hatte dort eine männliche Leiche aufgefunden: Markus Voß, ein fünfundzwanzigjähriger Student, der mit sechs Pistolenschüssen getötet worden war. Beim Anblick der Leiche hätte es Degenhardt beinahe den Boden unter den Füßen weggerissen. Die Lage des Toten, der Gesichtsausdruck, die Blutlache – einen Moment lang hatte er tatsächlich geglaubt, er wäre wieder der junge Polizist, der neben seinem erschossenen Kollegen kniete.

Heute hatte dieses lähmende Gefühl ihn beim Anblick der

Leiche von Andreas Joost zum zweiten Mal übermannt. Er fühlte sich wie betäubt, nahezu ohnmächtig.

Nach dem Erlebnis vor vier Jahren hatte sich einiges verändert – nicht nur beruflich, sondern auch privat. Danach war er häufig gereizt gewesen, vor allem auch zu Hause, und die Spannungen mit Ulrike hatten zugenommen. Im letzten Jahr war sie schließlich zusammen mit den beiden Kindern nach Egestorf gezogen.

Wehmütig dachte er an Alexandra und Tobias. Am 29. April würde in der Sankt-Stephanus-Kirche in Egestorf die Konfirmation seines Sohnes stattfinden. Bis dahin waren es keine drei Wochen mehr! Bisher hatte er die Entscheidung immer wieder verschoben, ob er nun hinfahren sollte oder nicht.

Auf der einen Seite wollte er ein Zusammentreffen mit Ulrike unbedingt vermeiden. Er wusste nicht, wie sie auf ihn reagieren würde – und noch weniger wusste er, wie er sich ihr gegenüber verhalten sollte. Wenn er an sie dachte, hatte er ein Gefühl, das er nicht genau beschreiben konnte. Er mochte Ulrike noch immer – das war ihm klar. Und insgeheim war ihm bewusst: Wenn er tief genug in sich hineinhorchen würde, würde er wohl noch intensivere Gefühle für sie entdecken. Aber davor schreckte er zurück.

Doch auf der anderen Seite wollte er nicht dafür verantwortlich sein, dass Tobias sich während des Konfirmationsgottesdienstes immer wieder zur Kirchentür umdrehen und sich fragen würde, wo sein Vater blieb. Degenhardt würde die Situation durch sein Fernbleiben verschlimmern und den Keil zwischen sich und seiner Familie noch tiefer treiben – und das wollte er nicht.

»So, Männer!«, brüllte der Leiter des Sucheinsatzes plötzlich und riss Degenhardt in die Realität zurück. Aufmerksam folgte er den Ausführungen des Einsatzleiters und des Gemeindebrandmeisters, die die Suchmannschaften einwiesen und instruierten.

Nachdem schließlich auch der Funkcheck erfolgreich abgeschlossen war, zogen die Suchmannschaften in das Naturschutzgebiet – der aufgehenden Sonne entgegen.

Degenhardt schaute ihnen nach und nahm die kleine Frau zunächst nicht wahr, die sich ihm näherte. Schließlich tippte sie ihm energisch auf die Schulter.

»So, mien Jung«, sagte Tante Annemarie, »ick hev een Glas Brommelbeer-Marmelod für di. Dat kannst ju bestimmt good brucken.«

Verdutzt streckte er die Hand aus und nahm ihr die Brombeermarmelade ab. Dann huschte ein Lächeln über sein Gesicht. Im nächsten Moment wurde er wieder ernst. *Warum ausgerechnet Döhle?*

Kapitel 6

Handschriftliche Nachricht von
Sarah Joost an ihren Mann,
einige Monate zuvor

Hallo Andreas,

Rechtsanwalt Gruner hat mich heute Vormittag angerufen. Ich verstehe nicht, was Dein Verhalten zu bedeuten hat! Warum hast Du Deine Meinung jetzt so plötzlich geändert? Hast Du Dir eigentlich Gedanken darüber gemacht, was Du Anna antust? Und was habe ich Dir getan? Ich bin heute Abend spät zu Hause, lass uns dann doch noch einmal über alles reden!

Gruß
Sarah

* * *

Hamburg-Blankenese,
Mittwoch, 11. April, 08:05 Uhr

Charlotte Joosts Chefredakteur hatte seit Tagen immer wieder nach dem Artikel gefragt, den sie für ihn schreiben sollte. Bevor er die Redaktion gestern Abend verlassen hatte, war er an ihren Schreibtisch gekommen, hatte sie über den Rand seiner Brille angesehen und mit finsterer Miene erklärt: »Morgen früh will ich den Artikel auf meinem Schreibtisch haben – endgültig!«

Innerlich hatte sie über ihn geflucht und unwillkürlich an all die Mistkerle gedacht, an die sie im Laufe ihres Lebens geraten war. Von ihren Beziehungen zu Männern hätte sie nicht viel Positives berichten können: Selbst ihre Ehe mit einem Piloten, die so hoffnungsvoll begonnen hatte, war letztendlich in eine Katastrophe gemündet, denn sie hatte feststellen müssen, dass er stets mehr Zeit, Geld und Emotionen in seine Stewardessen investiert hatte als in sie. Danach hatte es kein Mann lange mit ihr ausgehalten, was ihrer Meinung nach immer an den Kurzzeit-Partnern gelegen hatte und sicherlich nicht an ihr. Selbst der Kontakt zu ihrem Sohn Andreas war abgerissen. Die Schuld dafür sah sie jedoch bei ihrer Schwiegertochter Sarah.

Bis zum frühen Morgen hatte sie an dem Artikel gearbeitet, um ihn rechtzeitig fertigzustellen. Und wie immer war sie nach einer Nacht in der Redaktion nicht nach Hause gefahren, sondern nach Schenefeld zu Belinda.

Belinda war zwölf Jahre alt, eine dunkelbraune Holsteiner Stute mit hohem Vollblutanteil, bestem Springvermögen und – das war für Charlotte das Wichtigste – mit gewaltigem Mut. Charlotte und Belinda verband vieles miteinander: Beide liebten die Jagdreiterei, beide waren draufgängerisch, und beide hatten Kämpferherzen. Sie strahlten eine gewisse Eleganz und Unnahbarkeit aus – ohne dabei jedoch arrogant zu wirken –, und beide verstanden es, ihren Kopf charmant, aber konsequent durchzusetzen.

Sie hatten in der aufgehenden Morgensonne ein lockeres Galopptraining absolviert, da Charlotte dieses Jahr bei einer Herbstjagd zum ersten Mal als *Pikör* des springenden Feldes reiten würde: Sie sollte den *Master* dabei unterstützen, das Jagdfeld zusammenzuhalten, und dafür sorgen, dass alle Reiter die Jagdregeln einhielten. Diese Aufgabe verlangte von Charlotte und Belinda vor allen Dingen Routine, Übersicht und gute Kondition. Bis zur Herbstjagd waren noch einige Jagden in ihrem Terminkalender eingetragen. Ausreichend Gelegenheiten also, um für die neue Herausforderung zu trainieren.

Nun saß Charlotte in ihrem »Hubert« – einem schwarz lackierten Käfer-Cabriolet, dessen Verdeck und Ledersitze knallrot waren – und befand sich auf dem Weg von Schenefeld zurück nach Hamburg. Huberts Verdeck war geöffnet, und Charlotte genoss die wärmenden Sonnenstrahlen auf ihrer Haut. Sie betrachtete sich kurz im Rückspiegel und stellte zu ihrer Freude fest, dass man ihr trotz der Nacht ohne Schlaf die neunundfünfzig Jahre nicht ansah.

Gutgelaunt drehte Charlotte das Radio auf und sang mit Charlie Winston laut im Duett: »*Like a hobo from a broken home, nothing's gonna stop me!* – Wie ein Landstreicher aus einer kaputten Familie; nichts wird mich mehr stoppen!« Sie konnte leise erahnen, wie es sich anfühlen musste, in Pennsylvania auf einen Güterzug zu springen und sich bis nach New Orleans durch die USA treiben zu lassen – *like a hobo*.

Kurz vor ihrem Haus in Blankenese musste sie an einer Ampel stoppen. Charlotte überlegte, was sie morgen mit ihrer Stute machen wollte, und war gerade auf die Idee gekommen, im Forst Klövensteen auszureiten, als Radio Hamburg sein Programm für eine Eilmeldung unterbrach.

»Die Kriminalpolizei Buchholz bittet um Unterstützung bei der Suche nach der dreizehnjährigen Anna Joost aus Döhle.«

Wie bitte?

Charlotte starrte ungläubig auf das Autoradio und fühlte sich, als hätte die Welt aufgehört, sich zu drehen. Sie bekam nicht mit, dass die Ampel auf Grün umsprang. Obwohl sie den Radiomoderator problemlos verstehen konnte, zog sie am

Sicherheitsgurt und verschaffte sich so Bewegungsfreiheit, um sich weit nach vorne zu beugen und den Kopf in Richtung Lautsprecher zu strecken.

»Anna Joost wird seit gestern Abend vermisst. Sie ist circa einen Meter sechzig groß, schlank, hat lange blonde Haare und auffällig blaue Augen. Anna Joost ist Autistin und reagiert nicht auf andere Menschen. Die Polizei bittet darum, das Mädchen nicht zu berühren oder es festzuhalten. Anna Joost ist mit einer hellblauen Jeanshose, einem dunkelblauen Poloshirt, einer braunen Cordjacke und weiß-blauen Sportschuhen bekleidet.«

Charlotte Joost fühlte sich wie in Trance. Sie bemerkte nicht, dass die Autofahrer hinter ihr ungeduldig hupten.

»Sachdienliche Hinweise nimmt die Kriminalpolizei Buchholz oder jede andere Polizeidienststelle entgegen.«

Immer noch blickte Charlotte fassungslos auf das Autoradio. Sie verstand nicht, warum sie diese Nachricht aus dem Radio erfahren musste. Auch wenn der Kontakt mit ihrem Sohn vor langer Zeit abgebrochen war – er hätte sie darüber informieren müssen, dass Anna vermisst wurde. Nach einigen Momenten der Ratlosigkeit nahm sie die hinter ihr stehenden Autos wahr, deren Fahrer mittlerweile ein regelrechtes Hupkonzert veranstalteten.

»Ja, ja«, murmelte sie und lenkte ihren Wagen vorsichtig über die Kreuzung. Nach wenigen Metern parkte sie auf dem Seitenstreifen und kramte in ihrer Umhängetasche auf dem Beifahrersitz herum, bis sie ihr Handy gefunden hatte. Dann suchte sie im Speicher des Telefons nach der Festnetznummer, die sie seit Jahren nicht gewählt hatte. Als Charlotte sie endlich gefunden hatte, zögerte sie kurz – dann wählte sie.

Nach längerem Klingeln meldete sich eine ihr sehr vertraute Männerstimme. »Guten Tag, Sie sind verbunden mit dem Anschluss von Andreas und Sarah Joost. Wir sind derzeit nicht erreichbar, rufen Sie aber gerne zurück, wenn Sie Namen und Rufnummer hinterlassen.«

Charlotte nahm das Telefon vom Ohr, legte auf und wählte anschließend die Handynummer ihres Sohnes – auch dort meldete sich lediglich die Mailbox.

Charlotte überlegte, ob sie bei Sarah anrufen sollte. Letztlich kam sie zu dem Schluss, dass verletzte Gefühle und andere Sentimentalitäten jetzt zurückstehen mussten. Schließlich ging es um Anna. Sie fand Sarahs Nummer im Speicher des Handys und wählte. Charlotte hörte den regulären Klingelton einige Male. Dreimal – vielleicht auch viermal – musste Sarahs Handy schon geklingelt haben, als plötzlich das Besetztzeichen ertönte.

»Das ist ja wohl nicht zu glauben!« Charlotte schüttelte den Kopf. »Die hat meinen Anruf einfach weggedrückt!«

Sarah hätte ihr Handy wenigstens durchklingeln lassen können, dachte Charlotte, *dann hätte ich ihr wenigstens auf den Anrufbeantworter sprechen können*. Erneut kam das gleiche Gefühl in ihr hoch, unter dem sie während der letzten sieben Jahre immer wieder gelitten hatte: Sie war im Leben ihres Sohnes und seiner Frau nicht erwünscht. Der Streit mit Andreas und Sarah, die gegenseitigen Vorwürfe, der Abbruch des Kontaktes – plötzlich war alles wieder so präsent, als sei es gestern passiert und nicht vor sieben Jahren. Charlotte hatte gewusst, dass irgendwann der Moment kommen würde, der alles wieder an die Oberfläche bringen und sie zwingen würde, sich mit ihrer Vergangenheit auseinanderzusetzen.

Kurz überlegte sie, was sie jetzt tun sollte, dann traf sie eine Entscheidung. Sie wartete ab, bis die Straße in beiden Fahrtrichtungen frei war. Dann wendete sie mühevoll in drei Zügen – mit einer Servolenkung konnte der alte Käfer nicht dienen – und fuhr auf direktem Wege zur Autobahnauffahrt Hamburg-Othmarschen. Dort folgte sie der Autobahn A7 in Richtung Hannover.

Als Charlotte den Elbtunnel hinter sich gelassen hatte, rief sie in der Redaktion an. Nach kurzem Klingeln meldete sich eine Kollegin.

»Sie sind verbunden mit der Redaktion des Hamburger ...«

»Hier ist Charlotte!«, unterbrach sie den Begrüßungstext, den auch sie schon unzählige Male aufgesagt hatte. »Habt ihr von der Polizei Buchholz eine Suchmeldung nach einem verschwundenen Mädchen aus Döhle in die Redaktion bekommen?«

»Hallo, Charlotte. Ja, haben wir. Die Polizei hat vor ungefähr einer halben Stunde eine Suchmeldung veröffentlicht. Ich habe mit dem Pressesprecher vereinbart, dass wir die Meldung abdrucken, falls das Mädchen bis zum Redaktionsschluss nicht gefunden wird. Aber bis dahin ist ja noch Zeit.«

Charlotte bemühte sich, ihrer Stimme einen neutralen Klang zu geben, als sie sich erkundigte: »Hast du Hintergrundinformationen?«

»Ja. Das Mädchen heißt Anna Joost und ist gestern Abend in Döhle zum letzten Mal gesehen worden. Sie ist angeblich in das Naturschutzgebiet gelaufen.«

Charlottes Kollegin hatte natürlich auch erfahren, dass die Polizei den Mord am Vater des Mädchens als Grund für deren Verschwinden vermutete. Sie vermied es aber, diese Information an Charlotte weiterzugeben. Schließlich hieß ihre Kollegin mit Nachnamen ebenfalls Joost.

»Charlotte?«

»Ja.«

»Du hast doch was mit dem Mädchen zu tun, oder? Ihr habt den gleichen Nachnamen.«

»Ja, sie ist meine Enkeltochter. Weißt du ... weißt du noch mehr über ihr Verschwinden?«

»Ähm ... nein«, log Charlottes Kollegin nach kurzem Zögern. »Aber es gibt eine Einsatzleitung, die in Döhle auf dem Parkplatz am Naturschutzgebiet eingerichtet worden ist.«

»Danke«, erwiderte Charlotte niedergeschlagen. »Ich bin schon auf dem Weg nach Döhle und melde mich, wenn ich Näheres weiß.«

Charlotte fuhr mit ihrem Pferd zwar häufig zum Training oder zum Ausreiten in die Lüneburger Heide und kannte die Autobahn A7 auf diesem relativ kurzen Streckenabschnitt in- und auswendig, trotzdem kam es ihr heute so vor, als ob die Fahrt eine Ewigkeit dauern würde. In Döhle selbst war es nicht schwierig, den Anlaufpunkt für die Suchaktion zu finden. Sie stellte ihren Wagen auf dem Parkplatz ab und ging auf das Zelt zu, auf dem in großen Lettern *EINSATZLEITUNG* stand.

Plötzlich riss eine Stimme sie aus ihren Gedanken.

»Charlotte! Was machst du hier?«

Sie fuhr erschrocken herum und schaute in das Gesicht von Hauptkommissar Degenhardt. »Rolf! Das Gleiche könnte ich dich fragen!«

»Wieso? Ich bin Leiter der Mordkommission.« Während Charlotte Joost ihn ungläubig anblickte, fragte er: »Du bist sicherlich für die Zeitung hier, oder?«

»Was hat das verschwundene Mädchen denn mit der Mordkommission zu tun?«, wollte sie wissen.

»Sie ist sehr wahrscheinlich Zeugin eines Mordes geworden.«

»Und wer ist ermordet worden?«

»Andreas Joost, ihr Vater.«

Charlotte riss die Augen auf. Ihre Welt hörte für einen

Moment auf, sich zu drehen. Sie starrte Degenhardt an, den es in diesem Augenblick wie ein Paukenschlag traf.

Er begriff erst jetzt – viel zu spät – die Zusammenhänge. Doch er schien unendlich weit weg zu sein.

Zunächst spürte Charlotte nichts als dumpfe Leere in sich, dann einen Schmerz, der sie zu vernichten schien. Sie realisierte, dass gerade ein Teil von ihr selbst gestorben war. Ihr kamen die Tränen – zunächst langsam, dann immer schneller. Augenblicklich brannte sich Degenhardts letzter Satz wie eine wütende Feuerwalze in ihr Gehirn ein … *Andreas Joost, ihr Vater …*

Hilflos rang Degenhardt nach Worten. Sein Mund öffnete sich, aber kein Laut kam über seine Lippen. Er holte tief Luft, schaute Charlotte hilflos an und murmelte schließlich: »Tut mir leid.«

Charlottes Mundwinkel zitterten. »Ihr habt Anna noch nicht gefunden, oder?«

»Nein, noch nicht.«

»Weiß Klaus schon Bescheid?«

»Klaus?« Degenhardt runzelte die Stirn. »Du meinst deinen Mann, oder?«

»Meinen Ex-Mann.«

Müde schüttelte Degenhardt den Kopf.

»Okay«, erwiderte sie und wandte sich ab, bevor sie von ihren Gefühlen endgültig übermannt wurde.

Kapitel 7

Handschriftliche Antwort von Andreas Joost an seine Frau, einige Monate zuvor

Sarah!

Es gibt nichts zu reden! Du verstehst mein Verhalten nicht? Könnte das vielleicht daran liegen, dass Du Dich noch nie wirklich mit meinen Wünschen und Bedürfnissen auseinandergesetzt hast? Warum ich meine Meinung so »plötzlich« geändert habe? Ganz einfach – ich habe schlicht und ergreifend keine Lust mehr, nach Deiner Pfeife zu tanzen. Außerdem ist das alles wie immer DEINE Lösung – und nicht unsere. Obendrein beschäftige ich mich mit Anna ja wohl deutlich mehr als Du!

Andreas

PS: Wenn Du diesen Brief lesen wirst, werde ich wohl schon im Bett sein; und dann habe ich weder das Bedürfnis, Dich zu sehen, noch den Wunsch, mit Dir zu sprechen.

* * *

London,
Dialysestation,
Mittwoch, 11. April, 11:45 Uhr

Alexa Jäger fuhr die Lehne ihres Ruhestuhls so weit wie möglich zurück und suchte sich eine ideale Position, um in ihrem kleinen, abgewetzten Buch lesen zu können. Es war eine Übersetzung eines Romans, den der irische Schriftsteller Oscar Wilde verfasst hatte – »Das Bildnis des Dorian Gray«.

Alexa Jägers Lieblingsbuch handelte von einem reichen, schönen und jungen Mann namens Dorian Gray, der ein Porträt von sich hatte malen lassen. Als er dieses Bildnis zum ersten Mal sah, war er von seiner eigenen Schönheit fasziniert. Er wünschte sich nichts sehnlicher, als dass er seine Jugend ewig behalten und das Bild an seiner Stelle altern würde.

Gerade las Alexa Jäger eine ihrer Lieblingsstellen und inhalierte dabei förmlich jedes Wort:

»Wie traurig das ist!«, seufzte Dorian Gray, den Blick noch immer reglos auf sein Porträt geheftet. »Wie traurig das ist! Ich werde alt werden und hässlich und ekelerregend. Dieses Bildnis aber wird immer jung bleiben. Es wird nie älter sein, als es am heutigen Junitag ist … Wäre es doch bloß umgekehrt! Wäre ich es doch, der ewig jung bliebe, und wäre es das Bildnis, das altern müsste! Dafür – dafür – gäbe ich alles! Ja, es gibt nichts auf der ganzen Welt, das ich dafür nicht geben würde! Dafür würde ich meine Seele geben!«

Sie legte das Buch auf ihren Bauch, schaute seufzend an die Decke und wiederholte laut: »Dafür würde ich meine Seele geben!«

In der Welt ihres Helden würde sein Wunsch in Erfüllung gehen. Sein Aussehen sollte tatsächlich jung und makellos schön bleiben, obwohl er ein ausschweifendes Leben führte, immer maßloser lebte, Grausamkeiten beging und schließlich sogar vor Mord nicht zurückschreckte. Und statt seiner selbst alterte das Porträt, in dem sich alle Spuren seiner Maßlosigkeit, seiner Sünden und seiner Verbrechen widerspiegelten.

Seit ihrem Medizinstudium an der Universität Hamburg war Alexa Jäger von der Existenz eines zweiten Ichs fasziniert. Und so war es gekommen, dass die Figur des Dorian Gray schon damals zu ihrem ständigen Begleiter wurde.

Sehnsüchtig schloss sie die Augen. Dann hörte sie nur noch das monotone Summen des Dialysegeräts, das ihr Blut aus dem Körper saugte, es mittels eines künstlichen Membranfilters von schädlichen Stoffen befreite und es schließlich wieder zurück in ihre Adern pumpte.

* * *

Handeloh,
Naturschutzgebiet Lüneburger Heide, »Dröge Heide«,
Mittwoch, 11. April, 11:45 Uhr

Vor einer halben Stunde hatten Willi Groth und Detlef Rathmann begonnen, ihre Pferde für einen Ausritt vorzubereiten. Sie wollten die aus langem Winterschlaf erwachende Natur vom Pferderücken aus erleben. Der Wetterbericht hatte nicht gelogen: Während der Fahrt zum Pferdestall war keine einzige Wolke am strahlend blauen Himmel zu entdecken gewesen.

Während die Männer ihren Pferden die Hufe auskratzten, ihnen das Fell striegelten, die Mähnen kämmten und die Schweife bürsteten, unterhielten sie sich über die junge Reitlehrerin, die neu auf den Hof gekommen war, die letzte Herrenquadrille, die gründlich schiefgegangen war, und über die Reitkünste eines alten Freundes, der sich mit seinen künstlichen Hüftgelenken auffallend geschmeidig auf seinem Pferd bewegte. Schließlich sattelten sie die Pferde, tauschten ihre Sportjacken gegen braunkarierte Tweedjacketts und stiegen mit einem routinierten Schwung in den Sattel. Ihr Weg führte sie von Handeloh aus südwestlich in Richtung »Dröge Heide«.

Nach zwanzig Minuten erreichten sie ein kleines Waldstück.

»Wie sieht es aus mit einem lockeren Trab?«, fragte Groth voller Tatendrang.

»Okay!«, antwortete Rathmann. »Los geht's!«

Sie nahmen die Zügel auf und trabten an. Der Wald lichtete sich, und sie passierten eine Kreuzung. Schließlich nickten sie sich mit einem Lächeln zu und galoppierten an. Die kühle Heideluft wehte ihnen um die Nasen, und beide fühlten eine tiefe Zufriedenheit in sich.

Nach einigen hundert Metern im Galopp erreichten sie wiederum ein dichtes Waldstück. Groth richtete seinen Blick konzentriert auf den vor ihm liegenden Sandweg, um Hindernisse möglichst frühzeitig zu entdecken. Weiter vorn, rechts unter einer Tanne, lag etwas. Noch konnte er nicht erkennen, um was es sich handelte, doch er drosselte das Tempo des Pferdes, um im Notfall schnell anhalten oder ausweichen zu können. Auch Rathmann wurde langsamer.

Als sie die Tanne erreichten, warf Groth einen Blick auf den Boden neben sich. Was er dort entdeckte, ließ ihn vor Schreck zusammenzucken. Dies bemerkte auch sein Wallach, der daraufhin einen Satz zur Seite machte und gegen das neben ihm galoppierende Pferd prallte. Beide Reiter verloren das Gleichgewicht.

Rathmann schaffte es im letzten Moment, sich mit seinen langen Beinen am Pferdeleib festzuklammern und einen Sturz zu vermeiden. Groth verlor jedoch die Balance, rutschte aus dem Sattel und stürzte im vollen Galopp auf den Grasstreifen. Der Aufprall war so hart, dass er zunächst auf der Stelle liegen blieb und nach Luft schnappte.

Scheiße!, dachte er. *Ist der Boden hier so hart, oder bin ich so ungelenkig geworden?* Vor Jahren wäre er wohl eleganter gestürzt!

Als er einigermaßen sicher war, dass er sich nicht ernsthaft verletzt hatte, stand er vorsichtig auf. Immer noch nach Atem ringend, humpelte er zurück zur Tanne, denn er konnte nicht glauben, was er dort gesehen hatte.

Rathmann war durch Groths Sturz vollkommen überrascht worden. Er brauchte einige Momente, um zu reagieren und sein Pferd wieder unter Kontrolle zu bringen. Glücklicherweise war der Herdentrieb des reiterlosen Wallachs so groß, dass er seinem Artgenossen nicht von der Seite wich. Als Rathmann endlich anhalten und wenden konnte, lag der Ort des Sturzes ein ganzes Stück hinter ihm. Rathmann sprang aus dem Sattel und ergriff die Zügel beider Pferde.

»Ist dir was passiert?«, brüllte er Groth zu.

Doch sein Freund reagierte nicht, sondern hinkte weiter auf die Tanne zu.

Dort angekommen, starrte er fassungslos auf den Boden.

Er hatte sich nicht geirrt – unter den herabhängenden, mit hellgrünen Triebspitzen übersäten Ästen lugten zwei Beine hervor, die in einer hellblauen Jeanshose steckten. Der eine

Fuß war mit einem weiß-blauen Sportschuh bekleidet, der andere nackt und mit verkrustetem Blut, Sand und Tannennadeln überzogen.

»Hallo?« versuchte er die leblose Person anzusprechen.

Hilflos blickte er um sich und sah, dass sein Freund auf ihn zukam. Da er die Situation nicht einschätzen konnte, wartete er ab, bis Rathmann mit den beiden Pferden neben ihm stand.

Beklommen zeigte Groth auf die Beine unter der Tanne, dann fragte er: »Willst du unter dem Baum nachgucken – oder soll ich?«

Rathmann zuckte mit den Schultern und reckte die Hände in die Luft, in denen er noch immer die Zügel hielt.

»Ja, ja, ich geh schon!«, deutete Groth diese Geste richtig. Er atmete tief ein, bevor er näher an die Tanne herantrat. Noch einmal rief er vorsichtig: »Hallo?«

Doch er erhielt keine Antwort.

Groth kniete nieder und berührte eines der Hosenbeine – im selben Moment ertönte ein markerschütternder Schrei, der die Männer zusammenfahren und die Pferde scheuen ließ.

Mit einem heftigen Rascheln verschwanden die Beine unter den Ästen, und gleich darauf konnten die Männer beobachten, wie jemand tiefer in den Wald hineinrannte.

»Bleiben Sie stehen, wir wollen Ihnen doch nur helfen!«, rief Groth. Dann rannte er der flüchtenden Person hinterher.

Mit beiden Pferden an der Hand starrte Rathmann ihm nach und wurde Zeuge, wie sein Freund nach wenigen Metern mit seinen hohen Lederstiefeln in ein Loch trat, strauchelte und mit voller Wucht auf den Waldboden knallte. »Scheiße!«, hörte er Groth fluchen, dann rappelte dieser sich wieder auf und rannte weiter. Nur Augenblicke später hatte der Wald auch ihn verschlungen.

Während Rathmann sich fragte, ob Groth vielleicht in ernsthaften Problemen stecken könnte, setzte ein Schreien ein, das durch Mark und Bein ging. Es stammte definitiv von einem Menschen – das war klar. Genauso klar war aber auch, dass es nicht von Groth stammte. Es klang wie das Schreien eines jungen Mädchens.

Kurz darauf ertönte Groths Stimme. Rathmann meinte, die Wörter »wahnsinnig« und »Miststück« zu vernehmen.

Wieder setzte das Schreien ein. Rathmann versuchte genau hinzuhören; dann war er sicher, dass es näher kam. Das bemerkten auch die beiden Pferde, die das Schauspiel nervös verfolgten und am liebsten das Weite gesucht hätten.

Schließlich kam Groth aus dem Wald heraus – und mit ihm ein Mädchen im Teenageralter. Er hielt die Kleine an der Schulter fest und schob sie vor sich her, obwohl sie sich heftig dagegen wehrte. Immer wieder schlug sie um sich, und mehrmals musste er ihren Fäusten ausweichen.

Als die beiden Pferde die miteinander kämpfenden Menschen sahen, begannen sie erneut zu scheuen. Rathmann musste sich mit seinem ganzen Gewicht gegen sie stemmen, um sie halten zu können. Es dauerte einige Momente, bis er die Tiere wieder unter Kontrolle gebracht hatte.

»Ruf die Polizei und den Rettungswagen!«, rief Groth ihm zu. »Die ist völlig irre!«

Es kostete Rathmann einige Mühe, das Handy trotz der beiden tänzelnden Pferde an der Hand aus dem Jackett zu ziehen und den Notruf abzusetzen. Dann begann eine lange Zeit des Wartens, in der das Mädchen einfach nur stumm dastand und auf keine Worte reagierte. Groth ließ sie schließlich los und ging einige Schritte beiseite.

Die Männer musterten das Mädchen, das in einem erschütternden Zustand war: Ihre hellblaue Jeanshose war zerrissen und mit Flecken übersät. Dabei war nicht erkennbar, ob es sich um Walderde oder um Blut handelte. Ihr Oberkörper war nur durch ein dunkelblaues Poloshirt bekleidet, das ebenfalls zerrissen war. Die unbedeckten Arme wiesen großflächige Verletzungen auf, die blutverkrustet und mit Erde verschmutzt waren. Beide Männer versuchten immer wieder, das Mädchen anzusprechen, doch es blieb stumm. Es stand einfach nur da und starrte ins Leere.

Groth und Rathmann kam es wie eine Ewigkeit vor, bis sie endlich die Martinshörner hörten. Wenig später tauchten mehrere Streifenwagen, ein Rettungswagen und zwei zivile Autos auf.

* * *

Als die Nachricht in Döhle eintraf, dass zwei Reiter ein Mädchen in der Nähe von Handeloh aufgegriffen hatten, spurtete Charlotte Joost im Laufschritt zu Degenhardts Dienstwagen und setzte sich wortlos zu ihm. Er protestierte nicht – es war so wie früher. Zusammen mit ein paar anderen Wagen fuhren sie los.

Während der Fahrt aktivierte Charlotte die Navigationsfunktion ihres Handys und fragte die Wegstrecke von Döhle nach Handeloh ab. Kurz darauf murmelte sie ungläubig: »Neunzehneinhalb Kilometer!«

»Verdammt weit!«, erwiderte Degenhardt. »Kaum vorstellbar, dass sie die ganze Strecke zu Fuß gelaufen sein soll – wenn es überhaupt Anna ist!«

»Laut Anzeige soll ein Fußgänger für die Strecke knapp vier Stunden brauchen. Das könnte sie ohne Probleme geschafft haben.«

»Wenn es hell ist – vielleicht!«

»Na ja, mittlerweile ist sie weit mehr als einen halben Tag verschwunden!«

»Hmm.«

Als der Konvoi endlich in der »Drögen Heide« eintraf, sprang Charlotte sofort aus dem Wagen. Es gab keinen Zweifel – das Mädchen war ihre Enkelin. Anna.

Für einen Moment fühlte sie tiefe Dankbarkeit und unendliche Traurigkeit zugleich. Ihre Lippen begannen zu zittern, und sie wischte sich hastig die Tränen aus dem Gesicht, die ihre Wange hinabrannen. Sie hatte das Bedürfnis, Anna in den Arm zu nehmen und sie an sich zu drücken. Gleichzeitig wusste sie natürlich, dass mit Sarah, die längst zu dem Mädchen gelaufen war, ein Hindernis zwischen Anna und ihr stand, das für sie ebenso schwer zu überwinden war wie die Zugspitze.

Da Charlotte nicht nutzlos herumstehen wollte und es hasste, sich deplatziert zu fühlen, ging sie zu dem Mann, der die beiden Pferde hielt, und fragte ihn, ob sie ihm helfen könnte. Er nickte freundlich und drückte ihr ein Paar Zügel in die Hand. Es vergingen nur wenige Augenblicke, dann zog ein Gespräch zwischen einem Rettungsassistenten und ihrer Schwiegertochter Charlottes Aufmerksamkeit auf sich.

»Auch wenn Sie die Mutter sind – bitte lassen Sie mich meine Arbeit machen!«, hörte sie den Mann in einem scharfen Tonfall sagen.

Charlotte beobachtete, wie Sarah wild gestikulierend auf den Rettungsassistenten einredete. Leider konnte sie nicht verstehen, was sie sagte. Die Diskussion zog sich einige Augenblicke hin, dann sah Charlotte, dass Sarah mit einem genervten Nicken tatsächlich ihre Zustimmung signalisierte – oder sich den Argumenten des Rettungsassistenten zumindest widerwillig beugte.

Nachdem der Mann seine Arbeit getan hatte, stieg Sarah zu ihrer Tochter in den Rettungswagen, der die »Dröge Heide« kurz darauf in Richtung des Universitätsklinikums Hamburg-Eppendorf (UKE) verließ.

Kapitel 8

Auszug aus dem Gutachten des Urologen Oskar Witt, Hamburg, fünfzehn Jahre zuvor

Zusammenfassende Beurteilung:

Bei Herrn Andreas Joost liegt eine Unfruchtbarkeit vor. Als wahrscheinlichste Ursache ist eine beidseitige Hodenentzündung anzunehmen, die er im Alter von zehn Jahren als Folge einer Mumps-Erkrankung durchgemacht hat. Nach dem mir vorliegenden damaligen Krankenhausbericht bestand während des stationären Aufenthaltes eine hochgradige beidseitige, durch das Mumpsvirus ausgelöste Hodenentzündung, die konservativ behandelt wurde. Das Hodenvolumen wurde damals mit fünfundzwanzig Milliliter rechts und achtundzwanzig Milliliter links angegeben.

Im Verlauf der Erkrankung ist es durch die Druckschädigung aufgrund des entzündlichen Ödems zu einem Untergang des reproduktiven Gewebes gekommen mit der jetzt nachweisbaren nachfolgenden Schrumpfung beider Hoden.

Die hormonelle Situation ist ausgeglichen, eine Unterfunktion der Keimdrüsen mit den Folgen eines Testosteronmangels besteht nicht. Somit besteht auch kein Substitutionsbedarf.

Auch der erhöhte Wert des Follikel stimulierenden Hormons (FSH-Wert), der im Rahmen der Begutachtung bestimmt wurde, deutet auf eine die Hoden betreffende Schädigung hin.

Es könnte gegebenenfalls versucht werden, mittels einer Entnahme von Hodengewebe Inseln einer Spermienbildung aufzufinden und von dort Spermien zu gewinnen, um mittels künstlicher Befruchtung ein Kind zu zeugen.

Aufgrund des diffus verteilten Gewebeschwundes bei der Sonographie und des sehr hohen FSH-Wertes ist die Wahrscheinlichkeit, noch Reste einer Spermienbildung aufzufinden, allerdings als äußerst gering einzuschätzen.

Gez. Doktor Witt, Hamburg

* * *

London,
Marylebone
Donnerstag, 12. April, 14:00 Uhr

Voller Genuss ließ Alexa Jäger das zarte Flusskrebsfleisch auf der Zunge zergehen. Ihr Lieblingskellner hatte die Delikatesse mit einem Avocadosalat serviert. Nun brachte er ihr mit seinem unwiderstehlichen Lächeln ein weiteres Glas Mineralwasser, in das er einen Spritzer Zitronensaft gegeben hatte.

»Wie immer, *Madam*«, sagte er, zwinkerte ihr zu und wandte sich dann dem nächsten Tisch zu.

Es war nicht nur der Kellner, der sie hier zu einem fast täglichen Gast machte, sondern auch die besondere Atmosphäre, die das elegante Restaurant mit der dunklen Holzvertäfelung und den seriös gekleideten Gästen vermittelte. Gerade während der Mittagszeit suchten hier viele Geschäftsleute ein wenig Entspannung von der hektischen Betriebsamkeit Londons.

Das Restaurant lag mitten im Londoner Stadtteil Marylebone. Die Gegend hier war in den letzten Jahren zu ihrem Lebensmittelpunkt geworden. Direkt gegenüber befand sich das Haus, in dem sie seit vielen Jahren eine Wohnung gemietet hatte. Die Klinik, in der sie jede Woche dreimal für jeweils fünf Stunden an ein Dialysegerät angeschlossen wurde, war keine zehn Gehminuten von hier entfernt. Ebenso schnell erreichte sie den winzigen Supermarkt am Lisson Grove, wo sie alles kaufen konnte, was sie zum Leben brauchte. Wenn ihr danach war, sich zu entspannen und die Seele baumeln zu lassen, ging sie entweder in den *Hyde Park* oder in den noch näher gelegenen *Regent's Park*.

Ihre Dreizimmerwohnung im vierten Stock eines rot geklinkerten Altbaus kostete einen monatlichen Mietpreis von zweitausendneunhundert Pfund. Dafür standen ihr neunundachtzig Quadratmeter in bester Stadtlage zur Verfügung. In all den Jahren, die sie nun schon in London lebte, war die hohe Miete für sie nie ein Grund gewesen, nachts mit offenen Augen in die Dunkelheit zu starren und sich ruhelos von der linken auf die rechte Seite zu wälzen – oder umgekehrt.

Als sie ihre Lippen abtupfte und auf die Reste des Krebsfleisches blickte, dachte sie einen winzigen Moment daran, dass sie das Restaurant in einer Woche zum letzten Mal betreten würde. Noch bevor dieser Gedanke es schaffte, sich wie ein schwarzer Schleier über sie zu legen, verdrängte sie ihn wieder.

* * *

Buchholz in der Nordheide,
Polizeiinspektion Nordheide,
Donnerstag, 12. April, 14:00 Uhr

Jens Vorberg und Jana Liebisch hatten den Auftrag, Sarah Joost zu vernehmen. Die Frau des Mordopfers meldete sich wie vereinbart bei dem diensthabenden Beamten im Eingangsbereich; daraufhin machte Jana sich auf den Weg, um sie abzuholen und in das Vernehmungszimmer zu bringen.

Vorberg wartete dort bereits. Viel zu oft hatte er seinem Gegenüber hier eine ausdruckslose Mimik präsentiert, während er sich innerlich ekelte. Er konnte sich nicht mehr daran erinnern, wie häufig er am liebsten angewidert den Kopf geschüttelt und nur zu gerne eine Antwort auf eine schlichte Frage bekommen hätte: Warum?

Selbstverständlich stellte er diese Frage in nahezu jeder Vernehmung – nur bekam er häufig keine befriedigende Antwort. Mit Unverständnis beobachtete er immer wieder, dass einige seiner Kollegen die Faust ballten und triumphierten, wenn sie einem Verdächtigen ein Geständnis abgerungen hatten. Er konnte diese Reaktion nicht nachvollziehen. Zwar freute er sich auch, wenn sie einen Fall durch ein Geständnis schnell abschließen konnten. Letztendlich interessierte ihn vor allen Dingen aber die Geschichte, die hinter dem Menschen stand, der zum Täter wurde. Immer wieder erkannte er im Laufe von Vernehmungen, dass jeder Täter auf seine individuelle Art und Weise auch Opfer war. Er empfand zwar kein Mitleid mit ihm und hatte wegen dieser Einsicht auch keine schlechtere Vernehmungstechnik als seine Kollegen – nur fühlte er sich nach einem Geständnis eben nicht als Gewinner, der ein Recht gehabt hätte, die Faust zu ballen und dies als Sieg zu feiern.

Das Vernehmungszimmer war weiß getüncht und mit anthrazitfarbenem Nadelfilz ausgelegt. Zwei Tische und die dazugehörigen Stühle standen in dem Raum sowie ein Computer zur Dokumentation der Aussagen. Vorberg hielt nicht viel davon, die Aussagen eines mutmaßlichen Täters oder eines Zeugen während des Gesprächs direkt in den Computer einzugeben. Er bevorzugte eine Aufzeichnung mit einem Tonbandgerät, da der Gesprächsfluss dann nicht stockte.

Während er ein Tablett mit Kaffee auf dem Tisch abstellte, hörte er Jana auf dem Flur sagen: »So, da wären wir.« Im nächsten Moment sah er, wie die Kommissaranwärterin vor dem Vernehmungsraum stehen blieb und Sarah Joost mit einer einladenden Handbewegung aufforderte, ins Zimmer einzutreten.

»Oh, Sie sind auch hier?« Sarah war überrascht, als sie Vorberg sah. »Heißt das, dass wir das Gespräch zu dritt führen werden?«

»Ja, das heißt das«, antwortete er. »Haben Sie etwas dagegen?«

Sie zuckte mit den Schultern. »Ist mir egal.«

Sarah legte eine Dokumentenmappe auf den Tisch. Vorberg nahm ihr den Mantel ab und legte ihn über die Lehne eines freien Stuhls.

»Darf ich Ihnen einen Kaffee anbieten?«

»Ja, bitte!«

»Mit Milch und Zucker?«

»Mit Milch, ohne Zucker.«

Während Jana und Sarah sich setzten, goss Vorberg Kaffee in die drei bereitstehenden Tassen. Dann nahm auch er Platz.

»Wie geht's Ihrer Tochter?«

»Wie soll es ihr schon gehen? Ich komme gerade aus dem UKE. Da wird sie wohl noch einige Tage bleiben.«

Als alle Vorbereitungen für die Vernehmung abgeschlossen waren, startete Vorberg das Tonband und nannte den Grund der Vernehmung, den Ort, das Datum, die Uhrzeit und die Namen der Anwesenden. Er sprach routiniert und klar verständlich.

»Frau Joost, im Rahmen der Ermittlungen zum Tod Ihres Mannes möchte ich Sie als Zeugin vernehmen«, begann er anschließend. »Mich interessiert dabei alles, was uns helfen könnte, die Umstände seines Todes zu klären. Ich möchte gerne wissen, ob Sie in der letzten Zeit etwas Ungewöhnliches beobachtet haben oder ob Sie sogar etwas Verdächtiges wahrgenommen haben, das mit dem Tod Ihres Mannes in Verbindung stehen könnte. Und mich interessiert natürlich alles, was am letzten Dienstag passiert ist.«

Vorberg machte eine kurze Pause, um Sarah Joost Zeit für eine Reaktion zu geben.

Sie nickte bloß und beugte sich demonstrativ zum Tonbandgerät. »Okay.«

»Würden Sie mir für das Protokoll bitte Ihren Vornamen, Nachnamen, Geburtsnamen, Alter, Beruf und Wohnort nennen?«

»Sarah Joost, geborene Harms, neununddreißig Jahre alt, Fachärztin für Dermatologie und Venerologie, wohnhaft in Döhle.«

»Ich muss Sie zudem belehren«, erklärte Vorberg. »Sie haben das Recht, die Auskunft zu verweigern, falls Sie sich oder einen Angehörigen durch eine wahrheitsgemäße Aussage der Gefahr einer Strafverfolgung aussetzen würden. Wenn Sie allerdings aussagen, müssen Sie natürlich die Wahrheit sagen.«

Sarah neigte sich wieder zum Tonbandgerät und lächelte. »Das habe ich verstanden.«

»Gut, dann berichten Sie bitte alles, was Sie für relevant halten, und zwar der Reihenfolge nach. Sollte ich noch Fragen haben, werde ich die im Anschluss stellen.«

»Also«, setzte Sarah Joost an, »Donnerstag vor einer Woche hat mein Mann unsere Tochter Anna aus ihrem Wohnheim in Winsen abgeholt. Sie lebt dort in einer betreuten Wohngruppe für autistische Kinder und Jugendliche. Wir wollten die Osterfeiertage und die darauf folgende Woche gemeinsam verbringen. Mit Anna können wir leider nicht in einen längeren

Urlaub fahren, weil sie zu Hause in Döhle oder in ihrer Wohngruppe in Winsen schlafen muss. Andreas und ich hatten uns in der Woche nach Ostern Urlaub genommen; ich musste allerdings am Dienstag einen dringenden Termin in Hannover wahrnehmen. Von Karfreitag bis Dienstagmorgen war alles in Ordnung. Zumindest ist mir nichts Besonderes aufgefallen. Am Dienstag bin ich dann nach dem Frühstück zu einer Tagung gefahren. Ich denke, dass ich morgens so gegen acht Uhr losgefahren bin. Am Nachmittag um vier Uhr habe ich dann in Hannover einen Vortrag gehalten. Nach dem Ende der Tagung bin ich mit meiner Freundin noch in der Stadt essen gegangen. Das muss gegen sechs Uhr abends gewesen sein. Irgendwann bin ich dann nach Hause gefahren; ich kann aber nicht mehr genau sagen, wie spät es war. Erst als ich von der Autobahn abgefahren bin, habe ich auf die Uhr gesehen. Daran kann ich mich definitiv erinnern. Es war kurz nach zweiundzwanzig Uhr. Von dort aus habe ich nur noch einige Minuten bis nach Döhle gebraucht ...«

Sarah Joost stockte und nahm einen Schluck aus der Kaffeetasse.

»Als ich zu Hause auf die Auffahrt fuhr, habe ich mich gewundert, warum im ganzen Haus kein Licht brannte. Normalerweise ist ... ähm ... war Andreas um diese Uhrzeit noch nicht im Bett. Ich hatte mich vorher auf der Autobahn auch schon gewundert, warum er nicht an sein Handy gegangen war; ich hatte nämlich mehrmals versucht, ihn anzurufen. Als ich die Haustür aufgeschlossen und das Licht angemacht hatte, habe ich mehrmals nach Andreas und Anna gerufen. Aber niemand hat geantwortet. Ich bin dann nach oben gegangen, weil die Schlafzimmer sich im ersten Stock befinden. Ich dachte ja, dass die beiden schon schlafen. Ich wollte zuerst in Annas Schlafzimmer gehen, um dort nach dem Rechten zu sehen. Ich erinnere mich daran, dass die Tür offen stand, als ich hochkam. Ich fand das merkwürdig, weil Anna ansonsten immer bei geschlossener Tür schläft. Ich bin dann auf Zehenspitzen in ihr Schlafzimmer geschlichen und habe auf den Lichtschalter gedrückt. Da lag er dann ...«

Sarah Joost schluckte. Sie griff nach der Kaffeetasse und führte sie in Richtung Mund, stellte sie aber wieder ab, ohne zu trinken. Sie blickte auf ihren Schoß und nestelte an ihrer Bluse.

»Ich weiß noch ... ich weiß noch, dass ich geschrien habe. Ich glaube, ich bin dann noch ... noch zu ihm gelaufen und habe versucht, an der Halsschlagader einen Puls zu fühlen. Aber da war nichts mehr. Man konnte ja auch so schon sehen, dass er tot war. Ich bin dann wieder zurück ins Erdgeschoss gerannt und habe den Notruf gewählt. Ich weiß nur noch, dass eine Frau am Apparat war. Sie hat mir Fragen gestellt, ich weiß aber nicht mehr, welche. Ich kann mich auch noch daran erinnern, dass sie meine Telefonnummer haben wollte. Direkt nach dem Telefonat ist mir aufgefallen, dass Anna gar nicht da war. Ich habe im ganzen Haus nach ihr gesucht, aber ich konnte sie nicht finden. Als ich dann auch im Garten nach ihr gesucht habe, habe ich irgendwann die Martinshörner gehört. An mehr kann ich mich nicht erinnern.«

Vorberg schaute sie konzentriert an und nickte. »Ist Ihnen denn ansonsten irgendetwas aufgefallen, das Ihnen ungewöhnlich vorgekommen ist? Vielleicht auch schon in den Tagen vor Dienstag? Vielleicht ein Auto mit einem fremden Kennzeichen, das häufig bei Ihnen zu Hause vorbeigefahren ist? Oder Personen, die Ihr Haus beobachtet haben, oder ungewöhnliche Anrufe?«

»Nein, nichts. Sie können sicher sein, dass ich mir diese Frage selbst schon tausend Mal gestellt habe.«

»Ja, natürlich.« Er nickte und lächelte sie an. »Ich habe dann noch einige Verständnisfragen an Sie. Was meinten Sie damit, dass Sie nicht in einen längeren Urlaub fahren können, weil Anna zu Hause in Döhle oder in ihrer Wohngruppe in Winsen schlafen muss?«

»Anna reagiert sehr empfindlich auf Veränderungen ihres Umfeldes und ihrer gewohnten Strukturen. Ihr Zimmer in Winsen ist genau so eingerichtet wie ihr Zimmer in Döhle. Wie eine Kopie. Beide Räume sind vollkommen steril in Weiß gehalten. Einfach nur furchtbar! Aber Anna will es so. Wenn keiner dieser beiden Rückzugsräume zur Verfügung steht, schreit sie. Und sie tobt. Und sie schlägt um sich. Sie schmeißt sich auf den Fußboden und trommelt mit den Armen und den Beinen auf den Fußboden. Und sie zerkratzt sich die Arme. Wenn es sein muss, stundenlang. Können Sie sich vorstellen, wie belastend das ist?« Ihre Lippen bebten, Tränen rannen über ihre Wangen.

»Das ist sicherlich furchtbar«, erwiderte Vorberg nachdenklich. Er zog eine Packung mit Papiertaschentüchern aus seiner Hemdtasche und reichte ihr ein Tuch. Nach einer kurzen Pause setzte er zur nächsten Frage an: »Wir haben in Annas Zimmer eine ausgeräumte Schrankhälfte mit einem Sitzbrett gefunden. Was hat das zu bedeuten?«

Sarah Joost tupfte sich eilig die Tränen aus dem Gesicht. »Anna versteckt sich dort, wenn Fremde im Haus sind. Sie kann durch die Lamellen der Schranktür beobachten, was in ihrem Zimmer vor sich geht. Sie kann die Tür von innen verriegeln. Dieses Versteck finden Sie natürlich auch in ihrem Zimmer in Winsen.«

»Okay. Am Dienstag hat sich Ihr Mann dann also alleine um Ihre Tochter gekümmert, richtig?«

»Ja, richtig.«

»War am Dienstag noch jemand im Haus, zum Beispiel eine Haushaltshilfe? Oder hatte sich Besuch angekündigt?«

»Nein, nicht dass ich wüsste.«

»Können Sie sich vorstellen, was die Zahl ›0103‹ bedeuten könnte?«

»Nein. Ich bin alles Mögliche schon durchgegangen; aber ich weiß nicht, was Andreas damit gemeint haben könnte.«

»Gut, dann würde ich jetzt gerne von Ihnen wissen, wie ich mir den Ablauf Ihrer Tagung vorstellen kann.«

»Es wurden verschiedene Vorträge gehalten, und anschließend wurde darüber diskutiert. Für mich ging es aber vor allem darum, meine Netzwerke zu pflegen.«

»Und welche Vorträge wurden gehalten?«

Sarah Joost kramte die Einladung zu der Tagung aus ihrer Dokumentenmappe und reichte sie Vorberg über den Tisch. Er überflog den Zettel und prägte sich einige Wörter auf dem Schreiben ein: *Frühjahrstagung ... Medizinische Hochschule Hannover ... 16:00 Uhr, Vortrag zum Thema »Stress als Auslöser von Neurodermitis und Schuppenflechte«, Referentin Sarah Joost.*

Als Vorberg das Schreiben zur Seite legte, schob Sarah drei Visitenkarten über den Tisch, die Vorberg mit einem kurzen Blick erfasste. Sie enthielten die Kontaktdaten von drei Medizinern, die allesamt einen Professorentitel vor ihrem Namen führten. Auf allen Visitenkarten waren kleine Farbfotos aufgedruckt. Beim Anblick der Gesichter verspürte er nicht das geringste Interesse, sich mit einem dieser Ärzte zu unterhalten.

»Falls Sie noch Fragen haben sollten«, meinte Sarah Joost.

»Vielen Dank.« Vorberg nickte und legte die Visitenkarten beiseite. »Sie sagten, dass Sie nach dem Ende der Tagung gegen achtzehn Uhr mit Ihrer Freundin essen gegangen sind. Wie heißt Ihre Freundin?«

Sarah Joost schob nun auch die Visitenkarte ihrer Freundin über den Tisch. Vor dem Namen stand »Doktor med.«, und sie lächelte den Betrachter von einem kleinen Foto aus an.

Vorberg entschied, sie als Erste zu befragen, um zu überprüfen, ob Sarah Joosts Angaben der Wahrheit entsprachen. »Sie sind gut vorbereitet, Frau Joost«, sagte er. »War Ihre Freundin auch Teilnehmerin der Tagung, oder haben Sie sie erst am Abend zum Essen getroffen?«

»Sie war auch auf der Tagung.«

»Wo sind Sie essen gegangen?«

»In Hannover. In der Innenstadt.«

»Welches Restaurant?«

Sarah Joost zögerte. Sie war offensichtlich irritiert. Vorberg fiel auf, dass sie ihre Souveränität für einen winzigen Augenblick verlor.

»Bei meinem Lieblings-Italiener.«

»Was haben Sie gegessen?«

Sarah Joost lehnte sich zurück und lächelte. »Pizza.«

»Erinnern Sie sich an die Sorte?«

»Spielt das eine Rolle?«

»Ja.«

»Salami.«

»Nur Salami?«

»Nein, auch Mais und Sauce hollandaise. Warum wollen Sie das wissen? Ist das wichtig?«

»Für mich schon«, erwiderte Vorberg und schaute sie herausfordernd an.

»Haben Sie eine Vorspeise oder eine Nachspeise gegessen?«

»Vorweg Tomatensuppe und hinterher Tiramisu und einen großen Milchkaffee.«

»Wissen Sie noch, ob ein Mann oder eine Frau Sie bedient hat?«

»Nein!«, antwortete sie mit Nachdruck. »Und ich habe auch nicht die geringste Lust, Ihnen solche Fragen zu beantworten!«

»Sie können sich also nicht mehr daran erinnern?«

»Nein!«

»Können Sie sich noch daran erinnern, was Ihre Freundin gegessen hat?«

»Nein!«

»Worüber haben Sie sich während des Essens unterhalten?«

»Ich wüsste nicht, dass Sie das etwas angeht!«

»Was haben Sie und Ihre Freundin während des Essens getrunken?«

Sarah Joost erhob sich in aller Ruhe von ihrem Stuhl, nahm ihre Dokumentenmappe an sich, zog die Augenbrauen hoch und ging um den Tisch herum in Richtung Ausgang. »Mein Rechtsanwalt hat mir gesagt, dass ich freiwillig hier bin und dass ich das Gespräch jederzeit beenden kann. Das wäre dann jetzt der Fall!« Es klang so wie: *Würden Sie nicht so blöde Fragen stellen, hätten wir uns weiter unterhalten können.*

»Vergessen Sie Ihren Mantel nicht!«, rief Jana ihr hinterher.

Beide hörten das genervte Stöhnen von Sarah Joost, die auf dem Flur umkehrte und in das Vernehmungszimmer zurückkam.

»Frau Joost, ich hätte noch eine Frage an Sie«, sagte Jana.

»Was ist denn jetzt noch!«

»Sind Sie schwanger?«

Sarah Joost zuckte kaum merklich zusammen. »Wie kommen Sie denn darauf?«

»Sie haben sich einige Male so über den Bauch gestreichelt, wie ich es bisher nur bei Schwangeren gesehen habe.«

Zum ersten Mal sahen Jana und Vorberg ein Lächeln über Sarah Joosts Gesicht huschen, das nicht aufgesetzt und künstlich wirkte.

»Dritter Monat«, antwortete sie, nahm ihren Lodenmantel und ging.

* * *

Nach der Befragung von Sarah Joost blieben Vorberg und Jana noch lange im Vernehmungsraum sitzen und redeten über den Verlauf des Gesprächs. Vorberg nahm sich für die Nachbesprechung mit der Praktikantin viel Zeit. Der Grund dafür lag auf der Hand: Wenn später einmal guter Nachwuchs folgen sollte, musste man sich auch für die Ausbildung Zeit nehmen.

Die Kaffeekanne war fast leer, als Degenhardt das Vernehmungszimmer betrat. Vorberg schaute ihm ins Gesicht und wusste augenblicklich, dass etwas nicht in Ordnung war – so hatte er seinen Vorgesetzten selten gesehen. Degenhardts Haut war fahlweiß, seine Augen leer und die Gesichtszüge starr.

»Ist was passiert?«, fragte Vorberg besorgt.

Degenhardt ging nicht darauf ein; seine Stimme klang seltsam monoton: »Frau Liebisch, Sie machen Feierabend, und Jens, du kommst mit.«

Ohne weitere Nachfrage folgte Vorberg seinem Chef in den Besprechungsraum. Dort warteten bereits Polizeidirektor Achim Meislahn und Staatsanwalt Gerhard Hagemann auf die beiden Beamten. Zudem saßen zwei Männer im Raum, die Vorberg nicht kannte. Die Atmosphäre war so frostig wie ein klirrend kalter Wintertag. Niemand lächelte.

Hagemann erhob sich und begrüßte den verdutzten Vorberg mit Handschlag. »Guten Tag, bitte nehmen Sie Platz.«

Während Degenhardt und er sich setzten, stellte Hagemann

die beiden Unbekannten als Beamte des Landeskriminalamts Hannover vor, die sich mit Kinderpornografie beschäftigten.

Vorberg schluckte schwer.

Dann zeigte Hagemann auf einen bereitstehenden Laptop und bat einen Beamten des LKA, die eingelegte DVD zu starten. Ein Projektor war an den Laptop angeschlossen und warf ein zwei mal drei Meter großes Bild an die Wand.

Der Film begann, und zunächst sah Vorberg, wie drei Männer einen Raum betraten, in dem nur ein altes eisernes Bettgestell mit einer rot-weiß gestreiften Matratze stand. Die Männer verbargen ihre Gesichter unter schwarzen Sturmmasken und unterhielten sich in einer osteuropäisch klingenden Sprache.

Dann betrat ein vierter Mann das Zimmer. Er hatte ein Mädchen in den Schwitzkasten genommen und schleppte es hinter sich her. Das Alter der Kleinen konnte Vorberg nicht schätzen, da die Kamera zu weit weg war.

Bitte nicht!, schoss es ihm durch den Kopf, als der Mann das Kind auf die Matratze stieß. Das Mädchen begann zu weinen und zu schreien, denn es ahnte offenbar, was ihm bevorstand.

Schnitt. Nun war das Gesicht des Mädchens deutlich erkennbar. Der panische Gesichtsausdruck, die weit aufgerissenen Augen. Erneut versuchte das Mädchen zu schreien, aber aus dem geöffneten Mund kam kein Ton heraus.

O Gott, dachte Vorberg, *wie alt sie wohl ist. Vielleicht fünf, vielleicht sieben Jahre …*

Schnitt. Einer der Männer wurde eingeblendet. Eine Großaufnahme zeigte die Sturmmaske, hinter der er sein Gesicht verbarg. Ansonsten war er nackt. Die Kamera wanderte an seinem Körper abwärts und zeigte dem Betrachter zunächst den ausgeprägten Adamsapfel des Mannes, dann seine behaarte Brust, den durchtrainierten Bauch und schließlich ein Körperteil, dessen Anblick in Vorberg ein Gefühl unbändiger Wut hervorrief.

Schnitt. Vorberg sah zu seinem Entsetzen, wie die drei anderen Männer das Kind auf der Matratze festhielten. Sein Magen drehte sich.

Schnitt.

Vorberg konnte die Bilder nicht mehr sehen und schloss die Augen. Nun nahm er nur noch mit seinen Ohren wahr: zuerst das Kreischen des Mädchens, dann die höhnische Reaktion des Unbekannten auf die Panik des Kindes. Schon bald wusste er nicht mehr, wie lange er die Augen schon geschlossen hatte. Je mehr seine Ohren aufnehmen mussten, desto wütender wurde er.

»Aufhören!«, brüllte er schließlich.

»Wie bitte?«, hörte er Staatsanwalt Gerhard Hagemann fragen.

Im nächsten Moment vernahm Vorberg, dass jemand eine Taste drückte, und im Raum wurde es still. Es folgte eine längere Pause, und Vorberg öffnete wieder die Augen.

Einer der Beamten des LKA erklärte: »Der Film dauert genau dreiundfünfzig Minuten und siebenundzwanzig Sekunden. Das Mädchen wird diesen Film nicht überleben. Wir haben diese DVD im Laufwerk von Andreas Joosts' Computer, den Sie bei der Hausdurchsuchung in Döhle sichergestellt haben, entdeckt. ›Sophies zehnter Geburtstag‹ lautet der Titel der DVD.«

Es dauerte eine Weile, bis Vorberg sich ein wenig erholt hatte. Auch Degenhardt schwieg betroffen.

Schließlich wandte sich Hagemann an die beiden Kommissare: »Bei diesem Film handelt es sich um eine professionelle Produktion, die uns aus einem anderen Fall bereits bekannt ist. Vor zwei Jahren wurde in England ein Kinderpornoring ausgehoben, der verschiedene Filme mit diesen Darstellern vertrieben hat. Insgesamt sind drei Kinder bei diesen Produktionen ums Leben gekommen. Oder präziser formuliert: Wir wissen bislang von drei Opfern. Wir wissen allerdings, dass die Hintermänner dieses Rings in Deutschland sitzen. Leider haben sich damals keine Anhaltspunkte für konkrete Ermittlungen ergeben. Vielleicht haben wir jetzt die Chance, über Andreas Joost an weitere Komplizen oder Hintermänner zu kommen. Vielleicht ist er sogar der Drahtzieher oder gehört zumindest zum Kreis der Drahtzieher. Wir haben seinen Internet-Provider, seine Telefonanbieter und seine Bank bereits abgefragt. Ich erwarte von Ihnen, dass Sie mich und die Kollegen vom LKA stets umgehend informieren, sobald sich etwas Neues ergibt, verstanden?«

Kapitel 9

E-Mail-Entwurf von Sarah Joost, nicht versendet, einige Monate zuvor

Lieber Julius,

danke für den schönen Abend gestern. Leider hattest Du recht. Andreas war nicht bereit, mit mir zu reden. Wäre auch zu schön gewesen.

Was hältst Du davon, wenn Du vielleicht mit ihm reden würdest? Ich denke, das wäre eine gute Idee!

Ich hab Dich sehr lieb und freue mich auf Dich.

Liebe Grüße
Sarah

* * *

London,
Wohnung von Alexa Jäger,
Freitag, 13. April, 08:00 Uhr

Der Tag hatte für Alexa Jäger mit dem immer gleichen Ablauf begonnen. Sie war aufgestanden, hatte – noch mit ihrem rosenfarbenen, flauschigen Flanellpyjama bekleidet – eine Tasse Kaffee getrunken, hatte sich geduscht, sich angezogen, sich geschminkt und sich auf den Weg gemacht, ihren Tageseinkauf zu erledigen. Niemals wäre es ihr in den Sinn gekommen, ihren Einkauf woanders als in »ihrem« Supermarkt zu erledigen. Dieser winzige Laden lag knapp fünfhundert Meter von ihrer Wohnung entfernt am Lisson Grove und hatte täglich ab 07:00 Uhr geöffnet. Obwohl die Räumlichkeiten sehr beengt waren und der Supermarkt nur ein eingeschränktes Sortiment bot, bekam sie hier alles, was sie brauchte.

Auf ihrem Rückweg beobachtete sie die Straße und die Gehwege unablässig. Sie entdeckte jedoch nichts Ungewöhnliches. Niemand sah verdächtig aus. Die Menschen eilten mit gesenkten Köpfen durch die Straßen Londons und beachteten sie nicht. Jeder schien ausschließlich in seiner eigenen Welt gefangen zu sein. Nirgendwo konnte sie ein parkendes Auto erkennen, an dessen Steuer ein Unbekannter saß und sich scheinbar in seine Zeitung vertiefte, während er in Wirklichkeit jeden ihrer Schritte verfolgte. Mehrmals blieb sie kurz stehen und tat so, als würde sie in ein Schaufenster blicken; tatsächlich aber betrachtete sie aus den Augenwinkeln den Straßenbereich hinter sich. Auch hier fiel ihr nichts auf, was sie hätte beunruhigen müssen.

Als sie mit ihrem zur Hälfte gefüllten Stoffbeutel an der Straßenecke von Lisson Grove und Marylebone Road stand und darauf wartete, dass die Fußgängerampel auf Grün umschalten würde, versank sie für einen Moment in ihren Gedanken und achtete nicht mehr auf die Umgebung. Sie atmete tief durch und fragte sich, ob sie wirklich an alles gedacht hatte.

Plötzlich katapultierte ein Schlag gegen ihren Schuh sie in die Realität zurück. Ihr Körper erstarrte augenblicklich wie der eines Rehs, das in zwei auf sich zurasende Auto-Scheinwerfer starrte.

Mit dem zweiten Schlag gegen ihre Beine gewann Alexa Jäger ihre Handlungsfähigkeit zurück. In Sekundenbruchteilen sortierte sie ihre Gedanken. Eine Flucht war ausgeschlossen – vor ihr fuhren die Autos immer noch über die Marylebone Road, hinter und neben ihr huschten Menschen so geschäftig über den Bürgersteig wie Waldameisen in ihrem Ameisenhaufen. Vielleicht bot aber gerade diese hektische Betriebsamkeit einen gewissen Schutz?

Mit einem Ruck fuhr sie herum und blickte auf eine ältere Dame mit Sonnenbrille, die ihren Kopf unnatürlich hoch trug und das Ende eines weißen Stocks auf dem Boden hin und her gleiten ließ. Alexa machte einen Schritt zurück, um nicht noch einmal vom Stock getroffen zu werden.

»Entschuldigen Sie bitte, ich habe Sie nicht gesehen«, sagte die Dame, die eine gelbe Binde mit drei schwarzen Punkten um ihren rechten Ärmel trug.

»Ist schon gut«, murmelte Alexa. Bis nächsten Freitag war noch verdammt viel Zeit.

* * *

Buchholz in der Nordheide,
Polizeiinspektion Nordheide,
Freitag, 13. April, 08:00 Uhr

An diesem Morgen waren alle Beamten der nahezu dreißigköpfigen Mordkommission »Döhle« zusammengekommen, die zwei Tage zuvor eilig eingerichtet worden war. Wie üblich hatte man Degenhardt zum Leiter der Kommission ernannt.

Das Dienstgebäude der Polizeiinspektion Nordheide war so konzipiert, dass sich möglichst keine abgeschlossenen Büros an dunkle, lange Flure angliederten. Stattdessen waren die Büros mit raumhohen Glaswänden ausgestattet und um eine sogenannte Kombizone herum gebaut. Diese Anordnung hatte nicht nur den Vorteil, dass die Räume lichtdurchflutet waren, sondern es förderte ebenso die Transparenz der Arbeitsabläufe wie die Kommunikation zwischen den Kollegen.

Im Ersten Fachkommissariat der Polizeiinspektion Nordheide war die Zone, um die sich die Büros der Beamten gruppierten, als Besprechungs- und Konferenzbereich eingerichtet. Um Punkt 08:00 Uhr fehlte nur noch der Leiter der Mordkommission »Döhle«. Einige der Beamten drehten den Kopf immer wieder und schauten durch das Glas in dessen Büro, doch Degenhardts Ledersessel war leer. Andere Beamte unterhielten sich über den Mordfall Andreas Joost, über das bevorstehende Wochenende oder über Themen, die mehr oder minder belanglos waren.

Als Degenhardt endlich erschien, verstummten die Gespräche schlagartig. Hinter ihm folgten der Leiter der Polizeiinspektion Nordheide – Polizeidirektor Achim Meislahn – und der Pressesprecher, Oberkommissar Arne Friedrich.

»Ich kann dieses hässliche Grau nicht mehr sehen«, machte Degenhardt seinem Unmut über die bleiernen Wolken Luft, die trotz der großzügigen Fensterfronten nur ein spärliches Licht in den Besprechungsraum fallen ließen. Die Beamten, die daraufhin nach draußen schauten, nahmen Regenwolken wahr, die sich am Himmel eng aneinanderdrängten. Es schien, als wollten sie ihre schwere Ladung schnellstmöglich auf die Erde regnen lassen.

Meislahn, Friedrich und Degenhardt setzten sich.

Es genügte ein kurzes Räuspern, schon genoss Degenhardt die ungeteilte Aufmerksamkeit: »Meine Damen, meine Herren, selbst wenn Sie mir Ihre Untersuchungsergebnisse im Einzelgespräch oder in der kleinen Runde bereits mitgeteilt haben, möchte ich alles jetzt noch einmal in der großen Runde besprechen. Ich möchte, dass Sie alle einen einheitlichen Wissensstand haben. Ich beginne damit, Ihnen unser Opfer und seine Familie kurz vorzustellen. Andreas Joost war neununddreißig Jahre alt, ist in Buchholz aufgewachsen und dort auch zur Schule gegangen. Nach dem Abitur hat er in Hannover Medizin studiert. Nach Abschluss des Studiums hat er sich mit einer eigenen Praxis als Kinderarzt in Buchholz niedergelassen. Diese Praxis hat er bis zu seinem Tode geführt. Strafrechtlich ist er ein völlig unbeschriebenes Blatt. Während des Studiums hat Andreas Joost seine spätere Frau Sarah Harms kennengelernt. Sie ist ebenfalls neununddreißig Jahre alt. Beide lebten gemeinsam in Döhle. Sarah Joost ist Fachärztin für Haut- und Geschlechtskrankheiten und arbeitet an einer Hamburger Hautklinik. Auch sie ist strafrechtlich noch nicht in Erscheinung getreten. Aus der Ehe von Andreas und Sarah Joost ist eine gemeinsame Tochter hervorgegangen. Ihr Name ist Anna, sie ist dreizehn Jahre alt. Anna ist Autistin und lebt in einem Wohnheim in Winsen. Sie wird dort in einer Wohngruppe für autistische Jugendliche betreut. Bisher ist sie an den Wochenenden regelmäßig zu Hause gewesen. Über die Ostertage war Anna ebenfalls in Döhle. Andreas und Sarah Joost hatten sich in der Woche nach Ostern frei genommen, um eine gemeinsame Woche mit ihrer Tochter zu verbringen. Zur weiteren Familie ist zu sagen, dass Sarah Joosts Eltern verstorben sind und keine weiteren Geschwister existieren. Andreas Joost ist ebenfalls Einzelkind. Seine Mutter Charlotte Joost haben einige von Ihnen bereits während der Suchaktion kennengelernt. Über den Vater von Andreas Joost kann ich nur berichten, dass er als Pilot international unterwegs ist. Näheres dazu wird Kommissarin Sjut Ihnen berichten. Andreas Joost und seine Frau haben seit Jahren keinen Kontakt zu seinen Eltern gehabt.« Degenhardt schaute in die Runde. »Haben Sie noch Fragen dazu? Nein? Dann wird unsere Praktikantin jetzt vortragen. Frau Liebisch ist bei der Obduktion der Leiche von

Andreas Joost in der Rechtsmedizin des UKE dabei gewesen.«

Jana räusperte sich. »Also … die Obduktion hat eindeutig ergeben, dass Andreas Joost durch Fremdverschulden ums Leben gekommen ist. Doktor Ahrens hat vierunddreißig Messerstiche feststellen können, die sich auf einer Fläche von etwa zehn mal dreißig Zentimetern um den Genitalbereich herum befinden. Man kann davon ausgehen, dass der Täter ausschließlich auf den Genitalbereich des Opfers gezielt hat. Mehrere Stiche haben die Oberschenkelarterie getroffen, wodurch Andreas Joost letztlich verblutet ist. Doktor Ahrens vermutet, dass dies auf eine Tat hindeutet, deren Motiv etwas mit Sexualität zu tun hat. Wahrscheinlich Rache.«

Degenhardt nickte ihr gedankenverloren zu.

Jana antwortete mit einem flüchtigen Lächeln, dann setzte sie ihren Bericht fort: »Doktor Ahrens hat das sichergestellte Messer eindeutig als Tatwaffe identifiziert. Zu dem Messer ist zu sagen, dass es sich um ein *Extrema Ratio Col Moschin* handelt. Das Messer wurde 2002 vom neunten italienischen Fallschirmjäger-Sturmregiment *Col Moschin* als Kampfmesser eingeführt. Im freien Handel kostet es über dreihundert Euro. Die Klinge ist sechzehn Zentimeter lang und kann nicht eingeklappt werden. Daher muss es in einer speziellen taktischen Scheide transportiert werden. Frau Joost hat versichert, dass es weder ihr noch ihrem Mann gehört. Der Täter muss es also mitgebracht haben. Und so ein Messer hat man mit Sicherheit nicht zufällig dabei. Sehr interessant ist in diesem Zusammenhang auch, dass Andreas Joost vor der Messerattacke mit einer Elektroschockpistole betäubt worden ist.«

Einige Kollegen hörten von diesem Detail zum ersten Mal und sahen Jana überrascht an.

»Mit einer Elektroschockpistole kann man kleine Kontaktpfeile mit hoher Geschwindigkeit verschießen, die durch feine Drähte mit der Pistole verbunden sind. Bis zu einer Entfernung von zehn Metern bohren diese Pfeile sich durch die Kleidung des Opfers in dessen Haut. Die Elektroschockpistole jagt durch die feinen Drähte dann – je nach Typ – fünfzigtausend Volt oder mehr in den Körper des Opfers. Die kleinen Pfeile haben Andreas Joost in den Rücken getroffen. Anscheinend hat er vor seinem Tod versucht, in das erste Stockwerk zu flüchten. Der Täter muss ihn verfolgt haben und ihm in Anna Joosts Zimmer in den Rücken geschossen haben. Ein Stromstoß führt zu einer sofortigen Muskellähmung. Wahrscheinlich hat sich Andreas Joost danach nicht mehr wehren können.«

»Wie hat Doktor Ahrens das festgestellt?«, wollte Degenhardt wissen.

»Wir haben zwei entsprechende Einstichstellen mit typischen Verbrennungen gefunden. Die Pfeile selbst waren aber nicht mehr da. Der Täter hat Andreas Joost betäubt und den Genitalbereich erst danach verstümmelt. Das erklärt auch, warum an Andreas Joosts Armen und Händen keine Abwehrverletzungen gefunden wurden. Urin, Herzblut, Venenblut, Mageninhalt und verschiedene andere Körper- und Organflüssigkeiten seiner Leiche werden in der Rechtsmedizin derzeit toxikologisch untersucht. Die Ergebnisse erwarten wir Ende nächster Woche.« Jana machte eine kurze Pause. Dann fragte sie Degenhardt: »Soll ich auch über das Untersuchungsergebnis von Anna Joost berichten?«

Er nickte. »Ja, bitte.«

»Nachdem Anna Joost aufgefunden wurde, hat man sie nach Hamburg-Eppendorf in das UKE gebracht. Dort ist sie in der Rechtsmedizinischen Untersuchungsstelle für Opfer von Gewalt untersucht worden. Ihre Mutter Sarah Joost hat vorher ihr Einverständnis erklärt und die behandelnden Ärzte und das Assistenzpersonal gegenüber den Ermittlungsbehörden von der Schweigepflicht entbunden.« Jana blickte kurz auf. »Frau Joost hat übrigens alle Personen, die mit ihrer Tochter umgehen und für die besondere Schweigepflichten gelten, von diesen Schweigepflichten entbunden.«

Degenhardt nickte zufrieden.

Jana setzte ihren Bericht fort: »Zunächst wurden ihre blutig gekratzten Arme untersucht. Die Ärztin ist in Rücksprache mit Annas Mutter und ihrem Hausarzt zu dem Ergebnis gekommen, dass keine äußere Gewalteinwirkung vorliegt. Anna zeigt in Stresssituationen autoaggressives Verhalten. Konkret bedeutet das, dass sie sich ihre Unterarme dann bis aufs Fleisch wund kratzt. Wir gehen davon aus, dass sie sich in der Nacht blutig gekratzt hat, in der sie durch das Naturschutzgebiet geirrt ist. Die Ärztin hat allerdings auch festgestellt, dass Anna kein Jungfernhäutchen mehr hat. Daraufhin wurde geprüft, ob Anzeichen für sexuellen Missbrauch erkennbar sind.«

Jana zog ihren Laptop näher zu sich heran und rief die Powerpoint-Präsentation auf, die sie vorbereitet hatte. Die übrigen Beamten im Raum verfolgten ihre Erklärungen und Darstellungen auf der Leinwand aufmerksam.

»Erstens wurde untersucht, ob Hämatome an ihren Oberarmen oder Oberschenkeln vorhanden sind. Dies könnte ein Hinweis darauf sein, dass sie gewaltsam festgehalten wurde oder ihre Beine gewaltsam gespreizt wurden. Die Untersuchungsergebnisse waren negativ. Zweitens wurde geprüft, ob an den Hand- und Fußgelenken Fesselungs- oder Fixierungsspuren vorhanden sind, was auf einen Missbrauch des Mädchens hindeuten würde. Auch ohne Ergebnis. Drittens hat die Ärztin geprüft, ob Abwehrverletzungen oder Hautabschürfungen nachweisbar sind, die darauf hindeuten könnten, dass der BH oder der Slip des Mädchens gewaltsam heruntergerissen wurden. Ebenfalls negativ. Viertens wurde festgestellt, dass keine Bissverletzungen an Stellen vorhanden sind, die bei Vergewaltigungen typisch sind – wie etwa an den Brüsten. Fünftens ließen sich keinerlei Verletzungen im Genitalbereich des Mädchens nachweisen, die auf einen sexuellen Missbrauch hindeuten würden. Sechstens wurden Abstriche von Scheide und After genommen. Auch hier keine Sperma-Spuren oder andere Hinweise auf sexuellen Missbrauch. Die Ärztin hat aber betont, dass dieses Ergebnis ausschließlich für die jüngste Vergangenheit gilt, da Sperma-Spuren in der Vagina des Opfers nur bis zu achtundvierzig Stunden nach der Tat und im Anus nur bis zu vierundzwanzig Stunden nach der Tat auswertbar sind. Die Kollegen der Spurensicherung konnten auch auf ihrer blutverschmierten Kleidung keine Sperma-Spuren feststellen. Im LKA wird derzeit eine DNA-Analyse durchgeführt, um zu überprüfen, ob das Blut auf Annas Kleidung ausschließlich von ihr oder auch von einer anderen Person stammt. Ein Schwangerschafts- und AIDS-Test sowie Untersuchungen auf Geschlechtskrankheiten und Hepatitis waren ebenfalls ohne Befund. Weiterhin werden die Blut- und Urinproben des Mädchens derzeit noch am UKE toxikologisch auf Hinweise von K.o.-Tropfen und anderen Drogen geprüft. Insgesamt haben die bisher durchgeführten Untersuchungen ergeben, dass kein sexueller Missbrauch des Mädchens nachweisbar ist, zumindest nicht in der jüngsten Vergangenheit.«

Degenhardt blickte von seinem Notizblock auf. »Wann erwarten Sie die ausstehenden Ergebnisse?«

»Die Resultate der DNA-Analyse Anfang nächster Woche, die der toxikologischen Untersuchungen Ende nächster Woche. Es gibt aber unabhängig davon noch etwas, das uns ungewöhnlich vorkommt. Am UKE wurde festgestellt, dass Anna

Joost auf der Haut im Bereich aller Organe Narben hat, die von Operationen herrühren könnten. Ihre Mutter und der Hausarzt der Familie – Anton Theuerkauf ist sein Name – haben aber versichert, dass das Mädchen noch nie operiert wurde. Die Ultraschall-Untersuchung hat ergeben, dass keines ihrer Organe fehlt. Angeblich soll Anna sich früher schon selbst mit Messern verletzt haben.«

Degenhardt schaute nachdenklich in die Runde. »Warum hat Andreas Joost seine Tochter nicht selbst medizinisch betreut? Warum hat das dieser Theuer – ... wie auch immer sein Name ist ... gemacht?«

»Theuerkauf heißt der Hausarzt«, sagte Jana, »Anton Theuerkauf. Ein kleiner, hässlicher Mann mit Nickelbrille. Ich kann leider nicht beantworten, warum Andreas Joost seine Tochter nicht selbst betreut hat. Vielleicht kennt Theuerkauf die Antwort.«

»Ist das Mädchen noch im UKE?«

»Ja, doch nach derzeitigem Stand wird Anna Joost heute entlassen. Soweit ich weiß, wird sie dann direkt nach Winsen in das Wohnheim gebracht, in dem sie ansonsten auch lebt.«

»Kann man schon mit ihr reden?«

Jana schüttelte den Kopf. »Sie hat ihr ganzes Leben lang noch nicht ein einziges Wort gesprochen. Ich habe aber schon in Winsen in ihrem Wohnheim angerufen. Die Leiterin von Annas Wohngruppe ist noch im Urlaub. Wir können erst am Montag mit ihr über Anna reden.«

Degenhardt blickte nachdenklich. »Hmm ... In Ordnung. Vielen Dank für Ihren Vortrag. Ich möchte, dass Sie mir von diesem Theuerkauf schnellstmöglich alle Unterlagen über die Messerverletzungen besorgen.«

»Er nimmt bis Sonntag an einer Fortbildung teil.«

»Dann besorgen Sie die Unterlagen am Montag.«

Jana schüttelte erneut den Kopf. »Das geht leider nicht. Ich bin doch ab Montag in England.«

Degenhardt hob die Augenbrauen. »In England?«

»Der Urlaub, den Sie mir genehmigt haben.«

»Sie wollen jetzt doch nicht ernsthaft Urlaub machen?«

Jana atmete tief durch. »Wir haben darüber gesprochen, dass ich in der nächsten Woche Urlaub brauche. Meine Großmutter in England wird neunzig.«

Degenhardt ging nicht auf ihre Worte ein, sondern wandte sich an einen Kollegen der Tatortgruppe: »Oberkommissar Petersen, bitte tragen Sie die Ergebnisse der Spurensicherung vor.«

Roland Petersen schlug einen der Aktenordner, die vor ihm lagen, auf und berichtete: »Zunächst kann ich feststellen, dass wir keinerlei Einbruchspuren gefunden haben. Nach Aussage von Frau Joost verfügt außer ihr und ihrem Mann lediglich die Haushaltshilfe über einen Schlüssel. Sie hat für den fraglichen Zeitraum aber ein Alibi. Sie war mit ihrem Kegelklub in einem Landgasthof in Ollsen. Im Haus des Opfers ist nichts durchwühlt worden, und es gibt keine Hinweise darauf, dass etwas entwendet worden wäre. Wir haben zahlreiche Fingerabdrücke im Bereich des Fundortes der Leiche und entlang des wahrscheinlichen Fluchtwegs des Täters sichergestellt. Wir konnten alle sichergestellten Spuren ausnahmslos der Familie Joost und der Haushaltshilfe zuordnen. Auf der Tatwaffe selbst waren keine Fingerabdrücke vorhanden. Das Schuhsohlen-Profil am Tatort hilft uns auch nicht weiter. Es gehört eindeutig zu den Schuhen, die Anna Joost am Tag des Mordes getragen hat. Wenn wir davon ausgehen, dass Anna in dem Schrankversteck den Mord an ihrem Vater beobachtet haben könnte, wäre es durchaus möglich, dass sie in die Blutlache getreten ist, als sie das Zimmer verlassen hat.«

Degenhardts Stirn lag in tiefen Falten.

»Wir haben auf dem Laminatboden weiterhin blutige Wischspuren sichergestellt«, fuhr Petersen fort. »Der Täter könnte Profilspuren hinterlassen haben, die er nachträglich entfernen wollte. Diese Spuren überprüfen wir derzeit. Von meiner Seite aus stehen jetzt nur noch die Untersuchungen der Textilfasern und der DNA-Spuren aus, die derzeit im LKA in Hannover ausgewertet werden. Ich habe vorhin noch mit dem Leiter in Hannover telefoniert. Ich rechne am Montag oder Dienstag mit den Ergebnissen.«

»Vielen Dank, Herr Petersen. Ich bitte Sie noch um eine kurze Zusammenfassung, welche DNA- und Faserspuren ausgewertet werden.«

»Also, für die DNA-Analyse konnten wir zunächst die Blutspuren am Tatort, an der Tatwaffe und an den Lederhandschuhen sicherstellen. Und Hautreste unter den Fingernägeln des Opfers. Das LKA hat in den Lederhandschuhen winzige Hautschuppen gefunden, von denen ein großer Teil über Zellkerne verfügt. Somit ist ein DNA-Vergleich problemlos möglich. Schließlich haben wir auf der Kleidung und an der Leiche verschiedene Haare sicherstellen können. Mittels Mundhöhlenabrieb haben wir Vergleichsmaterial von Sarah Joost, Anna Joost und von der Haushaltshilfe besorgt. An der Kleidung von Andreas Joost gab es außerdem verschiedene Faserspuren, die noch ausgewertet werden müssen. Wie gesagt, die Ergebnisse folgen nächste Woche.«

»Vielen Dank, Herr Petersen«, murmelte Degenhardt und wandte sich an eine weitere Beamtin: »Kommissarin Sjut, bitte tragen Sie uns Ihre Ermittlungsergebnisse vor. Was haben Sie über die Ziffernfolge herausgefunden, die das Opfer auf dem Fußboden hinterlassen hat?«

»Wir haben alle Sparkassen und Banken in der Nähe abgefragt. Kein Mitglied der Familie Joost hat ein Schließfach mit der Nummer 0103 angemietet. Wir haben aber einen anderen Anhaltspunkt dafür gefunden, was die Ziffernfolge ›0103‹ bedeuten könnte. Anna Joost hat am 01.03. Geburtstag. Vielleicht könnten diese Ziffern als ein Hinweis auf sie gemeint sein.«

»Warum hat er dann nicht gleich ›Anna‹ auf den Laminatboden geschrieben?«, fragte Degenhardt verwundert.

»Keine Ahnung.« Die Kommissarin zuckte mit den Schultern. »Ich habe dann noch versucht, den Vater von Andreas Joost zu erreichen. Ich konnte bisher nur mit ihm telefonieren. Er ist Pilot und derzeit unterwegs. Den Tatabend hat er angeblich in einem Pariser Hotel verbracht. Er landet morgen Nachmittag wieder in Hamburg. Ich habe mit ihm einen Termin gegen fünfzehn Uhr dreißig am Flughafen vereinbart. Er hat mir am Telefon allerdings gesagt, dass er uns nicht weiterhelfen kann. Er hat angeblich seit Jahren keinen Kontakt zu seinem Sohn und seiner Schwiegertochter gehabt.«

Degenhardt nickte. »Haben die Befragungen der Nachbarn in Döhle und des persönlichen Umfeldes der Familie Joost bisher verwertbare Ergebnisse gebracht?«

»Leider nein. Das war's dann auch schon von mir.«

Degenhardt grummelte leise etwas vor sich hin und wandte sich dann an Vorberg: »Was hat die Vernehmung von Sarah Joost gebracht?«

»Ich habe heute Morgen mit den drei Professoren telefoniert, deren Visitenkarten sie uns gegeben hat. Die drei haben bestätigt, dass Sarah Joost am Dienstag von zehn bis etwa achtzehn Uhr auf der Tagung in Hannover gewesen ist. Ein wenig fragwürdig erscheint mir das Essen mit ihrer Freundin nach achtzehn Uhr, da Sarah Joost aus der Vernehmung ausgestiegen ist, als ich angefangen habe, nach Details zu fragen. Ihrer

Freundin konnte ich bisher nur eine Nachricht auf dem Anrufbeantworter hinterlassen. Frau Liebisch fährt noch heute nach Hannover in das Restaurant, wo Sarah Joost angeblich den Abend verbracht hat. Danach wissen wir hoffentlich mehr.«

»In Ordnung«, sagte Degenhardt und blickte in die Runde. »Hat sonst noch jemand was?«

»Ja, ich«, antwortete Oberkommissar Petersen. Er blätterte kurz in dem Aktenordner, der vor ihm lag. »Wir haben in der Kriminaltechnik den SMS-Verkehr aus Andreas Joosts Handy ausgelesen. Am Mittwoch, dem 4. April, hat er an eine andere Handy-Nummer, die wir einem Thomas Wilke zuordnen konnten, Folgendes geschrieben: ›Hallo Thomas. Brauche dringend Deine Hilfe. Melde Dich bitte sofort, wenn Du nach Hause kommst.‹«

»Interessant!«, rief Degenhardt. »Thomas Wilke! Das ist doch dieser Anwalt, der seine Klienten so gerne als unschuldige Opfer darstellt, selbst wenn sie noch so viel Dreck am Stecken haben. Ich habe ihn schon häufiger vor Gericht erlebt. Unangenehm – sehr unangenehm.«

Petersen nickte kurz. »Auf diese SMS hat Thomas Wilke zwei Tage später geantwortet: *Hallo Andreas. Habe gestern alles wie besprochen erledigt. Gruß Thomas.*«

»Sehr schön«, kommentierte Degenhardt. Für alle Anwesenden war deutlich zu hören, dass in seiner Stimme ein Hauch Erleichterung mitklang. »Herr Petersen, Frau Sjut, Sie werden Rechtsanwalt Wilke schnellstmöglich zu diesem SMS-Verkehr befragen. Ich bin sehr gespannt, was er für Andreas Joost erledigt hat.«

»Ich schlage vor …«, setzte Petersen an.

Weiter kam er jedoch nicht, da Degenhardts Handy klingelte. Der Hauptkommissar blickte auf das Display. »Entschuldigung, ein Anruf von der Einsatzleitstelle.«

Während des kurzen Gesprächs nickte er einige Male und notierte eilig eine Adresse in Holm-Seppensen auf seinem Notizblock.

»Wie bitte?« Plötzlich hallte Degenhardts Stimme wie ein Donnerschlag durch den Raum. »Wie war der Name? Thomas Wilke? Scheiße!«

Damit beendete er das Gespräch und blickte seufzend in die Runde: »Wir haben den nächsten Mordfall.«

Kapitel 10

London,
Wohnung von Alexa Jäger,
Freitag, 13. April, 09:05 Uhr

Obwohl Alexa Jäger bemüht war, sich auf ihren Gesprächspartner zu konzentrieren, drifteten ihre Gedanken wieder und wieder ab. Ihr saß David Timmermans von *Timmermans Removals & Storage* gegenüber. Beide hatten sich verabredet, um die letzten Formalitäten für den kommenden Mittwoch zu besprechen.

Am Mittwoch würde Alexa Jäger ihre Wohnung frühmorgens mit ihrer Reisetasche verlassen. Sie würde sich an der Wohnungstür vielleicht noch einmal umdrehen und »Lebewohl«, sagen. Vielleicht aber auch nicht. Dann würden die Männer von David Timmermans anrücken, ihre Möbel und ihre Habseligkeiten verpacken und in den Hallen von Timmermans *Removals & Storage* einlagern. Sie hatte mit Timmermans zudem vereinbart, dass er die Renovierung ihrer Wohnung organisieren und sich um die Übergabe an ihren Vermieter kümmern sollte. Sie hatte alles im Voraus bezahlt, auch die Lagerkosten für ein Jahr.

Aber wer wusste schon, was in einem Jahr sein würde. Doch unabhängig von dieser Frage war jetzt bereits sicher, dass es eine Alexa Jäger in einem Jahr nicht mehr geben würde.

* * *

Holm-Seppensen,
Wohnhaus von Thomas Wilke,
Freitag, 13. April, 09:05 Uhr

Jens Vorberg lenkte den silbernen Passat von Buchholz nach Holm-Seppensen. Grauer Nebel gab der Szenerie einen tristen Anstrich. Die Beamten der Tatortgruppe folgten im Wagen hinter ihnen, um so schnell wie möglich mit der Spurensicherung beginnen zu können.

Degenhardt bemühte sich während der Fahrt vom Beifahrersitz aus darum, über sein Handy Informationen zum neuen Fall zu beschaffen. Es galt als sicher, dass Thomas Wilke einem Tötungsdelikt zum Opfer gefallen war. Und Degenhardt erfuhr, dass auch der Rechtsmediziner bereits auf dem Weg nach Holm-Seppensen war.

»Nein!«, rief er plötzlich überrascht aus. »Das ist ja unglaublich!« Kurz darauf beendete er das Gespräch und sah Vorberg kopfschüttelnd an.

»Thomas Wilke ... Er hängt in Frauenkleidern und mit abgetrenntem Penis bei sich zu Hause in einem Sadomaso-Studio.«

»Das ist ja unfassbar!«, rief Vorberg und schüttelte den Kopf. »Gerade der!«

Jana verstand die Reaktion der beiden Kommissare nicht. »Könnte mir jemand erklären, was es mit diesem Wilke auf sich hat?«

Degenhardt drehte sich zu ihr um. »Thomas Wilke ist ... Oder besser: Thomas Wilke war ein Strafverteidiger aus Buchholz, der uns das Leben immer dann schwergemacht hat, wenn wir Kinderschänder und Vergewaltiger hinter Gitter bringen wollten. Der Typ hatte in Buchholz und Umgebung nicht gerade den besten Ruf.«

»Wirklich widerlich!«, warf Vorberg ein. »Er hat es immer wieder geschafft, Opfer als Täter dastehen zu lassen. Ich würde zwar niemandem einen solchen Abgang wünschen, aber dass ausgerechnet Thomas Wilke so endet – das ist schon auf eine merkwürdige Art bezeichnend.«

Schließlich erreichten sie Wilkes Adresse in Holm-Seppensen, die in einem stark bewaldeten Gebiet lag. Es folgten zunächst die üblichen Routinen: das Parken vor dem rot-weißen Absperrband, Degenhardts Statement für die Presse – »Wir können noch keine näheren Angaben machen, bitte wenden Sie sich an unsere Pressestelle« –, anschließend das Anlegen von Overall, Mundschutz, Überzieh- und Handschuhen.

»Nicht schlecht«, sagte Degenhardt anerkennend, als er durch das Fußgängertor des Anwesens schritt. Dann wandte er sich an Vorberg: »Hast du die Videokamera am Tor gesehen? Sag den Leuten von der Tatortgruppe, dass sie den Datenträger sicherstellen sollen.«

In der Empfangshalle sah Degenhardt sich nach allen Seiten hin um. »Wie in einer Arztpraxis«, stellte er fest und ließ den Blick über den weißgrauen Marmorfußboden und die hellrosafarbenen Wände schweifen. Dann folgte er einem der Beamten, die vor ihnen am Tatort eingetroffen waren, zur Galerie in der ersten Etage. Auch Vorberg und Jana stiegen in einigem Abstand die Treppe hoch.

»Wer heult denn da?«, wollte Degenhardt wissen.

»Die Haushaltshilfe – Beate Wagner. Sie hat Thomas Wilke gefunden. Anscheinend hat er keine weitere Familie.«

Auf der Galerie staunte Degenhardt über die prall gefüllten Bücherregale, die sich dort aneinanderreihten. Ein Buch stach ihm besonders ins Auge, und er musste schmunzeln, während er las: »Schriftenreihe Kriminalistik. Ein Leitfaden zur Aufklärung von Tötungsdelikten«.

Schließlich betraten sie einen in Karminrot gehaltenen Raum, in dem ein Halogen-Scheinwerfer für gleißend helles Licht sorgte. Vor ihnen hing Thomas Wilke, gefesselt an zwei massiven, x-förmig an der Wand montierten Holzstämmen, die mit schwarzem Leder umwickelt und mit silbernen Ziernägeln beschlagen waren. An den beiden oberen Enden, die etwa einen Meter auseinander lagen, hingen Handschellen, mit denen Thomas Wilke an den Handgelenken gefesselt war. Die gestreckten Arme deuteten darauf hin, dass die Handschellen das gesamte Körpergewicht des Toten trugen. Der Kopf hing schlaff zur Seite. An dem Punkt, an dem sich die beiden Holzstämme kreuzten, hielt ein breiter lederner Fesselgurt den Toten an der Wand, die Fußgelenke waren mit Lederriemen an die unteren Enden der Holzstämme gefesselt. Der Penis und die Hoden waren abgetrennt und lagen sorgfältig arrangiert in einer nicht allzu großen Blutlache zwischen den gefesselten Füßen des Toten.

»Da hat wohl jemand ein größeres Problem mit Herrn Wilke gehabt«, kommentierte Degenhardt diesen Anblick und nickte in Richtung der klaffenden Fleischwunde zwischen den Beinen. »Der hängt hier wohl bereits ein paar Tage, die Fäulnis hat schon eingesetzt.« Dabei zeigte er auf die schmutzig grüne Verfärbung im Bereich des Unterbauches, die unterhalb der Corsage sichtbar wurde. »Wie viel mag er wohl wiegen?«

»Mindestens hundertfünfzig Kilo«, erwiderte Vorberg.

»Und ein halbes Kilo Schminke im Gesicht«, ergänzte Jana. Dann zeigte sie auf den Fußboden neben der Leiche. »Das Messer dort sieht übrigens auch wie ein *Col Moschin* aus, das Kampfmesser der italienischen Fallschirmjäger.«

Vorberg nickte. »Die schwarzen Lederhandschuhe neben dem Messer liegen dort sicher auch nicht zufällig.«

Während sie über die Parallelen der beiden Todesfälle diskutierten, betrat der Rechtsmediziner den Raum.

»Meine Güte, schon wieder so ein schöner Fall!«, staunte er, als er den Toten sah. »Darf ich schon ran?«

Degenhardt schüttelte den Kopf. »Die Spurensicherung war noch nicht hier oben. Das wird wohl noch eine Weile dauern.«

»Schauen kann ich ja schon mal«, meinte Ahrens und trat näher an die Leiche heran.

Degenhardt, Vorberg und Jana traten zurück und beobachteten ihn. Ahrens betrachtete den Toten aus allen möglichen Perspektiven und machte Fotos. Im Gegensatz zur letzten Untersuchung in Döhle erklärte er dieses Mal nicht, was er gerade untersuchte. Stattdessen hörten sie einige Male, wie er »Interessant, interessant« murmelte.

Schließlich trat er einige Schritte zurück, überlegte kurz und teilte dann den anderen seine ersten Erkenntnisse und Vermutungen mit: »Ich denke, dass er seit zwei bis vier Tagen tot sein dürfte. Kurze Zeit nach Todeseintritt beginnt im Körper ein Fäulnisprozess, der hauptsächlich durch die Darmbakterien ausgelöst wird. Da der Darm am Unterbauch besonders dicht unter der Haut liegt, beginnt die grünliche Fäulnisverfärbung zunächst in diesem Bereich.« Ahrens umkreiste mit seiner Hand den Unterleib des Toten. Der Hautbereich, der nicht durch die Leder-Corsage verdeckt war, zeigte eine deutliche grünliche Verfärbung. »Das kann ich wegen des Korsetts aber erst dann genau beurteilen, wenn ich ihn komplett entkleidet habe. Nach etwa ein bis zwei Tagen breitet sich die Grünfäulnis dann allmählich im ganzen Körper aus. Und das können wir hier bereits erkennen.« Jetzt zeigte der Rechtsmediziner auf die Oberschenkel der Leiche. Dort waren einige Hautbereiche bereits schmutzig grün verfärbt. »Drei bis fünf Tage nach dem Todeseintritt verfärben sich die Adern aufgrund der Durchtränkung der Gefäßwände und deren Nachbargewebe mit Blutfarbstoff schmutzig rot bis grünlich. Diese sogenannten durchschlagenden Venennetze können Sie bei dieser Leiche schon erkennen.« Er wies auf die Arme des Toten. »Daher denke ich, dass er irgendwann zwischen Montag und Mittwoch getötet worden ist.«

Vorberg nickte heftig. »Dann könnte es also durchaus sein, dass Andreas Joost und Thomas Wilke kurz nacheinander umgebracht worden sind. Und womöglich vom selben Täter.«

»Könnte schon sein. Ich kann aber erst dann mehr sagen, wenn ich ihn in der Rechtsmedizin auf dem Tisch gehabt habe.« Ahrens ließ den Kommissaren keine Zeit für weitere Nachfragen: »Besonders interessant ist, dass Wilke schon tot gewesen sein muss, als der Penis und die Hoden abgetrennt wurden. Es ist kaum Blut vorhanden. Ich denke, dass sein Kreislauf schon zum Stillstand gekommen war, als seine Geschlechtsteile abgetrennt wurden. Daher finden wir hier keine Spritzblutungen und verhältnismäßig wenige Abrinn- und Abtropfspuren.«

Die Kommissare nickten.

»Bemerkenswert ist auch, dass ich keine deutlichen Hinweise auf die Todesursache finden kann. Ich kann keine sichtbaren Stichverletzungen erkennen, keine Schlagverletzungen, keine Schussverletzungen, keine Würgemale, keine Drosselmarken – nichts!« Ahrens machte eine kurze Pause und gab den Kripo-Beamten mit einer Handbewegung zu verstehen, dass sie zu ihm treten sollten. »Ich habe aber natürlich schon eine Vermutung.«

Die Kripo-Beamten traten näher.

Ahrens zeigte auf eine auffällige, kreisrunde Verfärbung im Bereich der Vene des rechten Unterarms. »Die Verfärbung könnte daher rühren, dass jemand versucht hat, etwas in die

Unterarmvene zu injizieren. Wenn Wilke trotz der Fesselung noch in der Lage war, sich zu wehren, könnte die Kanüle die Vene durchstochen und das umliegende Gewebe verletzt haben.«

Degenhardt nickte. »Gibt es im Moment noch etwas, was Sie uns sagen können?«

»Nein, alles Weitere nach der Obduktion.«

Während die Beamten der Tatortgruppe mit der Spurensicherung begannen, sprach Degenhardt die nächsten Arbeitsschritte ab. Während er selbst sich im Haus umschauen wollte, erklärte sich Vorberg zähneknirschend bereit, die in Tränen aufgelöste Haushaltshilfe Beate Wagner gemeinsam mit Jana zu befragen. Die Haushaltshilfe hatte ihren Chef gefunden und war nicht nur fassungslos wegen seines Todes, sondern vor allem wegen seiner verborgenen Neigungen.

Vorberg und Jana trafen die Frau weinend in Wilkes Arbeitszimmer an. Als die beiden die Tür öffneten und den Raum betraten, schluchzte sie laut auf und trompetete in ein durchgeweichtes Papiertaschentuch.

Beate Wagner bestand vehement darauf, noch an Ort und Stelle einen Eid zu schwören, und zwar beim Leben ihres Mannes Horst. Notfalls auch auf das Leben ihrer Eltern. Aber die waren ja schon tot. Wenn alle Stricke reißen sollten, würde sie auch auf die Bibel schwören. Die lag in der Vitrine im Arbeitszimmer. Im oberen Regal, ganz rechts.

NEIN, sie hatte von dem ganzen Schweinkram keine Ahnung gehabt. Keinen blassen Schimmer! Das konnte man dem Ferkel ja nun auch wirklich nicht ansehen. Nein, noch nie hatte sie auch nur einen Fuß in dieses Schmuddelloch gesetzt. Niemals! Der Raum war ja auch immer abgeschlossen gewesen. Na ja, sie hatte wohl schon einmal auf die Klinke gedrückt, aber die Tür war immer abgeschlossen gewesen. Den Schlüssel hatte nur der Chef gehabt. Durch das Schlüsselloch hatte sie aber noch nie geschaut. Ehrenwort! Man konnte durch das Schlüsselloch ja auch gar nichts sehen. Nicht, dass sie es schon mal ausprobiert hätte! Nein! Sie hatte sich beim Fensterputzen einfach mal so überlegt, dass der Raum ja gar keine Fenster hatte.

NEIN, sie konnte sich im Traum nicht vorstellen, wer etwas gegen ihren Chef gehabt haben könnte. So ein feiner Kerl! Immer pünktlich gezahlt. Und immer korrekt! Weihnachten zum Beispiel hatte es Parfüm gegeben. Chanel Nummer zwei oder drei oder so, auf jeden Fall irgend so eine Nummer. Letzte Woche Ostern hatte es hingegen nur einen Osterhasen gegeben. Aus Schokolade. Und das bei ihrer Figur! Das musste man sich mal vorstellen. Gegessen hatte sie ihn aber trotzdem. Aber vom Discounter war er nicht, der Hase. Sondern von Hassel oder Hessel oder irgendwie so. War aber auch in Ordnung. Musste ja nicht immer was Großes sein.

NEIN, Familie hatte er nicht. Sünde! Dabei hätte der sich das nun wirklich leisten können. Und die schöne Kanzlei. Wer da wohl weitermachte. Au ja, und der dicke Porsche erst. Ach Gott, ja, Sünde! Blau war er gewesen!

NEIN, doch nicht der Chef, der Porsche! O Mann, ja! Letztens war doch was gewesen! Letzte Woche, da hatte einer nachts an der Tür gekratzt!

NEIN, doch nicht an der Haustür, beim Porsche an der Tür! Was der Chef sich geärgert hatte. Sünde! Bei ihrem Polo war das noch nie passiert. Na ja, aber jetzt hatte es ja mal einen Großen getroffen. Da konnte man mal sehen, was Geld aus Menschen machte. Aber vielleicht war das auch besser so.

NEIN, so hatte sie das doch nicht gemeint! Dass er keine

Familie hatte, natürlich. Das war ja schon irgendwie pervers. Unmöglich, dieses Ferkel. Wenn man sich das mal so vorstellte. Mit den Peitschen und so. Und dem ganzen anderen Schweinkram. Wenn Horst das sehen könnte!

Vorberg war mit seiner Geduld am Ende, als die Tür sich öffnete und Degenhardt in den Raum kam.

»Jens, komm mal her!«, rief der Hauptkommissar aufgeregt.

»Was ist denn?«

»›Sophies zehnter Geburtstag‹«, sagte Degenhardt leise und streckte eine DVD-Hülle in die Höhe. »Der englische Kinderpornoring!«

Vorberg sprang auf und eilte mit hektischen Schritten zu seinem Kollegen, der in der Tür stehen geblieben war. »Das ist ja unglaublich, der auch?«

Die beiden Kommissare tauschten sich kurz über diesen unerwarteten Fund aus, ohne dabei weiter auf Beate Wagner zu achten. Sie entschieden, den Staatsanwalt sofort zu informieren.

Als sie ihr Gespräch beendet hatten, wandte Vorberg sich kurz an Beate Wagner: »Ich habe keine weitere Fragen mehr an Sie.«

Die Haushaltshilfe war bereits aufgestanden, umrundete ihn flink und verschwand.

Als Vorberg einige Zeit später das Haus verließ, um neue Einweg-Handschuhe aus dem Dienstwagen zu holen, sah er, dass Beate Wagner mit einem Redakteur der *Harburger Kreiszeitung* redete. Es handelte sich um Tom Wiese, mit dem Degenhardt bereits Dienstagnacht bei der Tatortarbeit in Döhle aneinandergeraten war. Während sie wild mit den Armen gestikulierte, nickte der Mann zufrieden und füllte seinen Notizblock zügig.

In dem Moment, als Vorberg die beiden passierte, verstummte das Gespräch abrupt. Kaum war er außer Hörweite, wurde es fortgeführt. In Vorbergs Magen blieb ein flaues Gefühl zurück.

* * *

Jana streifte neugierig durch das Arbeitszimmer von Thomas Wilke. Zunächst blieb sie vor einem reich bestückten Bücherregal stehen und verschaffte sich einen Überblick. Neben einer Vielzahl juristischer Fachliteratur hatte Wilke einen reichen Schatz an Kriminalromanen gesammelt. Darunter waren nicht nur britische und amerikanische Autoren, sondern auch zahlreiche Skandinavier, die Jana zum Teil selbst gelesen hatte. Sie ging die Autoren durch, deren Fälle größtenteils alphabetisch geordnet waren. Bei der Trilogie eines Autors, die ihr ebenfalls vertraut war, stockte sie: Während der erste und der zweite Band ordentlich in der Reihe standen, fehlte Teil drei. Jana überlegte kurz. Vermutlich würde sie diesen Band auf Wilkes Nachttisch finden.

Sie ging an einer breiten Fensterfront vorbei zu einem Schreibtisch aus hellem, honigfarben lackiertem Kiefernholz. Davor stand ein schwerer Drehstuhl aus schwarzem Leder. Auf der rechten Seite des Schreibtisches lagen drei Kommentare zum Strafgesetzbuch. Zwei waren geschlossen, der dritte dagegen war aufgeschlagen. Wilke hatte sich offenbar zuletzt mit der Kommentierung des Paragraphen 177 beschäftigt, der sexuelle Nötigung und Vergewaltigung unter Strafe stellte. In der Mitte des Schreibtisches lag ein geschlossener Aktenordner, dessen Inhalt sicherlich mit dem Paragraphen 177 in Verbindung stand.

Auf der linken Seite des Schreibtisches lag ein längliches ledernes Kästchen mit einem goldfarbenen Emblem. Es war nicht schwer zu erraten, dass Wilke in diesem Etui einen wertvollen Füllfederhalter aufbewahrte. Auf der Schreibtischunterlage waren die Buchstaben »BCFTR« und »AJ« notiert.

Jana zückte ihr Notizbuch und schrieb die beiden Buchstabenfolgen auf. Anschließend verließ sie das Arbeitszimmer und schloss die Tür vorsichtig hinter sich. »Jens?«, rief sie über den Flur.

»Ja?«, antwortete Vorberg aus dem oberen Stockwerk. Gleich darauf kam er die Treppe herunter.

»Weißt du, wo Frau Wagner ist?« Jana zeigte ihm ihr Notizbuch. »Thomas Wilke hat diese beiden Buchstabenfolgen auf seine Schreibtischunterlage geschrieben. Ich wüsste gerne, was er damit gemeint hat.«

Vorberg schaute nachdenklich auf ihren Notizblock. »Die Wagner stand gerade eben mit diesem Typen von der *Harburger Kreiszeitung* vor der Tür!«

»Danke!«, erwiderte Jana und verließ das Haus. Sie musste nicht lange nach Beate Wagner und Tom Wiese suchen. Offensichtlich verabschiedeten sie sich gerade voneinander. Als Jana zu der Frau trat, stieg Wiese bereits in seinen Wagen.

»Ich habe noch eine Frage an Sie«, sagte Jana. »Wissen Sie, was die Abkürzungen ›BCFTR‹ und ›AJ‹ bedeuten könnten?«

Beate Wagner dachte lange nach, bevor sie mit einem Kopfschütteln antwortete: »Nee.«

Kapitel 11

Buchholz in der Nordheide,
Wohnung von Hauptkommissar Rolf Degenhardt,
Samstag, 14. April, 02:58 Uhr

Seit dem Auffinden der Leiche von Andreas Joost waren Degenhardts Albträume zurückgekehrt. Sie peinigten ihn mit Erinnerungen, die er lange verdrängt hatte.

In diesen Träumen hielt er seinen Kollegen Bernd Köhnke im Arm. Aus Bernds Nase und Mund lief Blut. Seine Augen suchten langsam und ruhig nach denen von Degenhardt. Als sie sie fanden, versuchte Köhnke, etwas zu sagen, aber es kamen keine Worte über seine Lippen. Stattdessen floss noch mehr Blut aus seinem Mund. Er schloss die Augen, schien noch einmal zu lächeln, dann entspannte sich die gesamte Muskulatur. Degenhardt schüttelte den Kollegen und versuchte, ihn ins Leben zurückzuholen. Unter dem irreal leuchtenden Mond wirkte Köhnke, als sei er nur kurz eingeschlafen.

Nachdem Degenhardt auch heute Nacht aus diesem Albtraum aufgeschreckt war, hatte er sich erfolgreich dagegen gewehrt, erneut einzuschlafen. Er starrte auf die orangefarbenen Digitalziffern seines Radioweckers: 02:58 Uhr. Ein dumpfer Schmerz pochte unablässig in seinem Kopf. Er kniff die Augenlider zusammen und presste Daumen und Zeigefinger fest auf seine Nasenwurzel. Er hatte das Gefühl, dass seine Kopfschmerzen dadurch zunächst schlimmer wurden, dann ließen sie jedoch spürbar nach. Ein heilloses Durcheinander aus Wut und Verzweiflung braute sich in ihm zusammen. Dieses explosive Gemisch tränkte jede Zelle seines Körpers und legte sich schließlich schwerer als Blei auf seinen Kehlkopf. Er musste sich auf jeden Atemzug konzentrieren.

Schließlich hielt er es nicht mehr aus, schleuderte die Decke beiseite und schwankte ins Bad. Mit verschränkten Armen stellte er sich unter die Dusche, schloss die Augen und legte den Kopf in den Nacken. Dann ließ er heißes Wasser auf seine Stirn prasseln. Immer wieder öffnete er die Lippen zu einem winzigen Spalt, saugte frische Luft ein und stieß dann die verbrauchte Luft wieder aus. Dabei schleuderte er die Wassertropfen auf seinen Lippen weit von sich. Nach über zwanzig Minuten ließ er den heißen Wasserstrahl versiegen und ging zum Spiegel. Er wischte über die beschlagene Oberfläche und betrachtete seine linke Wange. Mit dem Zeigefinger fuhr er langsam über die Narbe, die sich von seinem linken Mundwinkel bis fast zum linken Ohrläppchen zog. Schließlich streifte er sich den Bademantel über und ging barfuß in die Küche. Er brauchte Zeit, um auszuschwitzen. Und er brauchte einen Kaffee – dringend.

Degenhardt hatte sich nach der Trennung von seiner Frau und den Kindern eine Wohnung in einem größeren Mietshaus in Buchholz genommen: dritter Stock, drei Zimmer, achtzig Quadratmeter, eine kleine Einbauküche, ein kleines Bad, dafür aber ein riesiges Schlafzimmer mit Balkon. In der Regel kam er nur zum Schlafen nach Hause. Der Vorteil der Wohnung war, dass sie nur wenige Meter vom Dienstgebäude der Polizeiinspektion Harburg entfernt lag.

Nach dem Kaffee zog er sich rasch an. Gegen 04:00 Uhr verließ er das Haus, schlug den Kragen seiner Wachsjacke hoch und zog den Kopf ein. Der Wind fegte durch die Straßen und trieb leichten Nieselregen vor sich her.

Nur Minuten später saß er in seinem Büro und wälzte die ersten Aktenordner, die sich mit dem Fall des getöteten

Andreas Joost befassten. Es musste eine Verbindung zwischen seinem Tod und dem von Thomas Wilke geben. Aber wonach genau sollte er suchen?

Um kurz vor 06:00 Uhr nahm er erste Schatten wahr, die vor der Glaswand seines Büros hin und her huschten. Er ignorierte diese Schatten und blickte nicht von seinen Akten auf.

Unvermittelt klopfte jemand an seine Glastür. Verwirrt hob Degenhardt den Kopf und schaute als Erstes auf die Uhr. Es war kurz nach sieben. Dann sah er zu Vorberg, der ihn durch die Glaswand fragend anblickte. Degenhardt lehnte sich zurück, kreuzte die Arme hinter dem Kopf und nickte ihm zu. Vorberg öffnete die Tür ungewohnt vorsichtig. Sein Gesicht war ernst, sein »Guten Morgen« klang betroffen. Vor Degenhardts Schreibtisch verharrte er und presste seine Lippen, die ohnehin schon ungewöhnlich schmal wirkten, noch fester aufeinander.

»Ist was?«, fragte Degenhardt.

»Die Zeitung«, antwortete Vorberg und legte ihm eine aktuelle Ausgabe der *Harburger Kreiszeitung* auf den Tisch. Dann drehte er sich um und verließ den Raum ohne ein weiteres Wort.

Beim Überfliegen des Titelblattes braute sich das gleiche Gemisch aus Wut und Verzweiflung in Degenhardt zusammen, das ihn bereits in der Nacht zum Aufstehen getrieben hatte. Seine Gedanken drehten sich, und er presste Daumen und Zeigefinger fest auf seine Nasenwurzel, als ob diese Geste alles ändern könnte. Zeile für Zeile las er den Artikel und drückte seine Finger schließlich so tief in die Augenwinkel, dass der Schmerz das Chaos in seinem Kopf überdeckte. Er schüttelte den Kopf und starrte auf die Zeitung.

* * *

Brutaler Mord erschüttert Holm-Seppensen
Erste Spuren führen zu Kinderpornoring

Holm-Seppensen. tw. Gestern in den frühen Morgenstunden wurde der bekannte Rechtsanwalt Thomas W. tot in seinem Wohnhaus in Holm-Seppensen aufgefunden. Thomas W. sorgte in den letzten Jahren aufgrund seiner spektakulären Strafverteidigungen mehrerer Sexualtäter für Schlagzeilen. Dabei war seine Verteidigung nicht unumstritten, wie wir in der Vergangenheit bereits häufiger berichteten.

Offensichtlich wurde Thomas W. nun selbst Opfer eines Gewaltverbrechens. Wie die Harburger Kreiszeitung erfuhr, wurde Thomas W. mit einem brutal entstellten Genitalbereich aufgefunden. Die Begleitumstände deuten auf eine sexuell motivierte Tat hin. Dies soll auch auf den am Dienstag in seinem Wohnhaus in Döhle tot aufgefundenen Kinderarzt Doktor Andreas J. zutreffen.

Erste Spuren deuten darauf hin, dass die Tötungen mit der Mitgliedschaft von Thomas W. und Andreas J. in einem englischen Kinderpornoring zusammenhängen könnten.

* * *

Noch einige Male überflog Degenhardt den Artikel, dann beugte er sich über den Schreibtisch und stützte sein Gesicht auf beide Hände. In der Überschrift wurde der Autor des Artikels mit dem Kürzel »tw« benannt.

»Tom Wiese, dieses Arschloch«, murmelte Degenhardt und erinnerte sich nur zu gut an den Redakteur, auf den er bereits in Döhle und in Holm-Seppensen getroffen war.

Wie hatte dieser Tom Wiese bloß Wind von der Sache bekommen?

Von der Verbindung zwischen Andreas Joost, Thomas Wilke und dem Kinderpornoring hatten nur wenige Personen gewusst: Polizeidirektor Meislahn, Staatsanwalt Hagemann, die beiden Beamten des LKA, Vorberg und er selbst. Aber halt ... Plötzlich fiel es ihm ein, wer wohl noch davon erfahren hatte: Beate Wagner, die dabei gewesen war, als er Vorberg gestern vom Fund der DVD »Sophies zehnter Geburtstag« berichtet hatte. Siedend heiß fiel ihm ein, dass er dabei die Worte »englischer Kinderpornoring« in den Mund genommen und die Parallele zu der Tötung von Andreas Joost erwähnt hatte.

Auf dem Rückweg nach Buchholz hatten sich auf Vorbergs Gesicht tiefe Sorgenfalten gebildet. »Hoffentlich hat Beate Wagner nichts mitbekommen!«

Doch Degenhardt hatte abgewinkt. »Ich habe viel zu leise gesprochen!«

Vorberg hatte nachdenklich aus dem Fenster in den wolkenverhangenen Himmel geblickt. »Hoffentlich behältst du recht!«

Der Zeitungsartikel belegte zweifelsfrei, dass Degenhardt nicht recht behalten hatte. Jetzt war er wütend auf sich selbst. Wie hatte er nur so leichtsinnig sein können? Da er jedoch die Vergangenheit nicht korrigieren konnte, konzentrierte er sich schließlich wieder auf die Gegenwart: Welche genaue Verbindung bestand zwischen Andreas Joost und Thomas Wilke? Er musste es herausfinden!

Weitere anderthalb Stunden arbeitete Degenhardt die Aktenordner durch, die er fein säuberlich auf seinem Schreibtisch aufgereiht hatte. Fieberhaft suchte er nach einem wichtigen Detail oder einem entscheidenden Hinweis, den er übersehen haben könnte. Doch er war unkonzentriert: Immer wieder glitten seine Gedanken von den Buchstaben, Wörtern und Sätzen ab; immer wieder musste er ganze Absätze zurückspringen und die Passagen noch einmal lesen, da seine Augen sie zwar überflogen, sein Gehirn sie aber nicht aufnahm.

Er hob einzelne Textstücke mit einem gelben Marker hervor, klebte kleine Zettel mit Notizen in die Akte, malte gelegentlich ein Fragezeichen an den Rand und schrieb Stichwörter auf ein Blatt Papier. In der Sache brachte ihn dies alles jedoch nicht weiter.

Als sein Telefon plötzlich klingelte, zuckte er zusammen. Schließlich hob er den Hörer ab.

Polizeidirektor Meislahn war am Apparat. »Sie kommen sofort zu mir!«

Degenhardt lehnte sich zurück, presste den Hinterkopf gegen die Kopfstütze seines Bürostuhls und rieb sich die Augen. Sein Blick streifte noch einmal das Titelblatt der *Harburger Kreiszeitung*, die er so weit an den Rand seines Schreibtisches geschoben hatte, dass sie jeden Moment herunterfallen konnte.

»Scheiße«, murmelte er und stand auf.

Auf dem Weg trafen Degenhardt und Vorberg aufeinander. Meislahn hatte offensichtlich auch ihn zu sich zitiert.

Logisch, er wusste ja auch über »Sophies zehnten Geburtstag« Bescheid!, dachte Degenhardt.

Als die beiden Kommissare in das Büro des Polizeidirektors traten, erwarteten Meislahn und Staatsanwalt Hagemann sie mit versteinerten Mienen. Während Meislahns Augenbrauen sich hoben, wurden Hagemanns Lippen so schmal, dass sie kaum mehr zu erkennen waren. Dann brach ein Unwetter los, das mit Hagel, Blitz und Donner auf die beiden Kommissare niederging. Hagemann brüllte immer wieder Wörter wie »Inkompetenz«, »Stümper« und »Trottel« durch das Büro.

Degenhardts Gesichtsausdruck blieb ohne jegliche Regung.

Seine Mundwinkel zuckten selbst in dem Moment nicht, als Hagemann seine Hand nach vorne schnellen ließ, seinen Zeigefinger auf ihn richtete und ihm mit blitzenden Augen Begriffe wie »schriftliche Missbilligung« und »Disziplinarverfahren« entgegendonnerte. Als Hagemann seinen Monolog beendet und die Tür des Büros mit einem Paukenschlag hinter sich ins Schloss geworfen hatte, erwartete Degenhardt von seinem Vorgesetzten das übliche Verhaltensmuster, wenn eine Strafpredigt anstand: Meislahn würde aufstehen, zum Fenster gehen und eine längere Zeit auf einen Punkt starren, der seine Aufmerksamkeit zufällig auf sich zog. Dann würde er den Kopf schütteln und vorwurfsvoll »Meine lieben Kommissare« murmeln. Schließlich würde er ihnen eine Standpauke halten – auf der einen Seite väterlich und diplomatisch, auf der anderen Seite voller scharfer Untertöne, um keinen Zweifel daran zu lassen, wie ernst ihm die Sache war.

Degenhardt sollte recht behalten. Es folgte das, was er vorhergesehen hatte, dann musste er erklären, wie es zu diesem Fehler gekommen war.

»Lassen Sie den Kopf mal nicht hängen«, munterte Meislahn ihn schließlich auf. »Ich kenne Sie nun schon lange genug und gehe davon aus, dass so etwas nicht wieder vorkommt.«

Degenhardt und Vorberg nickten.

Als Meislahn schon im Begriff war, sie zu entlassen, zögerte er noch einmal kurz und rief Degenhardt zu sich zurück. Er blickte ihn lange an und legte die Stirn in Falten. »Sie wirken unkonzentriert, seitdem Sie im Fall Andreas Joost ermitteln. Woran liegt das?«

»Ich habe nicht das Gefühl, unkonzentriert zu sein.«

Meislahn wippte in seinem Ledersessel vor und zurück. »Mir wurde berichtet, dass Sie in den letzten Tagen erst nach dreiundzwanzig Uhr Ihr Büro verlassen haben und frühmorgens als Erster wieder da waren. Wie lange wollen Sie das durchhalten?«

»Lassen Sie das doch einfach meine Sorge sein.«

Meislahn lächelte schwach. »Kann es sein, dass der Tod von Andreas Joost alte Bilder zurückgebracht hat?«

Degenhardt biss die Zähne aufeinander und blickte aus dem Fenster.

Schließlich fragte Meislahn: »Sie fahren doch zu allen Hannover-96-Spielen, oder?«

Degenhardt stutzte. »Wie bitte?«

Meislahn nahm einen Kugelschreiber in die Hand und tippte einige Male auf die Tischplatte. »Soweit ich informiert bin, sind Sie 96er-Mitglied, nicht wahr?«

Degenhardt nickte.

»Und Sie haben eine Dauerkarte für die Heimspiele in Hannover?«

»Ja, habe ich«, erwiderte Degenhardt zögerlich. »Ein Vater-Sohn-Ticket. Heute spielt Hannover aber in Hamburg gegen den HSV.«

»Und?«, fragte Meislahn. »Haben Sie eine Karte für das Spiel heute?«

»Selbstverständlich habe ich eine Karte, aber ich fahre nicht hin.«

Meislahn hob die Augenbrauen. »Doch, das werden Sie. Ich weise hiermit an, dass Sie sich das Spiel anschauen.«

Degenhardt schüttelte den Kopf. »Ich habe hier einen Job zu erledigen.«

»Und ich habe eine Fürsorgepflicht. Zusätzlich weise ich an, dass Sie das Dienstgebäude heute nach dem Fußballspiel nicht mehr betreten. Herr Vorberg übernimmt in der Zwischenzeit Ihren Job. Sie sorgen dafür, dass Sie über Ihr Handy erreichbar sind – mehr nicht!«

Degenhardt runzelte die Stirn. *Normalerweise* würde er während laufender Ermittlungen niemals freinehmen. Erst recht nicht auf Anweisung eines Vorgesetzten. Aber was war schon normal? *Normalerweise* machte er auch keine Fehler und musste nicht im Büro des Polizeidirektors sitzen, um sich als Stümper und Trottel beschimpfen zu lassen.

»Ich meine es ernst«, betonte Meislahn und blickte Degenhardt eindringlich an.

»Mhm«, murmelte Degenhardt. Ihm fiel keine passende Antwort ein.

Nach der Rückkehr ins Büro konnte Degenhardt sich kaum mehr auf die Akten konzentrieren. Sein Blick war zwar auf Papiere, Fotos und Buchstaben gerichtet, doch seine Gedanken wirbelten umher: *Andreas Joost – Thomas Wilke – »Sophies zehnter Geburtstag« – die zahlreichen Messerstiche in Andreas Joosts Genitalbereich – Thomas Wilkes abgetrennter Penis – der tobende Staatsanwalt … Verdammt!*

Schließlich kam er zu der Erkenntnis, dass er wohl oder übel abwarten musste. Abwarten, bis die Ergebnisse der DNA-Analysen und der toxikologischen Untersuchungen vorlagen. Abwarten bis Montag oder Dienstag. Abwarten – und das ohne Garantie auf ein Ergebnis, das ihre Ermittlungen weiterbringen würde.

Verdammt!

Am frühen Nachmittag verließ Degenhardt das Büro und fuhr nach Hamburg, um sich das Nordduell zwischen Hannover 96 und dem HSV anzusehen. Als Mitglied von Hannover 96 besaß er eine Dauerkarte für alle Heimspiele des Clubs. Obwohl er sich nicht daran erinnern konnte, wann Tobias und er das letzte Mal gemeinsam in einem Fußballstadion gewesen waren, hatte er zu Beginn der Saison ebenso wie in den Jahren zuvor ein Vater-Sohn-Ticket gekauft. Vielleicht würde Tobias ihn eines Tages wieder begleiten. Diese Hoffnung war ihm die mehr als vierhundert Euro wert, die das Vater-Sohn-Ticket für alle Saisonspiele kostete. Und für alle Auswärtsspiele in der Nähe kaufte Degenhardt ebenfalls zwei Karten. Auch jetzt hielt er zwei Karten in der Hand, während er im Gästeblock des Stadions nach einem Platz suchte.

Degenhardt fand eine nahezu leere Sitzreihe, in der eine fünfköpfige Gruppe von Schlachtenbummlern stand, die mit Hannover-Jacken, Fan-Schals, 96er-Schirmmützen und schwarz-weiß-grünen Schwenkfahnen ausgerüstet waren. Sie hielten Bierbecher in den Händen, prosteten sich zu und diskutierten angeregt miteinander.

Degenhardt schlenderte zu ihnen. »Entschuldigen Sie, ist hier noch frei?«

Die Männer wandten sich ihm zu und musterten ihn. Einer von ihnen hob zuerst die Augenbrauen, dann seinen Bierbecher. »Klar, aber nur, wenn du es mit echten Fans aushältst!«

Die übrigen Männer lachten, hoben ihre Becher ebenfalls und stimmten ein Lied an: »Wir lieben die Roten, unseren Verein. Es gibt nichts Schöneres auf der Welt, als 96er-Fan zu sein …«

»Dann bin ich hier richtig!«, murmelte Degenhardt und setzte sich.

»Wo sind deine Klamotten?«, rief einer der Männer ihm zu, als sie ihr Lied beendet hatten.

Degenhardt schaute an sich hinab. Normalerweise ging er mit kompletter Fan-Ausrüstung zu den 96er-Spielen. Heute trug er eine gewöhnliche Jeanshose und eine Wachsjacke. Zwar hatte er sich direkt vom Dienstgebäude der Polizeiinspektion

Harburg aus auf den Weg gemacht, aber da seine Wohnung nur wenige Meter davon entfernt lag, hätte er seine Fan-Ausrüstung problemlos holen können, bevor er nach Hamburg gefahren war. Er hatte schlichtweg nicht daran gedacht – und fühlte sich jetzt bei den Fans deplatziert.

»Ich komme direkt von der Arbeit«, antwortete er entschuldigend.

Die Männer zuckten bloß mit den Schultern und prosteten sich wieder zu.

»Los, nimm!«, sagte einer schließlich und drückte ihm seine Schwenkfahne in die Hand. Dann hob er seinen Zeigefinger. »Aber ab jetzt ist hier gute Laune angesagt, verstanden?«

»Verstanden.« Degenhardt strich über die Fahne und konnte sich nicht gegen ein Lächeln wehren.

Je näher der Anpfiff rückte, desto mehr füllte sich die Arena. Kurz vor Beginn des Spiels setzte sich ein Vater mit seinen beiden Söhnen neben Degenhardt. Sie grüßten ihn flüchtig, dann begannen die Jungen, die etwa im gleichen Alter wie Degenhardts Sohn waren, sich aufgeregt über das bevorstehende Spiel zu unterhalten. Sie diskutierten, welche Auswirkungen der verletzungsbedingte Ausfall von zwei wichtigen Spielern haben würde.

»Das wird schon«, mischte sich Degenhardt schließlich in das Gespräch ein.

Die Reaktion der Jungen war anders als erwartet: Sie beendeten ihre Diskussion und schauten ihn nur schweigend an.

Degenhardts Gedanken verloren sich im Stimmengewirr der ausverkauften Ränge. Wie gern hätte er mit Tobias hier gesessen.

In rasantem Tempo näherte sich zudem ein Termin, der ihn seit Wochen beschäftigte: Am 29. April sollte Tobias konfirmiert werden – bis dahin waren nur noch zwei Wochen Zeit.

Bei der Konfirmation würde er natürlich auf die gesamte Familie treffen. Sollte er hinfahren, oder sollte er es bleiben lassen?

Er wusste es wirklich nicht.

Letztes Jahr in einer schwülen Julinacht war er nach einem langen Arbeitstag nach Hause gekommen. Er hatte seinen Schlüssel in das Schloss der Tür geführt, aufgeschlossen, die Tür aufgestoßen und wie immer »Hallo!« gerufen. Niemand hatte ihm geantwortet. Ulrike, Alexandra und Tobias waren nicht mehr da. Und sie hatten alle Dinge mitgenommen, die ihnen gehörten. An jenem Tag ging Degenhardt ungläubig von Zimmer zu Zimmer, starrte auf leere Bücherregale und in ausgeräumte Kleiderschränke. Ulrike hinterließ nicht einmal einen Abschiedsbrief. Und es hatte keine Vorwarnung gegeben, kein Gespräch, keine Erklärung, nichts – zumindest hatte er es so empfunden.

Seit jenem Tag hatte er zwar einige Male mit Ulrike telefoniert, aber auch das hatte zu keinem Ergebnis geführt. Alle Telefonate waren kurz gewesen. Ulrike hatte jedes Mal behauptet, sie hätte schon genug geredet. Sie hatte Sätze gesagt wie: »Keine Worte, Rolf, Taten!« Danach hatte sie die Gespräche regelmäßig beendet.

Seit der Trennung hatte sich sein Leben gravierend verändert: Sobald er nicht im Dienst war und zur Ruhe kam, fühlte er eine dumpfe Leere. Und sobald er seinen Gedanken freien Lauf ließ, geisterten Ulrike, Alexandra und Tobias durch seinen Kopf.

Ein Teil von ihm wollte sie wiedersehen und mit ihnen reden – und natürlich bei diesem für seinen Sohn wichtigen Ereignis dabei sein. Auf der anderen Seite: Warum sollte er zur Konfirmation fahren? Vielleicht wollten sie gar nicht, dass er kam. Schließlich hatten *sie* ihn verlassen – und nicht *er* sie! Außerdem fühlte es sich gut an, so lange im Büro sitzen zu können, wie er es für richtig hielt – und das ohne die Notwendigkeit, sich zu Hause dafür rechtfertigen zu müssen.

Er musste es jetzt nur noch schaffen, diese Freiheit auch zu genießen!

* * *

Hamburg,
Flughafen Fuhlsbüttel,
Samstag, 14. April, 15:30 Uhr

Oberkommissar Roland Petersen und Kommissarin Anette Sjut warteten im Bereich des *Meeting Point* im Terminal 2 auf Klaus Joost. Damit er sie ohne Probleme erkennen konnte, hatte Anette Sjut ihre auffällig gelbe Handtasche wie vereinbart bei sich.

Pünktlich zum verabredeten Termin sahen sie einen Mann in der Uniform eines Flugkapitäns mit energischen Schritten durch die wartenden Menschen auf sich zukommen. Er stellte sich den Beamten als Klaus Joost vor.

Joost schien kein Freund überflüssiger Worte zu sein, denn er kam sofort auf den Grund ihres Treffens zu sprechen: »Ich nehme an, dass Sie mit mir über den Tod meines Sohnes reden wollen.«

Petersen nickte. »Richtig.«

»Über meinen Sohn kann ich Ihnen nur sagen, dass wir seit Jahren keinen Kontakt mehr miteinander haben. Deshalb habe ich keine aktuellen Informationen über sein Leben, seine Arbeit, seine Freunde, seine Feinde – was ich Ihnen übrigens am Telefon schon mitgeteilt habe.«

Anette und Petersen sahen sich erstaunt an. Sie hatten nicht erwartet, dass Joost so kalt und unbeeindruckt über seinen ermordeten Sohn reden würde.

»Also«, Joost griff in sein Jackett und zog ein sauber gefaltetes Stück Papier hervor. »Ich habe Ihnen die Adresse und die Telefonnummer der Dame notiert, mit der ich am besagten Tag den Abend und die Nacht verbracht habe. Haben Sie sonst noch Fragen?«

* * *

Hamburg,
Fußballstadion,
Samstag, 14. April, 15:30 Uhr

Um 15:30 Uhr pfiff der Schiedsrichter das Nord-Derby endlich an.

Die Hamburger beherrschten das Spiel von Beginn an, und Degenhardt wurde zunehmend frustrierter. Einige Male kommentierte er die schwache Leistung seiner 96er mit einem lautstarken »Mann, Mann, Mann!«, immer wieder sprang er auf und brüllte: »Nun macht schon!« Als dem HSV bereits in der zwölften Minute das Führungstor gelang, sank Degenhardts Stimmung auf den Nullpunkt. Wütend schlug er sich mit den Händen auf die Oberschenkel, lehnte sich zurück und verschränkte die Arme vor der Brust. »Idioten«, murmelte er.

In der Halbzeitpause saß er nur da und starrte auf den Betonboden. Weder die Fangruppe neben ihm noch der Vater mit seinen beiden Söhnen unternahmen einen Versuch, mit ihm ins Gespräch zu kommen. Wahrscheinlich war es eine Mischung aus Wut, Enttäuschung und Traurigkeit, die ihn dazu brachte, die Kiefer so fest aufeinanderzupressen, dass die Muskulatur seiner unteren Gesichtshälfte zu schmerzen begann. Er ließ den Unterkiefer nach unten klappen und schüttelte den Kopf. Vielleicht war ja er derjenige gewesen, der Fehler gemacht hatte! Fehler, die so gravierend waren, dass Ulrike sich genötigt sah, einen Schlussstrich zu ziehen. Und vielleicht war ja er derjenige, der den ersten Schritt machen musste, falls er Ulrike, Alexandra und Tobias zurückgewinnen wollte. Irgendwann müsste er sich darüber wohl weitere Gedanken machen …

Die zweite Halbzeit verlief ebenso frustrierend wie die erste. Der HSV schoss zwar kein weiteres Tor, dominierte das Spiel jedoch so sehr, dass die 96er weit davon entfernt blieben, ein Tor zu erzielen. Am Ende jubelten die HSV-Fans über den 1:0-Sieg ihres Teams.

Auf der Rückfahrt nach Buchholz schafften die Sonne und der Wind es zwar endlich, die Wolken vom Himmel zu vertreiben und für eine heitere Abendstimmung zu sorgen – doch das färbte nicht auf Degenhardts Stimmung ab. Zu Hause angekommen, nahm er eine der Bierflaschen aus dem Kühlschrank und öffnete sie. Dann ließ er sich auf das abgewetzte Ledersofa fallen, das er vor dem Fernseher aufgestellt hatte. Er wollte sich jetzt einfach nur noch berieseln lassen. Zuerst flimmerte die Tagesschau über den Bildschirm, dann folgte ein Krimi, der ihn jedoch nur mäßig interessierte. Nach einer Weile holte er sich eine zweite Flasche Bier. Da er letzte Nacht so gut wie gar nicht geschlafen hatte, war es nicht verwunderlich, dass seine Augen langsam zufielen.

Einige Zeit später schreckte er durch das Klingeln seines Telefons auf. Benommen versuchte er, sich zu orientieren, dann ließ er seinen Oberkörper wieder zurück auf das Sofa sinken. Sein Blick fiel auf die Bierflasche, die auf dem weiß gefliesten Fußboden lag. Sie war ihm offensichtlich halbvoll aus der Hand gerutscht und war vor dem Ledersofa ausgelaufen.

Zum Aufstehen fühlte sich Degenhardt zu müde. Nach einigen Klingeltönen sprang der Anrufbeantworter an und gab seinen Spruch wieder: »Hier spricht Rolf Degenhardt. Ich kann Ihren Anruf nicht entgegennehmen. Ich lege auch keinen Wert darauf, dass Sie mir eine Nachricht hinterlassen. Versuchen Sie es später einfach noch einmal.«

Die meisten Anrufer ließen sich tatsächlich von seiner unhöflichen Äußerung abschrecken und legten auf, ohne etwas zu sagen.

Nicht so Jana.

Nach dem Piepton besprach sie das Band: »*Buona sera, commissario.* Wir sind in Hannover bei Sarah Joosts Lieblings-Italiener. Und wissen Sie was? Hier hat keiner sie auf dem Foto wiedererkannt. Und wissen Sie noch was? Ich wollte meine Pizza so bestellen, wie Sarah Joost es uns beschrieben hat, mit Mais und Sauce hollandaise. Wir wären fast rausgeflogen. Eine Pizza mit Mais und Sauce hollandaise gibt es hier überhaupt nicht. Ist nicht original italienisch. Jetzt sind Sie dran! Bis dann, *sogni d'oro, commissario.*«

Degenhardt hatte nur mit einem Ohr zugehört, und auch das nur halb. Er drehte sich auf seinem Sofa und murmelte etwas vor sich hin, dann schlief er wieder ein.

Als das Telefon viele Stunden später noch einmal klingelte und ihn erneut unsanft weckte, musste er blinzeln und sich die Hände schützend vor die Augen halten. Es war zwar grau draußen, und die Sonne schien nicht ins Zimmer, aber das Tageslicht war hell genug, um ihn zu blenden.

Diesmal sprach Charlotte Joost auf das Band: »Guten Morgen, Rolf. Ich habe mit meinem Pferd heute Nachmittag Geländetraining auf dem Vielseitigkeitsplatz in Sahrendorf. Wenn du Lust hast, können wir danach in Sudermühlen einen Kaffee trinken. Ich bin gegen sechzehn Uhr da.«

Kapitel 12

Schuldanerkenntnis von Schuldner Andreas Joost,
Döhle, Deutschland,
gegenüber Gläubiger Wilson Wheeler,
Newquay, Cornwall, United Kingdom,
einige Monate zuvor

Hiermit bestätigt der Schuldner dem Gläubiger den Schuldbetrag in Höhe von 16 000,- Euro.

Die Forderung wird vom unterzeichnenden Schuldner ohne Einwände anerkannt und mit 15 % p. a. ab Februar dieses Jahres verzinst.

Der Schuldner verpflichtet sich, den Betrag bis zum 31. Dezember dieses Jahres vollständig zurückzuzahlen.

Gez. Andreas Joost
Gez. Wilson Wheeler

* * *

Egestorf,
Zur Sudermühle
Sonntag, 15. April, 15:40 Uhr

Der Wind hatte es geschafft, die Wolken vom Himmel zu vertreiben. Endlich konnte die Sonne ihre wärmenden Strahlen auf die Erde schicken. Einige von ihnen fielen durch das geöffnete Schiebedach auf die Oberschenkel von Rolf Degenhardt. Der schwere Baumwollstoff seiner Jeans heizte sich schnell auf und sorgte für eine angenehme Wärme auf seiner Haut. Er streckte seine Nase in Richtung Schiebedach und inhalierte die frische Luft. Es roch nach Frühling.

Nach knapp vierzig Minuten des Dahingleitens durch die Lüneburger Heide rollte er mit seinem Mercedes 230 Coupé langsam über den Parkplatz vor dem Hotel. Im Autoradio lief eine Musik-Kassette mit Liedern von Bruce Springsteen. Degenhardt hatte die Songs von seiner CD *Born in the U. S. A.* auf eine Kassette überspielt. Schließlich parkte er in einer Ecke, in der noch kein anderes Auto abgestellt war. Der schicke Zweitürer war ein Erbstück von seinem Großvater und sein ganzer Stolz: Baujahr 1978, Oldtimerzulassung, 109 PS, 112 000 Kilometer auf dem Tacho, Automatikgetriebe, astralsilber-metallic, Original Becker-Radio, Zentralverriegelung und Schiebedach – natürlich manuell zu öffnen. In diesem Winter hatte der Wagen ein wenig Rost angesetzt. Darum würde er sich unbedingt kümmern müssen!

Er stieg aus und nahm seine Sonnenbrille ab. Bis 16:00 Uhr hatte er noch fast zwanzig Minuten Zeit, und er wollte sich auf gar keinen Fall jetzt schon in das Restaurant setzen. Schließlich sollte es nicht so aussehen, als hätte er schon länger auf Charlotte gewartet.

Er vernahm ein Rauschen, und ohne eine bestimmte Absicht zu verfolgen schritt er auf die Quelle des Geräuschs zu. Schließlich stand er auf einer alten Holzbrücke, die sich über das Flüsschen *Schmale Aue* spannte und den Parkplatz mit dem Naturschutzgebiet verband. Sein Blick glitt über die ehemalige Mühle, hinter der sich große Wassermassen in einer Wehranlage sammelten und dann in die *Schmale Aue* sprudelten. Er lehnte sich über das Geländer und schaute in die Tiefe. Während sein Blick sich auf das schäumende Wasser heftete, verloren seine Gedanken sich in der Vergangenheit.

Aus der Zeit, als er vier oder fünf Jahre alt gewesen war, existierte eine vergilbte Schwarz-Weiß-Aufnahme, auf der Charlotte und er gemeinsam abgebildet waren. Sie standen beide in irgendeinem Garten, den er weder Charlottes Eltern noch seiner eigenen Familie zuordnen konnte. Beide waren sommerlich leicht bekleidet und hatten einen hellblonden Lockenkopf. Charlotte trug ein leichtes helles Kleidchen, weiße Söckchen und braune Lederschuhe. Sie streckte beide Arme wie nach einem Sieg in die Luft, zeigte ein charmantes Lachen und füllte das Foto mit der gleichen Präsenz, die sie auch heute noch ausstrahlte. Er selbst steckte in seiner damaligen Fußballkluft: weißes Hemd, schwarze Sporthose und schwarze Strümpfe, die bis zu den Knien reichten.

Sie waren zwar im selben Jahr geboren, trotzdem war er auf diesem Foto einen halben Kopf kleiner als sie. Er stand direkt neben ihr und schaute sie fasziniert an.

Viele Jahre nachdem diese Aufnahme entstanden war, hatte seine Mutter bei einem der regelmäßigen sonntäglichen Familiennachmittage eines der Fotoalben durchgeblättert und alle Anwesenden auf genau dieses Bild hingewiesen. Er erinnerte sich noch heute an die Worte, mit denen sie das Foto kommentiert hatte: »Oh, seht nur, da war unser kleiner Rolf zum ersten Mal verliebt!«

Damals hatte er versucht, diese Bemerkung zu ignorieren, und so getan, als hätte er die Worte seiner Mutter überhaupt nicht gehört. Dennoch hatte er es nicht verhindern können, dass er verlegen zur Seite blickte und errötete.

Aus der gemeinsamen Volksschulzeit in Egestorf hatte er nur wenige Erinnerungen an Charlotte. Er schmunzelte, als er an die obligatorischen »Ja-Nein-Vielleicht«-Zettel dachte, die er ihr zugeschoben und auf denen sie immer »Ja« angekreuzt hatte. Soweit er sich erinnern konnte, wollten sie heiraten und drei Kinder bekommen. Den ersten bitteren Streit zwischen ihnen gab es, weil sie zwei Söhne und eine Tochter haben wollte, er dagegen zwei Töchter und einen Sohn. Die Auseinandersetzung war so heftig, dass sie danach tagelang nicht miteinander sprachen. In den Jahren nach diesem Streit hatte Charlotte nur noch Augen für ihr Pony, auf das er damals tatsächlich neidisch war.

Nach der Grundschulzeit hatten Charlotte und er das Gymnasium in Winsen besucht. Jahrelang waren sie normale Schulkameraden – bis sie als Fünfzehnjährige einen gemeinsamen Abend am Osterfeuer verbrachten. Stundenlang redeten sie miteinander und vergaßen die Welt um sich herum. Und irgendwann zogen sie sich in eine dunkle, abgelegene Ecke zurück. Anfangs hielten sie nur Händchen, dann küssten sie sich. Schließlich fragte Charlotte ihn, ob sie ihm ihr Pony zeigen dürfte. Und ob sie durfte! Hand in Hand waren sie in den Stall gelaufen …

Er konnte heute noch spüren, wie heftig in jener Nacht sein Herz schlug, als Charlotte und er mit Stroh im Haar aus dem Stall zurückgekehrt waren.

Warum sind wir damals eigentlich nicht zusammengeblieben?

Wahrscheinlich waren sie einfach zu unterschiedlich. Charlotte hatte nie einen Zweifel daran gelassen, dass sie sich vom Landleben eingeengt fühlte und nach dem Abitur in die große weite Welt ziehen wollte. Er fühlte sich dagegen tief in dieser Region verwurzelt. Immerhin blieben sie drei Jahre lang zusammen. Doch kurz vor dem Abitur traf er die Entscheidung, dass ihre Beziehung keine Zukunft haben würde, und trennte sich von Charlotte. Es war seine erste wirklich große Entscheidung.

Was wohl passiert wäre, wenn ich diese Entscheidung nicht

getroffen hätte? Vielleicht wäre ich nicht einmal zur Polizei gegangen. Vielleicht würde ich heute auch auf dieser Brücke stehen. Mit zwei Töchtern und einem Sohn. Oder mit zwei Söhnen und einer Tochter.

Ein Lächeln huschte über sein Gesicht. Und wieder spürte er die Hitze des Osterfeuers vor vierundvierzig Jahren.

Degenhardt starrte bestimmt schon zehn Minuten von der alten Holzbrücke auf das Wasser, das in die Schmale Aue rauschte, als eine Hand sich sanft auf seine Schulter legte. Erschrocken fuhr er herum.

»Charlotte«, rief er überrascht und schaute sie etwas hilflos an. Er wusste nicht genau, wie er sie begrüßen sollte. Ein Handschlag war ihm zu wenig, aber in den Arm nehmen wollte er sie auch nicht. Küsschen links, Küsschen rechts war überhaupt nicht seine Sache, und so entschied er sich schließlich doch für einen Handschlag. Charlotte schien das nicht zu kümmern, denn sie ignorierte seine ausgestreckte Hand, umarmte ihn und drückte ihre Wange an seine. Unwillkürlich schlang Degenhardt seine Arme um ihren Oberkörper und ließ erst einmal nicht wieder los. Tief atmete er ihren Duft ein – eine faszinierende Mischung aus dem Parfüm, das er untrennbar mit Charlotte verband, und dem typischen Geruch nach Pferd. Als er das Gefühl hatte, dass ihre Begrüßung eigentlich schon viel zu lange dauerte, löste er seine Umarmung. Charlotte schnappte hörbar nach Luft.

Er blickte ihr in die Augen. Sie sah mitgenommen aus.

»Wie geht's dir?«, fragte er vorsichtig.

»Einigermaßen.«

Degenhardt musterte Charlotte von oben bis unten. Sie trug Reitbekleidung: schwarze, kniehohe Lederstiefel, eine beigefarbene Hose, eine dunkelblaue, eng taillierte Weste und eine weiße Bluse. Ihre schulterlangen, gekräuselten Haare versuchte Charlotte zu bändigen, indem sie sie zu einem Zopf band. Man vermutete bei ihrem Anblick kaum, dass sie ebenso wie er neunundfünfzig Jahre alt war.

»Darf ich dir mein Pferd vorstellen?«, fragte sie und drehte sich um, ohne seine Antwort abzuwarten.

Er nickte und folgte ihr bereitwillig in Richtung ihres Geländewagens, an den ein Pferdeanhänger angekuppelt war. Als sie bei dem Anhänger angekommen waren, öffnete Charlotte die kleine Einstiegstür. Belinda steckte ihren Kopf neugierig in Degenhardts Richtung und blinzelte in die Sonne. Er streichelte ihr kurz über den Nasenrücken, dann verschwand Belindas Kopf wieder im Anhänger. Ihr Heunetz war noch halb voll.

Charlotte drückte ihm ein Stück Würfelzucker in die Hand. »Das mag sie am liebsten.«

»Okay«, erwiderte Degenhardt. Er nahm das Stück Würfelzucker zwischen Daumen und Zeigefinger und streckte die Hand in den Anhänger. Es dauerte einige Momente, bis Belinda den Würfelzucker entdeckte, dann schnappte sie beherzt zu. Degenhardt reagierte auf Belindas entschlossenen Biss mit einem heftigen Satz nach hinten. Vorwurfsvoll blickte er Charlotte an. »Der blöde Gaul hätte fast meine ganze Hand gefressen!«

Sie warf ihm einen empörten Blick zu. »Rolf, ich bitte dich!«

Degenhardt stöhnte.

Charlotte zuckte nur mit den Schultern. Nachdem sie die Einstiegstür wieder verschlossen hatte, schlenderten beide in Richtung Hotel.

»Ich möchte draußen sitzen«, sagte Charlotte. »Ich brauche Luft.«

Sie suchten sich im Hinterhof zwischen dem Hotelgebäude,

den Pferdeställen und der alten Mühle einen Platz. Beide bestellten Buchweizentorte und Milchkaffee.

Sie redeten über gemeinsame Erinnerungen, das Wetter und andere nebensächliche Dinge.

Schließlich lenkte Degenhardt das Gespräch auf das Thema, das ihn wirklich interessierte. »Als wir uns am Mittwoch früh in Döhle gesehen haben, hast du gefragt, ob dein Ex-Mann schon Bescheid wüsste. Heißt das, dass du nicht mehr mit Klaus zusammen bist?«

»Ja.« Sie nickte und lachte bitter auf. »Das kann dabei rauskommen, wenn man einen Mann heiratet, der immer nur andere Frauen im Kopf hat.«

Degenhardt spitzte die Lippen und nickte stumm. Obwohl er Ulrike nie mit einer anderen Frau betrogen hatte, musste er unwillkürlich an sie denken.

»Also, wenn es ein einmaliger Ausrutscher gewesen wäre, dann hätte ich wohl nichts gesagt«, ergänzte sie. »Aber Klaus hatte ständig Affären mit seinen Stewardessen.«

»Das muss dich sehr verletzt haben.«

Charlotte schien nachzudenken. »Ja, irgendwie schon. Auf der anderen Seite ... Als ich davon erfuhr, hatten wir uns schon so weit voneinander entfernt, dass ich eigentlich gar nichts mehr fühlte.«

»Darf ich dich etwas fragen?«

»Ja, klar.«

»Dienstlich, meine ich?«

»Kein Problem.«

»Ich verstehe die Beziehung zwischen dir, deinem Sohn und deiner Schwiegertochter immer noch nicht so richtig. Warum wusstest du nicht Bescheid, als du Mittwoch früh in Döhle angekommen bist? Hat deine Schwiegertochter dich nicht informiert?«

»Nein, hat sie nicht.«

»Und warum nicht?«

»Puh«, stöhnte Charlotte und überlegte kurz. »Der Grund dafür liegt schon ziemlich lange zurück. Als Andreas mir Sarah damals vorstellte, habe ich sie von Anfang an nicht gemocht. Aber da er sich Sarah ja nun mal als Partnerin ausgesucht hatte und er sein eigener Herr ist, habe ich nichts gesagt. Sarah hatte jedoch schon immer einen Hang dazu, ihren Willen gnadenlos durchzusetzen. Und wenn sie einmal auf Widerstand stößt, dann setzt sie ein probates Mittel ein, um sich durchzusetzen: Sie wird krank ... depressiv, wenn du verstehst. In den Jahren, die ich miterlebt habe, hat sie dieses Spiel weit getrieben – bis hin zu mehreren Selbstmordversuchen und anschließenden Klinikaufenthalten. Ich hatte das Gefühl, dass es ihr immer nur dann gut ging, wenn alle nach ihrer Pfeife tanzten. Wenn nicht, gab es Stress.«

»Eine Ärztin mit Depressionen? Das ist aber ziemlich merkwürdig!«

Charlotte hob die Augenbrauen. »Meinst du etwa, dass Ärzte automatisch von seelischen Krankheiten verschont bleiben? Sarah allerdings hat ihre Depression meistens sehr gut im Griff. Und sie hat ihre kleinen runden Helfer, die sie regelmäßig schluckt. *Mother's little helpers.*«

Degenhardt nickte.

Nach einer kurzen Pause fuhr Charlotte fort: »Irgendwann habe ich Andreas und Sarah besucht, und es gab einen Streit. Sarah erzählte mir damals, dass sie sich Kinder wünschte. Und plötzlich gab sie mir die Schuld dafür, dass sie keine bekommen konnte ...« Charlotte machte eine Pause, da der Kellner an ihrem Tisch vorbeiging, und rief ihm zu: »Ich hätte gerne zwei Heidegeist!«

»Warum sollst ausgerechnet du daran schuld sein?«.

»Weil ich nichts von Impfungen halte. Daher ist Andreas als Säugling nur gegen Diphtherie, Keuchhusten, Kinderlähmung und Wundstarrkrampf geimpft worden. Gegen alles andere, wie Mumps, Masern und Röteln, habe ich Andreas nicht impfen lassen. Als Sarah sich damals ein Kind von ihm gewünscht hat, konnte sie keine bekommen. Daraufhin hat Andreas sich bei einem Urologen untersuchen lassen. Und der hat festgestellt, dass eine Mumpserkrankung mit Hodenentzündung bei ihm wohl zu einer Einschränkung der Zeugungsfähigkeit geführt hat. So hat Sarah mir das damals gesagt.«

Degenhardt legte seine Stirn in Falten. Er überlegte kurz, ob er Charlotte sagen sollte, dass Sarah schwanger war. Er entschied sich dann aber dafür, ihr gegenüber die Schwangerschaft nicht zu erwähnen. Zumindest jetzt noch nicht.

»Charlotte«, sagte er, »mich würde dann aber interessieren, wie Anna gezeugt wurde.«

»Durch künstliche Befruchtung. Das hat Andreas mir irgendwann einmal erzählt.«

»Könnte damit auch zusammenhängen, dass Anna Autistin ist?«

»Soweit ich weiß, hat Autismus genetische Ursachen. Das hat mit einer künstlichen Befruchtung meiner Meinung nach nichts zu tun.« Charlotte zuckte mit den Schultern. »Aber ich weiß definitiv, dass Sarah sich nie wirklich um Anna gekümmert hat. Nur Andreas hat das Mädchen wirklich etwas bedeutet. Und mir auch.«

»Vielleicht war Sarah mit der Situation überfordert?«, wandte Degenhardt ein. »Du hast doch auch erwähnt, dass sie depressiv war – oder immer noch ist.«

»Kann schon sein.«

»Und mit diesem Streit war euer Verhältnis dann beendet?«

»Nein, noch nicht. Den eigentlichen Fehler habe ich später gemacht.«

»Welchen Fehler?«

»Ich habe meinen Mund aufgemacht und meine Meinung gesagt.«

»Das ist ja nichts Neues. Du hast dich damals in der Schule ja schon ständig um Kopf und Kragen geredet.«

»Ja, ja.« Charlotte rollte mit den Augen. »Es war Annas sechster Geburtstag. Bei der kleinen Feier habe ich nach einigen Gläschen Sekt zu Sarah gesagt, dass ich sie für eine Rabenmutter halte. Ich kann mich noch genau an den Tag erinnern. Wir standen gemeinsam in der Küche und haben nach dem Abendessen Geschirr abgetrocknet. Ich habe ihr vorgehalten, dass sie nur für ihre Karriere als Ärztin lebt und sich eine Scheinwelt aufgebaut hat, in der für ein behindertes Kind kein Platz ist. Und ich habe ihr vorgehalten, dass Andreas die ganze Last tragen muss.«

»Inwiefern?«

»Sie hat fast immer so gelebt, als würde es Anna überhaupt nicht geben. Andreas musste sich um alles kümmern, was mit Anna zu tun hatte.«

»Und Sarah war sicherlich nicht deiner Meinung, oder?«

»Na ja, als ich ihr das alles vorgehalten habe, hat sie geweint. Und dann hat sie mich beschimpft. Ich glaube, sie hat mich am Ende sogar als Hexe bezeichnet und mich rausgeschmissen.«

»Mhm«, murmelte Degenhardt.

»Mittlerweile ist mir schon klar, dass ich damit vielleicht ein bisschen über das Ziel hinausgeschossen bin. Aber damals ist das einfach so aus mir herausgesprudelt.« Charlotte hielt kurz inne, dann ergänzte sie: »Ach ja, und damit Andreas ihr Spiel gegen mich mitmacht, hat sie sich nachts dann wieder die Pulsadern angeritzt.«

»Unglaublich!« Degenhardt schüttelte den Kopf. »Und seitdem habt ihr keinen Kontakt mehr gehabt?«

»Seitdem ist Funkstille.«

Charlotte verstummte, und es folgte ein minutenlanges Schweigen. Irgendwann trafen sich ihre Blicke, und sie sahen sich lange an.

Der Kellner kam an den Tisch und brachte den bestellten Heidegeist. Beide tranken die Schnapsgläser in einem Zug aus. Jetzt erst wandten sie sich der Buchweizentorte zu.

Während Degenhardt einige Bissen mit Genuss aß, stocherte Charlotte lustlos in ihrem Stück herum. Schließlich fragte er sie: »Ist dir bei deinem Sohn und deiner Schwiegertochter sonst noch irgendetwas aufgefallen, was ungewöhnlich war?«

Sie lehnte sich zurück und blickte eine Weile nachdenklich ins Leere. »Ja, schon«, antwortete sie. »Mein Ex-Mann und ich haben Andreas in den ersten Semestern seines Studiums finanziell so üppig unterstützt, dass er sich einen recht hohen Lebensstandard leisten konnte. Er hat dann Sarah kennengelernt und unglaublich schnell geheiratet. Das konnte ja nicht gut gehen! Als ich mich dann von meinem Mann getrennt habe, musste ich natürlich ganz anders rechnen, und wir haben uns darauf geeinigt, unsere Unterstützung für Andreas zu reduzieren. Er konnte weiterhin studieren, ohne nebenbei arbeiten zu müssen – mehr aber auch nicht. Und vor allem hatte ich keine Lust, Sarahs Leben auch zu finanzieren. Trotzdem konnten die beiden sich erstaunlich viel leisten. Einen Teil seines Praktischen Jahrs hat Andreas sogar in Neuseeland an der Universität in Wellington verbracht. Und nach der Geburt von Anna haben sie eine Tagesmutter engagiert, sodass Sarah problemlos weiterstudieren konnte. Ich weiß nicht, wie sie das finanziert haben. Mein Ex-Mann hat mir damals versichert, dass er das nicht bezahlt – und ich glaube ihm.«

»Vielleicht Sarahs Eltern?«

»Sie ist ein Heimkind.«

Degenhardt stützte sein Kinn auf seinen Händen ab und überlegte. »Hatte sie denn keine Eltern?«

»Doch, hatte sie. Ich kann dir nur sagen, dass sie zuerst bei ihren Eltern gelebt hat und als Teenager dann in ein Heim gekommen ist. Ich kann dir aber keinen Grund dafür nennen. Sarah hat nie darüber gesprochen. Und mittlerweile sind ihre Eltern verstorben.«

»Mhm.« Degenhardt nickte langsam und starrte gedankenverloren auf seine Torte.

»Wahrscheinlich wollte Sarah deswegen unbedingt so früh heiraten und Kinder bekommen – vielleicht hat ihr einfach das Gefühl gefehlt, eine Familie zu haben. Und dann war sie mit Anna vollkommen überfordert.«

»Vielleicht, ja«, murmelte Degenhardt.

Nach wenigen Augenblicken wurde er jedoch aus seinen Gedanken gerissen, als Charlotte ihn fragte: »Sag mal, stimmt das eigentlich, was gestern in der *Harburger Kreiszeitung* stand?«

»Was meinst du?«

»Ich meine das mit Andreas und den Kinderpornos.«

Degenhardt hob die Augenbrauen. »Ist das der eigentliche Grund, weswegen du dich heute mit mir treffen wolltest?«

»Wie bitte?«, fragte Charlotte irritiert. Ihr Gesichtsausdruck war noch immer so wie in ihrer Teenagerzeit. Degenhardt hatte ihn ziemlich oft gesehen, da sie sich schon damals häufig ungerecht behandelt fühlte.

»Na ja«, antwortete er und zuckte mit den Schultern, »ist doch gut möglich, dass du dich mit mir getroffen hast, weil du wissen möchtest, was wir bisher über Andreas herausgefunden haben. Es ist ja nichts Schlimmes dabei, und er ist schließlich dein Sohn – auch wenn ihr seit Langem keinen Kontakt mehr miteinander habt.«

»Es ist ein Grund gewesen, aber sicherlich nicht der einzige. Aber du hast meine Frage noch nicht beantwortet: Stimmt diese Geschichte über Andreas?«

»Es gibt gewisse Verdachtsmomente, aber bewiesen ist noch nichts«, erwiderte er ausweichend und aß das letzte Stück von seiner Buchweizentorte. »Und weitere Details darf ich dir nicht sagen; wir sind schließlich in einer laufenden Ermittlung.«

* * *

Jesteburg,
Wohnung von Jana Liebisch,
Sonntag, 15. April, 15:40 Uhr

Jana lag auf ihrem Bett. Sie hatte die Hände unter dem Kopf gefaltet, die Beine übereinandergeschlagen und starrte an die Decke. Ihre Gedanken kreisten um die Notizen, die Thomas Wilke kurz vor seinem Tod auf seiner Schreibtischunterlage hinterlassen hatte: BCFTR und AJ.

Die Recherchen, die sie seit Freitag angestellt hatte, waren nicht erfolgreich gewesen. Google, Yahoo und andere Suchmaschinen warfen zu Wilkes Notizen keine Ergebnisse aus, die sie in irgendeiner Weise weiterbrachten. Auch der Polizeicomputer, in den sie diese Buchstabenkombinationen eingegeben hatte, konnte ihr nicht weiterhelfen.

Jana stand auf, ging in ihr Arbeitszimmer und setzte sich an den Schreibtisch. Sie startete ihren Computer und suchte im Internet noch einmal nach Anhaltspunkten.

Zu den Abkürzungen fand sie wieder nichts heraus, womit

sie etwas anfangen konnte. Dann jedoch startete sie eine Suche nach »Thomas Wilke«, und diesmal stieß sie auf ein paar interessante Ergebnisse: Sie fand Online-Presseberichte, die ihn mit der Insel Norderney in Verbindung brachten. Bis auf eine Ausnahme wurde er in allen Berichten als Organisator verschiedener Veranstaltungen genannt. Egal, ob es sich um Lesungen, Konzerte oder Sport-Events handelte – augenscheinlich hatte er ein Händchen dafür gehabt, prominente Menschen nach Norderney zu locken. Außerdem scheute er es offensichtlich nicht, sich selbst im Zusammenhang mit diesen Veranstaltungen medienwirksam in Szene zu setzen.

Ein Online-Artikel, in dem Thomas Wilke nicht als Veranstaltungsorganisator erwähnt wurde, war vom *Ostfriesischen Blatt*. Darin beschäftigte sich eine Redakteurin mit den verschiedenen Gründen, die Gäste der Insel dazu bewogen, eine Ferienwohnung oder ein Appartement langfristig anzumieten. Zu Wort kam in diesem Text auch ein Mann namens Thomas Wilke, der seit über zwei Jahren ein Appartement auf Norderney angemietet hatte. Es gab auch ein Foto, das Jana allerdings mehrmals vergrößern musste, um die Gesichter der abgebildeten Menschen erkennen zu können. Auch wenn die unzureichende Auflösung des Fotos die Gesichter letztendlich stark verschwimmen ließ – Rechtsanwalt Thomas Wilke aus Holm-Seppensen war eindeutig darauf zu erkennen.

Jana schaltete den Computer aus und wählte Vorbergs Handynummer. Sie wollte ihm schnellstmöglich berichten, was sie herausgefunden hatte. Doch nach ein paar Klingeltönen meldete sich lediglich seine Mailbox. Sie legte ihr Telefon beiseite, stützte ihren Kopf auf den Händen ab, starrte an die Wand und wippte mit den Beinen so stark auf und ab, dass der Bildschirm des Computers auf dem Schreibtisch zu vibrieren begann.

Was könnte Thomas Wilke mit »BCFTR« gemeint haben? Und wofür stand »AJ«?

Es dauerte einige Minuten, bis Janas Beine ihr nervöses Spiel jäh stoppten. »Warum eigentlich nicht?«, murmelte sie und begann, in ihrem Notizblock zu blättern. Nach einigen Augenblicken fand sie die Telefonnummer, die sie suchte. Jana nahm ihr Handy, wählte und wartete ab.

»Sarah Joost?«

»Guten Tag, Frau Joost, hier spricht Jana Liebisch von der Polizeiinspektion Nordheide. Ich habe eine kurze Frage an Sie.«

»Wenn es unbedingt sein muss.«

»Leider muss es sein. Wir sind bei unseren Ermittlungen auf zwei Abkürzungen gestoßen, die wir nicht einordnen können. ›BCFTR‹ lautet die erste Abkürzung, ›AJ‹ die zweite. Können Sie uns weiterhelfen?«

Es herrschte kurz Stille, dann fragte Sarah Joost: »Warum wollen Sie das wissen?«

»Rein informativ«, erwiderte Jana.

»Die erste Abkürzung steht für das *British Center For Technological Research* in London. Mit ›AJ‹ kann ich nichts anfangen.«

Jana bedankte sich und beendete das Gespräch. Sie überlegte, ob sie Sarah Joost hätte fragen sollen, was hinter dem *British Center For Technological Research* in London steckte – sie hatte aber bereits eine andere Idee.

* * *

Harz, Fluss Bode,
unterhalb der Talsperre Wendefurth,
Sonntag, 15. April, 15:40 Uhr

Seit über zwei Stunden stand Jens Vorberg in der Strömung der Bode, die unsanft an seinen Beinen zerrte. Dennoch genoss er den Blick auf die unzähligen Wellenkämme, die im Licht der Sonne glitzerten. Er hatte sich eine Stelle ausgesucht, die von dichter Ufervegetation umgeben war. Dieser Platz war nur mit großer Anstrengung zugänglich und bewahrte Vorberg davor, dass andere Menschen ihn beim Angeln störten.

Vorberg trug eine dunkelgrüne Wathose aus Neopren, die mit seinen Gummistiefeln doppelt verschweißt war und ihn vor dem Wasser schützte. Die Hosenträger hatte er kreuzweise über seine Schultern geführt und so geschnallt, dass sie die Wathose zwar zuverlässig hielten, seine Bewegungsfreiheit aber nicht einschränkten. Die Ärmel seines Holzfällerhemdes hatte er über die Ellenbogen gekrempelt, sodass die Ansätze seiner ausgeprägten Oberarmmuskulatur sichtbar waren.

Mit eleganten Schwüngen bewegte Vorberg seine Fliegenrute vor und zurück und ließ das künstliche Insekt, das durch eine sehr feine Schnur mit der Rute verbunden war, über die Wasseroberfläche tanzen – eine Kunst, die nur wenige Angler beherrschten.

Vorberg ging seiner Passion für das Fliegenfischen bereits länger nach, als er zurückdenken konnte. Noch bevor er eingeschult wurde, hatte sein Großvater ihn mit ans Wasser genommen. Er hatte ihm nicht nur sein Wissen über das Fliegenfischen vermittelt, sondern auch die Liebe zur Natur. Vorberg hatte von ihm gelernt, die künstlichen Fliegen selbst zu binden und diese filigranen Gebilde auch in engen Bachläufen mit dichter Vegetation so vorsichtig zu führen, dass die Schnur sich nicht in den Sträuchern verfing. Außerdem verstand er es, die gefangenen Forellen anschließend köstlich zuzubereiten.

Seit über zehn Jahren flog Vorberg im Herbst nach Alaska, um dort drei Wochen lang in der *Dry Bay* mit professionellen Trainern zu fischen, sich Tipps von ihnen geben zu lassen und seine Technik zu verbessern. Einzig im letzten Jahr hatte er eine Ausnahme gemacht: Er hatte die Alaska-Reise ausfallen lassen und war stattdessen nach Südtirol zur Weltmeisterschaft im Fliegenfischen gefahren. Die Wettkämpfe hatte er zwar mit Interesse verfolgt, doch die Menschenmenge, die dieses Spektakel anzog, hatte ihn abgeschreckt. Bereits am ersten Tag in Südtirol hatte er entschieden, im folgenden Herbst wieder nach Alaska zu fliegen.

Bis dahin würde er jedoch wie in den Jahren zuvor während der Angelsaison, die an der Bode von April bis September dauerte, an nahezu jedem Wochenende nach Wendefurth fahren. Die Talsperre war von Buchholz aus zwar knapp dreihundert Kilometer entfernt, doch für Vorberg war dieser Tag am Wasser enorm wichtig. Beim Angeln konnte er abschalten und die Energie wiedergewinnen, die er während der Woche brauchte.

Auch heute fühlte er eine tiefe Befriedigung, als er seine Angelausrüstung nach einigen Stunden im Wagen verstaute. Bevor er den Kofferraumdeckel schloss, warf er noch einmal einen Blick in die Kühltasche: Er hatte heute eine Regenbogenforelle und eine Äsche gefangen. Voller Freude über diesen wunderbaren Tag machte er sich auf den Heimweg.

Als Vorberg den Harz in Richtung Norden verlassen hatte und der Autobahn A395 in Richtung Braunschweig folgte, schaltete er sein Handy wieder ein. Prompt erschien im Display eine Anzeige – Jana hatte versucht, ihn zu erreichen. Er wählte ihre Nummer und musste nicht lange warten, bis sie das Gespräch annahm.

»Hallo, Jens«, grüßte sie ihn. »Vielen Dank für den Rückruf.«

»Ist bei dir alles in Ordnung?«, erkundigte er sich besorgt. »Du klingst so … so förmlich.«

»Ich habe etwas herausgefunden – das muss ich dir unbedingt erzählen! Ich habe im Internet einen Bericht gefunden. Demnach hat Thomas Wilke seit über zwei Jahren ein Appartement auf Norderney angemietet.«

»Aha, und so was erfahren wir rein zufällig aus dem Internet?«

»Sieht so aus. Vielleicht hat er niemandem davon erzählt. Wie dem auch sei – was machen wir jetzt?«

»Die Wohnung natürlich schnellstmöglich durchsuchen«, antwortete Vorberg. »Ich kümmere mich darum. Du fliegst morgen ja nach London, da wirst du wohl eine Zeitlang nichts mehr mit dem Fall zu tun haben wollen.«

»Danke«, erwiderte Jana. »Na ja, vielleicht werde ich auch in London an dem Fall dranbleiben. Er lässt mich einfach nicht los.«

»Übertreib es nicht. Du hast bis jetzt immer vollen Einsatz gezeigt und eine Auszeit mehr als verdient. Sag mir nur, wo genau du den Artikel gefunden hast.«

Kapitel 13

Buchholz in der Nordheide,
Polizeiinspektion Nordheide,
Montag, 16. April, 09:00 Uhr

Degenhardt saß an seinem Schreibtisch und fluchte leise vor sich hin. Er hatte als Leiter der Mordkommission eingeführt, dass alle Teilnehmer der Dienstbesprechungen reihum Protokoll führen mussten – er selbst natürlich eingeschlossen. Nun saß er vor dem Bildschirm seines Computers und tippte seine Mitschrift der morgendlichen Dienstbesprechung ein.

Protokoll der Dienstbesprechung von Montag, 16. April

Beginn:	08:00 h
Ende:	08:45 h
Ort:	Polizeiinspektion Nordheide, Besprechungsraum
Leiter:	Hauptkommissar Degenhardt
Teilnehmer:	Hauptkommissar Degenhardt, Oberkommissar Vorberg, Oberkommissar Petersen, Kommissarin Sjut, …
Urlaub	Kommissaranwärterin Liebisch (Praktikantin)

TOP 1: Bericht Hauptkommissar Degenhardt

Hauptkommissar Degenhardt nimmt Stellung zu dem Zeitungsartikel der *Harburger Kreiszeitung*:

- Bei Andreas Joost und Thomas Wilke wurde jeweils die gleiche DVD mit kinderpornografischem Inhalt sichergestellt. Der Titel lautet »Sophies zehnter Geburtstag«.
- Innerhalb der Mordkommission waren darüber nur Hauptkommissar Degenhardt und Oberkommissar Vorberg informiert.
- Durch Hauptkommissar Degenhardts Verschulden gelangten entsprechende Informationen an Beate Wagner, die Haushaltshilfe von Thomas Wilke. Von dieser wurden die Informationen an die Presse weitergegeben.
- Hauptkommissar Degenhardt berichtet über Einzelheiten bezüglich der DVDs:
    - Der Kinderpornoring, der diese DVDs produziert hat, wurde in England ausgehoben.
    - Die Hintermänner befinden sich vermutlich in Deutschland. Entsprechende Ermittlungen finden beim LKA in Hannover und bei der Staatsanwaltschaft in Lüneburg statt.
    - Das LKA fragt die Daten der Internet-Provider und Telefonanbieter sowie die Bankdaten von Andreas Joost und Thomas Wilke ab.

TOP 2: Bericht Oberkommissar Vorberg

- Sarah Joost hat für den Tatabend kein Alibi. Sie und ihre Freundin haben sich zum Tatzeitpunkt nicht in einem italienischen Restaurant aufgehalten. Die von Frau Joost benannte Freundin hat weiterhin bestätigt, dass sie den Tatabend nicht mit Sarah Joost verbracht hat.

- Die Ergebnisse des LKA Hannover bezüglich der DNA- und Faserspuren werden voraussichtlich heute um 16:00 Uhr vorliegen; bis dahin soll keine weitere Befragung von Sarah Joost durchgeführt werden. Abhängig von den Erkenntnissen wird die Befragung heute Abend stattfinden.
- Die Kommissaranwärterin Liebisch hat Urlaub. Daher erfolgt der Bericht aus der Rechtsmedizin durch Oberkommissar Vorberg:
  - Thomas Wilke ist eindeutig durch Fremdverschulden ums Leben gekommen.
  - Erst nach Todeseintritt wurde sein Penis abgetrennt. Der Todeszeitpunkt kann auf den Abend des 10.04. eingegrenzt werden (der Abend, an dem auch Andreas Joost getötet wurde).
  - Vor Todeseintritt erfolgte eine Injektion mit einer noch unbekannten Flüssigkeit.
  - Die Vorlage der toxikologischen Gutachten bezüglich des Urins, Herzblutes, Venenblutes, Mageninhalts und verschiedener anderer Körper- und Organflüssigkeiten von Andreas Joost und Thomas Wilke erfolgt spätestens am Mittwoch.

TOP 3: Bericht Oberkommissar Petersen

- Die Kollegen der Tatortgruppe haben im Haus von Thomas Wilke – ebenso wie im Falle von Andreas Joost – keinerlei Einbruchsspuren gefunden.
- Es gibt keine Hinweise, dass etwas entwendet wurde.
- Neben Thomas Wilke hatte auch seine Haushaltshilfe Beate Wagner einen Haustürschlüssel. Sie hat für den Tatabend ein Alibi.

- Es befanden sich zahlreiche Fingerabdrücke im Bereich des Fundortes der Leiche und entlang des wahrscheinlichen Fluchtwegs des Täters. Sie konnten allesamt Thomas Wilke und seiner Haushaltshilfe zugeordnet werden.
- Bei dem Messer, mit dem Thomas Wilkes Penis abgetrennt wurde, handelt es sich ebenso wie im Fall von Andreas Joost um ein *Extrema Ratio Col Moschin*. Auch hier konnten keinerlei Fingerabdrücke sichergestellt werden.

TOP 4: Bericht Kommissarin Sjut

- Alle Befragungen der Nachbarn, der Familie, der Freunde und des weiteren Umfeldes von Thomas Wilke sind bisher ohne weitere Anhaltspunkte geblieben.

TOP 5: Termin der nächsten Dienstbesprechung

- Die nächste Dienstbesprechung findet heute um 17:00 Uhr statt.

TOP 6: Aufträge/Zu erledigen

- Kommissarin Sjut erhält den Auftrag zu ermitteln, wie Joost und seine Frau ihren ungewöhnlich hohen Lebensstandard während des Studiums finanziert haben.

* * *

Jesteburg,
Wohnung von Jana Liebisch,
Montag, 16. April, 09:00 Uhr

Jana wählte eine Telefonnummer, die sie bereits am Vorabend im Internet recherchiert hatte. Jana sprach fließend Englisch, deshalb würde das bevorstehende Gespräch kein Problem für sie darstellen.

Nur wenige Augenblicke später nahm eine freundliche Frauenstimme des *British Center For Technological Research* das Gespräch entgegen. Jana hatte im Internet erfahren, dass dieses Institut spezielle medizinische Dienstleistungen für Privatpatienten anbot, und gab sich nun als mögliche Kundin aus. Sie erzählte, sie würde gerne einen persönlichen Beratungstermin bekommen, und zwar am besten morgen schon, da sie im Ausland lebte und sich nur eine kurze Zeit in London aufhielte. Die Frau am anderen Ende der Leitung schaute in ihrem Terminkalender nach, bot ein Gespräch mit einem Doktor Harrison an und fragte, ob es am nächsten Morgen um 09:00 Uhr passen würde. Jana bedankte sich für den kurzfristigen Termin.

Möglicherweise würde sie durch diesen Besuch in London sogar ein wenig zur Lösung der beiden Mordfälle beitragen können, dachte Jana. Es war ungünstig, in dieser wichtigen Phase der Ermittlungsarbeit eine Woche zu verreisen. Doch sie konnte diese Auszeit auf gar keinen Fall verschieben: Sie hatte ihrer Großmutter seit vielen Wochen versprochen, sie an ihrem runden Geburtstag zu besuchen – und dieser besondere Tag ließ sich nicht nachholen.

Außerdem konnte Jana nicht abstreiten, dass sie sich auf die Woche in England freute. Sie war ein Mensch, der ständig Abwechslung brauchte.

Jana war in Schneverdingen auf einem Bauernhof groß geworden. Schon als Kind hatten ihre Eltern alle Hände voll zu tun gehabt, Janas Abenteuerlust zu bändigen. Bis zum Abitur war ihnen dies gelungen, danach hatte Jana ihr Leben selbst in die Hand genommen: Gegen den Willen ihrer Eltern flog sie nach Uganda und leistete in Kampala ein Freiwilliges Soziales Jahr in einem Wohnheim für behinderte Kinder und Jugendliche. Sie wechselte Windeln und bastelte Schmuck und Kerzen mit denen, die über die dafür erforderlichen Fingerfertigkeiten verfügten. Sie kochte für ihre Kollegen und für die Kinder, wusch deren Wäsche, schrubbte die Fußböden des Wohnheims, versorgte die Tiere, die von der Einrichtung gehalten wurden, und lebte unter hygienischen Bedingungen, die ihr bis dahin vollkommen unvorstellbar gewesen waren. Und all das tat sie, ohne sich zu beklagen. Am Ende ihres Jahres in Uganda hatte sie es geschafft, für jeden Jugendlichen ein individuelles Sportprogramm zu entwickeln. Noch heute blickte sie mit tiefer Liebe und Dankbarkeit auf dieses Jahr ohne Luxus zurück.

Zurück in Deutschland hatte sie eine Banklehre begonnen, was ganz im Sinne ihrer Eltern gewesen war. Im Nachhinein betrachtete sie diesen Schritt jedoch als eine ihrer größten Fehlentscheidungen. Sie ertrug diese Zeit ohne jegliche Leidenschaft; dennoch schaffte sie es, bis zum Ende der Lehre durchzuhalten. Aber dann war Schluss: Zum Leidwesen ihrer Eltern jobbte sie anschließend als Sportlehrerin in verschiedenen Ländern. Einige Jahre lang lebte sie von April bis Oktober als Aerobic- und Fitness-Trainerin auf den Kanarischen Inseln und von November bis Februar als Ski- und Snowboardlehrerin in Österreich.

Kurz vor ihrem neunundzwanzigsten Geburtstag überraschte Jana ihre Eltern mit einer weiteren Entscheidung, die sie getroffen hatte: Sie hatte sich für den Bachelor-Studiengang

»Polizeivollzugsdienst« an der Polizeiakademie in Nienburg an der Weser beworben. Die Gründe für diese Umorientierung waren eigentlich nur eine logische Konsequenz aus der Summe ihrer Wünsche: Sie sehnte sich danach, ihren Lebensmittelpunkt endlich wieder in der Lüneburger Heide zu haben, und sie träumte von einer Arbeit, die ihr Abwechslung und Herausforderungen bot und bei der sie viele Menschen kennenlernte.

Kapitel 14

SMS von Sarah Joost,
einige Tage zuvor

Lieber Julius,
ich freue mich auf Dich und habe Dich sehr, sehr lieb.
Sarah

* * *

Winsen/Luhe,
Haus Sonnenschein,
Montag, 16. April, 10:25 Uhr

Auf dem Parkplatz des *Hauses Sonnenschein* stellte Degenhardt den Motor seines Dienstwagens ab.

»Zehn Uhr fünfundzwanzig«, murmelte Vorberg. »Wir sind mal wieder pünktlich wie die Maurer.«

»Nein!«

Vorberg stutzte. »Wie bitte?«

Degenhardt grinste breit. »Dieser Spruch bedeutet nicht, dass die Maurer ihre Arbeit besonders pünktlich beginnen, sondern dass sie ihre Kellen auf die Minute genau zur Pause oder zum Feierabend aus der Hand fallen lassen. So eine Arbeitsmoral willst du uns doch wohl nicht unterstellen, oder?«

»Klugscheißer.«

Degenhardt grinste. »Das hab ich neulich in einer Wissenssendung im Radio gehört.«

»Trotzdem Klugscheißer … Woher wusstest du eigentlich, dass Andreas und Sarah Joost während des Studiums ziemlich viel Geld gehabt haben?«

Degenhardt zögerte, dann antwortete er: »Das hat Charlotte Joost mir erzählt.«

»Wann denn das?«

»Gestern Nachmittag beim Kaffee.«

Vorberg blickte verwundert. »Ach nein … beim Kaffee? Ein Privattermin?«

Degenhardt nickte langsam. »Ja, ein Privattermin.«

Nun war es Vorberg, der breit grinste.

Das *Haus Sonnenschein* begrüßte sie mit einer freundlichen und warmen Atmosphäre. An den Wänden hingen zahllose Bilder, die die Kinder mit Tusche, Buntstiften und Filzstiften gemalt hatten.

Degenhardt und Vorberg schauten sich kurz im Flur des Erdgeschosses um, dann gingen sie direkt auf eine offen stehende Tür zu, über der ein großes Schild hing, auf das die Kinder mit großen, kunterbunten Lettern »HEIMLEITUNG« geschrieben hatten. Als sie in den Raum traten, richteten sich die neugierigen Blicke zweier Frauen auf sie. Wer von beiden die Heimleiterin war, ließ sich unschwer erkennen. Sie saß an einem ausladenden Schreibtisch, von dem aus sie die Tür und den Flur direkt im Blick hatte. Ihr Haare waren graumeliert, und ihre Gesichtszüge ließen keinen Zweifel daran, dass sie hier das Steuer fest in der Hand hielt. Sie senkte den Kopf und fixierte die beiden Kripo-Beamten über die goldgefassten Gläser ihrer Lesebrille hinweg.

»Mein Name ist Karin Bergen«, stellte sie sich vor. »Sie sind sicherlich die Herren von der Polizei und kommen wegen Anna. Meine Kollegin Anja Kather hier ist übrigens Annas Bezugsbetreuerin.«

In ihrem Tonfall schwang eine Wärme und Güte mit, die Degenhardt nicht erwartet hatte. Apricot an den Wänden und in den Herzen, dachte er mit einem bitteren Beigeschmack. Hier wären viele Kinder wohl besser aufgehoben als in ihren eigenen Familien.

Nach dem obligatorischen Händeschütteln erklärte die Heimleiterin: »Wir sind ein Wohnheim für Kinder und Jugendliche mit unterschiedlichsten Behinderungen. Das Besondere ist, dass wir eine Wohngruppe speziell für autistische Kinder und Jugendliche eingerichtet haben. Um eine optimale Förderung unserer Schützlinge zu erreichen, werden unsere Bewohner von unserer Psychologin betreut. Sie ist heute leider nicht im Haus. Zu den Besonderheiten von Anna Joost wird Ihnen Frau Kather im Anschluss detailliert berichten. Annas Mutter hat uns bereits von der Schweigepflicht entbunden.«

Während Degenhardt und Vorberg nickten, seufzte Annas Bezugsbetreuerin.

»Ich hoffe, Sie erwarten nicht zu viele Erkenntnisse von mir«, sagte sie. »Wenn ich ehrlich bin, kann ich nur wenig über Anna berichten.«

Degenhardt war irritiert. »Warum?«

»Für die Betreuung und Unterstützung der Kinder ist eine wechselseitige Kommunikation unverzichtbar. Ich meine damit nicht nur die Kommunikation durch Worte, Gebärden oder Schrift, sondern auch durch Mimik und Gestik. Es reicht oftmals schon ein Augenzwinkern oder ein Lächeln.« Sie machte eine kurze Pause und runzelte dann die Stirn. »Tja, und Anna … Anna kommuniziert leider überhaupt nicht.«

»Hmm«, brummte Degenhardt. »Mein Problem ist, dass Anna wahrscheinlich die Tötung ihres Vaters beobachtet hat. Vielleicht könnte sie den Mörder sogar identifizieren. Gibt es denn keine Möglichkeit, in irgendeiner Weise mit ihr in Verbindung zu treten?«

Es herrschte einige Momente lang Stille.

»Es gibt vielleicht eine Möglichkeit«, antwortete Anja Kather schließlich. »Anna verfügt trotz ihres Autismus über etwas, was wir in der Wissenschaft als ›Inselbegabung‹ bezeichnen. Kennen Sie den Film *Rain Man?*«

Degenhardt schüttelte den Kopf. »Ich habe von dem Film gehört, ihn aber nicht gesehen.«

»Der Film handelt von einem Autisten und seinen besonderen Fähigkeiten. Er kann sich komplizierteste Sachverhalte innerhalb kürzester Zeit einprägen und besitzt unglaubliche mathematische Fähigkeiten. Zum Beispiel prägt er sich den Inhalt eines Telefonbuches mit Namen, Adressen und Telefonnummern über Nacht ein und merkt sich die Abfolge der Karten eines Spiels mit einem Blick. Und er kann die schwierigsten mathematischen Aufgaben lösen. Ansonsten ist er aber in seiner autistischen Welt gefangen. Annas besondere Begabung ist die, dass sie trotz ihrer Behinderung hervorragend zeichnen kann. Annas Bilder sind zwar keine genauen Wiedergaben realer Vorkommnisse, aber Sie werden ohne Zweifel erkennen, was sie mit ihnen ausdrücken möchte.«

»Hat sie denn seit ihrer Rückkehr aus der Klinik etwas gezeichnet, was für uns von Bedeutung sein könnte?«

Annas Bezugsbetreuerin verzog den Mund und dachte kurz nach. »Seitdem sie aus dem Krankenhaus zu uns zurückgekehrt ist, malt sie fast pausenlos – allerdings ausschließlich schwarz.«

»Schwarz?«

»Ja, schwarz«, erwiderte sie. »Am besten zeige ich Ihnen Beispiele. Ich bin gleich wieder da.«

Sie verließ den Raum mit eiligen Schritten. Es dauerte nicht lange, bis sie zurückkehrte. Sie legte zwei Bilder nebeneinander auf den Tisch, die Degenhardt und Vorberg mit einem Kopfschütteln bestaunten.

»Unglaublich«, murmelte Degenhardt schließlich.

Das linke Bild zeigte eine Skizze zweier Kaltblutpferde, die eine schwere Kutsche durch die Lüneburger Heide zogen. Den Pferden sah man die Anstrengung an, die es sie kostete, die Kutsche durch den tiefen Heidesand zu zerren. Die Mähnen der Pferde wehten im Wind. Neben einem Kutscher, der kein Gesicht hatte, saß ein ausgelassen lachender Andreas Joost, auf der Sitzbank dahinter eine entspannt lächelnde Anna.

Das rechte Bild war dagegen komplett schwarz getuscht.

Die Polizisten blickten betroffen.

»Das linke Bild hat Anna vor dem Tod ihres Vaters gezeichnet«, erklärte Karin Bergen, »das rechte danach. Haben Sie noch Fragen?«

Degenhardt schüttelte den Kopf. »Nein, dazu nicht ... Können Sie uns denn sonst nichts über das Seelenleben von Anna verraten?«

Doch die beiden Frauen konnten nicht weiterhelfen.

Als die Beamten sich kurz darauf verabschiedeten, reichte Vorberg Anja Kather seine Visitenkarte und lächelte. »Falls Ihnen noch etwas einfallen sollte, was für uns wichtig ist – und falls Sie demnächst Lust auf einen Kaffee haben sollten ...«

Sie blinzelte verlegen, und ihre Gesichtsfarbe passte sich prompt der Farbe ihrer Sommersprossen an. Vorbergs Mundwinkel zuckten. Degenhardt rollte mit den Augen.

Die Kommissare waren eben im Begriff zu gehen, als ein untersetzter Mittfünfziger den Raum betrat.

»Herr Theuerkauf«, begrüßte die Heimleiterin ihn freudig, »wir haben schon auf Sie gewartet!«

Anton Theuerkauf rieb die Hände an seiner Hose. Mit einem Nasenkräuseln rückte er die Brille auf seiner Nase zurecht. »Ich stehe etwas unter Zeitdruck. Können wir sofort hoch zu Anna?«

»Ja, natürlich«, antwortete sie und nickte Degenhardt und Vorberg zu. »Das ist übrigens Herr Theuerkauf, Annas Hausarzt!«

Degenhardt reichte dem Arzt die Hand. »Das passt hervorragend, dass wir Sie hier treffen. Ich habe einige Fragen an Sie.«

»Bitte erst heute Nachmittag in meiner Praxis. Ich habe jetzt wirklich keine Zeit.«

Bevor Degenhardt darauf etwas erwidern konnte, klingelte sein Handy.

* * *

Norderney, Breite Straße,
Montag, 16. April, 10:45 Uhr

Bereits am Vorabend war Degenhardt von Vorberg über Wilkes Appartement auf Norderney unterrichtet worden. Degenhardt hatte daraufhin entschieden, dass für eine Durchsuchung des Appartements kein Beamter aus Buchholz nach Norderney fahren sollte, sondern Kollegen der Polizeiinspektion Aurich/Wittmund, in deren Zuständigkeitsbereich die ostfriesische Insel lag. Noch am Abend hatte Degenhardt die dafür erforderlichen Absprachen getroffen und dafür gesorgt, dass das entsprechende Ermittlungsersuchen am frühen Morgen nach Ostfriesland gefaxt worden war. Vier Beamte der dortigen Polizeiinspektion hatten daraufhin die nächstmögliche Fähre nach Norderney genommen und das Appartement, das Thomas Wilke dauerhaft angemietet hatte, gründlich durchsucht.

Nun wählte einer der Beamten Degenhardts Handynummer und wartete.

»Degenhardt?«

»Moin. Schmidt von der Polizeiinspektion Aurich/Wittmund. Störe ich?«

»Nein, gar nicht«, erwiderte Degenhardt. »Ich habe schon auf Ihren Anruf gewartet.«

»Wir haben hier auf Norderney die gesamte Wohnung durchsucht. Außer Kleidungsstücken und normalen Haushaltsgegenständen haben wir nichts gefunden. Ich schicke Ihnen den Bericht und die Fotos heute Nachmittag zu.«

Kapitel 15

Buchholz in der Nordheide,
Polizeiinspektion Nordheide,
Montag, 16. April, 14:15 Uhr

Anna Joosts Zeichnungen ließen Degenhardt nicht mehr los. Außerdem konnte er sich nicht damit abfinden, dass Anna, die vielleicht eine wichtige Zeugin war, nicht mit ihm kommunizierte. Er musste mehr über das Mädchen und seine Krankheit erfahren. Also saß er am Computer und recherchierte.

Im Laufe der Stunden füllte sich der Zettel, der neben seinem Computer lag:

Frühkindlicher Autismus (Kanner-Syndrom)

- *Symptome*
  - Extremes Abgekapseltsein gegenüber der Umwelt
  - Ängstliches Festhalten am Gewohnten (Veränderungsangst)
  - Eingeschränkte Kommunikation oder gar keine Sprache
  - Eingeschränkte Interessen und stereotype Verhaltensmuster
  - Ängste, Phobien, Schlaf- und Essstörungen, Wutausbrüche, Aggressionen, Selbstverletzungen

- *Ursachen*
  - Noch nicht geklärt
  - Wahrscheinlich genetische Faktoren

- *Malerei/Zeichnungen*
  - Ca. 10 % der Autisten besitzen eine Inselbegabung
  - Meist in Kalenderrechnen, Mathematik, Kunst, Musik, Gedächtnisleistungen
  - Film *Rain Man* angucken!!!

- *Therapien*
  - Reittherapie
  - Delfintherapie
  - Kunsttherapie

Plötzlich vernahm Degenhardt ein lautes Klopfen an der Glastür seines Büros. Er hob den Blick und sah Oberkommissar Roland Petersen.

»Ja, bitte«, sagte Degenhardt mit gewohnt kräftiger Stimme.

Durch einen Türspalt steckte Petersen seinen Oberkörper in das Büro hinein. Unter seinen Arm hatte er einen Aktenordner geklemmt. »Ich komme wegen der Dienstbesprechung.«

Degenhardt blickte kurz auf seine Uhr und schaute ihn fragend an. »Bis dahin haben wir doch noch fast drei Stunden Zeit.«

»Ich weiß, aber die Untersuchungsergebnisse des LKA sind gerade eingetroffen. Ich denke, Sie sollten sich die Unterlagen sofort ansehen.« Petersen, für gewöhnlich ein ruhiger und introvertierter Mensch, klang aufgeregt.

»In Ordnung; setzen Sie sich«, forderte Degenhardt ihn auf und winkte ihn mit einer energischen Handbewegung in das Büro.

»Als Erstes: Die zwei Messer, die wir in Döhle und Holm-Seppensen sichergestellt haben, sind definitiv die Tatwaffen.«

Degenhardt war nicht überrascht und nickte.

»Auch die Handschuhe, die an beiden Tatorten zurückgeblieben sind, hat der Täter getragen«, fuhr Petersen fort.

»Das heißt, wir suchen tatsächlich nur einen einzigen Täter?«

Petersen nickte nachdenklich. »Das LKA hat in beiden Paaren Hautzellen sichergestellt, die ein identisches DNA-Profil haben.«

Degenhardt spitzte die Lippen und schaute konzentriert aus dem Fenster. »Also genau so, wie wir es vermutet haben.«

»Das LKA hat noch etwas herausgefunden.«

»Und was?«

»Die Hautzellen aus den Handschuhen können einer konkreten Person zugeordnet werden.«

Degenhardt riss ungläubig die Augen auf und erhob sich abrupt. »Wem?«

»Der Autistin ... Anna Joost!«

Es dauerte einige Momente, dann ließ Degenhardt sich in das schwarze Leder zurückfallen. Er schüttelte den Kopf. »Das glaube ich nicht!«

Petersen blätterte in seinem Aktenordner und schlug eine Seite auf, die er mit einem gelben Klebestreifen markiert hatte. Er schob den Ordner über den Schreibtisch zu seinem Chef, der die Sätze eilig überflog. »Das hätte ich nie und nimmer gedacht.«

»Das ist noch nicht alles«, sagte Petersen. »Die Haare, die wir an den Leichen von Andreas Joost und Thomas Wilke sichergestellt haben, konnten ebenfalls Anna Joost zugeordnet werden. Auch die Haut- und Blutreste, die wir unter den Fingernägeln von Andreas Joost gefunden haben, stammen von ihr.«

Degenhardt drückte die Lehne seines Bürostuhls so weit wie möglich zurück, legte den Kopf in den Nacken und rieb sich die Stirn. »Aber bei der Untersuchung von Anna Joost im UKE wurden keine Kratz- und Abwehrspuren festgestellt, die auf einen Kampf mit ihrem Vater hingewiesen hätten.«

»Das könnte aber daran liegen, dass sie sich die Arme während der Nacht im Wald blutig gekratzt hat. Damit könnte sie alle Kratz- und Abwehrspuren ihres Vaters überdeckt haben.« Petersen zog den Ordner wieder zu sich heran und blätterte zu einem weiteren Dokument, das er markiert hatte. »Hier steht alles schwarz auf weiß.«

Degenhardt kratzte sich am Hinterkopf. »Aber warum hat Andreas Joost dann die Zahlenkombination ›0103‹ auf den Boden gemalt und nicht ›ANNA‹ geschrieben?«

Petersen zuckte mit den Schultern. »Die Abdrücke der Schuhsohlen-Profile konnten eindeutig Anna Joost zugeordnet werden. Leider hat die Analyse der Wischspuren auf dem Laminat zu keinem Ergebnis geführt. Es könnte aber eine dritte Person am Tatort gewesen sein, die das Mädchen bei der Tat unterstützt und nachträglich die Abdrücke ihrer Schuhprofile entfernt hat.«

Degenhardt setzte sich wieder aufrecht an den Schreibtisch und schaute seinen Kollegen an. »Vielleicht Sarah Joost?«

»Gut möglich. Immerhin hat sie kein Alibi. Die Faserspuren, die wir an den Leichen von Andreas Joost und Thomas Wilke sichergestellt haben, stammen laut LKA von einem Lodenstoff. Genauer gesagt handelt es sich um Strichloden, der hauptsächlich für Mäntel und Jacken verwendet wird.«

»Moment mal ... Sarah Joost hat bei ihrer Vernehmung doch einen Lodenmantel getragen!«, rief Degenhardt. »Vorberg hat auf dem Protokoll ihrer Vernehmung handschriftlich notiert, dass sie ihren Mantel nach der Vernehmung beinahe vergessen hätte!«

Petersen blätterte wieder in dem Aktenordner und zog ein

Foto aus einer Klarsichthülle. Degenhardt griff nach dem Bild und zog es zu sich. Die Aufnahme zeigte das Fußgängertor vor Thomas Wilkes Grundstück. Schemenhaft war auf dem Foto eine Person zu erkennen, die einen dunklen Mantel trug und eine Strickmütze tief ins Gesicht gezogen hatte. Ein Schal war fast bis zur Nase um den Hals der Person geschlungen.

»Das ist die beste Aufnahme, die die Überwachungskamera vor Thomas Wilkes Haus gemacht hat. Die Aufnahme stammt vom Tattag und wurde um einundzwanzig Uhr fünf aufgenommen. Wilke hat diese Person ins Haus gelassen. Das ist dann wohl unser Täter – oder besser gesagt, unsere Täterin. Sicher ist anhand von Vergleichsmessungen, dass er oder sie zwischen einem Meter sechzig und einem Meter fünfundsechzig groß ist. Die Aufnahme könnte also durchaus Sarah oder Anna Joost zeigen. Die Kamera hat diese Person um einundzwanzig Uhr zweiundvierzig noch einmal aufgezeichnet, als sie wieder gegangen ist.«

»Wir müssen Sarah Joosts Mantel mit den sichergestellten Faserproben vergleichen lassen, und zwar so schnell wie möglich«, erklärte Degenhardt. Kurz dachte er über die nächsten Schritte nach. »Gut, ich werde mit Vorberg jetzt sofort nach Döhle fahren. Die geplante Besprechung findet direkt danach statt; sagen Sie bitte allen anderen Bescheid. Ich bin gespannt, wie Sarah Joost uns das erklären will.«

»Die Kamera vor Wilkes Haus hat übrigens um zweiundzwanzig Uhr zehn noch etwas Interessantes aufgezeichnet. Eine großgewachsene Frau ist dort aufgetaucht, hat mehrmals geklingelt und ist dann wieder gegangen.«

»Wissen Sie schon, wer das war?«

»Nein, noch nicht.«

* * *

Hamburg,
Flughafen Fuhlsbüttel,
Montag, 16. April, 14:15 Uhr

Pünktlich um 14:15 Uhr drückte der Schub der Triebwerke Jana Liebisch tief in einen der bequemen dunkelblauen Ledersitze. Sie saß in der letzten Sitzreihe eines Airbus A321, ganz links, direkt am Fenster.

Dieser Platz bot zwei Vorteile. Zum einen saß sie hinter dem Flügel und hatte einen freien Blick nach unten. Dieser Blick war heute besonders atemberaubend, da keine einzige Wolke die Sicht auf die Erde trübte. Zum anderen – und das war für sie ebenso wichtig – hatte sie in der letzten Sitzreihe nicht das Gefühl, dass ihr jemand im Rücken saß und sie beobachtete.

Kurz nachdem die Stewardess ihr einen Kaffee serviert hatte und die milchig-braune Flüssigkeit auf dem Ausklapptisch im Takt der Flugzeugvibrationen tänzelte, riss ihr Sitznachbar sie aus ihren Gedanken.

»Schönes Wetter heute, nicht wahr?«

Sie musterte ihn kurz: Er hatte seine Haare akkurat in Form gebracht und war glattrasiert; seine Zähne hatte er höchstwahrscheinlich professionell aufhellen lassen, sein Anzug stammte sicherlich von einem bekannten Designer, und auf dem Ausklapptisch vor ihm lag eine Zeitschrift, die sich fast ausschließlich mit Börsenkursen beschäftigte. Um es kurz zusammenzufassen – er war nicht ihr Typ.

»Ja«, antwortete sie mit einem Lächeln, das ihm signalisieren sollte: *Wir haben uns jetzt ausreichend unterhalten, und ich würde gerne meine Ruhe haben.*

Sie war nicht überrascht, dass er sie nicht verstand: »Ich heiße übrigens Jan.«

»Schöner Name«, erwiderte sie und schaute aus dem Fenster.

Es dauerte einige Augenblicke, dann hörte sie wieder das Rascheln der Zeitschrift mit den Börsenkursen. Jan hatte offensichtlich das Interesse an ihr verloren. Also schloss sie die Augen und versuchte, ein wenig zur Ruhe zu kommen.

Kapitel 16

Döhle,
Wohnhaus der Familie Joost,
Montag, 16. April, 15:30 Uhr

Degenhardt parkte den Passat in der Auffahrt hinter einem schweren BMW-Geländewagen und einem Mini-Cooper-Cabriolet. Er stieg aus dem Dienstwagen, krempelte den Kragen seiner Barbour-Jacke hoch und schaute zu Vorberg. »Könntest du dir vorstellen, weiterhin in dem Haus zu leben, in dem dein Mann umgebracht wurde?«

Vorberg schüttelte den Kopf. »Eher nicht.«

Degenhardt betätigte den Klingelknopf mehrmals, doch die Tür blieb geschlossen. Er trat einige Schritte zurück, ließ seinen Blick von Fenster zu Fenster streifen, konnte aber keinen Vorhang erkennen, der sich bewegte, keinen Schatten, der an einem Fenster vorbeihuschte, und keinen Kopf, der schnell von einem der Fenster aus in Deckung gezogen wurde. »Ich schaue ums Haus.«

Vorberg nickte. »Mach das.«

Als Degenhardt eben hinter der Hausecke verschwand, öffnete Sarah Joost die Tür. Vorberg konnte einen kurzen Moment lang seine Verwunderung nicht verbergen: Er hob die Augenbrauen und starrte sie an. Die Sarah Joost, die jetzt vor ihm stand, hatte nichts mit der Frau gemeinsam, über die er sich vor einigen Tagen noch geärgert hatte. Sie wirkte abgespannt, was ihre dunklen Augenringe eindringlich unterstrichen. Offensichtlich hatte sie tagelang nicht geduscht, denn die fettigen Haare baumelten in Strähnen von ihrem Kopf herab. Ihre schlanke, sportliche und kämpferische Erscheinung war einem hageren, gebückten und unscheinbaren Schatten gewichen.

Sofort empfand Vorberg Mitleid für Sarah Joost, doch in seiner Funktion als Beamter der Kriminalpolizei durfte er sich das nicht anmerken lassen. Daher sagte er in einem neutralen Tonfall: »Guten Tag, Frau Joost. Im Zuge unserer Ermittlungsarbeit haben sich noch einige Fragen ergeben, die wir mit Ihnen klären wollen.«

»Wir?«

Er schaute kurz nach links und rechts. »Ähm … ja, wir. Mein Kollege muss jeden Moment zurück sein.«

»Muss das jetzt sein?«

»Ja, es muss leider sein«, antwortete er und stellte erleichtert fest, dass Degenhardt in diesem Moment zurückkehrte. Die beiden Kommissare hatten sich während der Fahrt darauf geeinigt, dass Vorberg heute der *good cop* sein sollte.

Auch Degenhardt stockte der Atem, als er Sarah Joost sah. Er hatte den Eindruck, dass sie nicht nur nervlich und gesundheitlich angeschlagen war, sondern auch unnatürlich steif wirkte. Mit wenigen Blicken stellte er fest, dass sie unter ständig wiederkehrenden Zitterschüben litt, die sie durch das Anspannen ihrer Muskulatur zu unterdrücken versuchte.

Sie trat zur Seite und ließ die Kommissare ins Haus. Beide folgten Sarah Joost durch die große Diele mit dem mächtigen Kamin, den alten englischen Ledersesseln, den Fachwerkbalken und den Ölgemälden.

»Haben Sie Andreas' Mörder gefunden?«, fragte sie, als Degenhardt und Vorberg ihr gegenüber im Wohnzimmer Platz genommen hatten.

Degenhardt ignorierte ihre Frage. Er war heute der *bad cop*. »Wir haben Ihre Aussagen überprüft. Ihr Alibi ist falsch. Ihre

Freundin hat am Tatabend nicht mit Ihnen in Hannover bei einem Italiener gegessen. Außerdem wird die Pizza, die Sie dort angeblich bestellt haben, so nicht verkauft.«

Degenhardt machte eine kurze Pause und fixierte Sarah Joost. Sie blickte zwischen den beiden Kommissaren hindurch ins Leere und konnte das Zittern ihres Körpers nicht mehr unterdrücken.

»Frau Joost«, fuhr Degenhardt fort. »Entweder Sie sagen uns jetzt die Wahrheit, oder ich nehme Sie mit nach Buchholz und vernehme Sie dort als mutmaßliche Täterin! Haben Sie mich verstanden?«

Sarah Joost reagierte nicht.

Degenhardt griff in seine Wachsjacke, zog ein Foto heraus und legte es vor ihr auf den Tisch. »Diese Aufnahme hat die Überwachungskamera vor dem Haus von Thomas Wilke gemacht.« Er hob den Zeigefinger und betonte beim nächsten Satz jede einzelne Silbe. »Sie sind die Frau auf diesem Foto. Sie haben Ihren Mann getötet! Sie sind anschließend zu Thomas Wilke gefahren! Und auch ihn haben Sie getötet! Und ich erwarte eine Erklärung von Ihnen! Sofort!«

Sarah Joost starrte regungslos auf ihre Hände, deren Finger sie ineinander verkrampft hatte.

Mit einem sanften »Okay« übernahm Vorberg nun das Verhör. Er beugte sich weit nach vorn und griff nach ihren Händen. Mit leichtem Druck strich er über ihre Handrücken. Irritiert hob sie den Blick und schaute ihn fragend an.

»Hat Ihr Mann Anna wehgetan? Hat Thomas Wilke dabei mitgemacht? Wenn ja, kann ich sehr gut verstehen, wie wütend Sie auf die beiden waren, als Sie das herausgefunden haben!«

»Nein!«, brüllte sie, riss ihre Hände aus denen des Oberkommissars und sprang auf.

Auch Degenhardt schoss vom Sofa hoch, eilte um den Tisch herum und umklammerte ihre Arme. Seine Augenlider verengten sich. »Doch!«, fuhr er sie an.

»Nein!«, schrie sie.

Vorberg hatte ein flaues Gefühl im Magen. Er wusste, dass die Taktik des *good cop* und des *bad cop* einen gewichtigen Nachteil hatte: Nur allzu schnell konnten dabei Grenzen überschritten werden, was nicht selten zur Folge hatte, dass die Aussage komplett verweigert wurde. Nicht ohne Grund war diese Technik in Deutschland höchst umstritten. Vorberg spürte, dass sein Kollege diese unsichtbare Grenze gerade überschritten hatte. Und ihm war nicht klar, ob Degenhardt dies auch erkannte und die Situation noch im Griff hatte.

»Hör auf damit!«, rief Vorberg ihm zu.

Degenhardt stutzte und blickte seinen Kollegen fragend an. Seine Finger lösten sich von den Oberarmen der Frau. Sie nutzte diese Chance sofort, stürzte aus dem Wohnzimmer und rannte zum Treppenaufgang.

Die beiden Kommissare waren so überrascht, dass sie einige Augenblicke brauchten, um zu reagieren. Erst dann folgten sie Sarah Joost.

Degenhardt war schneller als sein Kollege und erreichte vor ihm die Treppe. Als er auf die erste Stufe sprang, hatte Sarah Joost die Hälfte des Weges in das erste Stockwerk bereits geschafft. Trotz seines Alters sprintete Degenhardt die Treppenstufen leichtfüßig hoch; und als Sarah Joost drei Viertel der Stufen geschafft hatte, war er bereits auf der Hälfte der Treppe angelangt.

Plötzlich schien Sarah Joost keine Kraft mehr zu haben. Laut schluchzend klammerte sie sich ans Geländer und lehnte sich mit ihrem Oberkörper gefährlich weit über das geschmiedete Eisen.

»Vorsicht!«, brüllte Degenhardt und streckte instinktiv seine Arme aus.

Um die offenbar verzweifelte Frau davon abzuhalten, sich nach unten zu stürzen, machte er einen großen Satz nach oben – und landete lediglich mit der Schuhspitze auf der Treppenstufe, von der aus er Sarah Joost hätte festhalten können. Er rutschte ab, verlor das Gleichgewicht und fiel mit voller Wucht auf den harten Granit. Zuerst schlug sein rechter Rippenbogen auf eine der Kanten auf. Sein Adrenalinspiegel war so hoch, dass er das Knacken nicht hörte, mit dem zwei seiner Rippen dem plötzlichen Druck nachgaben. Im nächsten Augenblick prallte er mit der Stirn auf eine der Stufen. Seine Sicht verschwamm. Degenhardt hob den Kopf und versuchte, etwas durch den dichten Schleier zu erkennen. Als er seinen Blick für einen Sekundenbruchteil scharf stellen konnte, sah er, wie von einer Treppenstufe Blut in die Tiefe tropfte. Er rang nach Luft und spürte einen lähmenden Schmerz in seinem Brustkorb. Er versuchte, sich hochzustemmen – vergeblich. Einige Male rang er verzweifelt nach Luft, dann verlor er das Bewusstsein.

Entsetzt hatte Vorberg mit angesehen, wie sein Chef auf der Treppe schwer gestürzt war. Im nächsten Moment kniete er neben ihm.

Der Hauptkommissar röchelte, doch außer einer Platzwunde an der Stirn war keine Verletzung zu sehen. Kurz schaute Vorberg nach oben auf das Geländer, wo Sarah Joost gerade eben noch gestanden hatte. Sie war verschwunden.

Was, wenn sie sich etwas antat? Vorberg zwängte sich an Degenhardt vorbei und rannte die letzten Treppenstufen hinauf. Vor Annas Zimmer hielt er inne und lauschte. Er hörte Sarah Joost weinen und lief in das Zimmer, wo er sie jedoch nicht sah.

Unvermittelt blieb er stehen und horchte noch einmal. Das Schluchzen kam aus dem Schrank – aus Annas Versteck.

Vorberg stürzte zum Kleiderschrank und begann, die Türen aufzureißen. Hinter den ersten drei Türen war nichts als Unterwäsche, Kleider, Blusen und Hosen. Die vierte Schranktür war von innen verriegelt. Er rüttelte zunächst vorsichtig an der Tür, doch es tat sich nichts. Dann zog er mit aller Kraft an ihr – vergebens. Schließlich versuchte er, mit seinen Fingern durch die Lamellen der Schranktür zu greifen und sie herauszureißen, doch er konnte nicht einmal seine Fingerkuppen in die Zwischenräume quetschen.

Er hielt inne und dachte nach. Dann zog er sein Handy aus der Jackentasche, wählte die Nummer der Einsatzleitstelle und forderte zwei Rettungswagen sowie einen Notarzt an.

Danach lief er zur Treppe zurück. Obwohl er einen halben Kopf kleiner war als Degenhardt und sicherlich fünfzehn Kilo weniger wog, gelang es ihm, den Bewusstlosen ins erste Geschoss hochzuziehen. Dort überprüfte er Degenhardts Atmung und legte ihn in die stabile Seitenlage.

Anschließend hastete Vorberg wieder in Annas Schlafzimmer und blieb einige Meter vor dem Schrank stehen. Er hörte die Frau verzweifelt schluchzen. Was konnte er jetzt tun? Eigentlich blieb nur eine Möglichkeit: Er nahm Anlauf und warf sich mit dem Oberkörper gegen die Schranktür. »Scheiße!«, fluchte er und rieb seine schmerzende Schulter. Die Tür blieb verschlossen. Er versuchte es noch einmal. Wieder krachte seine Schulter gegen die Schranktür. Der einzige Effekt war, dass Sarah Joost jetzt in einer höheren Tonlage schluchzte.

Das Brecheisen im Kofferraum!, schoss es Vorberg durch den Kopf.

Er eilte die Treppen hinab, lief aus dem Haus – und versuchte vergeblich, den Kofferraum des verriegelten Dienstwagens zu öffnen. Im selben Moment fiel ihm ein, dass Degenhardt den Autoschlüssel in der Jackentasche hatte! Also lief Vorberg wieder zurück ins Haus, hastete die Treppe hinauf und nestelte den Autoschlüssel aus Degenhardts Jacke. Vorberg hielt kurz inne – der Hauptkommissar war zwar immer noch ohne Bewusstsein, aber es waren deutliche Atembewegungen zu sehen.

Erneut lief Vorberg die Treppe hinab, verließ das Haus, öffnete den Wagen und kam mit dem Brecheisen zurück. Schließlich stand er vor dem Schrank, aus dem immer noch das Weinen von Sarah Joost zu hören war. Er setzte das schwere Gerät an einer der Lamellen der Schranktür an und fühlte sich erleichtert, als diese dem Druck mit einem lauten Knacken nachgab. Begleitet von Sarah Joosts Schluchzen legte er das Versteck Lamelle für Lamelle frei. Viel zu spät fiel ihm ein, dass bereits eine Lamelle ausgereicht hätte, um in den Schrank zu greifen und die innen liegende Verriegelung zu öffnen.

Plötzlich hörte er ein schwaches Rufen.

»Jens?« Offenbar war Degenhardt wieder bei Bewusstsein.

Vorberg wusste, dass er bei Sarah Joost bleiben musste, um zu verhindern, dass sie eine Dummheit beging. »Bleib gefälligst liegen, wo du bist!«, rief er zurück. »Der Arzt kommt gleich!«

»Jens, ich muss telefonieren!«

»Du sollst liegen bleiben!«

»Vergiss ihren Mantel nicht. Wir müssen ihn mit den Faserspuren vom Tatort vergleichen!«

»Keine Sorge. Ich nehme ihn nachher mit.«

Degenhardt gab wieder Ruhe. Vorberg stellte das Brecheisen zur Seite und berührte Sarah Joost vorsichtig an der Schulter.

* * *

Winsen/Luhe,
Praxis von Doktor Anton Theuerkauf,
Montag, 16. April, 15:30 Uhr

Anton Theuerkauf rückte seine Brille mit einem Nasenkräuseln zurecht und zeigte auf die Stühle vor seinem Schreibtisch. »Bitte nehmen Sie Platz. Darf ich Ihnen einen Kaffee anbieten?«

»Nein, vielen Dank«, erwiderten Oberkommissar Petersen und Kommissarin Sjut unisono, während sie sich setzten.

»Sie sind wegen Andreas Joost hier?«, fragte Theuerkauf.

»Ja, sind wir«, antwortete Petersen und schob ein Schreiben über den Tisch, mit dem Sarah Joost den Hausarzt von seiner Schweigepflicht entband. »Wir interessieren uns im Moment aber hauptsächlich für seine Tochter Anna.«

»Hässliche Geschichte«, murmelte Theuerkauf und schüttelte den Kopf.

»In der Tat.« Petersen nickte. »Sehr hässlich. Anna ist im UKE untersucht worden. Dabei ist festgestellt worden, dass sie zahlreiche Schnittverletzungen am Körper hat.«

»Das ist mir bekannt.« Theuerkauf blickte die Beamten erwartungsvoll an.

»Leider konnte im UKE nicht geklärt werden, wie diese Verletzungen zustande gekommen sind. Ich gehe davon aus, dass Sie uns weiterhelfen können.«

Theuerkauf räusperte sich zunächst, dann antwortete er: »Das Mädchen ist sehr schwer zu durchschauen. Sie ist Autistin und völlig unzugänglich. Mit Sicherheit kann ich nur sagen, dass sie eine starke Neigung zu autoaggressivem Verhalten hat. Sobald sie unter Stress steht, verletzt sie sich selbst.«

»Deswegen die blutig gekratzten Arme?«

»Ja, genau, deswegen die blutig gekratzten Arme.«

Anette Sjut übernahm das Gespräch. »Im UKE ist aufgefallen, dass sich sämtliche größere Narben, die von Schnittverletzungen herrühren, am Oberkörper befinden. Das ist ungewöhnlich, oder? Normalerweise schneiden sich Menschen, die sich selbst verletzen, doch eher in die Arme.«

Theuerkauf hob die Schultern. »Wo wollen Sie bei dieser Sache die Grenze zwischen normal und nicht normal ziehen? Ich weiß nicht, was das Mädchen sich dabei gedacht hat. Sie ist jedenfalls nicht dumm. Haben Sie ihre Zeichnungen gesehen?«

»Nein, noch nicht, aber wir haben davon gehört«, erwiderte Anette und kam unverzüglich auf das eigentliche Thema zurück. »Soweit wir informiert sind, wurde das Mädchen noch nie operiert. Die vernarbten Schnittverletzungen am Oberkörper können also nicht bei chirurgischen Eingriffen entstanden sein, richtig?«

»Genau so steht es in ihrer Akte«, bestätigte Theuerkauf. Er ergriff den Ordner, der neben ihm lag, und schob ihn zu Anette hinüber. »Ich habe die gesamte Akte für Sie kopieren lassen. Sie können sie mitnehmen.«

»Danke.« Anette nickte. »Können Sie uns vielleicht erklären, warum Andreas Joost seine Tochter nicht selbst betreut hat? Er war doch auch Kinderarzt!«

Theuerkauf setzte die Brille ab, stützte sich mit den Ellenbogen auf den Schreibtisch ab und begann, auf einem der beiden Plastikbügel zu kauen. Schließlich schüttelte er den Kopf. »Anna ist ein sehr schwieriger Fall. Da er ihr Vater gewesen ist, hat er womöglich befürchtet, dass er nicht die notwendige Distanz haben würde, um sie ärztlich zu betreuen.«

* * *

London,
Flughafen Heathrow,
Montag, 16. April, 15:30 Uhr

Jana Liebisch starrte durch das kleine, runde Fenster neben ihrem Sitz, während das Flugzeug beständig an Höhe verlor. Der englische Boden kam immer näher. Schließlich setzten die Gummireifen mit einem kurzen Kreischen auf dem Asphalt der Landebahn auf, dann bremste der Pilot das Flugzeug stark ab.

Es folgte das übliche Prozedere: Obwohl die Maschine noch rollte und die Anschnallzeichen tiefrot leuchteten, öffnete ein Großteil der Passagiere die Gurte. Genau diese Fluggäste waren es auch, die in dem Moment aus ihren Sitzen sprangen, als der Airbus seine Parkposition am Terminal 5 erreichte und zum Stehen kam. Sofort rissen sie die Plastikklappen der Fächer an der Kabinendecke auf, zogen ihr Handgepäck umständlich aus den Ablagen und hatten große Mühe, ihre Koffer, Trolleys und Aktentaschen nicht auf die Köpfe ihrer Sitznachbarn fallen zu lassen.

Als die Triebwerke verstummten und die Anschnallzeichen endlich erloschen, drängten die Leute bereits in Richtung Ausgang, obwohl die Fluggastbrücke noch nicht angedockt hatte und der Weg aus dem engen Aluminiumrumpf immer noch verschlossen war.

Jana Liebisch ließ ihren Blick durch die Sitzreihen vor sich schweifen. Schon drei Viertel der Passagiere hatten ihre Plätze verlassen. Sie runzelte die Stirn und fragte sich, ob man die Nationalität der Fluggäste wohl an ihrem Verhalten nach der Landung erkennen konnte. Sie tippte darauf, dass die Menschen, die den Ausstieg kaum erwarten konnten, überwiegend deutsch sprachen, englisch hingegen die Leute, die immer noch auf ihren Sitzen saßen und aus dem Fenster schauten.

Als die Fluggastbrücke endlich an den vorderen Einstieg des Flugzeuges andockte und den Weg in das Terminal 5 freigab, nahm die Zahl der Menschen in der Kabine schnell ab. Also löste auch Jana ihren Gurt, rutschte über die beiden freien Sitze neben sich und griff nach ihrem Trolley in der Gepäckablage.

»Darf ich Ihnen behilflich sein?«, fragte ein junger Mann, der in der Sitzreihe vor ihr gesessen hatte, auf Deutsch.

Jana nickte, schenkte ihm ein freundliches Lächeln und kam zu dem Schluss, dass ihre Theorie wohl doch nicht ganz richtig war.

Nach dem Aussteigen ließ sie ihren Blick durch das Terminal streifen. Die britische Hauptstadt empfing sie ebenso wie alle anderen Touristen, die in Heathrow landeten, mit einem Potpourri aus Stahl, Beton und Glas. Sie holte ihren Koffer vom Gepäckband, ging direkt zum Schalter einer Autovermietung und unterschrieb für einen dunkelblauen Ford Focus mit einem mobilen Navigationssystem. Dann ließ sie sich von einem Zubringerbus direkt zum Parkplatz der Autovermietung fahren. Wenig später hieß ihr Wagen sie mit einem Aufblitzen der Blinkleuchten willkommen.

Bevor sie losfuhr, untersuchte sie den Wagen auf Dellen oder andere Schäden, konnte aber nichts feststellen. Dann montierte sie das Navigationsgerät an der Frontscheibe des Wagens und machte sich mit der Bedienung des Gerätes vertraut. Es dauerte nicht lange, bis sie die Menüführung verstand und ihr erstes Ziel eingab: ein Hotel, das direkt am Flughafen lag.

Endlich ließ sie den Motor des Fords an und schnappte einige Male nach Luft. Das Lenkrad befand sich definitiv auf der falschen Seite, und als sie den Wagen vorsichtig aus der Parklücke lenkte, fühlte sie sich wie eine blutige Fahranfängerin. Für ihren Weg zum Hotel brauchte sie nur wenige Minuten, was aber keineswegs ausreichte, um ihre Unsicherheit im britischen Straßenverkehr zu verringern.

Kapitel 17

London,
Dialysestation,
Montag, 16. April, 17:30 Uhr

Alexa Jäger nahm das monotone Summen des Dialysegerätes nicht wahr. Zu sehr hatte sie sich in ihr Lieblingsbuch vertieft. Gebannt las sie die Worte, die Dorian Gray seiner Geliebten Sibyl Vane entgegenschleuderte. Er trennte sich von ihr, weil er sie für oberflächlich und dumm hielt. Und obwohl sie ihn anflehte, sie nicht zu verlassen, ging er:

»Ich hätte dich zu einer berühmten, glanzvollen und großartigen Schauspielerin gemacht. Die Welt hätte dich angebetet, und du hättest meinen Namen getragen. Was bist du jetzt? Eine drittklassige Darstellerin mit einem hübschen Gesicht … Ich möchte nicht unfreundlich sein, aber ich kann dich nicht wiedersehen. Du hast mich enttäuscht.«

Was folgte, war Sibyl Vanes Selbstmord, über den Oscar Wilde einen Freund Dorian Grays sagen ließ:

»Sie hat aus Versehen etwas geschluckt, irgend so ein furchtbares Zeug, das sie an Theatern verwenden. Ich weiß nicht, was es war, aber es enthielt entweder Blausäure oder Bleiweiß. Ich vermute, es war Blausäure, denn sie scheint sofort tot gewesen zu sein.«

Als Alexa über diese Passage nachdachte, drifteten ihre Gedanken in eine völlig andere Richtung ab. Unvermittelt kam ihr die Frage wieder in den Sinn, die sie sich seit Tagen immer wieder stellte: Wie sollte sie mit Mark Harrison verfahren? Sie musste unbedingt noch einmal mit ihm reden.

Während sie überlegte, wo und vor allen Dingen wie sie das Gespräch mit ihm führen sollte, machte sich plötzlich ein Lächeln auf ihrem Gesicht breit.

»Blausäure«, murmelte sie und biss sich auf die Unterlippe.

Blausäure wäre natürlich auch eine Alternative.

* * *

London,
Heathrow,
Montag, 16. April, 17:30 Uhr

Im Laufe des Tages hatte Jana unzählige Male an den Termin gedacht, den sie für den folgenden Morgen beim *British Center For Technological Research* vereinbart hatte. Und je häufiger sie daran dachte, desto größer wurde ihre Nervosität, denn sie wusste nicht, was sie dort erwartete.

Heute Abend war sie gegen zwanzig Uhr mit ihrer Großmutter zum Abendessen verabredet, also hatte sie bis dahin noch ein wenig Zeit für sich. Da es ihr beim Sport am leichtesten fiel, unliebsame Gedanken aus dem Kopf zu verbannen, tauschte sie Jeans, Pullover und Chucks nach dem Auspacken der Koffer gegen Sport-Tights, Trainings-Shirt und Laufschuhe, schnappte sich ein Handtuch aus dem Bad und schlenderte in den *Leisure Club* des Hotels.

Sie betrat den großzügig gestalteten Fitnessraum und grüßte ein Paar mittleren Alters, das in gemächlichem Tempo auf zwei nebeneinander aufgestellten Laufbändern joggte. Jana musste spontan lächeln, denn beide umgab ein beinahe irreal wirkendes aristokratisches Flair, das ihrer Meinung nach nur Briten auszustrahlen vermochten. Während der Mann ihr freundlich zunickte und seine Lippen formte, als wolle er ihr zusätzlich einen anerkennenden Pfiff widmen, würdigte seine Gattin Jana keines Blickes.

Während Jana eine Strähne aus ihrem Gesicht strich, wanderte sein Blick ungeniert über ihren Körper. Er verweilte deutlich zu lang auf ihren Brüsten, die durch den Sport-BH und das eng anliegende Shirt außerordentlich vorteilhaft in Szene gesetzt wurden. Seine Frau bemerkte dies, ihre Miene verfinsterte sich, und sie quittierte die unübersehbare Begeisterung ihres Mann mit einem Schlag auf dessen Oberarm. Augenblicklich lenkte er seinen Blick auf das Display seines Laufbandes und begann, die Trainings-Einstellungen zu verändern.

Jana sah sich im Raum um. Vor der Reihe mit den Laufbändern standen einige Ergometer und Stepper; mit solchen Geräten trainierte sie in deutschen Fitnessstudios regelmäßig. Auf der gegenüberliegenden Seite des Raumes waren Kraftgeräte aufgebaut. Jana entschied sich für ein Ausdauer-Training auf einem der Ergometer. Sie legte ihr Handtuch über den Lenker des Gerätes, das vor dem Laufband des Mannes stand, stellte die Höhe des Lenkers und des Sattels auf ihre Größe ein, setzte sich darauf und rückte ihren Po einige Male hin und her, bis sie eine angenehme Sitzposition gefunden hatte.

In dem Moment, in dem sie in die Pedale zu treten begann, hörte sie hinter sich, dass ein weiterer Schlag den Mann am Oberarm traf. Wieder konnte sie ein Lächeln nicht unterdrücken; die Wirkung, die sie auf Männer hatte, war ihr durchaus bewusst.

Rund zehn Minuten nutzte Jana einen geringen Tret-Widerstand, um sich aufzuwärmen, dann erhöhte sie die Belastung im Minutentakt. Obwohl ihre Oberschenkel nach weiteren zwanzig Minuten wie Feuer brannten, drückte sie auf dem Display des Trainingscomputers mehrmals auf die Plus-Taste, sodass der Tretwiderstand sich weiter erhöhte. Sie stützte die Unterarme auf dem Lenker ab und ignorierte den Schweiß, der über ihr Gesicht rann. Innerhalb kürzester Zeit war ihre Herzfrequenz auf hundertsechsundsiebzig Schläge pro Minute gestiegen.

Aus den Augenwinkeln nahm Jana wahr, dass das Ehepaar sein Lauftraining beendet hatte und den *Leisure Club* verließ. Wahrscheinlich wollte die Frau ihrem Mann den Anblick, den Jana ihm präsentierte, nicht länger zumuten. Zum Abschied nickte der Mann ihr zu, die Frau würdigte sie keines Blickes.

Jana machte noch eine Weile weiter, dann verringerte sie den Tretwiderstand, richtete sich auf und wischte sich den Schweiß mit dem Handtuch von der Stirn. Das Schwungrad des Ergometers lief langsam aus, und sie schaltete das Display ab. Zum ersten Mal seit ihrer Ankunft in London fühlte sie eine innere Ruhe und freute sich über den eigentlichen Grund, der sie nach England geführt hatte: die Geburtstagsfeier ihrer Großmutter.

* * *

Döhle,
Wohnhaus der Familie Joost,
Montag, 16. April, 17:30 Uhr

Der Notarzt zog die Tür zu Annas Schlafzimmer ins Schloss. Seine Blicke streiften Oberkommissar Vorberg und Sarah Joosts Freundin, die ihr in den letzten Tagen zur Seite gestanden hatte. Sie war vor wenigen Minuten zufällig vorbeigekommen, um nach dem Rechten zu sehen. Dann schaute der Notarzt den Rettungsassistenten nach, die Sarah Joost auf einer Trage die Treppe hinabtransportierten.

»Und?«, fragte Vorberg.

»Sie braucht jetzt Ruhe.«

»Wann können wir sie vernehmen?«

Der Notarzt wiegte den Kopf kurz hin und her. »Wir bringen Frau Joost jetzt erst einmal nach Winsen ins Krankenhaus. Dort wird ein Psychiater sie begutachten, und abhängig von seiner Entscheidung können Sie sie dann vernehmen – oder auch nicht.«

Sarah Joosts Freundin legte die Stirn in tiefe Falten. »Meinen Sie nicht, dass Sarah hier besser aufgehoben wäre als im Krankenhaus? Ich könnte bei ihr bleiben und auf sie aufpassen.«

Der Notarzt schüttelte den Kopf. »Sie haben doch gerade erlebt, dass Frau Joost derzeit psychisch sehr labil ist. Ich halte es für absolut notwendig, sie durch einen Fachmann begutachten zu lassen. Oder trauen Sie sich etwa zu, die Verantwortung für die Sicherheit Ihrer Freundin zu übernehmen?«

Sarah Joosts Freundin schüttelte den Kopf. Der Arzt ging um sie herum und eilte dann die Treppen hinab.

Vorberg kam noch eine Frage in den Sinn. »Oh, Herr Doktor?«

Der Arzt hielt auf dem untersten Treppenabsatz inne und blickte zu ihm hinauf.

»Ja?«

»Wohin lassen Sie Hauptkommissar Degenhardt bringen?«

»Ebenfalls nach Winsen ins Krankenhaus. Die Platzwunde auf der Stirn muss genäht werden. Außerdem muss er so schnell wie möglich geröntgt werden, um festzustellen, was mit seinen Rippen und seinem Kopf passiert ist. Zumindest wird er eine kräftige Gehirnerschütterung haben.«

Kapitel 18

Cippenham,
Wohnhaus von Elisabeth Brandwood,
Montag, 16. April, 19:45 Uhr

Jana hatte das Gefühl, nach Hause zu kommen, als sie den Mietwagen vor dem Haus ihrer Großmutter parkte. In den letzten Jahren war sie mindestens zweimal im Jahr nach London geflogen, um ihre Großmutter zu besuchen.

Daher kannte Jana den Motorway 4, der sie auf rund zwanzig Kilometern von London Heathrow in westliche Richtung nach Cippenham führte, nahezu auswendig. Dennoch hatte sie sich heute sehr auf die Strecke nach Cippenham konzentrieren müssen, was an dem Linksverkehr lag, an den sie sich immer wieder aufs Neue gewöhnen musste. Mit jedem Kilometer war sie jedoch sicherer am Steuer geworden, und so hatte sie den Weg trotz des dichten Verkehrs in einer guten halben Stunde geschafft. Die Dämmerung war bereits angebrochen, als Jana in die Straße einbog, in der ihre Großmutter wohnte. Zu beiden Seiten wurde die Straße von Ein- und Zweifamilienhäusern gesäumt.

Nun stieg sie aus und ließ ihren Blick über die Fassade vor ihr schweifen: Sie liebte das große Landhaus, dessen rote Backsteinmauern im Erdgeschoss einen reizvollen Kontrast zu der beige verputzten Fassade im ersten Geschoss boten. Das Haus und das Grundstück waren für ihre Großmutter zwar deutlich zu groß, da es für sie aber niemals infrage gekommen war, in eine kleinere Immobilie zu ziehen, hatte sie eine Haushälterin und einen Gärtner eingestellt. Der Rasen war wie immer kurz gestutzt, und die ausladenden Hortensienbüsche trieben bereits aus. Jana schloss die Augen und atmete tief ein. Sie war überzeugt, dass sie diesen Ort selbst mit verbundenen Augen am Geruch erkennen konnte. Normalerweise schlief sie während ihrer Besuche in Cippenham im Gästezimmer ihrer Großmutter, da sich für die Geburtstagsfeier aber nahezu die gesamte deutsche und englische Verwandtschaft angekündigt hatte, wollte Jana lieber auswärts wohnen.

Als sie ihre Augen öffnete, stand ihre Großmutter Lissy bereits in der Tür und strahlte. *»Honeybunch!«*, rief sie und fuchtelte zur Begrüßung mit ihrem Gehstock.

Jana lief auf Lissy zu und nahm sie vorsichtig in den Arm. »Nun drück schon fester!«, schimpfte ihre Großmutter mit ihrem britischen Akzent, und beide begannen zu lachen.

Lissy war eine der wenigen Frauen, zu denen Jana aufblickte. Sie war in einem Dorf in der Nähe von Kiel aufgewachsen: eine schlanke und attraktive junge Frau, die mit ihren ein Meter fünfundsiebzig für damalige Verhältnisse sehr großgewachsen war. Während des Zweiten Weltkriegs wurde sie Krankenschwester im Standortlazarett Hamburg-Wandsbek. Kurz vor Kriegsende begegnete ihr dort der verwundete Soldat Gustav Liebisch, und der Landwirtssohn aus Schneverdingen in der Lüneburger Heide eroberte ihr Herz im Sturm. Sie pflegte ihn gesund, und wenige Tage bevor er entlassen wurde, hielt er um ihre Hand an. Beide heirateten, und Lissy zog mit ihm nach Schneverdingen auf den Bauernhof, den er kurz nach dem Krieg von seinen Eltern übernahm. Nach einigen Jahren bekamen beide einen Sohn – Janas zukünftigen Vater –, den sie auf den Namen Edgar tauften. Ein Vierteljahrhundert später verstarb Lissys Mann unerwartet an einem Herzinfarkt; anschließend nahm Edgar auf dem landwirtschaftlichen Betrieb die Zügel in die Hand. Ein paar Jahre später verliebte Lissy sich während einer längeren Urlaubsreise in den englischen Arzt James Brandwood, und einige Zeit danach heiratete sie ihn. Seit über dreißig Jahren lebte Lissy nun bereits in Cippenham. Sie sprach zwar immer noch perfektes Deutsch, allerdings hatte sie mittlerweile einen starken britischen Akzent. Vor sechs Jahren war James Brandwood verstorben, dies hatte Lissy aber nicht dazu bewegen können, nach Deutschland zurückzukehren.

Nach einer Weile lösten sich die beiden Frauen aus ihrer Umarmung und betraten das Haus.

Jana folgte ihrer Großmutter in die Küche, wo es intensiv nach Rouladen und Rotkohl roch. »Du sollst doch nicht für mich kochen!«, protestierte Jana. »Wir hätten auch in deinem Golfclub zu Abend essen können!«

»Ach, *Honeybunch*«, entgegnete Lissy, während sie sich langsam auf einen der Küchenstühle setzte, »das können wir machen, wenn ich alt bin!«

Nachdem die beiden Frauen gegessen hatten, räumte Jana ab, kochte Tee und servierte ihn im Wohnzimmer. Währenddessen holte Lissy Fotoalben aus dem Schrank und legte sie auf den Wohnzimmertisch. Jana liebte es, wenn Lissy alte Bilder hervorholte und die Geschichten dazu erzählte.

Die ersten Aufnahmen, die sie sich anschauten, waren Kinderfotos von Jana. Sie war vielleicht vier oder fünf Jahre alt. Auf einem der Bilder stand sie im Kuhstall und streckte ihren linken Arm wie eine Trophäe in die Luft. Der Grund dafür war ein dicker Gipsverband: Sie hatte sich damals die Elle gebrochen.

»Oh«, sagte Jana und zeigte auf den verletzten Arm, »da bin ich vom Strohboden auf die Stallgasse gesprungen.«

Lissy nickte und schaute vom Album auf. »Du wolltest fliegen üben.«

»Ist wohl schiefgegangen.«

»Eindeutig. Aber so warst du früher schon – ständig auf der Suche nach neuen Herausforderungen. Du hast dir zwar ab und zu die Flügel gebrochen, aber du bist trotzdem weitergeflogen.«

»So kann man das auch ausdrücken«, meinte Jana nachdenklich und lehnte sich zurück. In diesem Moment musste sie an den bevorstehenden Termin beim BCFTR denken. »Ich habe mir die Flügel schon lange nicht mehr gebrochen«, murmelte sie und hoffte, dass dies auch in Zukunft so bleiben würde.

* * *

Buchholz in der Nordheide,
Wohnung von Jens Vorberg,
Montag, 16. April, 19:45 Uhr

Vorberg betrat seine Wohnung am Stadtrand von Buchholz. Sie befand sich im ersten Stockwerk eines Geschäftshauses. Im Erdgeschoss betrieb ein Lebensmittelhändler sein Geschäft, was er als äußerst praktisch empfand.

Nachdem Vorberg die Wohnungstür hinter sich geschlossen hatte, fiel sein Blick zuerst auf den zweckentfremdeten Wohnzimmertisch. Bereits Anfang März hatte er sich vorgenommen, sämtliche Trockenfliegen, die er während der Saison fürs Fischen benötigte, im Voraus zu binden. Seitdem hatte er sämtliche Utensilien dafür über die gesamte Tischfläche ausgebreitet. Leider war er bisher mit dem Binden der Trockenfliegen nicht ernsthaft vorangekommen.

Er ging ins Schlafzimmer und schmiss seine Lederjacke auf das große Doppelbett, das er mehrmals im Monat mit Frauen teilte, an deren Vornamen er sich nach dem Aufwachen meist nicht mehr erinnern konnte. Das Bett war so positioniert, dass er von hier aus einen hervorragenden Blick auf einen mächtigen Flachbildschirm hatte, der an der Wand gegenüber hing.

Anschließend ging er in die Küche und griff sich eine angebrochene Flasche Apfelschorle aus dem Kühlschrank. Er nahm einen Schluck und ging ins Wohnzimmer zu dem Tisch, auf dem die Utensilien fürs Binden der Trockenfliegen lagen. Dort stellte er die Flasche ab und setzte sich auf den Stuhl vor dem Bindestock.

Kaum hatte er mit dem Binden der Trockenfliegen angefangen, begann er zu gähnen und rieb sich die Augen.

Vorberg seufzte und nahm noch einen Schluck Apfelschorle. Seine Gedanken schweiften ab – zu dem aktuellen Fall, in dem sie noch nicht wirklich weitergekommen waren, und zu Jana. Er schloss die Augen und sah vor seinem inneren Auge, wie sie in ihrer engen Jeans und der weißen Bluse direkt vor ihm stand. Ihm war, als würde sie ihn unablässig ansehen. Jana verstand es, Männer mit einem Blick in ihren Bann zu ziehen. Er stellte sich ihr Lächeln vor und meinte einen Augenblick lang sogar ihr Parfüm zu riechen. Zu gerne hätte er seine Hände ausgestreckt und seine Fingerspitzen durch ihr feines rotes Haar gleiten lassen.

Vorberg öffnete die Augen, griff nach der Apfelschorle und nahm einen weiteren Schluck. »Ich fasse es nicht!«, murmelte er. Er hatte Jana nur zwei Tage lang nicht gesehen, doch es kam ihm vor wie eine Ewigkeit. Irritiert schüttelte er den Kopf über sich selbst. Auch wenn er es nicht wahrhaben wollte – er vermisste sie!

Vorberg verschränkte die Arme hinter dem Kopf, schloss

die Augen und stellte sich Jana vor, wie er sie in den letzten Tagen erlebt hatte. Er sah sie während der Vernehmung von Sarah Joost, als sie sie nach ihrer Schwangerschaft fragte. Er sah sie während der Besprechung der Mordkommission, als sie ihre Ermittlungsergebnisse vortrug. Er sah sie im Haus von Thomas Wilke, als sie ihm ihren Notizblock mit den rätselhaften Buchstabenkombinationen zeigte.

Vorberg riss die Augen auf: die Buchstabenkombinationen!

Sein Herzschlag beschleunigte sich, und sein Oberkörper schnellte nach vorne. Dabei stieß er mit dem linken Arm die Flasche Apfelschorle vom Tisch. »Scheiße!«

Vorberg sprang auf, holte seine Lederjacke, zog sie an und verließ seine Wohnung. Zum Dienstgebäude der Polizeiinspektion Nordheide brauchte er mit dem Fahrrad normalerweise fünfzehn Minuten, jetzt schaffte er den Weg in neun. Er betrat das Gebäude, grüßte die diensthabenden Beamten im Eingangsbereich und beeilte sich, den Bürokomplex des Fünften Fachkommissariats zu erreichen. Er atmete auf, als er trotz der späten Stunde im Büro von Roland Petersen und Anette Sjut noch einen Lichtschein sah.

»Ihr wart doch bei Thomas Wilke in Holm-Seppensen in der Tatortgruppe!«, platzte er in den Raum.

Petersen schaute verwundert von seinem Schreibtisch auf. »Ja, wie üblich. Warum?«

»Habt ihr die Schreibtischunterlage sichergestellt, auf die Wilke diese merkwürdigen Buchstabenkombinationen geschrieben hat?«

Petersen schüttelte den Kopf. »Ich weiß nicht, wovon du sprichst.«

»Jana hat mir in Holm-Seppensen zwei Buchstabenkombinationen gezeigt. Wilke hat sie auf seine Schreibtischunterlagen geschrieben. Wo ist die Schreibtischunterlage?«

»Moment.« Petersen stand auf und ging zu einem Aktenschrank, der hinter seinem Schreibtisch stand. Er suchte kurz, dann zog er einen Ordner aus dem Schrank. Vorne war ein Verzeichnis abgeheftet: Es enthielt sämtliche Gegenstände, die bei Thomas Wilke sichergestellt worden waren. Petersen überflog das Verzeichnis. »Da steht nichts von einer Schreibtischunterlage mit Buchstabenkombinationen.«

Vorberg hatte Mühe, sich zu beherrschen. »Und ihr nennt euch Profis!«, blaffte er. »Warum habt ihr die Schreibtischunterlage nicht sichergestellt?«

Petersen war in der Polizeiinspektion als äußerst gewissenhaft und ruhig bekannt. Doch diese Bemerkung ließ ihn aus der Haut fahren: »Frag doch das rothaarige Ding, das seit einigen Wochen durch deine Abteilung stöckelt! Sie hat das Arbeitszimmer durchsucht! Sie hat kein Wort gesagt, dass wir diese dämliche Unterlage sicherstellen sollen!«

»Rede nicht so über Jana!«

»Dann such du dir gefälligst den passenden Ansprechpartner, wenn du deine schlechte Laune an jemandem auslassen willst! Außerdem hättest du selbst die Unterlage sicherstellen können! Schließlich wusstest du im Gegensatz zu uns von dem Gekritzel!«

Vorberg kochte vor Wut. Petersen blätterte eine Klarsichtfolie auf. Umständlich nestelte er nach dem Schlüssel, der unten in der Prospekthülle lag. Als er ihn endlich in der Hand hielt, übergab er ihn Vorberg mit den Worten: »Die Schreibtischunterlage musst du dir selbst holen. Und vergiss nicht, die Tür nachher wieder zu versiegeln!«

Vorberg verließ das Dienstgebäude und ging hinüber zum Parkplatz, wo der Dienstwagen stand. Knapp zwanzig Minuten später stand er vor Thomas Wilkes Schreibtisch.

Kapitel 19

SMS an Sarah Joost,
Dienstag, 17. April, 07:45 Uhr

Hallo Sarah,

nach der Geschichte mit Andreas sollten wir uns eine Weile nicht treffen. In den nächsten Tagen habe ich sowieso keine Zeit, und danach bin ich leider wieder länger unterwegs.

Gruß Julius

* * *

London,
Industriegebiet Park Royal,
Dienstag, 17. April, 08:45 Uhr

Jana hatte überraschend gut geschlafen. Von ihrem Handy, auf das sie kurz vor ihrem Abflug mehrere Songs von AC/DC geladen hatte, war sie rechtzeitig mit *Highway to Hell* geweckt worden. Nach einer ausgiebigen Dusche hatte sie sich auf die achtzehn Kilometer lange Fahrt in das Industriegebiet *Park Royal* gemacht. Während der Fahrt waren die Abkürzungen BCFTR und AJ, die Thomas Wilke kurz vor seinem Tod notiert hatte, ständig durch ihren Kopf gekreist.

Als sie das Industriegebiet erreicht hatte, meldete ihr Handy sich vom Beifahrersitz aus. Sie griff sich das Telefon und schaute auf das Display: *Jens Vorberg Handy* las sie und warf das Telefon zurück auf den Sitz.

Beinahe übersah sie dabei, dass der Lastwagen, der seit längerer Zeit vor ihr gefahren war, seine Warnblinkanlage eingeschaltet hatte und plötzlich anhielt. Seine Rückfahrscheinwerfer leuchteten bereits auf, als sie ihren Ford Focus im letzten Moment ebenfalls zum Stehen brachte. Mit einem raschen Blick streifte sie das Navigationsgerät, das sie an der Windschutzscheibe angebracht hatte. Als Ankunftszeit zeigte es 08:53 Uhr an – noch war sie also in der Zeit. Während der Lastwagen sich direkt vor ihrer Motorhaube im Schneckentempo rückwärts in eine Hofeinfahrt zwängte, klopften Janas Finger nervös auf das Lenkrad. Eine halbe Ewigkeit schien zu vergehen, bis der Lastwagen die Straße endlich wieder freigab. Als Jana ihre Zieladresse erreichte, war es 08:55 Uhr.

Auf dem Gelände stand ein riesiges Gebäude aus hellbeigem Wellblech, das sich entlang der Straße über eine Länge von etwa hundertfünfzig Metern erstreckte. Die Breite des Gebäudes schätzte Jana auf siebzig Meter. Der Höhe nach zu urteilen, umfasste das Gebäude mindestens zwei Etagen. Das gesamte Grundstück war von einem rund zwei Meter fünfzig hohen Zaun aus dicken Eisenstreben umgeben. In den äußeren Ecken des Grundstücks waren Videokameras angebracht. Der Parkplatz, auf dem Jana ihren Wagen abstellte, lag an einer der Querseiten des Gebäudes. Die Zufahrt zu dem Parkplatz wurde durch zwei eiserne Tore begrenzt.

Der Eingangsbereich des Gebäudes war freundlich gestaltet. Eine mächtige Glasfront erstreckte sich vom Boden des Gebäudes bis nahezu unter den Giebel. Dunkelblaue Kunststoffrahmen unterbrachen die Glasfront in regelmäßigen Abständen, und neben der Eingangstür war ein kleines vergoldetes Schild mit der Aufschrift *BRITISH CENTER FOR TECHNOLOGICAL RESEARCH* angebracht.

Jana ging von der Eingangstür aus direkt auf den Empfang

zu, wo eine Dame mittleren Alters sie mit einem freundlichen Lächeln begrüßte. Sie erhob sich, trat hinter dem Tresen hervor und schritt mit einem verbindlichen, aber freundlichen Gesichtsausdruck auf Jana zu.

»Mein Name ist Marla Weston. Sie müssen Frau Liebisch sein?«

Jana nickte.

»Doktor Harrison erwartet Sie bereits. Wenn Sie mir bitte folgen würden.«

Jana stieg hinter Marla über eine Wendeltreppe in das erste Stockwerk. Oben auf der Galerie war ein großzügig gestalteter Aufenthaltsbereich mit schweren Ledermöbeln arrangiert. Direkt dahinter befanden sich Büroräume.

Marla klopfte kurz an eine der Türen. Nachdem sie eine knappe Antwort erhalten hatte, öffnete sie die Tür und blickte in den Raum. »Doktor Harrison, Frau Liebisch ist da.«

»Vielen Dank!«

Jana trat ein und erblickte einen weißhaarigen, schlanken Mittfünfziger mit leuchtenden Augen.

Mark Harrison erhob sich von seinem Bürosessel und begrüßte Jana mit festem Händedruck. Mit einer einladenden Handbewegung bot er ihr einen Platz an. »Darf ich Ihnen einen Kaffee anbieten?«

Sie nickte.

Harrison setzte sich wieder hinter seinen Schreibtisch, bestellte per Telefon zwei Tassen Kaffee und stützte die Unterarme auf den Tisch. Dann beugte er sich ein wenig zu Jana vor. »Was kann ich für Sie tun, Frau Liebisch?«

Sie seufzte. »Wenn ich ehrlich bin, kann ich das im Moment noch nicht ganz genau formulieren. Ich möchte mich zunächst gern allgemein über Ihre Dienstleistungen informieren.«

Harrison lächelte verbindlich. Er hatte es mehrfach erlebt, dass Patienten zu ihm kamen, die nicht sicher waren, was sie wollten. Diese Menschen brauchten ein ruhiges, erklärendes Gespräch – und dann Zeit für eine Entscheidung. Er griff nach einem Faltblatt, das auf seinem Schreibtisch lag, und schob es zu ihr hinüber. »Den schnellsten Überblick über unser Angebot und unsere Leistungen erhalten Sie, wenn Sie unsere Informationsbroschüre lesen. Ich hole in der Zwischenzeit den Kaffee.« Damit stand er auf und verließ das Zimmer.

Jana nahm die Broschüre in die Hand, überflog die Kopfzeile und las den Begrüßungstext:

Sie wünschen sich nichts sehnlicher als ein eigenes Kind? Ihr Wunsch hat sich bisher nicht erfüllt? Dann sind Sie bei uns in den besten Händen!

Seit über 30 Jahren erforschen und entwickeln wir mit international renommierten Reproduktionsmedizinern neue Techniken, um Ihren Kinderwunsch zu erfüllen. In dieser Zeit haben wir auf diesem Gebiet große Fortschritte erzielt – zum Wohle unserer zahlreichen Patienten!

Wir versichern Ihnen, dass wir in einfühlsamen und vertrauensvollen Gesprächen gemeinsam mit Ihnen eine für Sie zufriedenstellende Lösung finden.

Eine Übersicht zu den Techniken, die wir anwenden, finden Sie auf der Rückseite dieses Informationsblattes. Sollten Sie weitergehende Fragen haben, stehen wir Ihnen jederzeit gerne zur Verfügung.

Ihr Team des British Center For Technological Research, *London.*

Jana blickte kurz vom Blatt auf und rieb sich die Stirn. Dann faltete sie das Informationsblatt auseinander und las weiter:

Liebe Patientin,

die einfachste Möglichkeit zur Erfüllung Ihres Kinderwunsches ist die Samenübertragung, die wir in der Fachsprache »Insemination« nennen. Das bedeutet, dass wir das Sperma Ihres Mannes aufbereiten und Ihrer Gebärmutter am Tag des Eisprungs mittels eines Katheters zuführen. Dort kommt es dann auf natürliche Weise zur Befruchtung einer Ihrer Eizellen.

Sollte die Qualität der Spermien Ihres Mannes eingeschränkt sein, besteht die Möglichkeit, die Spermien auch direkt in die Eileiter einzubringen. Dadurch verkürzt sich der Weg der Spermien zur Eizelle noch einmal, und die Erfolgsaussichten sind deutlich höher. Für den Fall, dass Ihr Mann nicht über befruchtungsfähige Spermien verfügt, halten wir eine attraktive Auswahl potenzieller Samenspender für Sie bereit.

»Interessant«, murmelte Jana.

Als weiteres Verfahren bieten wir Ihnen die »In-Vitro-Fertilisation« (IVF) an. Bei dieser Methode wird die Reifung Ihrer Eizellen zunächst mittels eines Hormonpräparates stimuliert, die gereiften Eizellen dann entnommen und im Labor mit den Samenzellen Ihres Mannes befruchtet. Die Befruchtung erfolgt in einem Glasbehältnis ohne künstliche Unterstützung. Sobald die Befruchtung abgeschlossen ist, pflanzen wir den Embryo in Ihre Gebärmutter ein.

Sollten Sie keine Hormonbehandlung wünschen, besteht die

Möglichkeit, eine »In-Vitro-Maturation« (IVM) durchzuführen. Der einzige Unterschied zur »In-Vitro-Fertilisation« ist der, dass Ihre Eizellen unreif entnommen werden und die Reifung in einer Petrischale erfolgt. Damit bleibt Ihnen eine belastende Hormonbehandlung erspart.

Eine weitere Alternative stellt die »Intra-Cytoplasmatische Sperma-Injektion« (ICSI) dar. Dabei werden die durch In-Vitro-Befruchtung gewonnenen Eizellen ebenfalls im Labor befruchtet, jedoch wird eine Samenzelle bei diesem Verfahren unter einem Mikroskop direkt in die Eizelle gespritzt.

Weiterhin ist es möglich, eine Schwangerschaft mittels einer Eizellspende zu erreichen. In diesem Fall wird die Eizelle einer Spenderin künstlich mit dem Samen Ihres Mannes befruchtet und in Ihre Gebärmutter übertragen.

Sollten in Ihrem speziellen Fall Hinweise auf ernsthafte medizinische Problemstellungen im Zusammenhang mit Ihrem Kinderwunsch vorliegen (z. B. in der Vergangenheit erlittene Fehlgeburten, Erbkrankheiten in der Familie, Kinderwunsch nach Geburt eines behinderten Kindes mit genetisch feststellbaren Veränderungen), bieten wir Ihnen selbstverständlich eine umfassende Präimplantationsdiagnostik (PID) an. Dadurch haben Sie die Sicherheit, dass nach einer künstlichen Befruchtung ausschließlich Embryos in Ihre Gebärmutter übertragen werden, die vorher auf häufig auftretende Chromosomendefekte oder Erbkrankheiten untersucht wurden (z. B. Down-Syndrom, Bluterkrankheit, Muskelschwund).

Wir arbeiten ständig daran, unsere Techniken und Verfahren für Sie weiterzuentwickeln! Haben Sie Fragen? Dann sprechen Sie uns bitte an!

Jana legte das Faltblatt beiseite, lehnte sich zurück und dachte nach. Warum könnte Thomas Wilke sich für künstliche Befruchtung interessiert haben?

Als Mark Harrison in sein Büro zurückkehrte und ein Tablett mit zwei Kaffeetassen vorsichtig auf den Schreibtisch stellte, fragte sie: »Kennen Sie Thomas Wilke?«

Doktor Harrison schaute sie verdutzt an. »Müsste ich das?«

* * *

Buchholz in der Nordheide,
Polizeiinspektion Nordheide,
Dienstag, 17. April, 08:45 Uhr

Degenhardt saß an seinem Schreibtisch und versuchte sich auf die Akten zu konzentrieren. Neben ihm lag eine Schachtel mit starken Schmerzmitteln, doch sie konnten die dumpfen Kopfschmerzen nicht lindern.

Plötzlich horchte er auf. Mit ungebremster Lautstärke hörte er die Stimme seines Kollegen Jens Vorberg über den Flur schallen: »Scheiße!«

Degenhardt drückte sich mit den Armen vorsichtig aus seinem Ledersessel und ging zur Tür. Es war zum Verzweifeln: Sobald er einen Schritt tat, dröhnte sein Kopf schier unerträglich. Wenn er dann auch noch eine unbedachte Bewegung mit seinem Oberkörper machte, malträtierten ihn die angebrochenen Rippen.

Er erreichte die Tür seines Büros, öffnete sie und rief mit gedämpfter Stimme nach seinem Kollegen: »Jens?«

Vorberg stutzte. »Was machst du denn hier? Ich wusste gar nicht, dass du schon wieder da bist. Ich dachte, dass du zur Beobachtung im Krankenhaus bleibst!«

»Hast du das wirklich von mir erwartet?«

Vorberg runzelte die Stirn, dann schüttelte er den Kopf. »Ehrlich gesagt – nein. Aber ich hatte gehofft, dass die Ärzte sich gegen deinen Dickkopf durchsetzen würden.«

»Was ist los?«

»Sarah Joost ist verschwunden.«

»Scheiße!«, fluchte nun auch Degenhardt, während er am Türrahmen Halt suchte. »Wie konnte das denn passieren?«

»Keine Ahnung. Ich habe gerade im Krankenhaus in Winsen angerufen, um mich nach ihr zu erkundigen. Laut der Stationsschwester ist Sarah Joosts Bett heute Morgen leer gewesen.«

»Scheiße!«, murmelte Degenhardt noch einmal und massierte seine Schläfen. »Und jetzt?«

Vorberg hob die Hand. An seinem Zeigefinger baumelte der Autoschlüssel. »Wir fahren jetzt nach Döhle zu ihr nach Hause. Wo sollte sie sonst sein?«

Die Autobahnen A1 und A7 in Richtung Döhle waren an diesem Morgen stark befahren. Während Vorberg den Wagen steuerte, kommentierte Degenhardt jedes abrupte Bremsmanöver und jede unsanfte Bewegung des Autos mit einem leisen Stöhnen.

»Alles in Ordnung?«, fragte Vorberg besorgt, als der Verkehr lichter wurde und er sich nicht mehr ausschließlich auf die Autos vor ihnen konzentrieren musste.

»Geht schon«, erwiderte Degenhardt und starrte aus dem Fenster auf die vorbeieilende Landschaft.

»Ich war gestern Abend übrigens noch einmal in dem Haus von Thomas Wilke in Holm-Seppensen«, berichtete Vorberg, kurz bevor sie Döhle erreichten.

»Warum?«

»Weil ich mich daran erinnert habe, dass Wilke kurz vor seinem Tod zwei Buchstabenkombinationen auf seine Schreibtischunterlage geschrieben hat. BCFTR und AJ.«

Degenhardt sagte nichts dazu. Stattdessen blickte er unablässig aus dem Fenster. Schließlich murmelte er etwas Unverständliches vor sich hin.

»Was hast du gesagt?«, wollte Vorberg wissen.

»Manchmal frage ich mich echt, weshalb ich mir das alles antue!«

Als Vorberg den Wagen vor dem Haus der Joosts geparkt hatte und die beiden Kommissare aus dem Wagen gestiegen waren, brauchten sie nicht lange, um festzustellen, dass Sarah Joost nicht zu Hause war.

»Weißt du, wo ihre Freundin wohnt?«, fragte Degenhardt.

»Ja, klar«, antwortete Vorberg. Danach vergingen nur wenige Minuten, bis die beiden Kommissare vor ihrer Haustür standen.

»Sie sehen ja furchtbar aus!«, sagte Sarah Joosts Freundin nach einer kurzen Begrüßung. Die mit mehreren Stichen genähte Platzwunde über Degenhardts rechter Augenbraue hatte fast die Länge eines Fingers, und die Haut an dieser Stelle war stark angeschwollen.

»Vielen Dank für Ihr Mitleid«, erwiderte er, »aber deswegen sind wir nicht hier. Frau Joost ist heute Morgen aus dem Krankenhaus verschwunden. Ist sie bei Ihnen?«

»Nein«, antwortete sie überrascht. Ihre Betroffenheit wirkte echt. Degenhardt und Vorberg hatten keine Zweifel, dass Sarah Joosts Freundin die Wahrheit sagte.

»Haben Sie eine Ahnung, wo sie sein könnte?«, fragte Vorberg.

Sie antwortete nicht.

Vorberg wiederholte die Frage, dieses Mal in deutlich schärferem Tonfall: »Wissen Sie, wo Ihre Freundin sich derzeit aufhält?«

Sie kämpfte mit sich.

Vorberg gab nicht auf: »Wir müssen davon ausgehen, dass sich Sarah Joost in akuter Lebensgefahr befindet. Wir müssen wissen, wo sie sich aufhält! Verstehen Sie mich?«

Endlich siegte die Sorge der Frau um das Wohlergehen ihrer Freundin. »Sie sollten nach Neu Wulmstorf fahren.«

Vorberg stutzte. »Neu Wulmstorf? Und was sollen wir da?«

»Einen Moment, bitte«, erwiderte sie und verschwand im Haus. Sie kehrte mit ihrer Handtasche zurück und begann zu suchen. Nach wenigen Augenblicken reichte sie Vorberg eine Visitenkarte von Sarah Joost. Auf der Rückseite hatte jemand mit schwungvoller Handschrift den Namen Julius, eine Telefonnummer und eine Adresse notiert »Die hat Sarah mir vor einigen Wochen in die Hand gedrückt. Für den Fall, dass ich sie sonst nirgendwo erreichen kann.«

Vorberg überflog die Visitenkarte. »Wer ist Julius?«

Sarah Joosts Freundin zuckte mit den Achseln. »Ein guter Freund, nehme ich an.«

Kapitel 20

Formulierungsversuche von Sarah Joost,
Dienstag, 17. April

Lieber Julius,

wenn Du diesen Brief in Deinen Händen hältst, werde ich nicht mehr auf dieser Welt sein. Du wirst Dich fragen: Warum?
Ich kann Dir …

* * *

London,
Industriegebiet Park Royal,
Dienstag, 17. April, 10:15 Uhr

Harrison war es gewohnt, mit Menschen umzugehen, die sich emotional nicht im Gleichgewicht befanden. Zumeist saßen ihm Paare gegenüber, die alle ein ähnliches Schicksal hatten: Seit Jahren versuchten sie verzweifelt, Kinder zu zeugen, doch alle Bemühungen waren bisher erfolglos geblieben. Ein großer Teil der Paare, die seinen Rat suchten, hatten in ihren Heimatländern alle Möglichkeiten der künstlichen Befruchtung ausgeschöpft und waren nach London gekommen, um die Möglichkeiten zu nutzen, die das *British Center For Technological Research* ihnen zusätzlich bot. Es war nicht ungewöhnlich, dass deutsche Paare ihn aufsuchten, denn der deutsche Gesetzgeber verbot beispielsweise Eizellspenden und regulierte die Präimplantationsdiagnostik wesentlich strikter als die britische Legislative.

Harrison war aus persönlichen Gründen ein leidenschaftlicher Verfechter der Präimplantationsdiagnostik: In der Familie seiner Frau Martha wurde seit vielen Generationen der Gendefekt vererbt, der für die Bluterkrankheit verantwortlich war. Bei Martha selbst war dieser Defekt zwar nicht ausgeprägt, sie war aber Trägerin des fehlerhaften Gens und hatte es an den gemeinsamen Sohn Glenn vererbt.

Glenn war mittlerweile fünfundzwanzig Jahre alt und hatte gelernt, mit der Erkrankung umzugehen. Seit frühester Kindheit vermied er alle Sportarten und Tätigkeiten, die die Gefahr bargen, sich zu verletzen. Er hatte nie Fußball gespielt und kaum mit gleichaltrigen Freunden gerauft. Stattdessen verschlang er Literatur und entlockte dem Klavier wundervolle Melodien. Inzwischen stand er kurz vor dem Abschluss seines Musikstudiums. Wenn Glenn, der immer noch bei seinen Eltern wohnte, sich trotz seiner Vorsicht einmal verletzte, ließen sich seine Blutungen mit einer Injektion des fehlenden Gerinnungsfaktors rasch stoppen. Daher achtete er penibel darauf, sein Notfall-Set mit den entsprechenden Medikamenten stets in erreichbarer Nähe zu haben. Glenn hatte sein Leben im Griff – doch es fehlte die Unbeschwertheit, die man bei anderen jungen Leuten seines Alters fand.

Mark Harrison liebte seinen Sohn zwar von ganzem Herzen und wollte ihn auf gar keinen Fall missen. Doch zugleich dachte er, dass er und seine Frau Martha mithilfe einer sauberen Präimplantationsdiagnostik hätten vermeiden können, ein Kind in die Welt zu setzen, das an der Bluterkrankheit litt.

Genau das erklärte Harrison seinen Kunden, wenn er für diese Art der genetischen Selektion warb. Und falls jemand fragte, warum er die Präimplantationsdiagnostik bei seinem eigenen Sohn nicht genutzt hatte, lautete seine Antwort stets: Glenn wurde vor mehr als einem Vierteljahrhundert gezeugt – das *BCFTR* konnte die Präimplantationsdiagnostik jedoch erst seit etwa zwanzig Jahren nutzen.

Die Diskussionen, die Politiker, Mediziner und Kirchen im Zusammenhang mit der Reproduktionsmedizin und der Präimplantationsdiagnostik in regelmäßigen Abständen führten, verfolgte Harrison mit großer Aufmerksamkeit – und mit noch größerem Kopfschütteln. Die Argumente der Gegner waren ihm nur zu gut bekannt. So wiesen sie immer wieder darauf hin, dass die Präimplantationsdiagnostik dazu genutzt werden könnte, »Designerbabys« zu schaffen, die im Hinblick auf Geschlecht, Aussehen und Intelligenz den Wünschen der Eltern entsprachen. Auch wurde regelmäßig von sogenannten »Retterbabys« gesprochen, die nach ihrer genetischen Übereinstimmung mit einem kranken Geschwister ausgesucht werden könnten, um als zukünftiger Gewebe- oder Organspender geboren zu werden.

Harrison hielt dies nicht für ein Problem der Medizin, sondern für ein Problem der Politik. Es lag lediglich am Gesetzgeber, diese Möglichkeiten der Reproduktionsmedizin zu unterbinden. Als deutlich interessanter empfand er die Frage, nach welchen Maßstäben beurteilt werden sollte, ob man das Leben eines Menschen mit einer bestimmten Erkrankung als lebenswert erachtet oder nicht. Wo war die Grenze? Wann wollte man einen Embryo austragen, und wann wollte man ihn entsorgen?

Mark Harrison hütete sich davor, eine allgemeingültige Antwort zu formulieren. Diese Antwort mussten die Menschen geben, die sich sehnlichst ein Kind wünschten und durch die Präimplantationsdiagnostik mit möglichen Erkrankungen des Nachwuchses konfrontiert wurden. Dennoch war für ihn eines klar: Die Eltern, die an einer Erbkrankheit litten und fürchteten, diese Erkrankung an ihre Kinder weiterzugeben, standen unter einer enormen seelischen Belastung. Und wenn der Gesetzgeber es schon erlaubte, einen Fötus straffrei abzutreiben, bei dem während der Schwangerschaft eine Behinderung diagnostiziert wurde – warum sollte man dann solche Schwangerschaften nicht schon von vornherein durch eine Präimplantationsdiagnostik verhindern?

Besonders stark widersprach Harrison, wenn argumentiert wurde, die Präimplantationsdiagnostik könnte dazu führen, dass keine behinderten Menschen mehr geboren würden und ein neues gesellschaftliches Leitbild von Gesundheit, Leistungsfähigkeit und Fitness entstünde. Daraus sollte sich dann angeblich ein »Zwang zur Präimplantationsdiagnostik« ergeben. Und natürlich müssten sich behinderte Menschen dann irgendwann die Frage stellen lassen, warum sie überhaupt lebten. Gegen diese Argumentation sprachen schlicht und ergreifend die aktuellen Zahlen der britischen Behörde für menschliche Befruchtung und Embryologie: Auf vierzigtausend In-Vitro-Befruchtungen pro Jahr kamen gerade einmal zweihundert Fälle, in denen eine Präimplantationsdiagnostik durchgeführt wurde. Die Technik, mit der »Designerbabys« oder »Rettungsbabys« erschaffen werden konnten, wurde somit in der Praxis nur sehr selten angewandt.

Das Gespräch zwischen Harrison und Jana dauerte eine knappe halbe Stunde, dann war ihre Neugierde gestillt. Schließlich stand Jana auf und verabschiedete sich.

»Ich hoffe, dass wir noch einmal voneinander hören werden«, sagte er lächelnd.

»Ach ja, bevor ich es vergesse … Ich habe noch eine Frage.«

»Nur zu.«

»Kennen Sie die Abkürzung ›AJ‹?«

Harrison überlegte kurz, dann schüttelte er den Kopf. »Nein. Nie gehört.«

* * *

Nachdem Jana auf dem Fahrersitz ihres Mietwagens Platz genommen hatte, kramte sie im Handschuhfach nach der Schachtel Zigaretten, die sie dort hineingelegt hatte. Sie rauchte selten – nur auf Partys oder dann, wenn sie extrem unter Stress stand. Heute Morgen hatte sie im Hotel Zigaretten gekauft, und jetzt war ihr danach. Sie ließ das Fenster herunter, zündete sich eine Zigarette an und inhalierte den Rauch tief in ihre Lungen.

Kurz bevor die Glut den Filter der Zigarette erreichte, fuhr ein rotes Jaguar-Cabriolet auf den Parkplatz. Jana beobachtete, wie die Fahrertür sich öffnete und eine Frau aus dem Wagen stieg. Sie warf einen flüchtigen Blick auf den Pelzmantel, den die Frau trug, und schüttelte verständnislos den Kopf. Sie konnte nicht nachvollziehen, warum Menschen sich ausgerechnet mit dem Fell toter Tiere kleideten. Unwillkürlich geisterten Bilder von Nerzen durch ihren Kopf, die in abgeschiedenen Farmen auf engstem Raum, in Gitterkäfigen und unter unwürdigsten Verhältnissen gehalten wurden, um später als exklusives Kleidungsstück zu enden.

Sie sog einen letzten Schwall Rauch in ihre Lungen. Im nächsten Moment stürzte die Empfangsdame Marla Weston aus dem Haus und stellte sich der Frau aus dem Jaguar in den Weg. »Sie haben Hausverbot!«, erklärte sie. »Verlassen Sie sofort unser Gelände!«

Jana reckte den Kopf und verfolgte aufmerksam, was in der Nähe der Eingangstür passierte: Kaum standen die zwei Frauen sich gegenüber, schon machte die unerwünschte Besucherin einen kraftvollen Satz nach vorne und gab Marla Weston einen Stoß. Die schrie auf, strauchelte einige Schritte rückwärts und verlor das Gleichgewicht. Haltlos stürzte sie auf den Asphalt.

Jana sprang aus dem Wagen und eilte ihr zu Hilfe. Währenddessen verschwand die Frau im Pelz eilig in der Eingangstür.

* * *

Mark Harrison hatte von dem Zwischenfall vor dem Gebäude nichts mitbekommen. Er bereitete sich auf den nächsten Termin mit einem jungen Ehepaar vor, das seine Hilfe suchte. Konzentriert blätterte er in den Unterlagen, die seine Mitarbeiter vorbereitet hatten.

Plötzlich hörte er laute Schritte im Flur vor seinem Büro. Verwundert blickte er von seinem Schreibtisch auf und sah, wie die Tür aufgestoßen wurde. Eine ihm wohlbekannte Frau platzte in den Raum. Der Füllfederhalter glitt ihm aus der Hand.

»Du?«, murmelte er und starrte sie entgeistert an.

»Du kannst den Mund jetzt wieder schließen«, antwortete die Besucherin in einem scharfen Tonfall.

Er war zunächst sprachlos, was ihm bisher nicht häufig passiert war, und rang nach Fassung. »Du hast …«

»Hausverbot!«, ergänzte sie und lachte schallend auf. »Ich bin genauso schnell wieder weg, wie ich gekommen bin. Du brauchst mir nur die Unterlagen zu geben, die du mir versprochen hast.«

Er faltete seine Hände und bemühte sich, ihr mit der für ihn charakteristischen Souveränität zu antworten. »Ich habe dir nichts versprochen.«

Sie grinste kopfschüttelnd. »Die Unterlagen!«, wiederholte

sie; dieses Mal klang ihre Stimme so scharf wie die Klinge eines Schwertes.

Er schaute sie eine Weile an, dann wiederholte er: »Ich habe dir keine Unterlagen versprochen.«

Ihr wurde augenblicklich klar, dass sie mit der Taktik, ihn einzuschüchtern, keinen Erfolg haben würde. Sie musste es auf andere Art und Weise versuchen. Augenblicklich änderte sich ihre Körperhaltung. Ihre Stimme klang nun so, als wolle sie sein Verständnis wecken. »Mark, als wir beide über mein Ausscheiden aus der Firma geredet haben, habe ich dich auf die Unterlagen angesprochen. Du hast gesagt, wir können über alles reden!«

Mark Harrison gewann seine innere Ruhe allmählich wieder zurück. »Ja, genau das habe ich gesagt. Und anschließend habe ich dir alle Unterlagen zukommen lassen, die du brauchst.«

»Aber Mark«, entgegnete sie eindringlich, »du weißt doch, dass die wichtigsten Unterlagen fehlen!«

»Welche Unterlagen meinst du?« Er tat so, als würde er sie nicht verstehen.

»Die Unterlagen über mein Projekt natürlich!«

»Welches Projekt meinst du?«

»Welches Projekt?«, platzte es aus ihr heraus. »Willst du mich verarschen?«

Er lehnte sich weit nach vorn. »Ich weiß nicht, wovon du sprichst!«

* * *

Neu Wulmstorf,
Wohnhaus von Julius Krause,
Dienstag, 17. April, 10:15 Uhr

Sarah Joost saß im Wohnzimmer auf der breiten braunen Ledercouch, die sie so liebte. Über Wochen hatte sie damals in unzähligen Hamburger Möbelhäusern Probe gesessen, bevor sie sich für dieses Schmuckstück entschieden und Julius für sie tief in sein Portemonnaie gegriffen hatte. Ihm war die Suche nach einer Couch derart auf die Nerven gegangen, dass er am Ende jeden Preis bezahlt hätte, nur um die ganze Angelegenheit zu beenden.

Vor ihr auf dem Tisch stand ein großer Becher Kaffee; daneben lagen ihr Mobiltelefon, ein Kugelschreiber, ein Schreibblock und mindestens zehn zusammengeknüllte Blätter Papier mit unzureichenden Versuchen, ihre letzten Gedanken zu formulieren.

Sie schaute auf den Abschiedsbrief, den sie zuletzt geschrieben hatte: »Lieber Julius, wenn Du diesen Brief in Deinen Händen hältst, werde ich nicht mehr auf dieser Welt sein.«

Sie ergriff den Kaffeebecher, lehnte sich zurück und schaute nachdenklich hoch: auf die silberne Ringschraube, die sie vorhin in einen der Deckenbalken gedreht hatte. Dieses stabile Stück Metall sollte sie bei ihrem letzten Auftritt tragen. Im Baumarkt hatte sie den Verkäufer gefragt, wie viel Gewicht die Ringschraube tragen konnte. Er hatte mit einem Lachen geantwortet, dass der Ring selbst dann halten sollte, wenn sie sich daran hängen würde ... Sie hatte sein Lachen nicht erwidert.

Ihr gefielen die Worte »werde ich nicht mehr auf dieser Welt sein« überhaupt nicht. Sie hatte zuvor bereits verschiedene andere Formulierungen ausprobiert, aber irgendwie traf es das alles nicht ...

Lediglich drei der Sätze, die sie gerade aufs Papier gebracht hatte, fand sie passend, und sie las sie immer wieder: »Warum hält mich jetzt niemand fest? Jetzt, da ich am Abgrund stehe und der schwarze Engel seine Flügel über mir ausbreitet? Warum?«

Sie hatte das Gefühl, als würden diese Worte direkt aus ihrem Herzen kommen.

Sie lehnte sich nach vorne, nahm ihr Mobiltelefon und rief die letzte Kurznachricht von Julius auf, die er an sie zu senden gewagt hatte: »Hallo Sarah, nach der Geschichte mit Andreas sollten wir uns eine Weile nicht treffen. In den nächsten Tagen habe ich sowieso keine Zeit, und danach bin ich leider wieder länger unterwegs. Gruß Julius.«

Sie schüttelte den Kopf. Warum hatte er »Hallo Sarah« geschrieben – und nicht »Liebe Sarah« oder »Mein lieber Schatz«?

Warum wollte er sie jetzt nicht sehen? Gerade jetzt, wo sie ihn so dringend brauchte? Andreas stand ihnen nun doch nicht mehr im Weg!

Und warum wollte er nicht, dass jemand von ihrer Liebe erfuhr?

Warum schrieb er am Ende »Julius« und nicht »Dein Julius« oder »In Liebe – Julius«?

War er am Ende genau so wie alle anderen Männer auch? Hatte er sie nur benutzt, sich an ihr befriedigt, ohne etwas für sie zu empfinden? Wollte er sie jetzt loswerden? Sie aus seinem Leben verbannen? Schlicht und einfach entsorgen?

Sie legte ihr Mobiltelefon zurück auf den Tisch und griff nach ihrem Abschiedsbrief, um auch ihn zu zerknüllen. Sie musste bessere Worte finden. Worte, die dafür sorgten, dass Julius nach ihrem Tod nicht mehr zur Ruhe kam.

Plötzlich ertönte ein Klingeln an der Haustür.

Dabei war sie sich absolut sicher gewesen, dass niemand sie hier stören würde. Sie brauchte einige Momente, um sich von dem ersten Schreck zu erholen. Hastig sprang sie auf und hetzte aus dem Wohnzimmer zur Haustür.

Dann das zweite Klingeln. Hatte Julius seinen Haustürschlüssel vergessen? Doch dann würde er nicht klingeln, sondern den Ersatzschlüssel aus dem Versteck im Gartenhaus holen! Außerdem war sie sicher, dass Julius im Büro war.

Das dritte Klingeln. Anschließend war zu hören, wie jemand ungeduldig an die Haustür klopfte.

Sie blickte vorsichtig durch den Türspion.

Der Anblick der beiden Personen vor der Tür traf sie wie ein elektrischer Schlag. Ihr Magen drehte sich, und sie stöhnte leise auf. Dann besann sie sich darauf, dass die massive Tür einbruchssicher war und sie einstweilen vor Degenhardt und Vorberg schützen würde.

Wieder klingelte es, und einer der Männer schlug mit der Faust an die Tür. »Hallo? Ist jemand zu Hause?«

Auf Zehenspitzen hastete Sarah Joost nach oben in das erste Stockwerk. Wenn die beiden nach hinten in den Garten gingen und durch die Fenster hineinschauten, durften sie sie nicht sehen. Sie würde sich auf keinen Fall von ihrem Vorhaben abhalten lassen!

Auf der Hälfte des Weges fiel ihr ein, dass die Sachen auf dem Wohnzimmertisch sie verraten könnten. Sie machte kehrt und hetzte in das Wohnzimmer zurück.

Dort stopfte sie das Mobiltelefon hektisch in ihre Hosentasche, schmiss die zerknüllten Papierseiten, den Kugelschreiber und den Schreibblock in die Ecke der Couch und verbarg alles hastig unter der Angora-Wolldecke. Dann schnappte sie sich die Kaffeetasse und rannte zurück in das erste Stockwerk. Ihren letzten Abschiedsbrief ließ sie auf dem Tisch liegen.

Von oben beobachtete Sarah, dass genau das passierte, was sie befürchtet hatte: Degenhardt und Vorberg gingen ums Haus und schauten in sämtliche Fenster. Dabei ließen sie sich Zeit. Erst nach bangen Minuten sah sie erleichtert, dass die Polizisten zu ihrem Dienstwagen zurückkehrten.

Sarah Joost wollte gerade durchatmen, als eine ältere Dame aus der Nachbarschaft auf die Polizisten zueilte und aufgeregt mit den Armen fuchtelte, noch bevor sie den Mund öffnete. Sie kannte diese Nachbarin nur entfernt, und sie verachtete diesen Frauentyp zutiefst: liebende Hausfrau und Mutter, glücklich und zufrieden unter der Knechtschaft ihres Mannes. Samstags nach der Sportschau die Beine breitmachen und keine anderen Themen als Kochrezepte, die Erfolge des Sohnemanns und der neueste Klatsch aus der Nachbarschaft. Warum war ausgerechnet diese Frau ihr über den Weg gelaufen, als das Taxi sie heute Morgen hier abgesetzt hatte?

Hilflos musste Sarah mit ansehen, wie die Frau auf die Polizisten einredete und dabei wiederholt in ihre Richtung zeigte. Unwillkürlich trat sie einen Schritt zur Seite, um nicht entdeckt zu werden. Sie sah, wie Degenhardt telefonierte, während Vorberg noch mit der Frau sprach und sich offensichtlich bei ihr bedankte. Dann kamen die beiden Polizisten mit eiligen Schritten zum Haus zurück.

Sarah schloss verzweifelt die Augen. Ihr Herz raste. Sie verharrte einige Momente regungslos, bis sie hörte, wie es erneut an der Tür klingelte.

»Frau Joost, machen Sie die Tür auf! Wir wissen, dass Sie da sind!«

Sie schüttelte den Kopf einige Male, dann waren ihre Sinne so klar wie selten zuvor. Sie hatte Zeit – genug Zeit.

Julius war ein Sicherheitsfanatiker. Er hatte sein Haus wie eine Festung gegen Einbrüche gesichert. Das würde nicht nur potenzielle Einbrecher daran hindern, ins Haus einzudringen, sondern auch aufdringliche Polizeibeamte. Die Haustür war mit Sicherheitsschließzylinder, massivem Schutzbeschlag und zusätzlichen Schwenkriegeln nahezu unüberwindbar. Alle Fenster des Hauses hatten spezielle Sicherheitsbeschläge, Zusatzschlösser und einbruchhemmende Scheiben aus Sicherheitsglas, die selbst einer schweren Axt standhalten konnten.

Langsam schritt Sarah Joost die Treppe hinunter. Das Klingeln der Türglocke, das Klopfen und Schlagen gegen die Tür und die Rufe der Polizisten hörte sie nur noch wie ein dumpfes Hallen in weiter Ferne. Sie hatte das Gefühl, sich durch einen dichten Nebel zu bewegen, der sie vor den Beamten schützte.

Zielstrebig ging sie in die Küche und ergriff einen geflochtenen Sisal-Strick, in den sie bereits heute früh eine freilaufende Schlinge geknotet hatte. Dann kehrte sie ins Wohnzimmer zurück und stellte sich innerlich auf ihren letzten großen Auftritt ein.

Sie zuckte zusammen, als jemand heftig mit der Faust an eines der Wohnzimmerfenster schlug. Unwillkürlich wandte sie sich um und erblickte Vorberg, der ganz nah an einem der Fenster stand. Er hatte die Hände um seine Augen gelegt, um besser in das Wohnzimmer hineinsehen zu können.

Mit einem Lächeln schaute Sarah in seine weit aufgerissenen Augen.

Als Vorberg begriff, was Sarah vorhatte, trommelte er mit beiden Fäusten wie wild gegen die Fensterscheibe.

Sarah blickte ihn noch einmal an. Er bewegte den Mund, so als würde er irgendetwas laut rufen – doch sie konnte seine Worte nicht verstehen.

Sarah Joost rückte einen der schweren Ledersessel, die

Julius passend zu der Ledercouch gekauft hatte, so lange hin und her, bis er sich unter dem Deckenbalken mit der eingedrehten Ringschraube befand. Sie stieg auf den Sessel, streckte sich und knotete das Seil an die dafür vorgesehene Öse. Die frei laufende Schlinge legte sie um ihren Hals und zog sie zu, bis sie den Knoten in ihrem Genick spürte.

Sarahs Blick ging noch einmal zum Wohnzimmerfenster. Draußen war kurz Ruhe gewesen, doch jetzt schlug Vorberg mit einem großen Stein wie rasend auf die Scheibe ein, während Degenhardt ihm mit einem Brecheisen zu Hilfe eilte, das er vermutlich aus dem Dienstwagen geholt hatte.

Sarah Joost lächelte die beiden Polizeibeamten noch einmal an, dann konzentrierte sie sich auf sich selbst. Ihre Gedanken waren so ungetrübt und rein wie selten zuvor.

Sie war ganz ruhig. Sie fühlte sich leicht und befreit. Sämtliche Last und alle quälenden Sorgen der vergangenen Jahre, die sie mit sich herumgeschleppt hatte, fielen von ihr ab. Sie schloss die Augen, atmete einige Male tief durch, dann ging sie leicht in die Hocke, holte gleichzeitig mit beiden Armen Schwung und sprang kraftvoll in die Höhe. In dem Moment, in dem sie herabstürzte, zog sie die Beine an, und ihr Hals fiel ungebremst in die Schlinge.

Degenhardt stockte der Atem, als er sah, wie Sarah Joost fiel. Er ließ das Brecheisen aus der Hand gleiten, zerrte sein Handy aus der Tasche und forderte über die Einsatzleitstelle Unterstützung an.

Vorberg warf den Stein zur Seite, griff sich das Brecheisen und schlug damit auf die Scheibe ein. Das Glas vibrierte bei jedem Schlag, aber gab nicht nach. Der Lärm hatte die Nachbarn alarmiert, die jetzt in den Garten hasteten, allen voran die ältere Frau, die ihnen den entscheidenden Hinweis gegeben hatte.

Vorbergs Blick streifte Sarah Joost. Sie riss den Mund panisch auf und versuchte reflexartig, Luft zu holen. Der Druck der Schlinge auf ihren Hals verschloss die Luftröhre jedoch vollständig. Wie rasend versuchte sie, ihre Fingerspitzen unter die Schlinge zu schieben, um den Druck vom Hals zu nehmen und wieder atmen zu können. Mehrfach schlug sie mit den Händen gegen das Seil – zunächst kraftvoll, dann immer schwächer. Schließlich verlangsamten sich ihre Bewegungen, und ihr Körper zuckte unkoordiniert. Nach etwa fünfzehn Sekunden erschlaffte ihre Muskulatur, ihr Gesichtsausdruck wurde seltsam starr, und sie verlor das Bewusstsein.

Vorberg schlug währenddessen wie besessen auf das Sicherheitsglas ein. Er konnte nicht sagen, wie viel Zeit vergangen war, als die Scheibe endlich riss und er durch ein kleines Loch hineingreifen konnte. Mühsam drehte er den Griff herum, der durch einen glücklichen Zufall nicht verschlossen war, und drückte das Fenster auf.

Vorberg kletterte in das Wohnzimmer, Degenhardt folgte ihm. Die Glasscherben knirschten unter den Schuhsohlen, als sie auf Sarah Joost zustürzten. Vorberg schloss seine Arme um ihre Beine und hob sie ein Stück an, sodass der Druck, den der Strick auf ihren Hals ausübte, nachließ.

»Los, schneid Sie ab!«, brüllte er Degenhardt an.

»Ich habe kein Messer dabei!«

»In der Küche!«

Degenhardt lief in die Küche, riss mehrere Schubladen auf, fand ein Brotmesser und eilte in das Wohnzimmer zurück. Er sprang auf den Ledersessel, von dem aus Sarah Joost in die Schlinge gesprungen war, und begann, am Strick zu schneiden. Immer wieder stöhnte er vor Schmerzen auf – er hatte das

Gefühl, als würde die Anstrengung ihm weitere Rippen brechen.

Als Degenhardt die Fasern endlich durchtrennt hatte, fiel Sarah Joost auf Vorbergs Schulter. Langsam ließ er den Körper der Frau auf den Boden gleiten.

Vorberg beugte sich mit einem Ohr über ihr Gesicht, um nach einem Atemgeräusch zu horchen. Gleichzeitig versuchte er zu beobachten, ob ihr Brustkorb sich hob und senkte. Doch er hörte nichts und sah nichts.

Sofort begann er mit Herzdruckmassagen und Atemspenden. Es dauerte nicht lange, bis Sarah Joosts Atem wieder einsetzte.

Als Vorberg sicher war, dass Sarah Joosts Kreislauf stabil war, wandte er sich Degenhardt zu. Dieser hatte offenbar starke Schmerzen, was bei den angebrochenen Rippen nicht erstaunlich war.

»Kann ich dir helfen?«, fragte Vorberg.

»Nein, nein.« Degenhardt schüttelte den Kopf. »Ich komme schon klar.«

»Wie du meinst.« Vorberg klang nicht wirklich überzeugt.

Kapitel 21

London,
Industriegebiet Park Royal,
Dienstag, 17. April, 10:50 Uhr

Jana half Marla Weston auf dem Parkplatz beim Aufstehen. Offensichtlich war sie verletzt. Sie hielt sich den rechten Ellenbogen und verzog das Gesicht vor Schmerz.

»Brauchen Sie einen Arzt?«, fragte Jana besorgt.

»Nein, danke. Geht schon«, stöhnte Marla. Nur wenige Augenblicke später hatte sie sich wieder unter Kontrolle und erklärte mit einem professionellen Lächeln: »Bei uns arbeiten schließlich genug Ärzte.«

Jana schaute zur Eingangstür und schüttelte den Kopf. »Soll ich die Polizei rufen?«

»Nein, nein, Doktor Harrison wird alleine mit ihr fertig.«

Jana hob die Augenbrauen. »Sie kennen die Frau?«

»Und ob ich sie kenne! Sie hat früher bei uns gearbeitet.«

»Und jetzt nicht mehr?«

»Sie hat mittlerweile Hausverbot. Reicht Ihnen das als Erklärung?«

»Dann muss es ja wirklich erhebliche Differenzen zwischen ihr und Doktor Harrison geben.«

Marla zuckte mit den Schultern. »Wie das Leben so spielt. Vielen Dank übrigens für Ihre Hilfe! Sollten Sie noch Fragen an uns haben, können Sie sich gerne wieder melden.«

»Ja, vielen Dank«, erwiderte Jana und ging zurück zu ihrem Wagen.

Als sie wieder hinter dem Lenkrad saß, zündete sie sich eine weitere Zigarette an und dachte über das Gespräch nach, das sie mit Doktor Harrison geführt hatte. Ihre Gedanken kreisten um die Frage, warum das Thema der künstlichen Befruchtung für Thomas Wilke kurz vor seinem Tod von Interesse gewesen sein könnte. Und warum ausgerechnet das *British Center For Technological Research* in London?

Während Jana grübelte, streifte ihr Blick das Cabriolet. Plötzlich kam ihr ein Gedanke: Vielleicht würde die Frau in dem Pelzmantel ein paar offene Fragen klären können! Als ehemalige Mitarbeiterin von Harrison kannte sie sicherlich viele Interna, und da die beiden sich offenkundig im Streit getrennt hatten, war diese Frau möglicherweise bereit, einiges auszuplaudern. Eines war aber klar: Jana konnte nicht direkt zu ihr gehen und sie fragen, sondern musste geschickter vorgehen!

Sie hatte die Zigarette noch nicht zu Ende geraucht, als die Frau im Nerzmantel eilig aus dem Gebäude kam, sich in ihren Wagen setzte und vom Hof fuhr. Jana zögerte nicht, startete ihren Wagen und folgte. Je weiter sie in Richtung Innenstadt kamen, desto dichter wurde der Verkehr. Hin und wieder ließ sich Jana ein Stück weit zurückfallen, und andere Autos scherten zwischen ihr und dem Jaguar ein. Nach kurzer Zeit schloss sie wieder zu dem Sportwagen auf, und sie achtete ständig darauf, ihn nicht aus den Augen zu verlieren. Dennoch verlor sie den Anschluss zweimal. Jedes Mal fluchte sie laut, gab Vollgas und atmete erleichtert auf, wenn sie das Cabriolet wieder erblickte.

Mitten in Londons Innenstadt schien die Fahrt ein Ende zu finden: Plötzlich sah Jana, wie der rote Jaguar langsamer wurde, anhielt und in eine Parklücke zurücksetzte. Jana reagierte prompt und lenkte ihren Wagen rund fünfzig Meter hinter dem Cabriolet an den Straßenrand. Allerdings stand sie außerhalb der gekennzeichneten Parkflächen. Das Heck ihres Wagens ragte gefährlich weit in eine Straßenkreuzung hinein. Ein Autofahrer, der abbiegen wollte, hupte laut vernehmlich, weil er sich weit in die Straße vortasten musste, um den dort fließenden Verkehr erkennen zu können.

»Ich fahre ja gleich weg«, murmelte Jana, obwohl sie wusste, dass dies vermutlich nicht stimmte. Wenn die Frau im Nerzmantel irgendwo hinging, musste Jana schleunigst aussteigen und ihr folgen. Dann sah sie etwas, womit sie nicht gerechnet hatte: Die Unbekannte verriegelte ihren Wagen und kam direkt auf sie zu.

Rasch senkte Jana den Kopf, griff nach ihrem Handy und tat so, als würde sie etwas überprüfen. In Wirklichkeit ließ sie die Frau im Nerzmantel, die immer näher kam, nicht aus den Augen. In dem Moment, als die Unbekannte direkt neben ihrem Wagen vorbeiging, trafen sich ihre Blicke.

Jana staunte: diese Augen! Sie überlegte kurz, woran die Augenfarbe sie erinnerte. Sie schob den Ärmel ihres Pullovers ein wenig hoch und blickte auf die Armspange, die sie vor Jahren während einer USA-Reise in einem Reservat der Navajo-Indianer gekauft hatte. Das Schmuckstück bestand aus antikem Silber, in das Mineralien eingearbeitet waren. Sie schimmerten türkis-blau. Und dann fiel es Jana ein: Die Augen von Anna und die Augen der Frau im Pelzmantel hatten die gleiche ungewöhnliche Farbe.

Im Rückspiegel beobachtete Jana, wie die Unbekannte hinter ihr die Straße überquerte und dann weiterging. Jana stieg aus dem Wagen und folgte ihr in einigem Abstand. Der Weg war nicht weit: Nach etwa hundert Metern trat die Frau durch eine Pforte, öffnete eine Haustür und verschwand.

Jana ging ein Stück weiter und kehrte auf Höhe eines Restaurants um. Dann huschte sie ebenfalls durch die Pforte und schaute neben der Tür auf die Namensschilder an den Klingelknöpfen. Auf dem dritten Schild von oben stand *A. Jäger*.

»A und J«, murmelte Jana.

* * *

Während der Fahrt nach Hause war Alexa Jäger außer sich vor Wut gewesen: Fünfundzwanzig Jahre lang hatte sie an der Seite von Mark Harrison gearbeitet und ihr ganzes Leben der beruflichen Tätigkeit untergeordnet; und nun war er so unverfroren, sie derart respektlos zu behandeln.

Alexa stammte aus Deutschland. Sie war in Hamburg aufgewachsen und hatte dort nach dem Abitur Medizin studiert. Ihr Doktorvater hatte vor mehr als einem Vierteljahrhundert den Kontakt zum *British Center for Technological Research* hergestellt, einer kleinen Firma, in der ehrgeizige Wissenschaftler auf dem Gebiet der damals noch jungen Reproduktionsmedizin forschten. Ursprünglich hatte Alexa Jäger geplant, ihre Doktorarbeit in London fertigzustellen und dann nach Hamburg zurückzukehren. Kurz vor Abschluss ihrer Promotion hatte der damalige medizinische Direktor des BCFTR ihr die Mitarbeit in einem Forschungsprojekt angeboten. Diese Aufgabe hatte eine nahezu magische Faszination auf sie ausgeübt – und an dieser Einstellung hatte sich bis heute nichts geändert.

Mark Harrison zählte damals bereits zu ihren Kollegen und arbeitete viele Jahre lang in ihrer Projektgruppe mit. Doch während Alexa sich ganz auf die Forschung konzentriert und sie mit ihrem unbändigen Willen vorangetrieben hatte, war Harrison mehr auf seine Karriere bedacht gewesen. Letztendlich hatte er es geschafft, zum Medizinischen Direktor aufzusteigen, der bei der Organisation der Forschungsarbeit die

Fäden in der Hand hielt. Und natürlich galt sein Wort bei der Geschäftsleitung wesentlich mehr als das ihre.

Alexa gab hauptsächlich ihm die Schuld dafür, dass ihre Forschungsprojekte in den zurückliegenden fünfundzwanzig Jahren einige Male zum Erliegen gekommen waren, weil es, wie es hieß, finanzielle Engpässe gäbe. Wieder und wieder hatte sie darum kämpfen müssen, dass ihre Projekte trotz aller Probleme fortgesetzt wurden. Nicht nur dies verbuchte sie als ihren Erfolg. Bemerkenswert waren auch die Forschungsergebnisse, die sie in dieser Zeit erzielt hatte. In den letzten zehn Jahren war sie sogar Leiterin eines zentralen Projekts gewesen.

Dass sie nun aus dem BCFTR ausscheiden musste, lag keineswegs daran, dass sie das Interesse an ihrer Arbeit verloren oder man ihre Kompetenz infrage gestellt hatte. Vielmehr war es ihre Gesundheit, die sie zu diesem Schritt zwang. Vor vielen Jahren war sie an einer durch Streptokokken verursachten Mandelentzündung erkrankt. Eine genaue ärztliche Untersuchung hatte sie zunächst für überflüssig gehalten. Einen Spezialisten hatte sie erst dann aufgesucht, als die Symptome nicht abklingen wollten. Die Analyseergebnisse waren niederschmetternd gewesen: Die Streptokokken hatten sich im Verlauf der Erkrankung mit den von ihrem Körper gegen die Infektion gebildeten Antikörpern zu einem Immunkomplex verbunden und sich in ihren Nieren abgelagert. Dies hatte in der Folgezeit zu einer Reihe von Nierenentzündungen geführt. Die Funktion ihrer Nieren hatte sich über die Jahre stetig verschlechtert, und seit einigen Monaten war sie auf die Dialyse angewiesen. Dreimal pro Woche wurde ihr Blut nun in der Klinik während einer sechsstündigen Prozedur von schädlichen Stoffen gereinigt.

Es gab eine Lösung ihres Problems – und diese Lösung plante sie seit Wochen mit äußerster Sorgfalt. Leider brachte dies mit sich, dass eine Frau namens Alexa Jäger danach nicht mehr existieren würde – nicht mehr existieren durfte! Das beendete natürlich zwangsläufig auch ihre Karriere beim BCFTR, und sie hatte bereits vor einigen Wochen mit Mark Harrison über ihr Ausscheiden aus dem Unternehmen gesprochen. Im Rahmen dieses Gespräches hatte sie darauf hingewiesen, dass sie einige Unterlagen ihres Projektes gerne mitnehmen würde, weil sie sich auch privat sehr dafür interessierte. Mehrfach hatte sie versichert, dass sie keinerlei Absichten hegen würde, die für BCFTR nachteilig wären, wie beispielsweise einen Verkauf der Unterlagen an die Konkurrenz.

Mark Harrison hatte sie schwer enttäuscht. Bei dem Gespräch über ihr Ausscheiden hatte er zu ihr noch gesagt: »Wir können über alles reden!« In der Zeit danach war er ihr allerdings ständig ausgewichen. Und sobald sie ihn auf die Unterlagen angesprochen hatte, war seine Antwort stets gewesen: »Später, Alexa, später!« Schließlich hatte er ihr völlig unbedeutende Unterlagen von Projekten in die Hand gedrückt, deren Ergebnisse man inzwischen im Internet nachlesen konnte.

Sie stellte ihn daraufhin zur Rede – und er sorgte dafür, dass sie bis zu ihrem offiziellen Ausscheiden beurlaubt wurde. Außerdem erhielt sie Hausverbot. Heute Morgen war sie mit dem Ziel zum BCFTR gefahren, ein letztes Mal mit Harrison zu sprechen. Für sie hatte es nur zwei Alternativen gegeben: Entweder er würde einlenken und ihr die Unterlagen endlich aushändigen, oder er tat es nicht und sie würde ihn bestrafen müssen.

Er hatte nicht eingelenkt. Er war sogar noch viel weiter gegangen: Er hatte so getan, als hätte es ihr letztes, großes Projekt nie gegeben! Alles, was sie für das *BCFTR* getan und erreicht hatte, hatte Harrison praktisch geleugnet.

Das war in der Tat schlimm. Allerdings war es weniger

schlimm für Alexa, denn sie wusste, was sie geleistet hatte. Schlimm war es eher für Mark Harrison, denn er würde die Konsequenzen tragen müssen. Nun musste sie ihn bestrafen.

Während der Rückfahrt schäumte sie vor Wut. Das Einzige, was sie versöhnte, war die Gewissheit, dass der Name Alexa Jäger sich tief in Mark Harrisons Gehirn einbrennen würde. Kurz dachte sie an ihren Lieblingsroman. In Oscar Wildes »Das Bildnis des Dorian Gray« war es Blausäure gewesen, die das Problem »Sibyl Vane« gelöst hatte.

Alexa Jäger lächelte. Aber Blausäure war zu einfach. Mark Harrison sollte nicht umkommen, er sollte leiden!

Als sie den Jaguar vor ihrer Wohnung abstellte, entschied sie, im gegenübergelegenen Restaurant eine Kleinigkeit zu essen. Vorher würde sie nur kurz ihre Wohnung aufsuchen und sich frisch machen. Während sie den Bürgersteig entlangging, fiel ihr ein blauer Ford Focus auf, der direkt an einer Straßenecke im Halteverbot stand. Das Heck des Wagens ragte auffällig weit in den Kreuzungsbereich hinein. Hatte sie den Wagen nicht schon auf dem Parkplatz des BCFTR gesehen? Auch die rothaarige Frau, die in dem Auto saß, kam ihr bekannt vor! War ihr die Fahrerin etwa heimlich gefolgt?

Direkt hinter dem Ford blieb Alexa Jäger stehen, um einen Wagen passieren zu lassen. Sie nutzte die Gelegenheit, um wie zufällig zur Seite zu blicken. Dabei wendete sie den Kopf gerade so weit, dass sie das Nummernschild des Fords entziffern konnte. Sobald sie sich das Kennzeichen eingeprägt hatte, eilte sie zu dem Haus, in dem ihre Wohnung lag. Kaum hatte sie die Haustür aufgeschlossen, wurde ihr bewusst, dass sie vielleicht einen Fehler begangen hatte.

Was, wenn die Frau ihr folgte? Wenn sie ihr durch ihr Verhalten gerade ihre Adresse präsentiert hatte? Sie hätte direkt in das Restaurant gehen sollen – und nicht zuerst nach Hause.

Alexa Jäger stieg im Treppenhaus einige Stufen hinauf und presste ihren Körper an die Wand. Durch ein kleines Fenster konnte sie den Bereich vor der Haustür sowie einen Abschnitt des Bürgersteigs beobachten. Sie musste nicht lange warten, dann sah sie, wie die junge Frau aus dem Ford an ihrem Haus vorbeiging. Alexa atmete erleichtert auf. Vielleicht hatte sie sich ja getäuscht, und auf dem Parkplatz des BCFTR war ein anderer Wagen gewesen.

Vorsichtshalber blieb sie noch eine kleine Weile stehen. Sie wollte gerade die Treppe weiter hochsteigen, als sie die Frau erneut erblickte. Diese blieb vor ihrer Haustür stehen, überflog die Namen auf den Klingelschildern und verschwand dann wieder.

Alexa Jäger runzelte die Stirn. Sie hatte jetzt offenbar ein weiteres Problem, das schleunigst gelöst werden musste.

* * *

Buchholz in der Nordheide,
Polizeiinspektion Nordheide,
Dienstag, 17. April, 11:30 Uhr

»Das ist ja sehr interessant«, murmelte die Kommissarin Anette Sjut und wählte die Telefonnummer von Jens Vorberg. Da sie der Datenverarbeitungsgruppe des Fünften Fachkommissariats angehörte, hatte man ihr das Handy von Sarah Joost gegeben, um es zu überprüfen.

Während sie darauf wartete, dass Vorberg das Gespräch annahm, drehte sie ihren Ehering hin und her. Endlich meldete sich der Kollege.

»Vorberg?«

»Hallo, Jens, ich habe den SMS-Speicher von Sarah Joosts

Handy ausgelesen. Sie hat in den vergangenen Wochen sehr viele Nachrichten an einen Mann namens Julius Krause verschickt und ebenso viele Nachrichten von ihm bekommen. So wie ich die Nachrichten lese, haben oder hatten beide ein Verhältnis miteinander.«

»Sieh an – das rundet das Bild ab.«

»Ich habe eine weitere SMS gefunden, die ich sehr interessant finde!«

»Was steht drin?«

»Julius Krause hat an Sarah Joost geschrieben: ›Hallo Sarah, nach der Geschichte mit Andreas sollten wir uns eine Weile nicht treffen. In den nächsten Tagen habe ich sowieso keine Zeit, und danach bin ich leider wieder länger unterwegs. Gruß Julius.‹«

»Wie verstehst du das?«, fragte Vorberg.

»Es könnte darauf hindeuten, dass Sarah Joost und Julius Krause ihren Mann gemeinsam beseitigt haben. Er stand ihnen im Weg.«

»Und warum musste Thomas Wilke sterben?«

Anette schwieg – darauf wusste auch sie keine Antwort.

Kapitel 22

London,
Wohnung von Alexa Jäger,
Dienstag, 17. April, 16:00 Uhr

Seit rund vier Stunden saß Jana in ihrem Wagen und beobachtete den Hauseingang, in dem Alexa Jäger verschwunden war. Es war völlig verrückt, aber die auffällige Augenfarbe, die Alexa Jäger und Anna Joost miteinander verband, ging Jana nicht mehr aus dem Kopf. Ihr Instinkt sagte ihr, dass das etwas mit ihrem Fall zu Hause zu tun haben könnte. Schließlich hatte Thomas Wilke nicht nur das Kürzel BCFTR notiert, sondern auch AJ, die Abkürzung ihres Namens. Also wartete Jana, dass Alexa Jäger das Haus verließ und dann etwas tat, das bei den Ermittlungen weiterhalf.

Janas Blick glitt über die Vielzahl mehrgeschossiger Wohnhäuser, die sich entlang der Straße aneinanderreihten. Sie alle waren im viktorianischen Baustil errichtet worden, mit roten Backsteinen und Nachahmungen gotischer Formen.

Nach einer Weile schaute Jana auf die Uhr: Es war bereits Viertel nach vier. Sie seufzte resigniert – bislang hatte sie völlig umsonst hier gewartet. Und da sie heute wieder mit Lissy zum Abendessen verabredet war, wurde es Zeit, ins Hotel zu fahren und sich auf das Treffen vorzubereiten. Morgen früh würde sie hierher zurückkehren und noch einmal versuchen, mehr über die Zusammenhänge zwischen dem BCFTR, Anna Joost und Alexa Jäger herauszufinden.

* * *

Alexa atmete auf, als der blaue Ford Focus endlich verschwand. Sie ließ die Gardine aus der Hand gleiten und schaltete das Licht im Wohnzimmer ein. Dann griff sie nach dem Blatt Papier mit den Informationen, die William O'Connell für sie zusammengestellt hatte:

- Der blaue Ford Focus war auf eine Londoner Autovermietung zugelassen.
- Eine Frau namens Jana Liebisch hatte den Wagen gestern Nachmittag am Flughafen Heathrow gemietet. Danach hatte sie sich ein Hotelzimmer in der Nähe des Flughafens genommen.
- Jana Liebisch war deutsche Staatsbürgerin und befand sich in der Ausbildung bei der deutschen Polizei. Ihre Personenbeschreibung passte exakt auf die rothaarige junge Frau, die sie anscheinend ausspähte.

Alexa schüttelte den Kopf: Wie war es überhaupt zu dem Problem mit dieser Jana Liebisch gekommen? Sie war überzeugt, dass der blaue Ford schon auf dem Parkplatz gestanden hatte, als sie beim BCFTR angekommen war. Außer ihr hatte absolut niemand gewusst, dass sie Mark Harrison einen Besuch abstatten wollte. Somit musste es reiner Zufall gewesen sein, dass die rothaarige Deutsche auf sie aufmerksam geworden war und sie bis vor die Haustür verfolgt hatte. Wahrscheinlich hatte die kleine Schubserei auf dem Parkplatz die berufliche Neugierde von Jana Liebisch geweckt.

Wie ärgerlich – und das ausgerechnet jetzt, wo sie bald einen Schlussstrich unter ihr bisheriges Leben ziehen würde! Immerhin war ihre lästige Verfolgerin endlich wieder verschwunden. Vielleicht hatte sich das Problem damit erledigt!

Alexa Jäger erinnerte sich daran, wie sie sich letzte Woche von William O'Connell verabschiedet hatte. Es hatte ihr die Tränen in die Augen getrieben, denn sie war überzeugt gewesen, dass es ein Abschied für sehr lange Zeit sein würde – wenn nicht gar für immer. O'Connell hatte keine Miene verzogen, ihr die Hand gegeben, eine Verbeugung angedeutet und war gegangen. Sie hatte seine feuchten Augen nicht sehen sollen.

Auch O'Connell hatte viele Jahre für das BCFTR gearbeitet, allerdings nicht als Wissenschaftler, sondern als »Mädchen für alles«. Er war Handwerker, Gärtner, Chauffeur, Kurier und vieles andere mehr in einer Person gewesen. Alexa Jäger hatte seine Fähigkeiten im Laufe der Jahre schätzen gelernt und seine Dienste häufig für sich in Anspruch genommen. Nicht nur für berufliche Zwecke, sondern auch für private. Meistens waren die Aufträge, die er für sie erledigt hatte, legal gewesen.

Vor zwei Jahren hatte O'Connell seinen Job beim BCFTR verloren. »Wir müssen sparen« – das war die einzige Begründung gewesen, die er von der Geschäftsleitung erhalten hatte. Mit dem medizinischen Direktor Mark Harrison hatte er zwar nur selten zu tun gehabt, jedoch empfand er seit seinem Ausscheiden aus der Firma eine große Abneigung gegen alle Personen, die beim BCFTR eine leitende Position innehatten; und das schloss Mark Harrison mit ein.

Alexa Jäger hatte O'Connells Fähigkeiten auch nach seinem Ausscheiden aus dem BCFTR genutzt und ihn dafür stets großzügig entlohnt. Während Alexa ihr Verhältnis zu O'Connell rein sachlich sah, war ihr nicht verborgen geblieben, dass er sich offensichtlich zu ihr als Frau hingezogen fühlte.

William O'Connell hatte wohl nicht damit gerechnet, dass Alexa ihn nach so kurzer Zeit wieder anrufen und seine Dienste noch einmal in Anspruch nehmen würde. Auf eine merkwürdige Art schien er erleichtert und sogar glücklich gewesen zu sein, als er sie sagen hörte: »Ich brauche Ihre Hilfe noch einmal, William. Es ist dringend!«

* * *

Hanstedt,
Senioren-Residenz Waldesruh,
Dienstag, 17. April, 16:00 Uhr

Hauptkommissar Rolf Degenhardt war skeptisch gewesen, als seine Eltern ihm von ihrem Plan berichtet hatten, das Haus in Döhle zu verkaufen und ihren Lebensabend in Hanstedt zu verbringen. Nun konnte er jedoch sehen, dass sie hier förmlich auflebten – und damit war auch er zufrieden.

Beide genossen den Komfort, den die Senioren-Residenz bot. Auch schätzten sie das Gefühl, dass rund um die Uhr jemand da war, der sich um sie kümmerte.

Die Senioren-Residenz lag direkt am Waldrand. Werner und Hertha Degenhardt liebten es, die Tiere direkt vom Balkon aus zu beobachten. Gelegentlich besuchte sie sogar ein Eichhörnchen, das sie mit Nüssen angefüttert hatten.

Da sie ihre Führerscheine abgegeben hatten, fuhr Rolf Degenhardt sie regelmäßig zu Auswärtsterminen, und er erledigte die notwendigen Einkäufe. In den letzten Wochen war es zur Routine geworden, dass er seine Eltern dienstagnachmittags anrief, ihre Bestellungen notierte und ihnen anschließend die Einkäufe brachte. Heute war wieder Dienstag, und trotz seiner Verletzungen und der dringenden Ermittlungen hatte er diesen Termin nicht abgesagt.

Degenhardt trug in jeder Hand zwei Tragetaschen, die prall gefüllt waren. Mit dem Ellenbogen betätigte er die Klingel zur Wohnung seiner Eltern und wartete.

»Ja?«, schallte es energisch durch die geschlossene Tür.

»Ich bin's, Rolf.«

Seine Mutter öffnete die Tür und schlug bei seinem Anblick die Hände vors Gesicht. »Wie siehst du denn aus?«, murmelte sie betroffen.

»Ich bin gefallen«, erwiderte Degenhardt und ging an seiner Mutter vorbei in die Küche. Dort stellte er die Tüten ab und begann, die Einkäufe in die Schränke zu räumen.

»Ich kann Ulrike gut verstehen!« Sie schüttelte den Kopf. In Richtung Balkon rief sie: »Werner, komm bitte in die Küche und sieh dir an, wie Rolf aussieht!«

»Mama! Ich bin auf einer Treppe ausgerutscht. Dabei habe ich mir zwei Rippen angebrochen – das ist alles. Und bitte hör auf, immer wieder von Ulrike anzufangen.«

»Ich habe nur gesagt, dass ich Ulrike verstehen kann. Außerdem hast du dir nicht nur zwei Rippen angebrochen. Du hast dir die gesamte Stirn aufgeschlagen!«

»Das hätte mir auch zu Hause oder irgendwo privat passieren können!«

»Aha«, erwiderte sie in dem für sie typischen Tonfall. »Du hast dich also im Dienst verletzt.«

Degenhardt antwortete nicht, sondern verstaute die Milch, den Käse und den Wurstaufschnitt im Kühlschrank. Zum Schluss nahm er am Tisch Platz und verteilte den Kuchen, den er ebenfalls mitgebracht hatte, auf die drei bereitstehenden Teller.

Werner Degenhardt kam in die Küche, klopfte seinem Sohn auf die Schulter und setzte sich neben ihn. »Wie geht's?«, erkundigte er sich, nachdem er die Kopfverletzung betrachtet hatte.

»Wie soll's mir schon gehen? Nach einer Tasse Kaffee sicherlich noch besser.«

Hertha Degenhardt füllte die Tassen, dann setzte auch sie sich an den Tisch.

»Hat Mama es dir schon erzählt?«, fragte sein Vater.

»Was erzählt?«

»Ulrike hat uns am Wochenende besucht. Gut sieht sie aus. Die Kinder hatte sie auch dabei. In zwei Wochen wird Tobias konfirmiert. Ulrike holt uns am Sonntag ab, damit wir rechtzeitig in der Kirche sind.«

Rolf Degenhardt legte die Kuchengabel beiseite und schaute wortlos aus dem Fenster.

»Du kommst doch auch, oder?«

»Natürlich komme ich auch!«

Lange Zeit herrschte Stille, dann fragte sein Vater: »Und? Was gibt's Neues?«

»Ich habe Charlotte wiedergetroffen.«

»Welche Charlotte?«

»Ach, nichts«, meinte Rolf Degenhardt und schüttelte den Kopf, während seine Mutter aufstand und die Küche verließ.

Es dauerte nicht lange, bis sie zurückkehrte. Sie setzte sich wieder und drückte ihrem Mann die alte Schwarz-Weiß-Aufnahme in die Hand, die Rolf nur zu gut kannte: Charlotte und er standen im Garten, sie in ihrem hellen Kleidchen, er in seinem Fußballtrikot. Er war auf diesem Foto einen halben Kopf kleiner als sie und blickte fasziniert zu ihr auf.

Genervt verdrehte er die Augen.

»Ach, die«, sagte Werner Degenhardt verächtlich, »die habe ich damals schon nicht gemocht!«

Rolf Degenhardt kämpfte gegen den Ärger an, der sich in ihm ausbreitete. Er wollte etwas darauf erwidern und Charlotte verteidigen, als sein Telefon klingelte. Es war Vorberg.

»Hallo Jens, was gibt es?«

»Hallo Rolf, ich habe den Liebhaber von Sarah Joost erreicht. Julius Krause ist momentan in Süddeutschland unterwegs. Morgen um vierzehn Uhr kann er zur Vernehmung in Buchholz sein.«

»Geht es nicht früher?«

»Nein, nichts zu machen.«

»Danke für die Info.«

Degenhardt verstaute das Handy in seiner Hemdtasche und zuckte mit den Achseln. »Tut mir leid, ich muss wieder los. Hab viel zu tun.«

»Genau das ist der Grund, warum ich Ulrike verstehen kann«, seufzte Hertha Degenhardt.

»Mama, es reicht!«, protestierte er und verabschiedete sich wütend von seinen Eltern.

Als er in den Wagen steigen wollte, hörte er seine Mutter vom Balkon aus rufen: »Rolf?«

»Ja?«

»Ulrike hat übermorgen Geburtstag. Vergiss das nicht. Es wäre schön, wenn du dich bei ihr meldest!«

»Ich denke daran«, erwiderte er und stöhnte vor Schmerz, als er in den Fahrersitz glitt.

Kapitel 23

Buchholz in der Nordheide,
Wohnung von Hauptkommissar Rolf Degenhardt,
Dienstag, 17. April, 20:00 Uhr

Degenhardt fühlte sich miserabel. Sein Kopf dröhnte, und seine Muskeln schmerzten. Er schloss die Tür hinter sich, ging zum Kühlschrank, griff eine Bierflasche und ließ sich auf das Ledersofa fallen. Nachdem er den Fernseher eingeschaltet hatte, schluckte er eine Schmerztablette und leerte die Bierflasche …

Es war bereits spät geworden, als es an der Tür läutete. Degenhardt öffnete seine Augen widerwillig und lauschte in die Dunkelheit. Es klingelte noch einmal – und dann ein drittes Mal. Wie in Zeitlupe quälte er sich schließlich hoch und schlurfte zur Wohnungstür.

»Wie siehst du denn aus?«, rief Charlotte Joost entsetzt, die einen prall gefüllten Einkaufskorb in der Hand hielt. Sie hatte Spaghetti, Hackfleisch, Tomatenmark, verschiedene andere Lebensmittel und eine Flasche Champagner mitgebracht.

»Wieso?«, fragte er, blinzelte in das helle Neonlicht der Flurlampe und fuhr durch seine Haare. »Weißt du eigentlich, wie spät es ist?«

»Ich habe mir gedacht, du könntest ein wenig Gesellschaft brauchen – nach dem, was in den letzten Tagen los war. Und ich ehrlich gesagt auch.«

»Weißt du denn schon, was heute passiert ist?«

»Nein, weiß ich nicht. Ich bin auch nicht deswegen hier, sondern deinetwegen.«

»Aha«, murmelte er. »Möchtest du reinkommen?«

»Na endlich. Ich dachte schon, du willst mich ewig hier draußen stehen lassen.«

Als beide sich am Küchentisch gegenübersaßen, öffnete Charlotte die Champagner-Flasche und füllte die prickelnde Flüssigkeit in zwei Glaskelche, die sie aus ihrem Korb gezogen hatte.

Degenhardt runzelte die Stirn. »Du verträgst doch gar keinen Alkohol!«

»Ich weiß«, erwiderte sie, und ihre Mundwinkel zuckten kaum merkbar. »Ich habe in den letzten Jahren aber hart daran gearbeitet.«

»Na dann.« Er stieß sein Glas an ihres. »Auf uns!«

»Auf uns!«, wiederholte sie.

»Herrlich!«, kommentierte Degenhardt das Perlen in seiner Kehle. Er neigte seinen Oberkörper zur Seite und linste in den Einkaufskorb. »Was hast du denn noch alles dabei?«

»Was würdest du dir denn wünschen?«

»Spaghetti Bolognese. Natürlich nach deinem Spezialrezept.«

»Und was machst du in der Zwischenzeit?«

»Ich schaue dir zu!«

»Das kannst du nachher machen.« Sie lächelte. »Erst mal gehst du jetzt duschen.«

»Duschen?«, fragte er irritiert.

Sie zwinkerte ihm zu. »Ja, richtig. Duschen.«

Während sie kurze Zeit später in der Küche wirbelte, genoss er die heißen Wasserstrahlen. Er gab sich Mühe, die genähte Wunde auf seiner Stirn nicht aufweichen zu lassen, was ihm einigermaßen gelang. Wohlig schloss er die Augen und kostete das Gefühl aus, wie der Schweiß von seiner Haut gespült wurde und die Anspannung langsam verschwand.

Er stutzte, als die Deckenlampe plötzlich erlosch. Stattdessen sah er ein schwaches Leuchten, das das Bad in ein gedämpftes Licht tauchte. Er schob den Duschvorhang zur Seite. »Charlotte!«

»Schsch!«, hauchte sie und legte ihren Zeigefinger auf ihre vollen Lippen.

Auf der Fensterbank und auf dem Rand des Waschbeckens brannten Teelichter. Sie verströmten einen süßlichen Duft. Charlotte kam auf ihn zu, zog den Duschvorhang vollständig auf und reichte ihm die Hand. Ihr schelmisches Lächeln ließ sein Herz einen Freudentanz aufführen.

Da er nicht nur mit einem heftigen Kribbeln im Bauch reagierte, griff er rasch nach einem Handtuch und schlang es sich um die Hüften.

Charlotte trat hinter ihn und griff nach einem Fläschchen Baby-Öl, das sie zuvor auf der Seifenablage des Waschbeckens abgestellt hatte. Sie goss ein wenig von der Flüssigkeit in ihre Handflächen und begann, seine Schultern zu massieren.

Er seufzte wohlig, als er ihre Hände auf seiner Haut spürte. Zunächst rieb sie mit zartem Druck über Schultern und Rücken, dann glitten ihre Finger immer fordernder über seine Haut. Er stöhnte leise auf, und sie ließ ihre Hände tiefer gleiten. Als ihre Fingerspitzen den Rand des Handtuchs erreichten, hielt sie inne.

»Hat's dir gefallen?«, flüsterte sie.

»Hmh«, murmelte er – und fürchtete einen Moment lang, dass die Massage vorbei sei.

Federleicht setzte Charlotte ihre Zungenspitze auf die Haut zwischen seinen Schulterblättern und fuhr mit einem hauchzarten Druck über seine Haut.

Degenhardt stöhnte erregt. Schließlich ließ sie ihre Zunge über seinen Hals gleiten, dann umschlossen ihre Lippen sein Ohrläppchen, und sie begann, mit ihrer Zunge die empfindliche Haut zu umspielen.

»Wie ich das vermisst habe«, flüsterte er.

Charlottes Hände glitten in die Tiefe und streiften das Handtuch. Es fiel zu Boden, und sie schloss ihre Finger fest um seinen steifen Penis. Dann begann sie ihre Hand rhythmisch zu bewegen.

Degenhardt genoss die Berührungen, die ihm seit Monaten fehlten. Er stöhnte und atmete heftig. Er spürte den Druck, der größer wurde, und wusste, dass es bis zum Orgasmus nicht mehr lange dauern würde. Geschickt drehte er sich, sodass sein Penis aus Charlottes Hand glitt. Nun stand er Charlotte direkt gegenüber. Fest umfasste er ihre Hüften; er wusste, wie sehr sie das mochte. Dann schob er sie langsam an die Wand, presste seinen Unterleib gegen sie und küsste sie leidenschaftlich.

Während ihr Stöhnen ihn mehr und mehr erregte, fuhren seine Finger über die Knöpfe ihrer Bluse. Schließlich packte er fest zu und riss ihr die Bluse vom Leib. Geschickt glitten seine Finger über den Verschluss ihres BHs, der kurz darauf zu Boden fiel.

»Weißt du noch … im Stall damals?«, hauchte sie ihm ins Ohr.

»O ja!« Er schaute ihr ins Gesicht. Dann beugte er sich vor und umspielte ihre Brustwarzen mit seinen Lippen. Er saugte sie ein und fuhr mit der Zungenspitze immer wieder fest über die hellrote Haut. Ihre Brustwarzen richteten sich auf, und sie atmete immer schneller.

Seine Hände fuhren fordernd über ihre Taille, über ihre Hüften und ihren Hintern. Fest strich er über die Knopfleiste ihrer Jeans und ließ seine Finger zwischen ihre Schenkel gleiten.

Schließlich zog er den Gürtel aus ihrer Hose und ließ ihn zur Seite fallen.

Degenhardt schreckte völlig durchgeschwitzt auf. Er fühlte sich immer noch wie gemartert, sein Kopf dröhnte. Im Fernsehen flimmerte die Wiederholung eines nichts sagenden Boulevard-Magazins. Er sank zurück auf das Sofa, rieb sich die Augen und fühlte sich elend.

Er starrte auf das Flimmern des Bildschirms und ließ sich langsam wieder in die Welt zurücktragen, in der er Charlotte eben noch so nah gewesen war. Leider träumte er in dieser Nacht nicht noch einmal von ihr.

Kapitel 24

London,
Heathrow,
Mittwoch, 18. April, 04:00 Uhr

Jana hatte sich in der Nacht in ihrem Bett ständig hin und her gewälzt; mehrmals war sie aus dem Schlaf geschreckt. Vor einer halben Stunde war sie wieder aufgewacht und hatte sich entschieden, die unruhige Nacht zu beenden. Also war sie aufgestanden und hatte geduscht.

Nun verließ sie noch vor dem Einsetzen der Dämmerung mit ihrem Mietwagen den Parkplatz des Hotels. Die Straßen in Richtung Innenstadt waren um diese Zeit nur spärlich befahren, und sie schaffte die siebenundzwanzig Kilometer nach Marylebone, wo Alexa Jäger wohnte, in einer knappen Dreiviertelstunde. Kurz vor ihrer Ankunft tankte sie den Wagen auf. An der Tankstelle kaufte sie zwei Sandwiches mit Schinken und Käse und dazu einen Pappbecher Kaffee.

Als sie vor dem massiven roten Backsteinbau parkte, in dem Alexa Jäger am Vorabend verschwunden war, brannte der Horizont bereits in einem leuchtenden Orange-Rot. Jana aß eines der Sandwiches, trank den lauwarmen Kaffee und ließ sich mit Musik aus ihrem iPod beschallen. Gegen 07:00 Uhr setzte hektisches Treiben ein. Immer mehr Menschen eilten in Business-Outfits an dem blauen Ford vorbei. Schließlich griff sie nach ihrem Handy und wählte eine der Nummern, die sie zu Beginn ihres Ermittlungspraktikums in Buchholz gespeichert hatte.

»Jens Vorberg«, meldete sich ihr Kollege mit einem Tonfall,

der dem Anrufer anzeigte: *Ich bin in meine Arbeit vertieft, und du störst!*

»Hallo Jens, hier ist Jana.«

Schlagartig wurde seine Stimme sanft. »Jana! Schön, dass du anrufst. Ich habe schon versucht, dich zu erreichen. Wie geht's dir?«

»Ein bisschen müde«, antwortete sie wahrheitsgemäß.

»Hast du zu viel mit deiner Großmutter gefeiert?« Vorberg lachte.

»Leider nicht. Gibt's bei euch etwas Neues?«

»So wie es derzeit aussieht, kommt das Mädchen als Täterin infrage. Anna Joost.«

»Wie bitte?«, platzte es aus Jana heraus. »Die Autistin?«

»Ja genau, das ist aber noch nicht alles. Als wir Sarah Joost mit dem geplatzten Alibi und den Beweisen gegen ihre Tochter konfrontieren wollten, hat sie am nächsten Tag versucht, sich das Leben zu nehmen.«

»Um Gottes willen!« Jana war entsetzt. »Aber sie hat überlebt, oder?«

»Ja, hat sie. Wir waren zufällig vor Ort, als es passiert ist. Wir konnten sie wiederbeleben, bevor sie bleibende Schäden zurückbehalten hätte. Wir haben auf ihrem Handy übrigens verschiedene SMS gefunden. Sie scheint einen Liebhaber zu haben.«

»Dann ist sie wahrscheinlich von ihm schwanger.«

»So sieht es aus, ja. Er kommt heute Nachmittag zur Vernehmung.«

Jana Liebisch seufzte. »Hältst du mich auf dem Laufenden?«

»Klar!«, versprach Vorberg.

* * *

London,
Wohnung von Alexa Jäger,
Mittwoch, 18. April, 07:30 Uhr

Nach dem Aufstehen warf Alexa einen Blick aus dem Fenster. Tatsächlich: Am Straßenrand parkte wieder dieser blaue Ford! Die deutsche Polizistin saß in dem Wagen und bewegte ihren Kopf rhythmisch im Takt – das Problem Jana Liebisch war also noch nicht gelöst!

Ohne zu zögern wählte Alexa die Telefonnummer von William O'Connell. Er hatte ihren Anruf erwartet – und vielleicht auch erhofft. Denn O'Connell war vorbereitet. Er hatte fest damit gerechnet, dass die deutsche Polizistin nicht lockerlassen würde. Also hatte er die Nacht dazu genutzt, Informationen einzuholen und einen Plan zu schmieden, den er Alexa nun vorstellte.

Sie war sprachlos. Sein Plan hätte von ihr selbst stammen können: Er war verrückt und genial zugleich! Er hatte die ganze Sache bereits generalstabsmäßig durchdacht. Auf ihn konnte sie sich verlassen!

»Sind Sie wirklich sicher, dass Mark Harrison und seine Frau Donnerstagabend ins Theater gehen?«, fragte sie schließlich, denn das war die wichtigste Voraussetzung für die Realisierung des Plans.

»Einhundert Prozent«, erwiderte er.

»Okay, dann rufe ich jetzt in der Klinik an und verschiebe meinen Dialysetermin auf halb elf.«

»Gut«, sagte O'Connell. »Ich werde gegen zehn Uhr bei Ihnen sein.«

Um kurz vor 10:00 Uhr klingelte Alexas Telefon. Sie nahm ab und hörte O'Connells Stimme: »Ich bin da.«

»Haben Sie den blauen Wagen und die rothaarige Frau gesehen?«, wollte sie wissen.

»Ja, habe ich.«

Sie grinste. »Dann gehe ich jetzt los.«

»Ja, so wie besprochen!«

* * *

Buchholz in der Nordheide,
Polizeiinspektion Nordheide,
Mittwoch, 18. April, 06:00 Uhr

Degenhardt schaltete die kleine Lampe auf seinem Schreibtisch ein und löschte das große Licht. Dann setzte er sich und starrte minutenlang auf den schwarzen Bildschirm. Schließlich schaltete er den Computer ein und rief die E-Mails auf, die seit gestern Abend eingegangen waren. Im Posteingangsfach befanden sich elf Mails, von denen er zehn lediglich überflog und anschließend löschte.

Die elfte E-Mail ärgerte Degenhardt maßlos: Tom Wiese, der Redakteur der *Harburger Kreiszeitung*, drängte auf einen baldigen Interview-Termin. Er schrieb, dass zahlreiche Leser sich in der Redaktion gemeldet hätten, um Informationen über den englischen Kinderpornoring zu erfragen. Wiese hatte die Absicht, über die beiden Mordfälle und ihre Hintergründe einen großen Artikel zu verfassen.

»Sehr geehrter Herr Wiese«, tippte Degenhardt seine Antwort mit beiden Zeigefingern wütend in die Tastatur ein, »bitte wenden Sie sich in Zukunft *ausschließlich* an unsere Pressestelle!« Er musste sich beherrschen, es bei diesem einen Satz zu belassen. Aber er durfte seine Energie nicht mit Dingen verschwenden, die ihn bei der Ermittlungsarbeit nicht weiterbrachten.

Nachdem Degenhardt die E-Mail abgeschickt hatte, griff er nach einem der Aktenordner, in denen die Unterlagen über die Tatortarbeit bei Thomas Wilke in Holm-Seppensen abgeheftet waren. Vorne in einer Klarsichthülle befanden sich Aufnahmen, die die Überwachungskamera vor Wilkes Haus aufgezeichnet hatte. Degenhardt holte die Bilder heraus, legte sie vor sich auf den Tisch und studierte sie ein weiteres Mal.

Das erste Foto zeigte die mit einem dunklen Mantel, einer Strickmütze und einem Schal vermummte Person, die Thomas Wilke um 21:05 Uhr ins Haus gelassen hatte. Höchstwahrscheinlich handelte es sich um die Frau, die den Rechtsanwalt wenig später getötet hatte. Bei dem Gedanken, dass die DNA-Analyse auf das autistische Mädchen als Täterin hinwies, schüttelte Degenhardt den Kopf. Er war sicher, dass die Aufnahme nicht Anna Joost zeigte. Er tippte auf ihre Mutter Sarah – diese Frau war sicherlich so intelligent, dass sie die Spuren an den Tatorten manipuliert haben könnte. Vielleicht würde die Vernehmung ihres Liebhabers Julius Krause am Nachmittag neue Erkenntnisse bringen.

Welche Frau war aber auf den Bildern zu sehen, die die Überwachungskamera um 22:10 Uhr aufgezeichnet hatte? Diese Frau hatte einige Male erfolglos an Wilkes Haustür geklingelt und war schließlich wieder gegangen.

Degenhardt war ratlos. Schließlich hängte er beide Aufnahmen an die Pinnwand neben seinem Schreibtisch. Auch wenn dies seine Fragen nicht beantwortete – zumindest hatte er so ein besseres Gefühl.

Kurz vor der Morgenbesprechung klopfte die Kommissarin Anette Sjut an die Glastür zum Büro des Hauptkommissars. Nachdem er sie hereingebeten hatte, legte sie ihm einige Zettel auf den Tisch.

»Das Fax hier hat das rechtsmedizinische Institut aus dem UKE gerade geschickt – die toxikologischen Gutachten zu Andreas Joost und Thomas Wilke.«

»Danke.« Degenhardt nickte und überflog die Gutachten. Sofort danach rief er Staatsanwalt Hagemann an: »Die toxikologischen Gutachten sind da, wir müssen dringend reden!«

»Ich muss sowieso etwas Persönliches mit Ihnen besprechen«, entgegnete Hagemann. »Wegen der Autistin. Haben Sie gegen zehn Uhr Zeit?«

»Bei mir in Buchholz oder bei Ihnen in Lüneburg?«

»In Buchholz. Ich habe ohnehin einen Termin in der Nähe.«

Kapitel 25

Schuldunfähigkeit des Kindes,
§ 19 des Strafgesetzbuches

»Schuldunfähig ist, wer bei Begehung der Tat noch nicht vierzehn Jahre alt ist.«

* * *

Mittelbare Täterschaft,
§ 25, Absatz 1, 2. Alternative des Strafgesetzbuchs

»Als Täter wird bestraft, wer die Straftat durch einen anderen begeht.«

* * *

London,
Vor Alexa Jägers Wohnung,
Mittwoch, 18. April, 10:05 Uhr

Um kurz nach 10:00 Uhr wurde Jana hektisch. Sie beobachtete, wie Alexa Jäger vor die Tür trat, kurz nach links und rechts schaute und dann in Richtung Innenstadt eilte. Sie passierte den Mietwagen der Kommissaranwärterin und verschwand.

Jana riss die kleinen, knopfförmigen Kopfhörer aus ihren Ohren und warf sie auf den Beifahrersitz neben ihren iPod.

Sie schnappte sich ihre Jacke, schlüpfte aus dem Wagen und verriegelte ihn. Dann folgte sie Alexa Jäger entlang der Wyndham Street und der Marylebone Road ostwärts in Richtung Innenstadt. An der Kreuzung von Marylebone Road und Baker Street blieb Alexa Jäger an einer roten Fußgängerampel stehen und blickte sich um. Jana war wenige Sekundenbruchteile zuvor um eine Hausecke gelaufen, die ihr für einen Moment die Sicht auf Alexa Jäger versperrt hatte.

Ihre Blicke trafen sich. Sofort wendete Jana den Kopf und starrte auf ein Schild mit der Aufschrift *PIZZA EXPRESS*, das über einem kleinen Laden angebracht war. Als die Ampel auf Grün umsprang, sah sie Alexa Jäger über die Straße eilen. Die schien von ihrer Umwelt – und von Jana – keine Notiz zu nehmen.

* * *

Auf dem Weg zur Klinik musste Alexa in der Marylebone Road kurz vor einer Fußgängerampel anhalten. Sie drehte sich um und sah Jana Liebisch um eine Hausecke eilen.

In kurzem Abstand hinter ihr erblickte sie O'Connell, der die deutsche Polizistin nicht aus den Augen ließ.

* * *

Buchholz in der Nordheide,
Polizeiinspektion Nordheide,
Mittwoch, 18. April, 10:05 Uhr

Als Staatsanwalt Hagemann das Büro von Degenhardt betrat, wartete nicht nur der Hauptkommissar auf ihn, sondern auch Anette Sjut. Die Kommissarin saß auf einem der Stühle, die vor dem Schreibtisch angeordnet waren. Auf ihrem Schoß lag ein Aktenordner. Die Ungeduld sprühte förmlich aus ihren Augen.

Hagemann begrüßte die beiden mit einem Händedruck und ein paar freundlichen Worten. »Frau Sjut, ich habe gehört, dass Sie wichtige Neuigkeiten für mich haben!«

»Ja, habe ich!«

Hagemann nahm gegenüber von Degenhardt Platz, setzte seine Brille ab und schaute sie gespannt an. »Dann schießen Sie mal los!«

»Die Ergebnisse der toxikologischen Untersuchungen sind da. Bei Andreas Joost waren die Untersuchungen ohne Befund, nicht jedoch bei Thomas Wilke!«

»Was bedeutet das konkret?«, wollte Hagemann wissen.

»Bei Thomas Wilke wurde Thiopental festgestellt.«

»Was ist Thiopental?«

Kommissarin Sjut schlug den Deckel ihres Aktenordners auf und blätterte bis zu dem Gutachten, das sie mit einem gelben Klebezettel markiert hatte. Dann fuhr sie mit ihrem Zeigefinger über die gelb markierten Textpassagen: »Thiopental ist ein Barbiturat, das früher bei Operationen für die Narkoseeinleitung bei Patienten ohne Herz- oder Lungenkrankheiten eingesetzt wurde. Heute wird es nicht mehr standardmäßig genutzt. Die Wirkung tritt nach zehn bis vierzig Sekunden ein und hält fünf bis fünfzehn Minuten an. Die gravierendsten Nebenwirkungen sind Atemdepressionen und Atemstillstände. In den USA wird Thiopental heute noch bei der Vollstreckung von Todesurteilen verwendet. Meistens wird es gespritzt, um die Todeskandidaten zu betäuben. Danach werden Medikamente injiziert, die die Muskulatur lähmen und schließlich zu einem Herzstillstand führen. Teilweise wurde bei einer Todesspritze auch ausschließlich Thiopental benutzt, dann aber in extrem hoher Dosis. Darüber hinaus soll das Mittel angeblich von Geheimdiensten als Wahrheitsserum eingesetzt werden. Sollte Thiopental versehentlich oder absichtlich überdosiert werden, lässt sich das nicht mehr korrigieren, denn es gibt kein Gegenmittel. Bei Thomas Wilke war es ein wenig überdosiert.«

Mit geschlossenen Augen dachte Hagemann kurz nach. Dann blickte er die Kommissarin an: »Und bei Andreas Joost hat man nichts festgestellt?«

»Gar nichts. Er ist zwar auch vorher betäubt worden, allerdings nicht mit Thiopental, sondern mit einer Elektroschockpistole.«

»Sie sagten, dass das Thiopental bei Thomas Wilke nur leicht überdosiert war?«

Sie nickte.

»Das heißt, dass man ihn vielleicht gar nicht töten wollte?«

Kommissar Sjut nickte erneut. »Es könnte sein, dass er versehentlich gestorben ist.«

Degenhardt schüttelte den Kopf. »Warum sollte man ihm dann noch die Geschlechtsteile abtrennen?«

Eine Weile herrschte Stille, dann klopfte Degenhardt mit seinem Kugelschreiber einige Male energisch auf die Tischplatte. »Wir wissen immer noch nicht, welche Bedeutung Andreas Joosts Ziffernfolge ›0103‹ hat. Und wir haben immer noch nicht herausgefunden, was Thomas Wilke mit den Buchstabenkombinationen BCFTR und AJ gemeint hat. Wenn wir das entschlüsseln könnten, wären wir vielleicht ein gutes Stück weiter.«

Hagemann setzte seine Brille wieder auf und schaute Degenhardt an. »Haben Sie schon einmal darüber nachgedacht, dass die Ziffern vielleicht etwas mit Thomas Wilke zu tun haben? Er hatte doch auf Norderney eine Wohnung gemietet.

Möglicherweise hat er dort ein Schließfach, das sich mit der Zahlenkombination ›0103‹ öffnen lässt?«

»Das haben wir noch nicht überprüft«, erwiderte Degenhardt. Sofort wandte er sich an Anette: »Sie haben doch vor einigen Tagen mit Wilkes Sekretärin gesprochen, oder?«

Sie nickte. »Ja, Petersen und ich waren bei ihr.«

»Ich möchte, dass Sie noch einmal zu ihr fahren und sie fragen, ob er auf Norderney ein Schließfach hat. Vielleicht hat sie für den Zahlencode und für die Buchstabenkombinationen eine Erklärung!«

Nachdem Anette Sjut das Büro verlassen hatte, kam Hagemann zum zweiten Punkt, der ihn beschäftigte: »Herr Degenhardt, Sie wissen sicherlich, dass ich keine Anklage gegen die Autistin erheben werde.«

»Ja, ich weiß. Sie ist mit dreizehn Jahren nicht strafmündig.«

»Ich habe mit dem Jugendamt gesprochen. Das Mädchen bleibt erst einmal in ihrer Wohngruppe. Ein Mitarbeiter der Jugendgerichtshilfe wird sich mit dem Fall beschäftigen. Haben Sie bereits in Erwägung gezogen, dass Sarah Joost ihre Tochter als Werkzeug benutzt haben könnte?«

»Natürlich habe ich das! Vorstellen könnte ich mir das durchaus.«

»Ich will sie als mittelbare Täterin anklagen, sobald sie wieder gesund ist. Die Beweise reichen aber noch nicht!«

Degenhardt fuhr mit seinen Fingern vorsichtig um die Ränder der verkrusteten Wunde auf seiner Stirn. »Haben Sie neue Informationen, wie es ihr geht?«

»Die Ärzte haben angedeutet, dass wir erst einmal abwarten müssen. Soweit ich weiß, sieht es aber gut aus.«

Degenhardt schaute aus dem Fenster und schwieg.

Ungeduldig fügte der Staatsanwalt hinzu: »Ich brauche Beweise!«

Degenhardt fühlte Gewichte auf seinen Schultern lasten, die immer schwerer wurden. Er seufzte.

»Wie lange brauchen Sie noch?«

Degenhardt zuckte mit den Achseln. »Keine Ahnung. Vielleicht morgen. Vielleicht nächste Woche. Vielleicht in einem Monat. Oder nie.«

* * *

Nachdem Hagemann die Polizeiinspektion Nordheide verlassen hatte, ging Degenhardt zu Vorberg ins Büro. »Falls jemand etwas von mir will, bin ich bis vierzehn Uhr nur über mein Handy zu erreichen. Zur Vernehmung von Sarah Joosts Liebhaber bin ich wieder zurück.«

Vorberg blickte von seinem Schreibtisch auf und nickte, dann war der Hauptkommissar schon wieder verschwunden.

Degenhardt ging die wenigen Meter von dem Gebäude der Polizeiinspektion zu seinem Wohnblock, öffnete das Garagentor, setzte sich in sein Mercedes-Coupé und fuhr los. Er hielt zunächst in Holm-Seppensen an. Dort stieg er aus und starrte lange durch das Eisentor auf das Grundstück von Thomas Wilke. Anschließend fuhr er weiter nach Handeloh. Er lenkte seinen Wagen über staubige Feldwege, die für den Autoverkehr gesperrt waren, und machte einen weiteren Zwischenstopp in dem Naturschutzgebiet »Dröge Heide«. Minutenlang hockte er vor der Tanne, unter der Anna Joosts Beine vor genau einer Woche hervorgelugt hatten, und strich über das feuchte Gras. Dann fuhr er nach Döhle weiter, wo er das Haus der Familie

Joost mehrmals umrundete. Er starrte in die Fenster und grüßte eine neugierige Nachbarin, als sei es das Selbstverständlichste auf dieser Welt, sich auf fremden Grundstücken die Nase an den Fensterscheiben platt zu drücken. Auf dem großen Parkplatz in Döhle setzte er sich auf den Kotflügel seines Wagens und stützte sich mit den Händen auf der warmen Motorhaube ab. Wieder und wieder ließ er seinen Blick schweifen. Zunächst schaute er zu der Stelle, wo die Einsatzleitung die Suche nach Anna koordiniert hatte, dann in die Ecke, in der Charlotte in ihrem Käfer-Cabriolet gesessen, gewartet und gehofft hatte. Schließlich zu dem Café, das heiße Getränke zur Verfügung gestellt hatte.

Zu guter Letzt fuhr er nach Sudermühlen und parkte vor dem Hotel. Dort spazierte er ein weiteres Mal zu der Brücke, die über die *Schmale Aue* führte. Er beugte seinen Oberkörper weit über das Geländer und starrte fasziniert auf das Wasser, das durch die historische Mühlenanlage in das Auetal rauschte. Als er sich dem Bann des Wassers endlich entziehen konnte, rief er Charlotte an und fragte, was sie gerade machte.

»Warum willst du das wissen?«

»Einfach nur so.«

»Ich trainiere mit meiner Stute auf dem Geländeplatz in Luhmühlen.«

Degenhardt kaufte in der kleinen Bäckerei in Egestorf zwei Franzbrötchen, organisierte an einer Tankstelle in Salzhausen zwei Pappbecher Kaffee und fuhr schließlich zu Charlotte. Mehr oder weniger interessiert schaute er während der letzten Minuten ihres Trainings zu.

Als Belinda ihr Heu wenig später auf dem Pferdeanhänger kaute, saßen Degenhardt und Charlotte zwischen Schabracken, Abschwitzdecken und Lederzeug im Kofferraum ihres Geländewagens und unterhielten sich – über alte Zeiten, das

Reiten und andere Dinge. Degenhardt hatte all die quälenden und drängenden Gedanken bereits weit hinter sich gelassen, als das Klingeln seines Handys ihn in die Realität zurückholte. Es war die Leiterin von *Haus Sonnenschein* in Winsen.

»Anna zeichnet wieder!«

* * *

Degenhardt brauchte knapp fünfundzwanzig Minuten für die Strecke von Luhmühlen nach Winsen. Nachdem er seinen Wagen auf dem Parkplatz des *Hauses Sonnenschein* abgestellt hatte, eilte er in das Büro der Leiterin.

Als Karin Bergen von ihrem Schreibtisch aufblickte und den Hauptkommissar sah, sprang sie auf, als hätte sie seit Tagen auf ihn gewartet. Sie streckte ihm ihre Hand entgegen, dann sprudelte es nur so aus ihr heraus:

Dass Anna am Vortag überhaupt nichts aufs Papier gebracht hatte – keine Zeichnung, aber glücklicherweise auch kein großes schwarzes Blatt Papier!

Dass Anna heute Morgen erste Striche aufs Papier gezeichnet hatte – es war zwar noch nichts Bestimmtes zu erkennen, aber sie schien den lähmenden Schock Gott sei Dank überwunden zu haben!

Dass Anna heute Mittag einige Teile aus ihrem Zimmer abgemalt hatte – es war zwar noch nicht erkennbar, ob ein Zusammenhang mit ihren Erlebnissen vor einer Woche bestand ... aber immerhin!

Dass ihre Bezugsbetreuerin Anja Kather sich in den letzten Tagen besonders bemüht hatte ...

»Vielen Dank für Ihren Anruf!«, unterbrach Degenhardt ihren Redefluss. »Ich würde mir gerne selbst anschauen, was sie gezeichnet hat.«

»Ähm ... ja, natürlich.« Karin Bergen nickte, dann führte sie ihn in das erste Stockwerk. Degenhardt folgte ihr so schnell, wie die angebrochenen Rippen und die stechenden Schmerzen an der Seite es zuließen. Obwohl er nicht langsam ging, hatte er Mühe, Schritt zu halten.

Zu Annas Wohngruppe gehörten sechs autistische Kinder, alle unter sechzehn Jahren alt. Sie waren in Einzelzimmern untergebracht, und jeweils zwei Bewohner teilten sich ein Badezimmer. Es gab für alle sechs eine Gemeinschaftsküche, ein Wohnzimmer, ein Spielzimmer, ein Esszimmer und einen Therapieraum. Die Räume der Wohngruppe waren in warmen Farbtönen gehalten. Es dominierten die Farben Rot, Orange und Gelb, denen allgemein eine anregende, aktivierende Wirkung nachsagt wird.

Degenhardt staunte über die vielen selbst gemalten Bilder und die aus buntem Karton gebastelten Kühe, Giraffen, Nilpferde und Hasen, die liebevoll an den Wänden und Türen angebracht waren. Er versuchte so viel wie möglich aufzunehmen und abzuspeichern.

Unvermittelt blieb Degenhardt vor der nahezu lebensgroßen Puppe eines Clowns stehen. Der Clown saß in einer Ecke auf einem Stuhl und lächelte ihn mit roten Haaren, schwarz getuschten Augen, roter Nase, weißen Wangen und vollen roten Lippen an. Für einen kurzen Moment erfasste ihn ein Sog unterschiedlicher Gefühle, denen er sich kaum entziehen konnte – tiefe Geborgenheit und unendliche Traurigkeit zugleich.

Noch bevor die Heimleiterin sich zu Degenhardt umdrehte und ihm den Weg in Annas Zimmer wies, hatte er seinen Blick vom Clown gelöst, um ihr zu folgen.

Als er Annas Zimmer betrat, schnürte es ihm den Magen zu. Von wärmender Geborgenheit war hier nichts zu spüren. Das weiß lackierte Metallbettgestell, die weiße Schrankwand mit Lamellentüren aus massivem Buchenholz, der weiße Laminat-Fußboden, die weiß gestrichene Decke und die weiß getünchten Wände – alles war ein exaktes Abbild ihres Zimmers in Döhle. Neutral, nüchtern, kalt, emotionslos.

»Unglaublich«, murmelte er und schüttelte den Kopf.

Anna hockte an einer Wand und schaute ihn geistesabwesend an.

Ihre Bezugsbetreuerin erhob sich von ihrem Platz und ging ihm entgegen: »Anna erträgt keine Abweichungen von ihren Strukturen und ihrer speziellen Ordnung. Sie konnte erst einziehen, als ihr Zimmer hier genau so aussah wie das zu Hause in Döhle.«

Karin Bergen führte Degenhardt zum Schreibtisch des Mädchens und zeigte auf ein Blatt Papier. Anna hatte ihr Zimmer gezeichnet – den Schrank mit den Lamellentüren, den Tisch, den Stuhl, das Bett. Leider war für Degenhardt nicht erkennbar, ob auf diesem Bild irgendetwas auf die Mordnacht in Döhle verwies oder es einfach nur ihr Zimmer im *Haus Sonnenschein* darstellen sollte. Er studierte jedes Detail des Bildes, dann lenkte er seinen Blick wieder auf das Mädchen.

Anna schaute gerade zur Wand neben sich, wo etwa zwei Dutzend handtellergroße Plastikpferde in militärischer Ordnung aufgereiht standen: Kopf an Schweif, Schweif an Kopf, Kopf an Schweif. Es gab Pferde in allen denkbaren Farben und Arten: vom Schimmel bis zum Rappen, vom Shetlandpony bis zum Shire-Horse, vom Fohlen bis zum Hengst.

Ohne zu wissen, warum, zählte Degenhardt die Spielzeugtiere: Es waren dreiundzwanzig.

Er beobachtete, wie Anna auf den Knien zum letzten Pferd in der Reihe rutschte, es dicht an den anderen Plastiktieren vorbeischob, es mit äußerster Sorgfalt ganz vorne in die Formation einordnete, dann wieder zurückrutschte und das Gleiche mit dem nun letzten Pferd tat. Sie wiederholte ihr Spiel unablässig: Pferd für Pferd bewegte sich die Kolonne penibel an den Wänden entlang durch den Raum.

Degenhardt schaute Anja Kather fragend an.

Sie warf einen Blick auf ihre Armbanduhr und lächelte. »Noch fünfundzwanzig Minuten.«

Er legte die Stirn in Falten und hob die Augenbrauen fragend.

»In fünfundzwanzig Minuten geht's ins Bett«, erklärte die Betreuerin. »Mittagsschlaf. Sie könnten Ihre Uhr danach stellen.«

»Spielt sie dieses Spiel den ganzen Tag lang?«

»Nein, vormittags begleite ich sie normalerweise zur Förderschule. Nach dem Mittagessen spielt sie eine Stunde lang mit ihren Pferden, und dann hält sie Mittagsschlaf. Anschließend malt sie, oder wir nehmen an Therapiestunden teil. Nach dem Abendessen spielt sie wieder mit ihren Pferden, bis sie um acht Uhr ins Bett geht.«

»Jeden Tag?«

»Jeden Tag!« Anja Kather nickte. »Natürlich mit Ausnahme der Wochenenden, der Ferien und der anderen Tage, die Anna bei ihren Eltern verbringt. Aber auch dann hat sie feste Strukturen.«

Degenhardt nickte nachdenklich. »Das ist doch gar kein Spielen, was sie da mit den Pferden macht.«

»Für Sie vielleicht nicht.«

»Mhm.«

Er überlegte kurz, dann trat er auf das Mädchen zu. Die beiden Frauen schauten sich erschrocken an. Die Heimleiterin versuchte noch, nach seinem Arm zu greifen und ihn zurückzuhalten, doch er ignorierte die Frauen und kniete sich direkt vor der Kolonne nieder.

Anna hatte gerade eine schöne dunkelbraune Stute an die Spitze des Zuges gesetzt. Sie blickte den Beamten an, zögerte kurz, rutschte um ihn herum, nahm das letzte Pferd aus der Formation und glitt auf ihren Knien wieder an dem großen, schweren Hindernis vorbei an die Spitze ihrer Pferde.

Beide Frauen atmeten erleichtert auf.

Während Anna sich bemühte, die Formation weiterhin sauber an der Wand entlang marschieren zu lassen, versuchte Anja Kather, den Hauptkommissar auf die Besonderheiten des Umgangs mit Anna hinzuweisen. »Herr Degenhardt?«, setzte sie vorsichtig an.

Doch es war zu spät. Degenhardt griff sich das letzte Plastikpferd in der Reihe: ein kleines braun-weiß geschecktes Shetlandpony. Beiden Frauen stand das Entsetzen ins Gesicht geschrieben.

Anna richtete gerade einen prächtigen fuchsfarbenen Haflingerhengst an der Spitze des Zuges aus, als Degenhardt das Shetlandpony ungeschickt vor dem Hengst abstellen wollte. Das Shetlandpony glitt kurz vor dem Ziel aus seinen Fingern und polterte vor Annas Knien zu Boden.

Augenblicklich geriet die Situation außer Kontrolle. Blind vor Wut schmetterte Anna alle dreiundzwanzig Plastikpferde durch den Raum. Einige Pferde krachten gegen die Lamellentüren, einige trafen Degenhardt und die beiden Frauen mit voller Wucht. Mit ohrenbetäubendem Brüllen warf sich Anna auf den Fußboden und trat mit ihren Füßen so kräftig auf das Laminat ein, dass der völlig verdatterte Hauptkommissar fürchtete, sie könnte sich verletzen. Annas Betreuerin eilte zu dem von einem Weinkrampf geschüttelten Mädchen, fiel vor ihr auf die Knie und versuchte, sie zu beruhigen. Bei der ersten

Berührung schlug Anna auf sie ein, trat nach ihr, erwischte ihre Hand und biss zu. Dann riss sie sich los, zerrte in ihrer Wut die Decken und Kopfkissen von ihrem Bett und schleuderte sie durch den Raum.

»Los, kommen Sie!«, herrschte die Heimleiterin Degenhardt an und zog ihn energisch zur Tür. »Sie gehen jetzt besser!«

Der Hauptkommissar folgte ihr nach draußen und war immer noch sprachlos, als Karin Bergen die Tür längst hinter sich geschlossen hatte. Sie hörten Anna weiterhin brüllen, während ihre Betreuerin besänftigend auf sie einredete.

Degenhardt und Karin Bergen standen sich auf dem Flur gegenüber. Während sie ihn fragend anblickte und den Kopf unablässig schüttelte, schaute er verlegen zu Boden. Sie machte ihm keine Vorwürfe, und vielleicht war die Situation für ihn gerade deswegen nur schwer erträglich.

Er suchte nach Worten und fragte schließlich: »Wie lange ... ähm ... wie lange ... dauert das jetzt?«

»Vielleicht fünf Minuten, vielleicht eine Stunde, vielleicht den ganzen Tag!«

Er fuhr sich mit den Fingerspitzen über die Wunde auf seiner Stirn. Seine Lippen waren so schmal, dass sie kaum wahrzunehmen waren. »Tut mir leid«, murmelte er betroffen.

»Tut Ihnen leid?«, platzte es aus ihr heraus. Es fiel ihr offensichtlich schwer, die Fassung zu bewahren. »Sie können doch nicht einfach so in unser Haus platzen und sich in die Betreuung unserer Kinder einmischen. Sie sollten sich nächstes Mal besser informieren, anstatt wie ein Elefant durch den Porzellanladen zu trampeln!«

»Ich wollte nur ...«

»Was wollten Sie nur?«

»Ich dachte ...«

»Was dachten Sie?«

Degenhardt stieß die Luft aus und zuckte hilflos mit den Schultern. »Ich habe es nicht böse gemeint!«, sagte er schließlich.

»Männer«, erwiderte sie, dabei zuckten ihre Mundwinkel kaum wahrnehmbar. Damit drehte sie sich um und ging.

»Frau Bergen?«, rief Degenhardt ihr nach.

»Was ist denn jetzt noch?«

»Würden Sie mich bitte …«, begann er und musste sich räuspern. »Würden Sie mich bitte anrufen, sobald Anna wieder zeichnet?«

Sie nickte. »Ich habe wohl keine andere Wahl.«

»Danke«, murmelte Degenhardt, während sie im Treppenhaus verschwand. Wieder nahm er Annas Schreie wahr. Seine Gedanken drehten sich wie ein Kreisel, den er nicht mehr stoppen konnte. Nach einigen Augenblicken war er nicht mehr sicher: Schrie da überhaupt Anna, oder waren es die lautlosen Schreie ihrer Mutter? Sofort hatte er das Bild von Sarah Joost im Kopf, die am Strick hing und verzweifelt um ihr Leben kämpfte.

Degenhardt raufte sich die Haare. Er versuchte den Kreisel zu stoppen – und schaffte es tatsächlich für einen winzigen Moment. Doch kaum hatte er sich beruhigt, drehte sich der Kreisel wieder. Die Bilder, die nun vor seinem geistigen Auge erschienen, waren die des toten Andreas Joost. Er sah dessen Körper auf dem Laminatboden in Annas Zimmer liegen. In einer Blutlache. Mit leerem Gesichtsausdruck. Degenhardt riss an seinem Hemdkragen und rang nach Atem. Wieder Bilder. Jetzt von seinem Kollegen. Damals vor vierunddreißig Jahren. Bernd Köhnke. In der Eiseskälte. Zusammengekrümmt auf den grauen Pflastersteinen.

Bilder, Bilder, nichts als Bilder!

Degenhardt spürte kalten Schweiß auf der Stirn. In der Ecke saß der Clown, der ihn voller Verständnis anlächelte. Er hatte das Bedürfnis, diesen Ort so schnell wie möglich zu verlassen, wischte sich die Schweißperlen mit dem Ärmel von der Stirn und eilte die Treppe hinunter zum Ausgang.

Kapitel 26

Schuldanerkenntnis von Schuldner Thomas Wilke, Holm-Seppensen, Deutschland, gegenüber Gläubiger Wilson Wheeler, Newquay, Cornwall, United Kingdom, einige Monate zuvor

Hiermit bestätigt der Schuldner dem Gläubiger den Schuldbetrag in Höhe von 12 000,– Euro.

Die Forderung wird vom unterzeichnenden Schuldner ohne Einwände anerkannt und wird mit 15 % p. a. ab Februar dieses Jahres verzinst.

Der Schuldner verpflichtet sich, den Betrag bis zum 31. Dezember dieses Jahres vollständig zurückzuzahlen.

Gez. Thomas Wilke
Gez. Wilson Wheeler

* * *

London,
Devonshire Place,
Mittwoch, 18. April, 14:00 Uhr

Seit über dreieinhalb Stunden lief Jana vor der Klinik auf und ab und beobachtete dabei den Eingang des Krankenhauses. Sie fragte sich, was Alexa Jäger hier wohl so lange machte. Am wahrscheinlichsten war, dass sie hier als Ärztin arbeitete. Das würde auch die Verbindung zwischen Harrison und ihr erklären.

Wenn sie mit ihrer Vermutung recht haben sollte – und davon ging sie aus –, hatte sie noch viel Zeit, bis Alexa Jäger die Klinik wieder verlassen würde. Ausreichend Zeit also, um einen Kaffee zu trinken. Sie hatte auf dem Weg hierher ein Café gesehen, vor dem Tische und Stühle aufgestellt waren. Das Mobiliar war zwar etwas rustikaler, als sie es von einem Straßencafé erwartete, aber für eine kurze Pause allemal gut genug.

Wenig später saß Jana vor dem Lokal auf einer derben Holzbank und hatte einen Milchkaffee vor sich stehen. Sie zog den Milchschaum mit dem Kakaopulver vorsichtig mit dem Löffel ab, dann starrte sie auf die Oberfläche des Kaffees und rührte gedankenverloren in der braunen Flüssigkeit herum.

Schließlich begann sie in ihrer Tasche zu kramen, griff zunächst ihr Schlüsselbund, zog es heraus und legte es vor sich auf den Tisch. Schließlich fand sie ihr Portemonnaie. Sie holte es hervor, nahm einen kleinen Notizzettel aus dem Münzfach und las: BCFTR, A J. Die Bedeutungen der Abkürzungen, die Thomas Wilke kurz vor seinem Tod notiert hatte, waren inzwischen geklärt. Doch die Verbindungen zu Wilke lagen noch völlig im Dunkeln. Kurz spielte sie mit dem Gedanken, zurück zur Klinik zu gehen und zu versuchen, ein Gespräch mit Alexa Jäger zu führen. Sie könnte ihr schlicht die Frage stellen, welche Beziehung sie zu Wilke und der Familie Joost hatte. Möglicherweise wäre die Antwort ganz simpel und würde zeigen, dass ihre Ermittlungen hier in London sinnlos und lächerlich waren.

Aus den Augenwinkeln nahm sie wahr, dass ein hochgewachsener Mann zwischen den Tischen vor dem Pub stand und offenbar nach einem Platz Ausschau hielt, der ihm zusagte. Sie blickte kurz auf und musterte den knapp zwei Meter großen Hünen, den sie auf Mitte fünfzig schätzte. Er hatte graumeliertes, gepflegtes Haar, dunkelbraune Augen und einen durchtrainierten Körper. Sein Drei-Tage-Bart unterstrich seine männliche Ausstrahlung. Seine Kleidung – graue Stoffhose und dunkelblauer Pullover – wirkte elegant und teuer. Die Fältchen um seine Augen deuteten an, dass er gerne lachte. *Könnte mein Typ sein, wenn er zwanzig Jahre jünger wäre*, dachte sie kurz, dann schaute sie wieder auf den Zettel.

»Darf ich mich zu Ihnen setzen?«, hörte sie wenige Augenblicke später eine warme männliche Stimme fragen.

Sie schaute auf und blickte in die dunkelbraunen Augen des großen Mannes von eben. Jana war überrascht. Vor dem Café waren noch einige Tische frei. Warum setzte er sich ausgerechnet zu ihr?

»Ja, dürfen Sie«, antwortete sie und wurde rot. Umständlich packte sie den Notizzettel zurück in ihr Portemonnaie und beobachtete die vorbeieilenden Fußgänger. Auf keinen Fall wollte sie Alexa Jäger verpassen, falls diese das Krankenhaus verließ.

Jana hörte, dass der Mann, der ihr nun gegenüber saß, einen Kaffee bestellte. Dann beobachtete auch er schweigend die Passanten. Er schien von ihr überhaupt keine Notiz zu nehmen; zumindest schien es so.

Beide hatten ihre Tassen beinahe geleert, als sie ihn zufällig anschaute.

Er erwiderte ihren Blick und sagte: »Jana ist ein sehr schöner Vorname für eine Polizistin.«

* * *

Buchholz in der Nordheide,
Polizeiinspektion Nordheide,
Mittwoch, 18. April, 14:00 Uhr

Julius Krause legte den Abschiedsbrief von Sarah Joost sowie die Ausdrucke zahlreicher SMS aus dem Speicher ihres Handys vor sich auf den Tisch und schob sie zurück zu Degenhardt und Vorberg. Dann lehnte er sich zurück und kreuzte die Arme vor der Brust.

Die beiden Beamten hatten Krause aufmerksam beobachtet, während er die Ausdrucke gelesen hatte. Sie waren verwundert, dass er dabei keinerlei Reaktion gezeigt hatte.

Nun blickte Krause sie an und schüttelte den Kopf. »Ich hätte die Finger von ihr lassen sollen.«

»Wie meinen Sie das?«, wollte Vorberg wissen.

»Genau so, wie ich es gesagt habe.«

»Für mich sieht das alles so aus, als hätten Sie ein Verhältnis mit ihr gehabt.«

Krause zuckte mit den Schultern. »Haben Sie ein Problem damit?«

Vorberg schüttelte den Kopf. »Nein natürlich nicht, das müssen Sie schon mit sich selbst ausmachen. Aber ich habe ein Problem mit dem Tod von Andreas Joost. Ich könnte mir durchaus vorstellen, dass er Ihrer Beziehung mit Sarah Joost im Weg gestanden hat.«

Während Krause etwas zu laut lachte, blätterte Vorberg in dem Papierstapel mit den Ausdrucken. Schließlich las er laut vor: »Lieber Julius, ich freue mich auf Dich und habe Dich sehr, sehr lieb.« Er schaute kurz auf, dann erklärte er: »Diese SMS hat Sarah Joost Ihnen in der letzten Woche geschrieben. Und am Dienstag haben Sie ihr folgende Nachricht zugeschickt: ›Hallo Sarah, nach der Geschichte mit Andreas sollten wir uns eine Weile nicht treffen. In den nächsten Tagen habe ich sowieso keine Zeit, und danach bin ich leider wieder länger unterwegs. Gruß Julius.‹«

Krause starrte einige Zeit vor sich auf den Tisch. Schließlich sagte er: »Ich habe ein Verhältnis mit ihr gehabt. Aber ich habe ihren Mann nicht umgebracht! Wozu auch? Dafür war sie einfach zu … na ja … Sie war zu uninteressant.«

Degenhardt hatte bisher nur zugehört. Nun stieg auch er in das Gespräch ein, schlug aber einen deutlich schärferen Ton als Vorberg an. »Ist das nicht unlogisch? Auf der einen Seite haben Sie eine Affäre mit ihr, auf der anderen Seite sind Sie an ihr nicht interessiert?«

»Ich sehe da keinen Widerspruch.« Krause schüttelte den Kopf. »Ihr Körper ist der Hammer, der Rest nicht.«

»Aha«, erwiderte Degenhardt, »würden Sie mir das bitte erklären?«

Krause lehnte sich nach vorne und kreuzte seine Unterarme auf der Tischplatte. »Was gibt es da zu erklären? Im Bett ist sie TNT, ansonsten eine Flasche stilles Wasser.«

Einen Moment lang herrschte Schweigen, dann fragte Degenhardt: »Wissen Sie eigentlich, dass Frau Joost schwanger ist?«

Krause verzog den Mund. »Sie hat es mir vor einigen Tagen gesagt.«

»Nach unserem Kenntnisstand war Andreas Joost zeugungsunfähig. Damit kommen Sie dann wohl als möglicher Vater in die engere Auswahl!«

Krause rieb sich das Kinn. »Was soll ich Ihnen darauf jetzt antworten?«

»Ich will eine Antwort auf die Frage, warum Sie Ihr Verhältnis mit Sarah Joost verschleiern wollten.«

»Ich habe es nicht nötig, irgendetwas zu verschleiern!«

»Wie erklären Sie mir dann die SMS, in der Sie Sarah Joost mitgeteilt haben, dass Sie sich *nach der Geschichte* mit Andreas Joost eine Weile nicht treffen sollten?«

»Ich habe einfach nur nach einem Anlass gesucht.«

»Einen Anlass wofür?«

»Um die Beziehung zu beenden.«

»Warum das denn jetzt auf einmal?«

Krause erhob seine Stimme deutlich: »Hätte ich ihr denn schreiben sollen: ›Liebe Sarah, Du warst für mich nur ein geiles Abenteuer. Der Sex mit Dir war bombig, jetzt habe ich aber keinen Bock mehr. Bevor Du mir ein Kind anhängst, mache ich mich lieber vom Acker.‹«

Degenhardt zuckte mit den Achseln. »Zumindest wäre das ehrlich gewesen.«

»Ich bitte Sie!« Krause machte eine abfällige Handbewegung.

»Nun gut«, erwiderte Degenhardt und konnte ein Lächeln nur mühsam unterdrücken. »Es wäre ohnehin zu spät gewesen. Schließlich war Sarah Joost zu diesem Zeitpunkt bereits schwanger – da ist Ihre Ladung TNT wohl etwas zu früh explodiert.«

Vorberg, der Julius Krause während seines Gespräches mit Degenhardt aufmerksam beobachtet hatte, fielen dessen Lippen auf, die in den letzten Minuten sehr schmal geworden waren. Nun übernahm er wieder das Gespräch: »Was haben Sie am Tatabend gemacht?«

Krause musste nicht überlegen. Natürlich war ihm klar gewesen, dass man ihm diese Frage stellen würde. »Ich war mit Sarah essen.«

»Aha.« Vorberg hob die Augenbrauen. »Und wo?«

»In einem Dorfkrug in Neu Wulmstorf. Gegen sieben Uhr abends haben wir uns dort getroffen, und um kurz vor zehn habe ich bezahlt. Danach sind wir getrennt nach Hause gefahren. Sie können meine Aussage gerne überprüfen. Die Bedienung im Restaurant wird sich bestimmt an uns erinnern. Außerdem habe ich mit meiner Kreditkarte bezahlt. Ich denke, dass Sarah und ich damit ein gutes Alibi haben, nicht wahr?«

* * *

Buchholz in der Nordheide,
Rechtsanwaltskanzlei von Thomas Wilke,
Mittwoch, 18. April, 14:00 Uhr

Oberkommissar Roland Petersen, Kommissarin Anette Sjut und die Sekretärin von Thomas Wilke, Kathrin Roth, saßen sich im Besprechungsraum der Rechtsanwaltskanzlei gegenüber. Eben hatte die Sekretärin alle mit Kaffee versorgt und dann selbst Platz genommen.

»Bitte nehmen Sie sich Milch und Zucker, falls Sie wünschen«, sagte sie höflich.

»Vielen Dank.« Petersen griff nach dem Kännchen mit der Milch. »Wird die Kanzlei fortgeführt?«

Kathrin Roth nickte. »Es sieht alles danach aus. Herr Wilke hat mit einigen Kollegen in Buchholz eng zusammengearbeitet. Einer der Anwälte hat signalisiert, dass er die Kanzlei fortführen will.« Sie nahm Petersen das Kännchen ab, goss etwas Milch in ihre Tasse und rührte mit einem Teelöffel nachdenklich um. Zum ersten Mal seit dem Aufeinandertreffen mit den beiden Beamten lächelte sie ein wenig, als sie hinzufügte: »Ich hoffe natürlich, dass er mich übernimmt.«

Petersen nickte. »Das würde ich Ihnen wünschen.«

»Kommen wir zum Grund unseres Besuches«, erklärte

Anette Sjut. »Ich weiß, dass Ihnen die Fragen schon einmal gestellt worden sind, aber möglicherweise ist Ihnen in der Zwischenzeit noch etwas eingefallen. Können Sie sich vielleicht an irgendwelche Unregelmäßigkeiten vor Herrn Wilkes Tod erinnern?«

»Nein.«

»Sie haben während Ihrer ersten Vernehmung kein Wort über das Appartement auf Norderney verloren. Ihr Chef hatte es seit rund zwei Jahren angemietet. Warum haben Sie uns davon nicht erzählt?«

»Natürlich wusste ich, dass Herr Wilke regelmäßig nach Norderney gefahren ist. Er hat aber nicht erzählt, dass er immer im selben Appartement wohnt. Außerdem waren seine Aufenthalte auf Norderney nichts Ungewöhnliches.«

»Okay«, murmelte Petersen. »Könnte es sein, dass er auf Norderney ein Schließfach gehabt hat? Oder irgendwo auf dem Weg zwischen Buchholz und Norderney?«

Die Sekretärin zuckte mit den Achseln. »Natürlich könnte das sein. Er hat regelmäßig Unterlagen mit auf die Insel genommen. Ich habe aber nicht kontrolliert, ob er alle diese Unterlagen wieder mit zurückgebracht hat. Falls er wichtige Dokumente auf Norderney zurückgelassen haben sollte, hätte er sie dort sicher verschließen müssen. Vielleicht in einem Schließfach, das könnte schon sein. Ich kann mich aber beim besten Willen nicht daran erinnern, dass Herr Wilke bei irgendeiner Gelegenheit ein Schließfach erwähnt hätte.«

»Eine letzte Frage habe ich noch: Sagen Ihnen die Ziffernfolge ›0103‹ und die Buchstabenkombinationen ›BCFTR‹ und ›AJ‹ etwas?«

»Nein, tut mir leid.« Kathrin Roth schüttelte den Kopf.

Kapitel 27

London,
Marylebone Road,
Mittwoch, 18. April, 14:20 Uhr

Jana hatte sich vorgebeugt und starrte den ihr gegenüber sitzenden Mann verblüfft an.

Er balancierte den Henkel seiner Kaffeetasse elegant zwischen Zeigefinger und Daumen, nahm einen Schluck, stellte die Tasse ab und folgte mit seinem Blick dem Hüftschwung einer jungen Frau, die vor ihnen auf dem Bürgersteig entlangging.

»Was haben Sie gerade gesagt?« Jana bemühte sich, ihrer Stimme einen sicheren Klang zu geben.

Er lächelte und wiederholte: »Jana ist ein sehr schöner Vorname für eine Polizistin.«

Sie starrte ihn immer noch an, nervös knetete sie ihre Hände. Ihr Herzschlag schien selbst den Verkehr auf der Marylebone Road zu übertönen. Ihr Fluchtinstinkt meldete sich, und einen Moment lang hätte sie diesen Ort am liebsten Hals über Kopf verlassen. Sie besann sich schließlich auf die Taktik, mit der sie bisher gute Erfahrungen gesammelt hatte: Angriff! Also neigte sie ihren Kopf provokant zur Seite und blickte ihn herausfordernd an. Nur nicht schüchtern oder gar ängstlich wirken. »Woher kennen Sie meinen Namen? Und woher wissen Sie, dass ich Polizistin bin?«

Er lachte auf und streckte ihr die Hand entgegen. »Ich heiße übrigens Chris.«

Sie schlug den angebotenen Handschlag aus. »Ich habe

gefragt, woher Sie meinen Namen kennen! Und woher wissen Sie, dass ich Polizistin bin?«

»An Ihrem Schlüsselbund hängt ein kleines Messingschild mit dem Aufdruck ›Jana‹ – insofern war es keine Zauberei, Ihren Namen zu erraten.«

Jana kräuselte die Stirn. »Und woher wissen Sie, dass ich Polizistin bin?«

Sein Grinsen wurde schelmischer. »Auch das war nicht sehr schwierig. Mir war schon klar, dass Sie Polizistin sind, bevor ich mich zu Ihnen gesetzt habe.

Jana stutzte. »Und wie haben Sie das erkannt?«

»Normalerweise sitzen junge Frauen wie Sie in Cafés, weil sie gesehen werden wollen. Zwar achten diese jungen Damen auch auf die Menschen, die an ihnen vorbeigehen, aber in Wirklichkeit wollen sie einfach nur wahrgenommen werden. Sie hingegen verhalten sich anders. Ihnen ist Ihre Wirkung egal. Sie suchen jemanden, warten vielleicht auf jemanden, von dem Sie annehmen, dass er hier demnächst vorbeigehen wird. Sie versuchen dabei, sich möglichst unauffällig zu verhalten. Und Sie kommen wahrscheinlich aus Deutschland, nicht wahr?«

Jana fühlte eine unangenehme Hitze in ihr Gesicht steigen. Sie öffnete die Lippen. »Woher –«

»Ich mag Ihren Akzent«, unterbrach er sie, »und ich muss zugeben, dass ich Ihnen gegenüber unfair war. Ich arbeite als Polizeipsychologe bei Scotland Yard. Zudem bilde ich junge Beamte aus, bevor sie bei der Ermittlungsarbeit eingesetzt werden. Ich habe ein Auge für Fehler, die meine jungen Kollegen zu Beginn ihrer Ausbildung machen. Leider muss ich Ihnen sagen, dass Sie einige typische Anfängerfehler gemacht haben – aber das ist kein Grund, beunruhigt zu sein. Sie haben Potenzial. Schade, dass Sie nicht für die englische Polizei arbeiten. Ich könnte eine hervorragende Ermittlerin aus Ihnen machen.«

Jana atmete auf. »Sie haben mich ganz schön erschreckt.«

»Das war nicht meine Absicht.« Er schmunzelte und trank noch einen Schluck Kaffee. Dann wurde sein Gesichtsausdruck ernst. »Ich gehe davon aus, dass Sie nicht legitimiert sind, hier in London zu ermitteln.«

Sie spürte wiederum eine unangenehme Röte ins Gesicht steigen und schüttelte den Kopf. »Ich ermittle hier eigentlich gar nicht. Ich bin nur hierhergekommen, um am Freitag den Geburtstag meiner Großmutter zu feiern.«

Er hob die Augenbrauen. »Eine Großmutter in London – das klingt nach einer wenig professionellen Ausrede.«

»Ich habe wirklich eine Großmutter, die hier lebt!«, protestierte Jana. »Das können Sie gerne überprüfen!«

Er schüttelte den Kopf. »Keine Angst, ich werde Ihnen nicht nachspionieren.« Er holte einige Münzen aus seiner Hosentasche und schob sie zu ihr hinüber. »Wären Sie so freundlich, für mich mit zu bezahlen? Ich habe noch einen Termin.«

»Mache ich.« Sie nickte. »Kein Problem.«

Zum Abschied zwinkerte er ihr noch einmal zu. Als er den Bürgersteig erreicht hatte, stutzte er und drehte sich noch einmal zu ihr um. »Haben Sie morgen Abend um sieben Uhr schon etwas vor?«

»Warum?«

»Morgen Abend findet ein Seminar mit einigen meiner Schüler statt. Ich bin sicher, dass Sie die Veranstaltung bereichern würden. Ich könnte Sie abholen.«

Jana zögerte einige Augenblicke, dann schüttelte sie den Kopf. »Kann ich noch nicht sagen. Haben Sie eine Visitenkarte? Ich melde mich.«

Er ging zu ihr zurück, zog sein Portemonnaie aus einer seiner Gesäßtaschen, entnahm ihm eine Visitenkarte und drückte sie Jana in die Hand. »Ich würde mich freuen.«

Als William O'Connell von der Marylebone Road in die Baker Street abgebogen war, zückte er sein Mobiltelefon und schickte eine SMS an Alexa Jäger: »Köder erfolgreich ausgelegt.«

* * *

Buchholz in der Nordheide,
Polizeiinspektion Nordheide,
Mittwoch, 18. April, 15:00 Uhr

Kommissarin Anette Sjut durchquerte den Konferenzbereich, um den die Büros der Beamten des Ersten Fachkommissariats angeordnet waren. Durch eine der Glastüren warf sie einen Blick in das Büro von Degenhardt: Er hatte eine Vielzahl von Aktenordnern, die die Ermittlungsergebnisse der letzten Tage enthielten, wie eine Schutzmauer vor sich aufgebaut. Der Hauptkommissar hatte den Kopf auf seinen Händen abgestützt und den Blick nach unten gerichtet – für Anette war nicht erkennbar, ob er in der Akte las oder ob er vielleicht eingenickt war.

Während sie weiterging, hörte sie plötzlich, wie jemand ihren Namen rief. Sie drehte sich um.

»Anette?« Es war die Stimme von Kommissarin Carola Johannsen.

Anette Sjut ging ein paar Schritte auf sie zu. Carola gehörte dem Dritten Fachkommissariat an und beschäftigte sich normalerweise mit Wirtschafts- und Betrugsdelikten. Nach den Morden an Andreas Joost und Thomas Wilke war sie der Mordkommission zur Unterstützung zugeteilt worden. Anette kannte die Kollegin nicht besonders gut; sie hatte nur in Erinnerung, dass Carola die Dinge meistens eher langsam anging.

»Ja?«

»Es ist ein Fax vom LKA für euch angekommen«, teilte Carola mit. »Ich habe es dir schon auf den Schreibtisch gelegt.«

»Das Fax ist für *uns* angekommen«, erwiderte Anette. »Vergiss nicht, dass du zu unserem Ermittlungsteam gehörst, solange die beiden Fälle nicht abgeschlossen sind.«

Carola lächelte.

»Was steht denn in dem Fax?«, hakte Anette nach.

»Keine Ahnung.« Carola zuckte mit den Schultern. »Es hat was mit einem Gutachten zu tun.«

»Wann ist das Fax angekommen?«

Carola wiegte den Kopf hin und her. »Vor zwei oder drei Stunden.«

»Vor zwei oder drei Stunden? Carola! Warum hast du Degenhardt oder Vorberg das Fax noch nicht vorgelegt?«

Carola zuckte wieder mit den Schultern. »Der Hauptkommissar will nicht gestört werden, und der Oberkommissar ist unterwegs.«

»Oh, Mann!«, fuhr Anette sie an. »Du weißt doch aus den Besprechungen, wie dringend wir auf die Untersuchungsergebnisse des LKA warten!«

Ärgerlich ließ Anette ihre Kollegin stehen und hastete in ihr Büro. Sie setzte sich an ihren Schreibtisch, öffnete die Gittermappe, in der das Fax lag, und überflog den Text. »Scheiße«, murmelte sie schließlich, nahm die Mappe und verließ ihr Büro.

Degenhardt schreckte auf, als Anette heftig gegen seine Glastür klopfte. Er blinzelte kurz und rieb sich die Augen, bevor er Anette mit einer Armbewegung hereinwinkte.

Kaum hatte sie die Tür hinter sich geschlossen, legte sie los: »Die Johannsen ist vollkommen unfähig! Ich frage mich ernsthaft, wie die Kollegen des Dritten Fachkommissariats es mit dieser blöden Kuh aushalten!«

Degenhardt sah Anette an. Ihre Kiefermuskeln arbeiteten heftig – es war nicht zu übersehen, wie wütend sie war. »Was ist denn passiert?«

Sie legte ihm die Mappe auf den Tisch. »Das LKA hat das Fasergutachten vor Stunden per Fax geschickt. Die Johannsen hat es mir auf den Tisch gelegt und niemandem sonst Bescheid gegeben!«

»Vielleicht sollte ich mal ein Wörtchen mit ihr reden.« Degenhardt öffnete die Mappe. Er las die Absenderzeile und schaute auf seine Armbanduhr. »Das Fax ist fast vier Stunden alt!«, fluchte er.

Nachdem er den Text gelesen hatte, legte er das Fax beiseite und nickte Anette zu. »Damit wissen wir jetzt also, dass die Fasern von Sarah Joosts Lodenmantel nicht mit den Fasern übereinstimmen, die wir an der Leiche von Andreas Joost gefunden haben.«

Anette hob die Augenbrauen. »Sind Sie nicht überrascht?«

»Nein, bin ich nicht. Falls ihr Liebhaber Julius Krause nicht gelogen hat – und davon gehe ich aus –, haben beide ein Alibi für die Tatzeit. Keiner von ihnen kann also der Mörder sein, und zu dieser Annahme passt auch das Fasergutachten. Nun aber zu Ihnen: Haben Sie noch etwas von Thomas Wilkes Sekretärin erfahren?«

»Na ja, zumindest wissen wir jetzt, dass er regelmäßig Akten mit nach Norderney genommen hat. Es ist gut möglich, dass er vielleicht doch irgendwo ein Schließfach hat. Frau Roth hatte aber keine Erklärung für die Ziffernfolge und für die Buchstabenkombinationen.«

Degenhardt nickte abwesend. Er dachte kurz nach, dann richtete er sich in seinem Ledersessel auf und zeigte mit dem Finger auf Anette. »Ich habe neue Aufgaben für Sie. Als Erstes fahren Sie gemeinsam mit Oberkommissar Petersen in den Dorfkrug nach Neu Wulmstorf. Dort werden Sie die Aussage von Julius Krause überprüfen. Ich denke, dass dabei nichts herauskommen wird – ich bin sicher, dass Krause die Wahrheit gesagt hat. Anschließend werden Sie beide nach Norderney fahren und von dort aus nach Buchholz zurückkehren. Auf der Rückfahrt werden Sie jede Bank aufsuchen und sich erkundigen, ob Thomas Wilke dort ein Schließfach angemietet hat. Ich habe mir einen kurzen Überblick verschafft: Auf Norderney gibt es nur eine Hand voll Banken, das schaffen Sie an einem Vormittag. Auf dem Rückweg fahren Sie dann den normalen Weg über Emden, Leer, Oldenburg und Bremen. Auf der Strecke liegen leider deutlich mehr Banken als auf Norderney.«

Anette runzelte die Stirn. »Meinen Sie das im Ernst? Das kann Tage dauern!«

»Das ist mir vollkommen egal!«, erwiderte Degenhardt entschlossen. »Oder können Sie mir eine bessere Alternative nennen?«

Als Anette Sjut das Büro von Degenhardt wieder verlassen hatte, blickte er auf die Fotos, die an der Pinnwand neben seinem Schreibtisch hingen. Die vermummte Person, die die Überwachungskamera von Thomas Wilke aufgezeichnet hatte, war also definitiv nicht Sarah Joost!

Kapitel 28

Cippenham,
Wohnhaus von Elisabeth Brandwood,
Donnerstag, 19. April, 10:00 Uhr

Lissys Haushaltshilfe hatte den Frühstückstisch reich gedeckt. Jana schenkte ihrer Großmutter und sich selbst Kaffee ein und nahm ihr gegenüber Platz. Dann schnitt sie ein Brötchen durch und bestrich die beiden Hälften mit Butter und Orangenmarmelade.

Lissy lachte. »Ich hoffe, es gefällt dir.«

»O ja, ich liebe den bitteren Geschmack dieser Marmelade«, antwortete Jana und biss in eine der Brötchenhälften.

»Nein, nein, *Honeybunch*. Ich meinte nicht die Marmelade, ich meinte mein wunderschönes England.«

Jana bemühte sich, schnell zu kauen und den Mund wieder frei zu bekommen. »Mhm, ja«, antwortete sie schließlich, »nur eure Männer sind merkwürdig.«

»Warum?«

»Na ja, ich hatte gestern vor einem Café eine eigenartige Begegnung mit einem Engländer: ein älterer Herr, der sich zu mir gesetzt hat. Ein Psychologe, der bei Scotland Yard arbeitet. Er hat offenbar sofort erkannt, dass ich Polizistin bin. Als er ging, hat er mir seine Visitenkarte gegeben und mich für heute Abend zu einem Seminar eingeladen. Er hat sogar angeboten, mich abzuholen.«

»How wonderful!«, freute sich Lissy. »Und, gehst du hin?«

Jana schüttelte den Kopf. »Ich denke nicht. Ich kenne ihn ja gar nicht. Außerdem habe ich Urlaub.«

»Aber das ist doch eine einmalige Chance! Außerdem hast du seine Visitenkarte. Zeig sie mir doch mal.«

Jana stand auf, ging zur Garderobe und holte die Visitenkarte aus ihrem Portemonnaie. Lissy überflog die Karte und staunte: »Wow. Chris Carter. Psychologe bei Scotland Yard. Also … ich würde mir die Chance nicht entgehen lassen, *Honeybunch*.«

»Meinst du wirklich?«

»Ich mache dir einen Vorschlag: Lass dich heute Abend hier von ihm abholen, und ich schaue ihn mir an. Wenn er mir nicht gefällt, schicke ich ihn alleine zu seinem Seminar.«

Jana nahm Lissy in den Arm und strahlte. »Du bist wirklich die Allerbeste!«

* * *

Buchholz in der Nordheide,
Polizeiinspektion Nordheide,
Donnerstag, 19. April, 10:00 Uhr

Rolf Degenhardt betrat das Vorzimmer von Polizeidirektor Achim Meislahn. Er nickte dessen Sekretärin Heidi Soltau zu und blieb vor ihrem Schreibtisch stehen.

Rasch beendete Heidi Soltau das offenbar private Telefongespräch. »Der Herr Direktor erwartet Sie bereits!«, erklärte sie.

»Danke, Frau Soltau.« Degenhardt ging zur Bürotür von Meislahn und klopfte an. Als er ein deutliches »Ja, bitte!« vernahm, trat er ein.

»Ah, Herr Degenhardt, schön, dass Sie da sind«, rief Meislahn erfreut. Er stand auf, nahm seine Jacke von der Garderobe und reichte Degenhardt zur Begrüßung die Hand. »Haben Sie schon gefrühstückt?«

Degenhardt hob die Schultern. »Ein paar Tassen Kaffee.«

* * *

Um kurz vor halb elf betraten Meislahn und Degenhardt eine Bäckerei, die in der Buchholzer Innenstadt am Rande der Fußgängerzone lag. Meislahn kaufte für beide belegte Brötchen und Kaffee. Währenddessen fand Degenhardt einen freien Tisch, der abseits des Publikumsverkehrs lag.

»Das Alibi von Sarah Joost und Julius Krause ist also wasserdicht?«, wollte Meislahn wissen, nachdem er sich zu Degenhardt gesetzt hatte.

Der Hauptkommissar nickte. »Frau Sjut und Herr Petersen haben es gestern überprüft. Laut Krauses Kreditkartenabrechnung hat er um einundzwanzig Uhr achtunddreißig bezahlt. Das Personal im Dorfkrug hat bestätigt, dass beide das Lokal danach gemeinsam verlassen haben. Um Viertel nach zehn hat Sarah Joost den Notruf in Döhle gewählt. Damit blieben ihr für die zweiundfünfzig Kilometer einschließlich der Verabschiedung von Krause eine gute halbe Stunde. Das hätte nicht gereicht, um Andreas Joost umzubringen.«

Meislahn nahm einen Schluck Kaffee. »Hmh, und was machen wir jetzt?«

»Frau Sjut und Herr Petersen sind auf Norderney«, antwortete Degenhardt. »Sie überprüfen auf dem Rückweg nach Buchholz alle Banken, bei denen Thomas Wilke ein Schließfach angemietet haben könnte.«

»Haben sie schon was gefunden?«

Degenhardt schüttelte den Kopf. »Zumindest haben sie sich noch nicht gemeldet.«

»Okay.« Meislahn beugte sich zu Degenhardt hinüber und senkte die Stimme. »Ich habe ein paar interessante Neuigkeiten für Sie. Ich habe vorhin mit dem Leiter des Landeskriminalamtes in Hannover telefoniert. Die Kollegen haben alle Unterlagen zu Andreas Joosts und Thomas Wilkes Konten, die Kreditkartenabrechnungen, die Internet- und die Festnetzverbindungen überprüft. Sowohl Andreas Joost als auch Thomas Wilke haben regelmäßig eine in England registrierte Telefonnummer angerufen. Der Inhaber der Nummer heißt Wilson Wheeler. Ich weiß allerdings noch nichts Genaues!«

»Vielleicht jemand von diesem Kinderpornoring«, sagte Degenhardt. »Möglicherweise haben sie von ihm ›Sophies zehnter Geburtstag‹?«

Meislahn zögerte zunächst, dann murmelte er: »Höchstwahrscheinlich – bezüglich Wilson Wheeler müssen wir im Moment aber nichts unternehmen, da er noch vom LKA und von Interpol überprüft wird. Für uns ist es erst einmal viel interessanter, dass Thomas Wilke sich unter dem Codenamen *desperate–sadist* regelmäßig in einem geschlossenen Internetforum aufgehalten hat, in dem sich sadistische und masochistische Perverse ausgetauscht haben. Für den Tatabend hatte er sich um zweiundzwanzig Uhr mit einer Domina bei sich zu Hause verabredet. Sie nennt sich in dem Forum Lady Pain. Sie wohnt nicht weit weg von hier. Dafür sind wir zuständig.«

»Na ja«, meinte Degenhardt, »auch wenn sie als Täterin nicht infrage kommt, werden wir ihr einen Besuch abstatten. Haben Sie ihre Adresse?«

»Natürlich habe ich die Adresse. Aber warum kommt sie als Täterin nicht infrage?«

»Die Überwachungskamera hat am Tatabend um zweiundzwanzig Uhr fünf eine Frau vor Wilkes Haus aufgezeichnet, die mehrmals geklingelt hat und schließlich wieder gegangen ist, weil niemand ihr geöffnet hat. Das müsste dann Lady Pain gewesen sein. Im Unterschied zur ersten Besucherin an jenem Abend hatte sie sich nicht vermummt. Ich bin sicher, dass Wilke zu diesem Zeitpunkt längst tot war.«

Meislahn und Degenhardt unterhielten sich noch eine Weile über die beiden Mordfälle. Plötzlich sprang der Polizeidirektor auf, lächelte freudig und eilte in Richtung Eingang.

Degenhardt, der mit dem Rücken zum Verkaufsraum saß, drehte sich um. »Scheiße«, murmelte er, als er sah, wer die Bäckerei soeben betreten hatte.

Im nächsten Moment hörte er Meislahn sagen: »Frau Degenhardt, gut sehen Sie aus. Und wie groß die Kinder geworden sind!«

Degenhardt hatte das Gefühl, einen totalen Kontrollverlust zu erleiden. Während er sich bemühte, seinen Fluchtinstinkt zu unterdrücken, nahm der Polizeidirektor seiner Familie die Einkaufstüten ab und führte sie zu dem Tisch, an dem Degenhardt saß.

Die Begrüßung fiel sehr unterschiedlich aus.

Tobias blickte auf die Stirn seines Vaters und rief: »Alter, wie cool ist das denn!«

Degenhardts Tochter Alexandra schüttelte den Kopf und murmelte: »Das ist ja schrecklich!«

Und Ulrike sagte nur: »Hallo Rolf.«

Degenhardt gab den dreien zur Begrüßung die Hand und kam sich dabei grauenvoll vor. Zumindest seine Kinder hätte er gerne in den Arm genommen – aber das brachte er vor Ulrike nicht fertig.

Während seine Familie ihm gegenüber Platz nahm, streifte

Meislahn seine Jacke über. »Tut mir wirklich sehr leid, aber ich muss jetzt gehen. Ich habe gleich einen Termin.«

Als er gegangen war, wandte sich Degenhardt an seine Kinder: »Habt ihr heute keine Schule?«

Alexandra schüttelte den Kopf. »Die Lehrer haben einen Fortbildungstag.«

»Guck mal, Papa!«, rief Tobias. Er hob eine Plastiktüte auf seinen Schoß und zog ein Jackett heraus. »Den Anzug haben wir für meine Konfirmation gekauft.«

»Super!«, sagte Degenhardt. Er hatte das Gefühl, das die Situation sich ein wenig entspannte.

»Du kommst doch auch, oder?«

»Natürlich komme ich!«

»Und wann gehen wir wieder zum Fußball?«

»Wenn du möchtest, können wir in zweieinhalb Wochen wieder ins Stadion gehen.«

»Wirklich?«, fragte Tobias ungläubig und sah Ulrike an. »Mama hat das verboten.«

Sie nickte. »Genau. Ich möchte nicht, dass Papa ständig verspricht, er würde dich abholen und mit dir ins Stadion fahren – und eine Stunde vorher sagt er dann ab. Ich will nicht, dass er dich immer wieder verletzt. Weißt du noch, dass Papa dir letztes Jahr versprochen hat, er würde dich zu jedem Heimspiel nach Hannover mitnehmen? Und wie oft seid ihr da gewesen?«

»Kein einziges Mal«, antwortete Tobias und senkte den Kopf.

Degenhardt spürte, wie eine unerträgliche Hitze in ihm aufstieg. Er bemühte sich, die angespannte Stimmung zu lockern. »In zweieinhalb Wochen spielt Hannover zu Hause gegen Kaiserslautern. Was meinst du, Tobias? Gibst du mir noch eine Chance?«

Ulrike schüttelte den Kopf: »Du kannst erst einmal beweisen, dass du es zu seiner Konfirmation schaffst – dann sehen wir weiter.«

»Mhm«, murmelte Degenhardt. »Du holst meine Eltern ab?«

»Ja, mache ich. Schließlich sollen sie dabei sein. Und ich glaube kaum, dass ich mich auf dich verlassen kann, was das angeht.«

Kommentarlos rührte Degenhardt in seiner Tasse durch den mittlerweile kalten Kaffee.

»Ich denke, wir sollten jetzt gehen«, sagte Ulrike und stand wieder auf. »Dann also bis zur Konfirmation, Rolf.«

»Ja, bis dann!«

Während Ulrike und Tobias die Bäckerei verließen, blieb Alexandra noch kurz bei ihrem Vater stehen. Als sie sicher sein konnte, dass ihre Mutter sie nicht hörte, beugte sie sich zu ihm vor: »Du bist ein Vollidiot! Das war wirklich das Letzte.«

»Sag mal ...«, stammelte Degenhardt, »... was soll das denn jetzt?«

»Du hättest Mama wenigstens zum Geburtstag gratulieren können!«

Kapitel 29

Marxen,
Wohnung von Lydia Hachmann,
Donnerstag, 19. April, 14:00 Uhr

Als Lydia Hachmann die Tür öffnete, erkannte Degenhardt sie sofort als die Frau wieder, die die Überwachungskamera am Tatabend vor Thomas Wilkes Haus aufgezeichnet hatte. Lydia war groß gewachsen, etwa Anfang zwanzig und äußerst attraktiv.

»Was kann ich für Sie tun«, fragte sie irritiert.

Degenhardt und Vorberg hielten ihr zunächst die Dienstausweise hin, dann zeigte der Hauptkommissar ihr eine Aufnahme der Überwachungskamera. »Sind Sie das?«

Lydia studierte das Bild sorgfältig und nickte dann. »Ja, warum?«

»Ein Rechtsanwalt namens Thomas Wilke ist ermordet worden. Sie haben sich in einem geschlossenen Internet-Forum als Lady Pain ausgegeben und Kontakt mit ihm gehabt. Das Foto, auf dem Sie abgebildet sind, hat eine Überwachungskamera in der Tatnacht vor Wilkes Haus aufgezeichnet.«

Lydia antwortete ohne Umschweife: »Ich muss neben dem Studium Geld verdienen. Am schnellsten und am einfachsten funktioniert das als Lady Pain. Ich hatte zwar Kontakt mit Thomas Wilke, aber ich habe ihn nie persönlich kennengelernt. Wir waren nur ein einziges Mal bei ihm zu Hause verabredet, doch als ich kam, hat er die Tür nicht geöffnet. Ich bin dann wieder gegangen. Ich dachte, dass er es sich anders überlegt hat – aus welchen Gründen auch immer. Deswegen habe ich auch nicht mehr versucht, ihn noch einmal zu kontaktieren.«

Degenhardt und Vorberg bezweifelten nicht, dass sie die Wahrheit sagte.

* * *

Fährlinie zwischen Norderney und Norddeich,
Donnerstag, 19. April, 14:00 Uhr

Kommissarin Anette Sjut und Oberkommissar Roland Petersen hatten alle Banken auf Norderney befragt – vergebens. Thomas Wilke hatte auf der Insel definitiv kein Schließfach angemietet.

Die beiden befanden sich mittlerweile auf der Fähre, die sie zum Festland zurückbrachte. Anette stand auf dem Oberdeck und starrte missmutig in das sprudelnde Wasser, das die Schiffsschrauben am Heck aufwirbelten. Sie dachte an die endlose Liste mit Banken, die sie auf ihrem rund zweihundertfünfzig Kilometer langen Rückweg nach Buchholz noch überprüfen mussten.

»Hier, ich habe dir Tee mitgebracht«, riss Petersen sie aus ihren Gedanken.

»Das ist lieb von dir, danke«, freute sich Anette. »Meinst du denn, dass wir ein Schließfach von Thomas Wilke finden werden?«

»Keine Ahnung. Wir können heute sowieso nur noch bei wenigen Banken nachfragen. Ich kenne in Norddeich übrigens ein nettes Hotel – und morgen machen wir dann weiter.«

Kapitel 30

Burchetts Green,
Landhaus von Mark Harrison,
Donnerstag, 19. April, 18:30 Uhr

Alexa Jägers Atem ging deutlich schneller als normal. Das lag jedoch nicht daran, dass sie sich körperlich angestrengt hatte; vielmehr war es ihre Anspannung in Erwartung dessen, was bald geschehen würde.

Sie kauerte im Schutz der dicht gewachsenen Bäume und Sträucher, die die Auffahrt zu Mark Harrisons Anwesen säumten. Immer wieder schaute sie auf ihre Armbanduhr und ging den Plan in Gedanken durch.

Nur wenig später beobachtete sie von ihrem Versteck aus, wie das Garagentor sich öffnete. Dann rollte eine dunkle Limousine an ihr vorbei, in der Mark Harrison und seine Frau Martha saßen. Ein kurzer Blick hatte genügt: Der VW Käfer von Harrisons Sohn Glenn stand in der Garage.

Alexa holte ihr Handy aus der Manteltasche und schrieb eine SMS. Adressat war O'Connell: »Es läuft alles wie geplant!«

Das Handy verschwand wieder in der Manteltasche, stattdessen holte sie einen Kontaktlinsenbehälter hervor, drehte den Schraubverschluss ab und nahm zwei braune Kontaktlinsen ohne Sehstärke heraus, die sie nacheinander auf ihre Augäpfel platzierte: Nun leuchteten ihre Augen nicht mehr in auffälligem Türkis, sondern zeigten ein unauffälliges Braun. Als Nächstes holte sie eine Strickmütze hervor, die sie sich tief ins Gesicht zog, und einen Schal, den sie fast bis unter die Nase um den Hals und den unteren Gesichtsbereich schlang. Danach streifte sie schwarze Lederhandschuhe über die Hände. Schließlich zog sie die Elektroschockpistole aus der Manteltasche und überprüfte die Waffe noch einmal.

Sie atmete einige Male tief durch, bevor sie auf die Pflastersteine der Auffahrt trat. Mit zusammengekniffenen Augen schaute sie auf das Landhaus mit den roten Backsteinen, den weißen Fenstersprossen und dem Efeu, der sich an der Fassade emporrankte.

* * *

Cippenham,
Wohnhaus von Elisabeth Brandwood
Donnerstag, 19. April, 18:30 Uhr

William O'Connell schüttelte den Kopf, als er Cippenham erreichte. Zwar hatte Jana ihn – so wie er es vorausgesehen hatte – angerufen und ihm mitgeteilt, dass sie an dem Seminar teilnehmen würde, allerdings hatte sie ihm auch gesagt, dass ihre Großmutter ihn vorher kennenlernen wollte. Von dem Urteil der alten Dame hing es also ab, ob der Plan funktionieren würde, den er mit Alexa geschmiedet hatte. Dementsprechend sorgfältig hatte O'Connell sich auf den Abend vorbereitet: Er besaß genug Charme, Frauen jeden Alters um den Finger zu wickeln, und ebendiesen Charme würde er jetzt ausspielen.

O'Connell parkte seinen Wagen vor dem Haus, dessen Adresse Jana ihm genannt hatte. Er entdeckte ihr Auto in der Auffahrt; also war er hier richtig.

In dem Moment, als er aussteigen wollte, klingelte sein Handy. Er warf einen Blick auf das Display und runzelte die

Stirn. Der Anrufer war einer seiner besten Kunden und benötigte höchstwahrscheinlich seine Dienste. Er wog kurz das Für und Wider ab, dann nahm er den Anruf an und hörte aufmerksam zu.

»Kein Problem«, antwortete er schließlich. »Einen Moment bitte, ich muss mir Notizen machen.«

Er klemmte das Handy zwischen Ohr und Schulter, lehnte sich auf die Beifahrerseite, öffnete das Handschuhfach und tastete nach einem Zettel und einem Stift. Er fand beides und warf die Klappe des Handschuhfaches mit viel Schwung zu. Im selben Moment rutschte ihm das Handy von der Schulter und verschwand zwischen Mitteltunnel und Beifahrersitz des Wagens.

Fluchend beugte O'Connell sich zur Seite und tastete unter dem Beifahrersitz von links nach rechts. Er fand nichts und suchte weiter, doch das Handy blieb verschwunden.

O'Connell stieg aus, marschierte um den Wagen herum auf die andere Seite, öffnete die Beifahrertür und ging vor dem Fußraum des Beifahrersitzes in die Hocke. Sofort sah er das Telefon. Der Aufprall hatte es in drei Teile zerlegt. Hastig griff er nach dem Gehäuse des Telefons, dem Akku und dem Schutzdeckel des Akku-Fachs. Bei genauerem Hinsehen entdeckte er, dass das Display an mehreren Stellen gerissen war. O'Connell setzte das Handy wieder zusammen und schaltete es ein, doch nichts passierte.

»Verdammter Mist!«, fluchte er. Noch wichtiger als das Telefonat eben war die SMS, die er jeden Moment von Alexa erwartete. Sie entschied, ob sie beide ihren Plan durchführen würden oder nicht.

»Hallo Chris!«, rief plötzlich jemand hinter ihm.

Er fuhr herum. Jana war aus dem Haus getreten und kam nun auf ihn zu.

»Meine Großmutter und ich warten schon auf Sie!«

Er legte das defekte Handy auf den Fahrersitz und begrüßte sie: »Hallo Jana. Ich kann es kaum erwarten, Ihre Großmutter kennenzulernen.«

Lissy stand bereits in der Tür.

»Chris Carter«, stellte er sich vor, griff sanft nach Lissys Hand und deutete einen Handkuss an.

Die alte Dame fühlte sich offensichtlich geschmeichelt. Sie warf Jana einen anerkennenden Blick zu und bat den Besucher ins Haus.

»Sie sind also Polizeipsychologe bei Scotland Yard«, stellte Lissy fest, nachdem sie sich in der Küche an den Tisch gesetzt hatten. »Und womit beschäftigen Sie sich konkret?«

Während Jana Tee einschenkte, begann er zu erzählen. Seine Zuhörerinnen lauschten ihm gebannt.

Um kurz vor 19:00 Uhr blickte O'Connell auf seine Armbanduhr und stellte fest: »Ich muss jetzt leider fahren. Das Seminar beginnt in einer halben Stunde. Ich würde mich übrigens sehr freuen, wenn Sie mich begleiten würden, Jana.«

Lissy nickte Jana zu, und die junge Frau stand auf, um ihre Jacke zu holen.

Nachdem sie sich von Lissy verabschiedet hatten, gingen sie zum Wagen, und O'Connell hielt Jana die Autotür auf.

Dann eilte er hinüber auf die Fahrerseite und blickte vor dem Einsteigen auf den Sitz: Sein Handy war verschwunden. Er ließ sich in das Leder fallen, schaute zu Jana hinüber und sah, dass sie es in der Hand hielt.

»Lassen Sie nur«, sagte er, während er den Wagen startete und losfuhr. »Das Handy ist mir vorhin heruntergefallen. Leider ist es jetzt defekt!«

»Was für ein Pech«, meinte Jana.

»Ja, ärgerlich, weil ich gerade eine äußerst wichtige Nachricht erwarte.«

»Mal schauen, was wir machen können«, erklärte Jana. Sie kramte in ihrer Tasche, suchte nach ihrem Telefon und schaltete es ab. »Wohin fahren wir genau?«

»Über den Motorway 4 aufs Land nach Burchetts Green. Dort findet das Seminar statt.«

»Wie lange dauert das?«

»Meinen Sie die Fahrt oder das Seminar?«

»Die Fahrt.«

»Wenn der Verkehr gut läuft ... rund zwanzig Minuten.«

Jana nahm O'Connells SIM-Karte aus dem defekten Handy und legte sie in ihr Mobiltelefon. »Wie lautet Ihr Pin-Code?«

»Warum?«

Jana blickte ihn verständnislos an. »Warten Sie nun auf eine Nachricht oder nicht?«

O'Connell strich sich über das Kinn. »Also gut«, sagte er schließlich. »5306.«

Kaum hatte sie den Code in ihr Handy eingegeben, ertönte eine kurze Melodie. Jana grinste. »Sie haben tatsächlich eine neue Nachricht erhalten. Von einem unbekannten Absender.«

Einen Moment lang wusste er nicht, wie er reagieren sollte.

Doch sie nahm ihm die Entscheidung ab. »Es läuft alles wie geplant«, las sie den Text der SMS laut vor und hob verwundert die Augenbrauen. »Das hört sich ja sehr geheimnisvoll an.«

Er spürte jeden einzelnen Herzschlag in seiner Brust. »Lassen Sie sich überraschen«, erwiderte er nur und war erleichtert, dass sie keine weiteren Fragen stellte.

* * *

Buchholz in der Nordheide,
Polizeiinspektion Nordheide,
Donnerstag, 19. April, 18:30 Uhr

Als die Leiterin des *Hauses Sonnenschein* anrief, stand Degenhardt gerade vor seiner Pinnwand und nahm das Foto von Lady Pain ab. Karin Bergen berichtete, dass sich Anna von dem Zwischenfall am vorigen Tag gut erholt hatte und wieder zeichnete. Möglicherweise hätte Anna jetzt sogar die Mordszene gemalt – laut Darstellung von Karin Bergen fehlte das Gesicht des Täters allerdings. Vielleicht aber hätte das Mädchen auch das mittlerweile gezeichnet. Er musste schnellstmöglich nach Winsen!

Da Vorberg bereits nach Hause gefahren war, stieg Degenhardt alleine in seinen Dienstwagen und machte sich auf den Weg. Er ließ den Stadtverkehr schnell hinter sich und hatte auch auf den ersten Kilometern der Landstraße freie Fahrt. Doch sein rasantes Tempo wurde auf der Kreisstraße zwischen Vaensen und Dibbersen jäh gebremst: Ein alter, gepflegter Mercedes 200 Diesel war der Grund dafür.

Tolles Auto, dachte Degenhardt, leider der falsche Moment, um in Ruhe hinterherzufahren und den Anblick zu genießen.

Er konnte keinen Gegenverkehr ausmachen, gab Gas und setzte zum Überholen an – im nächsten Augenblick sah er, wie ein LKW von vorne um die langgezogene Kurve auf ihn zukam. Sofort musste er auf die Bremse treten und sich wieder hinter dem Mercedes einordnen.

Genervt blickte Degenhardt auf das Heck des alten Mercedes. Die drei ersten Buchstaben auf dem Nummernschild waren zwar etwas verblasst, dennoch stand dort unverkennbar »HEI«, das Kürzel für Heide/Holstein, die Kreisstadt

Dithmarschens. Auf dem Kofferraumdeckel haftete ein Aufkleber: »Dithmarschen – das letzte Abenteuer Europas«. Als Degenhardt den braunen Hut des Fahrers und eine rosa umhäkelte Toilettenrolle durch die Heckscheibe erblickte, schüttelte er frustriert den Kopf. Manchmal war das Leben ein Klischee.

Inzwischen war er wegen des Gegenverkehrs bereits eine längere Strecke hinter der alten Limousine hergefahren, als der Mercedes-Fahrer die Geschwindigkeit vor einer Kurve noch einmal verringerte.

»Meine Güte, nun fahr schon!«, schimpfte Degenhardt und lenkte seinen Wagen ein Stück über die gestrichelte Fahrbahnmarkierung. Er hielt angestrengt Ausschau nach entgegenkommenden Autos; mit den Fingern trommelte er nervös auf das Lenkrad. Noch zögerte er. Da sein Blick starr geradeaus gerichtet war, bemerkte er den dunkelblauen Porsche nicht, der sich rasant von hinten näherte. In dem Moment, als Degenhardt ausscheren wollte, schoss der Sportwagen haarscharf an ihm vorbei und verschwand ebenso schnell, wie er aufgetaucht war.

Er benötigte ein paar Sekunden, um sich von dem Schreck zu erholen. Dann blickte er nach vorne und in den Rückspiegel: Die Straße war endlich frei. Entschlossen trat er das Gaspedal bis zum Bodenblech und setzte zum Überholen an. Als sein Wagen auf der Höhe des alten Mercedes war, warf er einen Blick auf den etwa siebzigjährigen Fahrer, der stur geradeaus starrte und dabei kerzengerade saß.

»Nicht zu fassen«, murmelte Degenhardt und schüttelte den Kopf.

Als er wieder auf die Straße blickte, sah er direkt vor sich in der Kurve zwei Scheinwerfer, die mit hoher Geschwindigkeit auf ihn zurasten. Degenhardt hätte keine Chance gehabt, vor dem Mercedes einzuscheren. Augenblicklich trat er mit ganzer Kraft auf das Bremspedal. Das Anti-Blockier-System griff, während er das Lenkrad nach rechts riss. Haarscharf hinter dem Mercedes schleuderte der Dienstwagen wieder auf die rechte Spur, während das Auto auf der Gegenfahrbahn an ihm vorbeiraste.

Sein Herz schlug wie wild, und sein Mund war vollkommen ausgetrocknet. Mit weit aufgerissenen Augen starrte er auf die Heckklappe des alten Mercedes: »Dithmarschen – das letzte Abenteuer Europas«.

»Meine Güte, war das knapp«, murmelte er, nachdem er einige Male tief durchgeatmet hatte.

Erst auf der Autobahn traute er sich wieder, Gas zu geben.

* * *

Im *Haus Sonnenschein* nahm Karin Bergen den Hauptkommissar in Empfang und führte ihn unverzüglich in das erste Stockwerk. Als sie an dem Clown vorbeiliefen, schien er Degenhardt anzulächeln: »Na Kumpel, schon wieder hier?«

In dem Moment, als die Heimleiterin die Türklinke zu Annas Zimmer niederdrückte, hielt sie kurz inne und wandte sich noch einmal an Degenhardt. »Sie gehen nur zum Schreibtisch und schauen sich das Bild an. Sie nehmen nichts in die Hand, verändern nichts und stellen keine Fragen. Haben wir uns verstanden?«

Er nickte.

Diese Geste reichte ihr offensichtlich nicht als Antwort, denn sie runzelte die Stirn und ließ die Türklinke wieder los. Sie nahm ihre Lesebrille ab und fixierte ihn. »Mein lieber Herr

Degenhardt, ich dulde nicht, dass sich das Schauspiel von gestern Vormittag wiederholt.«

»Das, was gestern passiert ist, war keine Absicht«, erwiderte er vehement. »Es tut mir leid!«

»Hmm«, murmelte sie, und er wusste nicht, was es heißen sollte: »Ich glaube Ihnen kein Wort«, »Das müssen Sie mir erst beweisen« oder »Entschuldigung angenommen«.

Endlich gab sie den Weg in das Zimmer des Mädchens frei. Anna zeichnete nicht mehr. Stattdessen war sie wieder damit beschäftigt, ihre Pferde durch das Zimmer marschieren zu lassen. Der Blick von Annas Bezugsbetreuerin verriet, dass sie fürchtete, das Szenario vom gestrigen Vormittag könnte sich wiederholen. Er nickte ihr zu und lächelte sie vorsichtig an, dann folgte er Karin Bergen zu Annas Schreibtisch.

Er starrte auf das Blatt Papier, das dort lag, und schüttelte ungläubig den Kopf. Anna hatte unverkennbar ihr Zimmer gezeichnet. Schrank, Tisch, Stuhl und Bett waren realistisch dargestellt. Aber noch viel bedeutsamer waren die Menschen, die das Mädchen gezeichnet hatte. Andreas Joost war eindeutig auf dem Bild zu erkennen: Er kam gerade in das Zimmer gelaufen, sein Gesichtsausdruck war panisch. Er wurde von dem Täter verfolgt, der in der einen Hand ein Messer hielt und in der anderen eine Pistole. Der Täter war kleiner und zierlicher als sein Opfer. Dort, wo dessen Gesicht hätte sein sollen, war nur eine weiße Fläche … Degenhardt war sich nicht sicher, ob es sich bei dem Unbekannten um einen Mann oder eine Frau handelte. Auf keinen Fall jedoch handelte es sich um ein junges Mädchen wie Anna, das war deutlich zu erkennen. Und warum bloß hatte sie auf ihrem Bild das Gesicht des Täters ausgespart?

Als er genug gesehen hatte, nickte er Karin Bergen zu

und ging in Richtung Tür. Bevor sie sich ihm anschloss, vergewisserte sie sich mit einem Blick, dass Degenhardt das Bild wirklich an seinem Platz belassen hatte. Er bemerkte dies und reagierte mit einem Schmunzeln. Sie lächelte zurück.

»Ich rufe Sie wieder an, sobald Anna das Gesicht des Täters zeichnet«, versprach sie ihm, als sie sich im Flur voneinander verabschiedeten.

Auf dem Weg zum Ausgang passierte Degenhardt eine der Betreuerinnen, die er im *Haus Sonnenschein* schon einmal gesehen hatte. Sie unterhielt sich mit einem sehr elegant gekleideten Herrn. Degenhardt grüßte sie kurz und ging weiter. Er hörte den Mann in einem unverkennbar britischen Tonfall etwas sagen. Die Stimme hatte zwar einen freundlichen und väterlichen Klang, zugleich war ihr jedoch anzumerken, dass ihr Besitzer es gewohnt war, Dinge zu entscheiden.

»Das tut mir leid, Mr. Wheeler!«, hörte Degenhardt die junge Frau antworten – und bei der Erwähnung dieses Namens blieb er augenblicklich stehen. »Anna geht es seit dem Tod ihres Vaters nicht sehr gut. Ich schlage vor, dass Sie sich zuerst mit unserer Leiterin, Frau Bergen, unterhalten. Ich möchte das nicht entscheiden.«

»Mhm«, erwiderte der Brite. »Das kann ich natürlich verstehen. Ich bin leider sehr knapp in der Zeit, ich komme morgen wieder.« Er reichte ihr zum Abschied die Hand.

»Entschuldigen Sie bitte ...« Degenhardt trat auf ihn zu. Darf ich Sie etwas fragen?«

Der Brite schaute ihn verwundert an. »Ja. Worum geht es?«

»Heißen Sie Wilson Wheeler?«

»Ja, warum?«

»Ich würde gerne wissen, was Sie von dem Mädchen wollen!«

Wheeler musterte Degenhardt von der Schuhsohle bis zum Scheitel. »Ich wüsste nicht, was Sie das angeht«, erwiderte er, drehte sich um und ging in Richtung Ausgang.

Degenhardt folgte ihm, packte ihn an der Schulter und riss ihn herum.

»Was soll das?«, fuhr Wheeler ihn an und schlug Degenhardts Hand von seiner Schulter.

»Ich will von Ihnen wissen, was Sie von Anna Joost wollen!«

»Und ich habe Ihnen gesagt, dass Sie das nichts angeht! Wer sind Sie überhaupt?«

»Ich bin Hauptkommissar Degenhardt. Ich ermittle in den Mordfällen Andreas Joost und Thomas Wilke«, antwortete Degenhardt nun in einem ruhigen Tonfall. »Wir wissen, dass Sie Kontakt zu den beiden Toten hatten. Jetzt treffe ich Sie hier zufällig an, und Sie fragen nach dem Mädchen. Da ist es doch nicht verwunderlich, dass ich von Ihnen wissen möchte, was Sie von ihr wollen – oder sehen Sie das anders?«

Wheeler zuckte mit den Schultern. »Meine Tochter lebt auch hier. Die Mädchen spielen gelegentlich miteinander. Deshalb interessiere ich mich für Anna.«

Doch diese Antwort reichte Degenhardt nicht. So einfach würde er Wheeler nicht davonkommen lassen.

»Ich gehe davon aus, dass Sie ein anderes Interesse an dem Mädchen haben«, erklärte er.

Wheeler hob die Augenbrauen. »Was meinen Sie damit?«

»Ich meine die DVDs, die wir bei beiden Toten gefunden haben.«

»Welche DVDs?«

»Na, Sie wissen schon – diese ganz speziellen DVDs aus England«, erklärte Degenhardt. »Die DVD mit dem kleinen Mädchen. ›Sophies zehnter Geburtstag‹ ...«

Wheeler wirkte plötzlich außerordentlich ernst. »Ich weiß zwar nicht, welche DVDs Sie meinen, aber ich sage Ihnen eines: Sollten Sie in irgendeiner Weise vermuten, dass ich mit Ihren Fällen etwas zu tun habe, dann täuschen Sie sich. Und ich sage Ihnen noch eines: Sollten Sie mich noch einmal belästigen, sorge ich dafür, dass Sie das bereuen werden! Haben Sie mich verstanden?«

Degenhardt deutete mit einem Schulterzucken an, dass ihm die Drohung egal war. »Ich muss Sie leider bitten, mich nach Buchholz zu begleiten.«

»Sie sind ja verrückt!«, zischte Wheeler und wandte sich ab.

Degenhardt machte einen raschen Schritt auf ihn zu und nahm ihn blitzschnell in den Polizeigriff. Im nächsten Augenblick stöhnte er laut auf: Die Schmerzen, die seine angebrochenen Rippen bei dieser Aktion verursachten, strahlten durch den gesamten Oberkörper.

* * *

Degenhardts Handy auf dem Beifahrersitz klingelte. Das Display zeigte *Staatsanwalt Hagemann* als Anrufer an.

Während der Hauptkommissar noch im *Haus Sonnenschein* war, zeichnete die Mailbox die Nachricht auf: »Hagemann hier. Guten Abend, Herr Degenhardt. Wir haben Wilson Wheeler überprüft. Können Sie vergessen. Er ist ein Diplomat, der in Hamburg für die britische Botschaft arbeitet. Seine Tochter ist ebenfalls Autistin. Sie lebt im gleichen Wohnheim wie Anna. Wilson Wheeler, Andreas Joost und Thomas Wilke haben anscheinend häufiger zusammen Poker gespielt. Das klären wir aber noch ganz genau. Ich will, dass Sie auf keinen Fall irgendetwas gegen ihn unternehmen. Haben Sie mich verstanden? Auf gar keinen Fall! Ich melde mich wieder. Ansonsten einen schönen Abend.«

Kapitel 31

Burchetts Green,
Landhaus von Mark Harrison,
Donnerstag, 19. April, 19:00 Uhr

Alexa Jäger drückte auf den Klingelknopf neben dem Messingschild mit dem Aufdruck *Harrison*. Durch die Haustür hörte sie den Gong schallen, dann wurde es wieder so still wie zuvor.

Er muss da sein!, dachte sie.

O'Connell hatte ihr versichert, dass Glenn, der kurz vor dem Abschluss seines Musikstudiums stand, sich eifrig auf seine Prüfungen vorbereitete und heute Abend alleine zu Hause sein würde. Bisher hatte sie sich auf die Informationen, die O'Connell ihr beschafft hatte, immer verlassen können. Sie verzog den Mund und drückte noch einmal auf den Klingelknopf.

»Ich komme ja schon«, erwiderte eine Stimme aus dem Innern des Hauses.

Alexas Herzschlag beschleunigte sich. Die Stimme hörte sich viel erwachsener an, als Alexa sie in Erinnerung hatte. Als sie Glenn zum letzten Mal gesehen hatte, musste er ungefähr zehn gewesen sein – zwischen damals und heute lagen somit fünfzehn Jahre. Sie umfasste den Griff der Elektroschockpistole in der Manteljacke fester und atmete noch einmal tief durch.

Als die Tür sich öffnete, blickte sie in das Gesicht eines großgewachsenen jungen Mannes, der seinem Vater außerordentlich ähnlich sah. Er war schlank, hatte kurze blonde Haare und ein einnehmendes Lächeln. Er trug eine dunkelblaue Jeans und ein rotes Poloshirt.

Glenn schaute sie erstaunt an, denn ihr winterliches Auftreten mit Mantel, Schal und Mütze waren für die derzeit herrschenden Temperaturen ungewöhnlich.

»Guten Abend«, sagte Alexa. »Jana Liebisch ist mein Name. Ich möchte Unterlagen abholen, die Ihr Vater für mich mit nach Hause nehmen wollte. Kann ich bitte mit ihm sprechen?«

Glenn schüttelte den Kopf. »Tut mir leid, er ist nicht da und wird erst spät zurückkehren. Vielleicht könnten Sie morgen wiederkommen?«

»Okay.« Alexa nickte »Ich würde aber gerne etwas für Ihren Vater hierlassen.«

»Kein Problem.«

Blitzartig zog sie die Pistole aus der Manteltasche und hielt sie Glenn vor die Brust. Er riss die Augen weit auf und starrte sie entsetzt an. Der Schreck schien ihn zu lähmen.

»Sozusagen als Erinnerungsgeschenk«, sagte sie und drückte ab.

Aus der mit komprimiertem Stickstoff gefüllten Kartusche schossen zwei kleine Pfeile. Sie bohrten sich auf Höhe der linken Brust in Glenns Haut und leiteten durch feine Drähte, die mit der Pistole verbunden waren, fünf Sekunden lang fünfzigtausend Volt in seinen Körper. Glenn gab einen Schrei von sich, der kaum noch menschlich klang, zugleich bäumte sich sein Körper auf. Im nächsten Moment setzte die Lähmung seiner Muskulatur ein. Der junge Mann sackte zu Boden, prallte mit dem Kopf auf die Steinfliesen. Aus einer Wunde an seiner Stirn quoll Blut.

Eilig schloss Alexa die Eingangstür, jede Faser ihres Körpers war zum Zerreißen gespannt. Kaum war der Stromstoß vorüber, kniete sie sich neben den röchelnden und gurgelnden jungen Mann und fesselte seine Hände mit Kabelbindern auf dem Rücken. Dann band sie die Beine zusammen. Sie hatte ihr erstes Ziel erreicht: Glenn war ihr hilflos ausgeliefert.

Sie schob den Ärmel ihres Mantels ein Stück nach oben und schaute auf ihre Uhr. Es war fast zehn Minuten nach sieben. Wenn alles wie geplant lief, hatte sie noch zwanzig Minuten Zeit.

Alexa brauchte einen Moment, um ihre Kräfte wieder zu sammeln, und schaute sich im Raum um. Ihr Blick heftete sich auf den Sandstein-Kamin mit der goldfarbenen Messinghaube: Er war der Blickfang des mit braunen Steinfliesen ausgelegten Flurs, in dem ansonsten die Farbe Cremeweiß dominierte.

Als Alexas Atem sich beruhigt hatte, ging sie in das Wohnzimmer und schloss die Tür hinter sich. Glenn, so er denn bei Bewusstsein war, sollte das folgende Gespräch keinesfalls mithören. Sie nahm ihr Handy heraus und wählte O'Connells Nummer. Beide hatten vereinbart, dass sie sich kurz meldete, wenn der erste Teil ihres Plans ausgeführt war. Er sollte ihr lediglich mitteilen, wann er ungefähr ankommen würde, damit sie abschätzen konnte, wie viel Zeit ihr für den zweiten Teil blieb. Auch wenn die deutsche Polizistin im Wagen neben ihm saß, würde sie bei dem kurzen Gespräch wohl kaum verstehen, worum es ging.

Alexa wählte seine Nummer und wartete. »Nimm endlich ab, verdammt!«, fluchte sie. »Nimm schon ab!«

»Hallo«, meldete sich eine gut gelaunte Frauenstimme. »Sie sprechen mit der Sekretärin von Chris Carter. Kann ich etwas für Sie tun?«

Alexa fiel vor Schreck das Telefon beinahe aus der Hand. »Ähm …«, murmelte sie.

»Möchten Sie gerne mit Herrn Carter persönlich sprechen?«

»Ja.«

Am anderen Ende der Leitung herrschte kurz Stille, dann meldete sich O'Connell: »Ja bitte?«

»Ist bei Ihnen alles in Ordnung?«

»Ja, natürlich freue ich mich schon auf das Seminar.«

Alexa atmete auf. »Bei mir ist alles glatt gelaufen – so wie geplant.«

»Ich denke, dass wir pünktlich um neunzehn Uhr dreißig bei Ihnen sein werden.«

»Okay«, erwiderte Alexa und kappte die Verbindung.

Das Telefon verschwand wieder in einer der Außentaschen des Mantels. Anschließend griff sie in eine der Innentaschen, zog zwei längliche Spritzenetuis hervor und verließ das Wohnzimmer. Sie ging zurück in den Flur zu Glenn.

Der junge Mann hatte das Bewusstsein zurückerlangt. Er stöhnte vor Schmerzen. Während sie auf ihn zuging, hob er den Kopf ein wenig an. Sie sah, dass seine Wunde noch immer blutete; auf dem Boden unter ihm hatte sich eine rote Lache gebildet.

Er schaute sie ungläubig an und stammelte: »Was … was … was soll das?«

Sie kniete sich direkt vor ihm nieder. In jeder Hand hielt sie eines der beiden Etuis. »Glenn«, sagte sie ruhig, »Ihr Vater hat in seinem Tresor Unterlagen deponiert, die für mich wichtig sind. Wir haben jetzt zwei Möglichkeiten. Die erste Möglichkeit ist, dass Sie mir verraten, wo der Tresor sich befindet und wie ich ihn öffnen kann. Anschließend werde ich Ihnen dann eine Spritze aus dem hellen Etui verabreichen.« Alexa hob das helle Etui in ihrer linken Hand. »In dieser Spritze befindet sich der Gerinnungsfaktor, der Ihrem Blut fehlt. Damit könnten wir Ihre Blutung stoppen. Außerdem enthält die Spritze ein sanftes Schlafmittel. Das wäre für uns beide die beste Lösung. Sie müssten nicht sterben und können in aller Ruhe schlafen, bis Ihre Eltern zurückkommen – und ich hätte meine Unterlagen.«

Glenns Gesicht war immer noch schmerzverzerrt. »Und was wäre die Alternative?«

»Thiopental«, antwortete sie und hielt ihm das dunkle Etui vor die Nase. »Thiopental ist ein Narkosemittel, mit dem ich Sie betäuben würde. Wenn ich es richtig dosiere, versetze ich Sie damit in eine Art Trance. In diesem Zustand würden Sie mir höchstwahrscheinlich verraten, wie ich an die Unterlagen im Tresor komme. Das Problem ist aber, dass Thiopental schwer zu dosieren ist. Wenn ich es überdosiere, werden Sie sterben. Das würde ich als sehr schade empfinden.«

»Dann würden Sie aber nicht an die Unterlagen kommen!«

Alexa nickte. »Richtig, das wäre dann leider so. Damit Sie Ihre Situation besser einschätzen können, muss ich noch hinzufügen, dass ich Ihnen mit der Thiopental-Injektion selbstverständlich nicht den fehlenden Gerinnungsfaktor verabreichen werde. Bevor Ihre Eltern zurückkehren würden, wären Sie verblutet. Wenn Sie die zweite Alternative wählen, werden Sie also auf jeden Fall sterben. Das wäre doch auch für Ihre Eltern sehr schade, nicht wahr?«

Glenn schüttelte den Kopf. »Sie sind abartig.«

Alexa zuckte mit den Schultern. »Das ist Ansichtssache. Würden Sie mir jetzt bitte sagen, wo ich die Unterlagen finde – oder wünschen Sie eine Dosis Thiopental?«

Der junge Mann schaute sie einige Augenblicke an, dann stöhnte er. »Im Wohnzimmer befindet sich ein Kunstdruck. *Wrapped Reichstag* von Christo. Daneben steht eine Glasvitrine. Sie können die Vitrine mit ein wenig Anstrengung von der Wand abrücken, den Rest erledigt ein Elektromotor. Dahinter befindet sich ein Raum.«

»Und der Tresor?«

»Es gibt keinen Tresor, nur einen Stahlschrank in dem Raum hinter der Vitrine.«

Alexa ließ beide Etuis wieder in ihrem Mantel verschwinden, erhob sich und ging wieder ins Wohnzimmer.

Sie entdeckte den Kunstdruck von Christo sofort. Daneben befand sich die Glasvitrine. In ihr standen Tonfiguren aus Peru, handgeschnitzte Holzmasken aus Indonesien, kleine Jade-Elefanten aus China, Messing-Klangschalen aus Indien und andere Souvenirs, die die Familie Harrison im Laufe der Jahre zusammengetragen hatte.

Alexa griff hinter die Rückwand der Vitrine und zog sie ein kleines Stück nach vorne. Sofort sprang ein Elektromotor an, der das Möbelstück mit einem sanften Surren zur Seite bewegte und den Blick in einen kleinen Raum freigab. Alexa schaute ein weiteres Mal auf ihre Armbanduhr: Es war zwanzig nach sieben. Sie hatte nur noch zehn Minuten Zeit.

Sie trat in den Raum und blieb zunächst einen Augenblick stehen, denn das Licht fiel nur spärlich durch die Öffnung in der Wand. Ihre Augen mussten sich an die fahle Dunkelheit gewöhnen. Mit jeder Sekunde, die ungenutzt verstrich, wuchs ihre Nervosität. Das Licht reichte immer noch nicht!

Licht? Vielleicht gibt es hier einen Lichtschalter!

Sie drehte sich um und tastete neben der Maueröffnung an der Wand nach einem Schalter. Ihre Finger glitten kreuz und quer über die Raufasertapeten, dann streiften sie eine glatte Erhebung, die möglicherweise aus Kunststoff war.

Ein Lichtschalter?

Sie drückte, und der Raum wurde augenblicklich hell ausgeleuchtet. Noch ein Blick auf die Uhr – die Zeit wurde knapp!

Alexa riss die Stahltüren des Schranks auf, der die gesamte rechte Wandfläche ausfüllte. Beim Anblick stöhnte sie auf: Die Regale waren voller Aktenordner, die mit Namen beschriftet waren. Sie fing oben links an, die Beschriftung der Ordner zu lesen. Und die Zeit wurde knapper und knapper ...

Da endlich war sie – die Akte mit der Aufschrift *Joost*. Sie riss sie aus dem Regal, blätterte hastig, schaute auf einzelne Dokumente – und hätte am liebsten einen Freudensprung gemacht. Mit dem Ordner in der Hand stürmte sie aus dem Raum, durchquerte das Wohnzimmer und kehrte zu Glenn zurück.

Er hob den Kopf aus der immer größer werdenden Blutlache. »Gefunden?«, fragte er mühsam.

Sie gab ihm keine Antwort. Stattdessen legte sie den Ordner beiseite, kniete sich neben ihn und zog beide Etuis aus der Innenseite ihres Mantels. Sie öffnete das helle Behältnis und bereitete die Spritze vor.

»Ist das die Ampulle mit dem Gerinnungsfaktor?«, fragte der junge Mann mit schwacher Stimme.

»Ja.«

»Und mit einem Schlafmittel?«

»Ja.«

»Und in der Spritze ist kein Thiopental?«

»Nein.«

»Sicher?«

»Wenn Sie wieder aufwachen sollten, war es kein Thiopental. Falls nicht ... na ja ... Falls nicht – dann hätte ich die Spritzen wohl verwechselt, aber das bekommen Sie dann sowieso nicht mehr mit.« Sie lächelte, dann injizierte sie ihm den Inhalt der Spritze. »Könnten Sie mir noch einen Gefallen tun?«

»Welchen?«

»Richten Sie Ihrem Vater bitte herzliche Grüße von Jana Liebisch aus.«

Glenn schüttelte den Kopf. »Sie sind verrückt«, murmelte er, dann verschwamm ihr Gesicht vor seinen Augen.

Einen Moment lang atmete sie durch – auch dieser Teil war geschafft. Sie schaute auf die Uhr: Es war genau halb acht. Im nächsten Augenblick hörte sie draußen zwei Autotüren zuschlagen: O'Connell und Jana Liebisch waren angekommen!

Alexa sprang auf und zog ihre Elektroschockpistole aus der Manteltasche. Die neue Kartusche fehlte! Hastig suchte sie in der anderen Manteltasche, fand die Kartusche und setzte sie auf die Pistole.

Es klingelte an der Haustür.

Alexa hetzte zur Tür, warf einen prüfenden Blick auf die Pistole und öffnete die Haustür mit einem Ruck.

* * *

Motorway 4 zwischen London und Burchetts Green,
Donnerstag, 19. April, 19:10 Uhr

Jana schaute aus dem Fenster und ließ die Landschaft an sich vorbeiziehen. Schließlich seufzte sie. »England ist wirklich schön; ich könnte mir vorstellen, hier für längere Zeit zu leben.«

O'Connell entspannte sich nur mühsam. Dass sie Alexas Anruf eben entgegengenommen hatte, war alles andere als geplant gewesen. »Und was mögen Sie an England am meisten?«

»Die Menschen«, antwortete sie und schaute ihn an. Er blickte auf die Uhr im Armaturenbrett und konzentrierte sich wieder auf den Verkehr.

»Habe ich da eben am Telefon einen Fehler gemacht?«, fragte Jana unvermittelt. »War das Ihre Frau?«

»Ich bin nicht verheiratet.«

»Ihre Freundin?«

»Nein, nein, eine Seminarteilnehmerin.«

»Dann hoffe ich, dass Sie jetzt keine Probleme bekommen!«

Er schüttelte den Kopf. *Ich nicht, aber du!*, dachte er. Schweigend fuhr er weiter, bis sie Burchetts Green erreichten.

»Wir sind fast da«, erklärte er und schaute auf die Uhr. »Halb acht. Absolut pünktlich.«

»Es ist schön hier.«

»Ja, ist es.«

Als O'Connells Wagen die gepflasterte Auffahrt des Anwesens hinaufrollte, runzelte Jana die Stirn. »Wo sind die anderen?«

»Wieso?«

»Ich sehe keine Autos auf dem Hof.«

Sein linkes Augenlid begann zu zucken. »Der Bus war bestimmt schon hier«, murmelte er.

»Welcher Bus?«

Er schaute stur geradeaus. »Meine Studenten werden immer zu den Seminaren gebracht. Wahrscheinlich hat der Busfahrer sie hier nur abgesetzt und wird jetzt woanders gebraucht. Er kommt später vermutlich wieder zurück, um sie abzuholen.«

»Aha.«

O'Connell brachte den Wagen zum Stehen, stieg aus und schlug seine Tür deutlich zu heftig zu. Er eilte um den Wagen herum, um Jana die Tür aufzuhalten. Doch sie war bereits ausgestiegen.

Unruhig ging er voraus und wartete, bis auch Jana die Haustür erreichte. Dann drückte er den Klingelknopf, und ein Gong ertönte. Einige Augenblicke vergingen, dann öffnete sich die Tür mit einem Ruck.

»Was –«, stieß Jana hervor und taumelte rückwärts. Im nächsten Moment flammte ein greller Lichtblitz auf, und ein entsetzlicher Schmerz durchfuhr sie. Dann wurde es dunkel.

Kapitel 32

Nachricht von Mark Harrison auf dem Anrufbeantworter seines Sohnes, Donnerstag, 19. April, 23:00 Uhr

»Hallo Glenn, hier ist Papa. Mama und ich haben ein Hotelzimmer in der Stadt genommen. Wir sind erst morgen Vormittag zurück.«

* * *

Burchetts Green, Landhaus von Mark Harrison, Freitag, 20. April, 09:00 Uhr

Glenn kam nur langsam zu sich. Er fühlte sich, als würde er aus einem Vollrausch erwachen: Sein Kopf dröhnte, seine Glieder schmerzten, und seine Augen hatten große Probleme, sich an die Helligkeit zu gewöhnen.

Er bemerkte, dass er auf dem Bauch lag, und versuchte, sich zu bewegen. Das war jedoch fast unmöglich, denn seine Arme waren auf dem Rücken gefesselt und die Fußgelenke zusammengebunden, sodass er auf dem kalten Steinboden nur ein wenig robben konnte. Zudem war jede Bewegung mit heftigen Schmerzen verbunden, da die Kabelbinder, mit denen er gefesselt war, tief in seine Haut schnitten. Also blieb er ruhig liegen und ließ seinen Blick schweifen: Rechts von ihm war das Weinlager und auf der gegenüberliegenden Seite der Lagerraum für die übrigen Lebensmittel. Direkt vor sich sah er den

Treppenaufgang, der vom Keller in das Erdgeschoss hochführte.

Zwischen ihm und der Treppe lag eine Frau. Sie war in einen dunklen Mantel gehüllt, trug eine Mütze und hatte ihren Schal bis zum Nasenansatz um den Hals geschlungen.

»Hallo?«, rief er ihr zu. »Hallo?«

Sie reagierte nicht.

Angestrengt überlegte Glenn, wie er in den Keller gekommen war. Er fand darauf ebensowenig eine Antwort wie auf die Frage, warum er gefesselt war und was er von der unbekannten Frau halten sollte.

Glenn fühlte sich unendlich müde. Er döste ein, kam nach kurzer Zeit wieder zu sich, blinzelte, schloss die Augen, dämmerte wieder eine Zeitlang vor sich hin – und schreckte plötzlich auf! Erinnerungsfetzen kehrten zurück: Die Frau, die dort vor ihm lag, hatte an der Tür geklingelt und sich als Jana Liebisch vorgestellt. Außerdem erinnerte er sich an die Elektroschockpistole, mit der sie auf ihn geschossen hatte.

Auch wenn seine Erinnerung noch sehr lückenhaft war – eine Tatsache war für Glenn eindeutig: Jana Liebisch stellte eine unkalkulierbare Gefahr für ihn dar. Er musste unbedingt dafür sorgen, dass sie nicht die Kontrolle über ihn bekam. Also rückte er unter heftigen Schmerzen so weit an sie heran, bis ihr Kopf in Reichweite seiner Füße war. Sollte sie aufwachen, würde er sich gegen sie wehren!

Die Sonne schien durch das milchige Kellerfenster in Glenns Gesicht. Jäh schreckte er aus einem seiner seltsamen Albträume auf: Hatte diese Jana Liebisch sich gerade bewegt? Glenn holte mit seinen Beinen aus und trat so fest zu, wie es ihm mit den gefesselten Beinen möglich war. Sie stöhnte auf und versuchte instinktiv, ihr Gesicht mit den Händen zu schützen.

Glenn trat noch einmal zu. Es folgte ein letztes Stöhnen, dann herrschte wieder Stille. Er entspannte sich, und es dauerte nicht lange, bis seine Schmerzen etwas nachließen. Langsam glitt er wieder in den Dämmerzustand zurück.

* * *

Buchholz in der Nordheide,
Polizeiinspektion Nordheide,
Freitag, 20. April, 09:00 Uhr

Degenhardt stand im Vorzimmer des Polizeidirektors Achim Meislahn und wartete.

Er schloss die Augen und fühlte sich, als würde er mitten auf dem Hamburger Hauptbahnhof stehen. Doch der Bahnsteig war menschenleer, und die Rolltreppen standen still. Die großen Uhren waren außer Betrieb. Keine Waggontüren, die sich mit einem penetranten Piepton schlossen, keine kreischenden Bremsen, keine hektische Betriebsamkeit, keine Lautsprecherdurchsagen – nichts. Degenhardt wusste weder, auf welchem Bahnsteig er stand, noch, welcher Zug einfahren würde. Er war sich nicht einmal sicher, ob überhaupt ein Zug kommen würde. Geschweige denn, wohin die Reise ihn führen würde.

Plötzlich hörte er ein Geräusch und öffnete die Augen. Fast apathisch nahm er wahr, dass Meislahns Sekretärin aus dem Büro des Polizeidirektors kam.

Heidi Soltau nickte ihm aufmunternd zu. »Sie können jetzt rein zu ihm!«

Er bemühte sich, das Büro des Polizeidirektors erhobenen

Hauptes zu betreten. Doch er wusste im selben Moment, dass dies aufgesetzt wirkte.

Achim Meislahn blickte von seinen Akten auf, schraubte die Schutzkappe auf seinen Füllfederhalter und lehnte sich in seinem schweren Ledersessel zurück. Mit einer flüchtigen Handbewegung bedeutete er Degenhardt, ihm gegenüber vor dem massiven Mahagoni-Schreibtisch Platz zu nehmen.

Degenhardt erwartete das übliche Prozedere. Meislahn würde aufstehen, zum Fenster gehen und eine längere Zeit auf irgendeinen Punkt starren. Dann würde er den Kopf schütteln, vorwurfsvoll *Mein lieber Hauptkommissar Degenhardt* murmeln und sich bei seiner Rückkehr an den Schreibtisch bemühen, ein spitzbübisches Lächeln zu unterdrücken. Danach käme die Standpauke. Und Degenhardt würde Meislahn die ganze Zeit wie ein kleiner trauriger Junge anschauen, der mit seinem Fußball die Fensterscheibe zerbrochen hatte. Gelegentlich würde er schuldbewusst nicken und sich zum Schluss den Anschein tiefer Betroffenheit geben. Und nach der Verabschiedung von Meislahn könnte er so weitermachen wie bisher.

Doch diesmal blieb das erwartete Spiel aus. Stattdessen sah Meislahn ihm mit kaltem Blick in die Augen und verschränkte die Arme vor seinem Bauch.

»Sie haben die Kontrolle verloren«, stellte er sachlich und emotionslos fest.

Degenhardt verletzte die Distanziertheit seines Chefs tiefer, als jedes andere Wort es vermocht hätte.

Der Polizeidirektor beugte sich vor und fixierte Degenhardt. Der hielt dem Blick nicht stand und schaute auf ein Gemälde an der Wand. Hätte man ihn anschließend gefragt, was der Künstler auf die Leinwand gemalt hatte – er hätte darauf nicht antworten können.

»Sie sind mein bester Mann gewesen!«, erklärte Meislahn in einem Tonfall, der jedes einzelne Wort tief in Degenhardts Gehirn einmeißelte.

Dieser Satz traf ihn schwer. Er wusste, dass Meislahn die Vergangenheitsform absichtlich gewählt hatte. Tempus: vollendete Gegenwart. Vollständig vorbei. Jetzt gehörte er nur noch zum Durchschnitt – wenn überhaupt.

Meislahn hatte sich zusammenreißen müssen, als Degenhardt in sein Büro gekommen war. Seine Berufserfahrung hatte ihn zwar gelehrt, dass ein Mensch sich in kürzester Zeit stark verändern konnte – dass er Degenhardt aber einmal in diesem kläglichen Zustand erleben würde, hatte er nicht für möglich gehalten.

Meislahn kannte die Lebensgeschichte des Hauptkommissars sehr genau – größtenteils aus Gesprächen, die er mit Degenhardt geführt hatte. Den Rest hatte er aus der Personalakte. Er wusste, dass Degenhardt vor einigen Jahrzehnten hatte miterleben müssen, wie sein Partner Bernd Köhnke direkt neben ihm erschossen wurde. Auch war Meislahn aufgrund von Berichten seiner Mitarbeiter nicht verborgen geblieben, dass Degenhardt vor vier Jahren beim Anblick der Leiche des fünfundzwanzigjährigen Studenten Markus Voß auf einem Feldweg bei Holm-Seppensen kurzzeitig die Fassung verloren hatte.

Der Polizeidirektor konnte es nicht gutheißen, dass Degenhardt es bis heute kategorisch ablehnte, zur Bewältigung seiner Probleme professionelle Hilfe anzunehmen. Meislahn hatte damals nach dem Mord an Markus Voß mit dem Hauptkommissar darüber reden wollen. Er erinnerte sich noch genau an Degenhardts Worte, mit denen er das Thema von vornherein zurückgewiesen hatte: »Ich bin doch kein Weichei.«

Als Meislahn den Hauptkommissar jetzt anblickte, war ihm klar, dass eine normale Standpauke ins Leere gehen würde.

Er hatte das Gespräch nicht besonders vorbereitet und spontan erklärt: »Sie sind mein bester Mann gewesen.«

Dieser Satz hatte Meislahn selbst wehgetan. Nicht nur, dass er Degenhardt zu genau kannte und zu genau wusste, wie sehr ihn dieser Satz verletzen würde. Nein, der Polizeidirektor musste sich eingestehen, dass dieser Satz der Wahrheit entsprach.

Natürlich stand er selbst unter Druck, und natürlich wollte er die Morde an Andreas Joost und Thomas Wilke endlich aufgeklärt wissen. Im Moment aber war es ihm mindestens genauso wichtig, Degenhardt endlich wachzurütteln und ihn wieder zu seinem besten Mann zu machen.

Meislahn beugte sich zu dem Papierturm auf seinem Schreibtisch und nahm den Aktenordner, der ganz oben lag. Er klappte den Deckel auf und griff nach den Tatortfotografien, die er vor einigen Minuten selbst noch einmal betrachtet hatte. Wortlos legte er die Bilder vor Degenhardt auf den Tisch.

Links lag eine sehr alte, vergilbte Aufnahme. Sie zeigte die Leiche von Bernd Köhnke. In der Mitte lag eine Fotografie, auf der die Leiche von Markus Voß abgebildet war. Rechts befand sich ein erst wenige Tage altes Bild von Andreas Joosts Leichnam. Auf den Aufnahmen war viel Blut zu sehen, dazu drei leere Gesichter.

Natürlich gab es auch erhebliche Unterschiede zwischen den Fotos. Bernd Köhnkes Leiche lag auf grauen Pflastersteinen, der Leichnam von Markus Voß auf einem sandigen Feldweg und der tote Andreas Joost auf weißem Laminat. Auch die Kleidung der Männer war sehr verschieden.

Aber eines war klar: Die Ähnlichkeit der drei Männer war frappierend.

»Sie sind mein bester Mann gewesen«, wiederholte Meislahn seinen schwerwiegenden Satz und machte eine kleine Pause. »Aber damals bei dem Mordfall Markus Voß ist ein großer Teil von Ihnen auf der Strecke geblieben ... und jetzt ein weiterer Teil.«

Degenhardt wusste darauf keine Erwiderung. Er saß nur da und schüttelte schließlich den Kopf. Mit aufeinandergepressten Lippen lehnte er sich zurück und schaute Meislahn an.

»Sie haben nicht nur Ihre Unbeschwertheit verloren, sondern auch Ihre Besonnenheit, Ihr Gespür für die Situation und Ihr Fingerspitzengefühl im Umgang mit Menschen. Sie haben sich verändert – vom chirurgischen Präzisionswerkzeug zum Vorschlaghammer. Aus dem brillanten Ermittler von einst ist ein verbitterter alter Mann geworden.«

Degenhardt schwieg. Es gab keine Worte für das, was er fühlte.

»Und seit letzter Woche Dienstag ist auch noch der Rest Ihres Instinkts verschollen. Wie ausgelöscht.«

Stille.

»Herr Degenhardt!« Meislahns Stimme wurde noch lauter und schärfer. Sein Oberkörper schnellte nach vorne, als wolle er gegen den Hauptkommissar ausholen. »Wegen des Presse-Desasters mit der Kinderporno-DVD droht Ihnen ein Disziplinarverfahren. Dann setzen Sie eine unschuldige Frau so stark unter Druck, dass sie versucht, sich das Leben zu nehmen. Und dann wollen Sie grundlos einen Diplomaten festnehmen, der Ihnen beim Besuch seiner Tochter zufällig über den Weg läuft, ohne zuvor irgendeine Hintergrundinformation über den Mann einzuholen.«

Degenhardt richtete sich auf und versuchte zu protestieren. »Aber ...«

»Sie sind jetzt still!«, fuhr Meislahn ihn an.

Solche harschen Worte aus Meislahns Mund waren Degenhardt fremd. Kraftlos sackte er zurück in seinen Sessel.

»Wilson Wheeler ist in Anna Joosts Wohnheim Vorsitzender des Fördervereins, und das seit mehr als zehn Jahren«, erklärte der Polizeidirektor mit lauter Stimme. »Seine Tochter und Anna spielen seit Jahren zusammen – natürlich auf ihre eigene Art. Wenn Wheeler aus diesem Vorfall eine große Sache macht, habe ich das Auswärtige Amt am Hals. Dann sind Sie erledigt!«

Noch einmal versuchte Degenhardt zu protestieren: »Aber ...«

»Was aber?« Meislahns Augen funkelten wild.

»Staatsanwalt Hagemann hat Wilson Wheeler explizit als möglichen Verbindungsmann von Andreas Joost und Thomas Wilke zu dem Kinderpornoring genannt!«

»Hagemann hat Sie ausdrücklich angewiesen, die Finger von Wheeler zu lassen!«, erwiderte Meislahn und vollführte dabei eine Handbewegung, als wollte er Degenhardts Worte wie Fussel vom Schreibtisch wischen. »Andreas Joost, Thomas Wilke und Wilson Wheeler haben regelmäßig Poker gespielt. Wir haben sogar Schuldanerkenntnisse gefunden, aber das ist ein vollkommen anderes Thema. Hagemann hat getobt, als er von Ihrer Aktion erfahren hat!« Der Polizeidirektor hielt kurz inne. »Wann hat Ihre Frau Sie eigentlich verlassen?«

»Letztes Jahr.«

Meislahn drückte sich mit den Händen vom Schreibtisch ab, drehte sich mitsamt Ledersessel um hundertachtzig Grad und starrte durch die Fensterfront in den Himmel. Der Wind trieb tief hängende, dunkelgraue Regenwolken vor sich her.

»Kann ich jetzt gehen?«, fragte Degenhardt schließlich ohne jegliche Emotion. Seine Stimme war genauso leer wie er selbst.

»Nein!«, befahl Meislahn.

Wieder Stille.

Nach einer Weile faltete Degenhardt die Hände in seinem Schoß und ließ die Daumen nervös umeinander kreisen. Er hob den Blick und ließ ihn über Meislahns rosige Kopfhaut gleiten, die von einem grauen Haarkranz umrahmt war. Was würde als Nächstes passieren? Was ging im Kopf seines Vorgesetzten vor? Musste er befürchten, dass es noch schlimmer für ihn kam?

Endlich durchbrach Meislahn die Stille. »Sagt Ihnen der Begriff ›Buchholzer Beilmörder‹ etwas?«

»Selbstverständlich!«, erwiderte Degenhardt. Über diesen Serienmörder war so viel berichtet worden, dass jeder ältere Kollege in Buchholz und Umgebung ihn kannte.

»Damals, vor knapp fünfundzwanzig Jahren, war ich ein junger Ermittler bei der Kripo. Ich dachte, ich wäre ein Held. Dann kam mein erster Fall. Eine Tote – auf einem Acker zwischen Harmstorf und Bendestorf. Es war November, und vor Ort herrschten Nebel und Kälte. Mitte zwanzig war sie. Mit einem Beil entsetzlich zugerichtet. Vergewaltigt und erdrosselt.« Meislahn hielt inne.

»Wissen Sie, wen ich die ganze Zeit vor mir gesehen habe?«

»Nein.«

»Meine Frau. Sie war damals nur wenig älter als die Ermordete.«

Degenhardt runzelte die Stirn.

»Damit fing alles an. Es folgten schlaflose Nächte. Dann Tabletten zum Einschlafen, Tabletten zum Aufwachen und Tabletten gegen die Traurigkeit. Nur gegen die Albträume gab es keine Medikamente. Meine Familie hat meine Probleme natürlich bemerkt und versucht, mir Halt zu geben. Und womit habe ich ihnen das gedankt? Ich bin immer wieder ausgerastet! Aber nur zu Hause. In Uniform war ich immer noch ein Held. Zumindest dachte ich das.«

Degenhardt blähte die Wangen und ließ die Luft mit einem Zischen durch die leicht geöffneten Lippen entweichen.

»Wenige Monate nach dem ersten Leichenfund stand ich dann wieder auf einem Acker«, fuhr der Polizeidirektor fort. »Diesmal bei Asendorf. Nackt war sie. Wieder Mitte zwanzig und Mutter von zwei Kindern. Wieder hatte der Mörder sie mit einem Beil fürchterlich entstellt. Wieder hatte er sie vergewaltigt, erdrosselt und anschließend entsorgt wie ein Stück Dreck. Wieder der Beilmörder. Wir wussten damals noch nicht, wie wir ihn kriegen sollten. Uns war nur klar, dass er wieder zuschlagen würde. Von da an habe ich zwei Packungen Marlboro am Tag geraucht. Wie die Cowboys, die nach einem anstrengenden Tag am Lagerfeuer sitzen. Geschafft vom Tag – aber glücklich. Genau so, wie ich sein wollte. Und dann kamen die Kopfschmerzen. Unglaublich, wie viel Aspirin ich dagegen geschluckt habe. Ein Jahr später geschah es: Plötzlich waren meine Frau und meine Tochter weg. Bei Nacht und Nebel sind sie aus unserem Häuschen in Buchholz ausgezogen. Abends kam ich nach Hause, und sie waren einfach nicht mehr da. Sind nach Holm-Seppensen gezogen, gar nicht weit weg.«

»Ich bin immer davon ausgegangen, dass Sie und Ihre Familie glücklich miteinander sind«, murmelte Degenhardt.

»Jetzt wieder!«, erwiderte Meislahn ernst. »Wissen Sie, was dann passiert ist?«

Degenhardt schüttelte den Kopf.

»Ein Jahr nach der zweiten Leiche, an einem Samstag im Februar, klingelte das Telefon. Den Anruf werde ich niemals vergessen. Ich höre meinen Kollegen heute noch sagen: ›Der Beilmörder hat wieder zugeschlagen. Eine junge Frau, wahrscheinlich Mitte bis Ende zwanzig. Liegt bei Holm-Seppensen in einem Graben.‹ Ich bin nie wieder so verzweifelt gewesen wie in den zwanzig Minuten, die ich für die Fahrt zum Tatort brauchte. Die längsten zwanzig Minuten meines Lebens. Ich wollte einfach nur Gewissheit. Ist es meine Frau oder nicht?« Er hielt inne. »Sie war es nicht. Und wissen Sie, was ich dann gemacht habe?«

»Nein«, flüsterte Degenhardt.

»Ich bin vor der toten Frau in die Knie gegangen und habe geweint. Der Beilmörder hatte sie misshandelt, missbraucht und erschlagen ... Trotzdem war ich unendlich erleichtert, als ich die Tote gesehen habe – denn es war nicht meine Frau, die dort lag. Heute schäme ich mich dafür. Aber damals habe ich mich für einen Helden gehalten. Ganz besonders am Ostersonntag jenes Jahres. Der Tag, an dem wir den Beilmörder endlich verhaftet haben. Wenigstens musste ich da niemandem erklären, warum ich Ostern nicht zu Hause war.«

Stille.

»Fünf Jahre habe ich es geschafft, alles zu verdrängen und nichts an mich ran zu lassen«, fuhr der Polizeidirektor schließlich fort. »Keine Leichen, keine Mörder, keine Emotionen, nichts. Nur meine Tabletten und mein Nikotin haben mir etwas bedeutet. Bis der Anruf kam, dass der Beilmörder aus dem Gefängnis getürmt war. Nicht einmal der Hochsicherheitstrakt hatte ihn halten können. Wie hätte ich ihn da stoppen sollen? Von einer Sekunde zur anderen ist mir alles aus dem Ruder gelaufen. Schluss, aus, vorbei. Posttraumatische Belastungsstörung hat Frau Bahlburg es später genannt.«

Es herrschte lange Stille, dann drehte Meislahn sich mit seinem Ledersessel wieder zurück an den Schreibtisch. Sein

Gesicht verriet, dass die letzten Minuten ihn mehr mitgenommen hatten, als seine Stimme es hatte erahnen lassen. Degenhardt war klar, dass er der Erste hier im Revier war, dem Meislahn diese Geschichte erzählt hatte.

Der Polizeidirektor öffnete eine Schublade und nahm eine Visitenkarte heraus. Er legte sie vor sich auf den Tisch und schob sie zu Degenhardt hinüber.

Andrea Bahlburg, Diplom-Psychologin, Hamburg, las er und hob die Augenbrauen: »Sie waren bei einer Psychologin?«

»Ohne sie würde ich jetzt nicht hier sitzen«, bekannte Meislahn. »Und ohne sie wäre meine Frau nicht zu mir zurückgekehrt.«

Degenhardt ließ die Karte in seiner Wachsjacke verschwinden.

Meislahn griff nach seinem Füllfederhalter, drehte die Schutzkappe ab und zog sich die Akte heran, die oben auf dem Stapel lag. »Sie können jetzt gehen. Ich empfehle Ihnen dringend, gut über unser Gespräch nachzudenken!«

* * *

Degenhardt ging zurück in sein Büro. Er las in den Vernehmungsprotokollen, den Gutachten der Rechtsmedizin, den Tatortfundberichten, doch er konnte sich nicht konzentrieren. Das Gespräch mit seinem Vorgesetzten ließ ihn nicht los, und er begann, im Internet über den Buchholzer Beilmörder zu recherchieren. Je mehr er über den Serienmörder las, desto besser konnte er sich in Meislahns Situation hineinversetzen. Er stand auf, wanderte durch sein Büro, holte schließlich die Visitenkarte der Psychologin aus der Jackentasche und setzte sich wieder an den Schreibtisch. Er versuchte, auch über sie etwas im Internet herauszufinden. Doch ihr Name ergab in den Suchmaschinen keinen Treffer.

Schließlich klingelte das Telefon. Es war Annas Heimleiterin.

»Sie hat wieder gemalt«, verkündete Karin Bergen. »Der Täter – oder die Täterin – hat jetzt ein Gesicht!«

Kapitel 33

Burchetts Green,
Landhaus von Mark Harrison,
Freitag, 20. April, 11:00 Uhr

»Endlich wieder zu Hause!« Martha Harrison atmete erleichtert auf und stellte die Einkaufstüten vor dem Kamin im Flur ab.

»Glenn wollte heute Vormittag doch in die Uni«, sagte ihr Mann kopfschüttelnd und schloss die Eingangstür hinter sich. »Aber sein Auto steht immer noch in der Garage.«

»Glenn!«, rief seine Mutter. »Bist du hier?«

»Hilfe!«, ertönte die Stimme ihres Sohnes dumpf aus dem Keller. »Bitte ... Hilfe!«

Das Ehepaar Harrison blickte sich kurz an, dann stürmten beide zur Kellertür und die Treppe hinab.

* * *

Winsen/Luhe,
Haus Sonnenschein
Freitag, 20. April, 11:00 Uhr

Degenhardt und Vorberg betraten das *Haus Sonnenschein* mit zügigen Schritten. Karin Bergen begrüßte sie und führte sie in Annas Zimmer.

Das Mädchen nahm von den beiden Männern keine Notiz. Es spielte wieder das vertraute Spiel: Dreiundzwanzig Plastikpferde marschierten in militärischer Ordnung an der

Wand entlang. Kopf an Schweif, Schweif an Kopf, Kopf an Schweif.

Degenhardt und Vorberg blickten auf das Bild, das Anna gezeichnet hatte. Das Gesicht der Person, die Andreas Joost höchstwahrscheinlich getötet hatte, war tatsächlich fertig – nur hatte Anna es derart hassverzerrt dargestellt, dass die Gesichtszüge kaum erkennbar waren. Was auffiel, war die Farbe der Augen: das Türkis zog die Blicke von Degenhardt und Vorberg magisch an.

»Das ist doch die gleiche Augenfarbe, die auch Anna hat, oder?«, murmelte Degenhardt.

Karin Bergen nickte wortlos. Dann nahm sie Annas Bild in die Hand und hielt es Degenhardt hin. »Sie dürfen es ausnahmsweise behalten. Und wenn Sie mich jetzt bitte entschuldigen würden – ich habe eine Dienstbesprechung mit meinen Mitarbeitern. Wenn noch etwas sein sollte, sind wir erst ab fünfzehn Uhr wieder für Sie erreichbar.«

* * *

Als Degenhardt und Vorberg das *Haus Sonnenschein* verließen, schwiegen sie zunächst. Ihr Blick fiel auf einen silbernen BMW, der gerade neben ihrem Dienstwagen einparkte. Als der Motor verstummte, stieg die Beifahrerin aus. Sie trug eine Sonnenbrille mit riesigen Gläsern. Der Fahrer der Limousine, der sitzen blieb, ließ das Fenster an seiner Seite ein Stück weit herunter.

Degenhardt stutzte, blieb stehen und starrte die Frau an. Trotz der großen Sonnenbrille war zu erkennen, dass sie eine verblüffende Ähnlichkeit mit Anna hatte. Sie kam auf ihn zu, nickte irritiert, als sie seinen Blick bemerkte, und ging an ihm vorbei.

Degenhardt runzelte die Stirn, drehte sich um und rief ihr nach: »Wollen Sie zu Anna Joost?«

Schlagartig blieb sie stehen, dann fuhr sie erstaunt herum. Ihr Fahrer, der den BMW vor eineinhalb Stunden auf dem Flughafen Hamburg-Fuhlsbüttel angemietet hatte, verfolgte das Geschehen, das sich fünfzehn Meter vor seiner Motorhaube abspielte, mit großer Anspannung. Bei der Frage nach Anna Joost krallten seine Finger sich fest um das Lenkrad.

Die elegant gekleidete Frau hatte sich von ihrer Überraschung wieder erholt. Sie lächelte, als sie entgegnete: »Sie etwa auch?«

»Nein, nein. Ich war gerade bei ihr. Mein Kollege und ich ermitteln wegen des Mordes an Annas Vater. Die Leiterin des Wohnheims hat momentan leider keine Zeit für Besucher – eine Dienstbesprechung. Sie sollten also später noch einmal wiederkommen!«

Die Frau nickte. »Vielen Dank für den Hinweis.« Mit eiligen Schritten ging sie zurück zu dem BMW.

Degenhardt folgte ihr einige Schritte. »Sie sind mit der Familie Joost verwandt, oder?«

Die Frau blieb stehen, wandte sich dem Hauptkommissar wieder zu und nickte. »Ich bin eine Tante von Anna.«

»Ach so. Sind Sie schon vernommen worden?«

»Natürlich. Schreckliche Geschichte ... Ich hoffe wirklich sehr, dass Sie denjenigen, der Andreas das angetan hat, bald fassen werden.«

»Ja, ja, wir geben unser Bestes. Wer hat Sie denn vernommen?«

Sie fuhr sich über das Kinn und schaute ihn an. Durch die dunkel getönten Gläser der Sonnenbrille waren ihre Augen nicht richtig zu erkennen. Schließlich schüttelte sie den Kopf. »Habe ich vergessen. Eine ... eine Frau jedenfalls.«

»Frau Sjut?«

»Ja, genau.« Sie lachte. »Sjut war ihr Name.«

»Okay – und wie schon gesagt: Bis fünfzehn Uhr läuft eine Dienstbesprechung.«

»Vielen Dank für die Information! Das ist wirklich sehr nett von Ihnen!«

Degenhardt ging zum Dienstwagen, an dem Vorberg bereits auf ihn wartete. Musste er sich jetzt auch noch Sorgen um sein Gedächtnis machen? Er konnte sich nicht an eine Tante von Anna Joost erinnern. Was war nur mit ihm los?

* * *

»Das war knapp«, sagte O'Connell. Sein Blick folgte den beiden Kommissaren, die mit ihrem Wagen langsam vom Parkplatz rollten. Dann wandte er sich an Alexa Jäger: »Was sollen wir jetzt machen?«

»Wir holen Anna raus.«

O'Connell schüttelte den Kopf. »Ich denke nicht, dass das eine gute Idee ist. Es ist mitten am Tag, jeder kann uns sehen.«

»Sie haben doch mitbekommen, was gerade passiert ist!«, zischte Alexa. »Wir haben unglaubliches Glück gehabt! Ich bin sicher, es ist nur eine Frage der Zeit, bis die Polizei herausfindet, dass es gar keine Tante gibt. Und dann kommen sie zurück. William, Sie wissen genau, was ich alles getan habe, um an das Mädchen zu kommen – ich bin nicht bereit, so kurz vor dem Ziel aufzugeben! Es ist gerade Dienstbesprechung, besser geht's doch gar nicht!«

O'Connell starrte auf die Eingangstür des Wohnheims: »Wir sollten bis heute Nacht warten. So, wie wir es geplant haben.«

Alexa schüttelte den Kopf. »Die Polizei kann jeden Moment herausfinden, dass es keine Tante gibt. Wir dürfen keine Zeit mehr verlieren!«

»Und was sollen wir machen, wenn wir sie haben? Die Operation findet erst heute Nacht statt!«

»Ich habe schon eine Idee«, erwiderte sie.

»Und die wäre?«

»Theuerkauf. Der wohnt nicht weit von hier entfernt.«

Eine Weile herrschte Stille im Wagen, dann streckte O'Connell seinen Arm nach hinten, zog eine Sporttasche von der Rücksitzbank und öffnete den Reißverschluss. Er holte eine transparente Plastiktüte heraus, in der sich mit Chloroform getränkte Watte befand, und reichte sie Alexa. Anschließend zog er zwei Elektroschockpistolen aus der Tasche und reichte eine davon Alexa. Die andere behielt er selbst.

Entschlossen nickte er der Frau mit den türkisfarbenen Augen zu und stieg aus dem Wagen.

Kapitel 34

Burchetts Green,
Landhaus von Mark Harrison,
Freitag, 20. April, 11:45 Uhr

Das Ehepaar Harrison war fassungslos gewesen, als sie ihren Sohn und Jana Liebisch im Keller entdeckt hatten. Martha Harrison hatte die Situation als Erste erfasst und die Führung übernommen: »Mark, du befreist Glenn und kümmerst dich um ihn. Verstanden? Dann siehst du nach der Frau! Ich rufe die Polizei und einen Rettungswagen!«

Nachdem mehrere Einsatzfahrzeuge mit grell schallenden Einsatzhörnern und hektisch zuckenden Blaulichtern in Burchetts Green eingetroffen waren, hatte der Notarzt nach einer ersten Begutachtung der beiden Verletzten entschieden, dass Jana Liebisch zur weiteren Behandlung umgehend in eine Klinik gebracht werden musste. Sie war zwar bei Bewusstsein gewesen, doch an eine Befragung war in ihrem Zustand nicht zu denken.

Glenn Harrison war es deutlich besser ergangen. Er hatte den Polizeibeamten, die das Landhaus der Harrisons nach Spuren untersuchten, die Ereignisse aus seiner Sicht geschildert, bevor auch er zu einer eingehenden Untersuchung in die Klinik gebracht worden war.

Nun saßen Martha und Mark Harrison in ihrem Wohnzimmer mit zwei Polizeibeamten zusammen und versuchten deren Fragen zu beantworten.

»Ich kann Ihnen nicht sagen, was Frau Liebisch zu dieser Wahnsinnstat bewogen haben sollte«, erklärte Mark Harrison. »Sie hatte um eine Beratung gebeten und kam am Dienstag zu mir. Sie hat sich für künstliche Befruchtung interessiert. Wir haben ganz normal miteinander gesprochen, anschließend ist sie wieder gegangen.«

»Haben Sie Frau Liebisch gegenüber denn erwähnt, dass Sie zu Hause noch Unterlagen für sie haben?«

»Nein, absolut nicht!«

»Und wie sieht es sonst mit Feinden aus? Gibt es Menschen, die sich vielleicht an Ihnen rächen wollten?«

»Ich habe keine Feinde«, erwiderte Mark Harrison.

Seine Frau verdrehte die Augen. »Jetzt reicht's!«, platzte es aus ihr heraus. »Natürlich hat mein Mann Feinde! Wer in einem Unternehmen eine verantwortungsvolle Position innehat, muss häufig Entscheidungen treffen, die nicht jedem gefallen. Erst vor kurzem hat er sich im Streit von einer Mitarbeiterin getrennt. Von den Auseinandersetzungen hat er mir selbst erzählt! Die Frau ist zu allem fähig! Außerdem wusste sie ganz genau, dass mein Mann von wichtigen Unterlagen Kopien erstellt und sie zu Hause lagert.«

Mark blickte seine Frau erstaunt an. Sie hatte recht; an Alexa Jäger hatte er überhaupt nicht mehr gedacht.

»Einen Augenblick bitte, ich muss rasch etwas überprüfen«, sagte er zu den Polizisten.

Im selben Moment sprang er auf und öffnete den verborgenen Raum hinter der Vitrine. Er drückte auf den Lichtschalter und riss die Tür des Stahlschranks auf. Die Akte *Joost* fehlte – die Unterlagen, die zu Alexa Jägers Forschungsprojekt gehörten!

Mark Harrison musste sich kurz abstützen. Er realisierte nur langsam, was passiert war. Mit schweren Schritten kehrte er ins Wohnzimmer zurück und blickte die Polizeibeamten bestürzt an: »Ich weiß nicht, was Frau Liebisch mit der Sache zu tun hat – aber Sie müssen Alexa Jäger finden, und zwar dringend!«

* * *

Kreisstraße zwischen Dibbersen und Vaensen,
Freitag, 20. April, 11:45 Uhr

Während der Rückfahrt vom *Haus Sonnenschein* unterhielten Degenhardt und Vorberg sich über die Zeichnung, die das autistische Mädchen angefertigt hatte. Der Hauptkommissar schaute sich das Bild, das auf seinen Knien lag, immer wieder an. Doch trotzdem kam er nicht weiter und war beinahe erleichtert, als sein Handy klingelte.

Es war Kommissarin Anette Sjut, die zusammen mit Roland Petersen die Bankfilialen abklapperte. »Wir haben etwas«, erklärte sie triumphierend. »Am Donnerstag vor Ostern hat Thomas Wilke auf dem Weg nach oder von Norderney ein Schließfach bei der *Friesischen Bank* in Emden angemietet. Er hat zwei Zugangsberechtigte angegeben: Andreas Joost und sich selbst.«

»Das sind ja tolle Neuigkeiten!«, rief Degenhardt und schlug vor Freude so heftig mit der Hand auf das Armaturenbrett, dass Vorberg zusammenzuckte. »Passt denn der Code ›0103‹ zu dem Schließfach?«

»Keine Ahnung, das weiß die Bank auch nicht. Die Schlösser werden zwar mit einer vierstelligen Zahlenkombination geöffnet, aber natürlich hat Thomas Wilke den Zugangscode nicht an die Bank weitergegeben. Das wissen wir erst, wenn wir nachher versuchen, das Schließfach zu öffnen!«

»Und worauf warten Sie noch?«

»Herr Degenhardt! Auf den richterlichen Beschluss natürlich! Den müssen Sie uns jetzt schnellstmöglich besorgen.«

Degenhardts Herz machte Freudensprünge. »Klasse Arbeit! Ich rufe sofort bei Staatsanwalt Hagemann an. Der organisiert dann alles Weitere. Das wird garantiert nicht lange dauern ... Übrigens, ich habe noch eine Frage zu einer anderen Sache: Sie haben doch die Tante von Anna Joost als Zeugin vernommen, oder?«

Am anderen Ende der Leitung herrschte zunächst Stille. Dann entgegnete Anette: »Welche Tante?«

Degenhardts Stimme wurde deutlich lauter: »Na, die Tante von Anna Joost! Die sieht dem Mädchen doch so ähnlich! Die haben Sie doch vernommen, oder?«

Anette Sjuts Kopfschütteln war förmlich durch das Telefon zu spüren. »Anna Joost kann doch gar keine Tante haben«, entgegnete sie. »Weder Andreas noch Sarah Joost haben Geschwister! Das haben wir alles genau überprüft. Ich weiß nicht, wen Sie ansonsten damit meinen könnten!«

»Scheiße!«, brüllte Degenhardt.

»Was ist denn jetzt schon wieder los?«, rief Vorberg.

»Anna Joost hat gar keine Tante! Die Frau, mit der ich vorhin in Winsen auf dem Parkplatz gesprochen habe, hat gelogen! Wir müssen sofort zurückfahren.«

Vorberg blickte in den Rückspiegel, dann trat er auf die Bremse. Die Autoreifen quietschten, und der Wagen kam zum Stehen. Vorberg wendete und raste zurück in Richtung Winsen.

»Scheiße!«, fluchte Degenhardt noch einmal. Das abrupte Wendemanöver hatte ihn so heftig durchgeschüttelt, dass die Seite mit den angebrochenen Rippen wieder schmerzte.

Nachdem er das Telefonat mit Anette beendet hatte, wählte

er die Nummer von Karin Bergen. Doch er wartete vergeblich darauf, dass sie seinen Anruf entgegennahm. »Das Heim meldet sich nicht«, sagte er schließlich. »Während der Besprechung gehen die nicht ans Telefon!«

Vorberg rollte mit den Augen. »Dann ruf bei der Einsatzleitstelle an. Die sollen sofort Streifenwagen zum *Haus Sonnenschein* schicken. Die sind schneller vor Ort als wir. Und dann ruf Hagemann an – der soll uns den Durchsuchungsbeschluss besorgen.«

* * *

Winsen/Luhe,
Haus Sonnenschein,
Freitag, 20. April, 11:45 Uhr

Lautlos betraten O'Connell und Alexa das *Haus Sonnenschein*. Auf einen Blick erfassten sie, dass alles exakt so aussah, wie Anton Theuerkauf es ihnen geschildert hatte. Sie zogen ihre Pistolen aus den Jackentaschen und folgten dem Weg, den Theuerkauf ihnen anhand einer Skizze beschrieben hatte. Dabei passierten sie zunächst den Raum, über dem ein Schild angebracht war, auf dem in bunten Lettern »HEIMLEITUNG« stand. Hinter der geschlossenen Tür hörten sie Stimmen – die Dienstbesprechung war offenkundig in vollem Gange. Sie erreichten das Treppenhaus und eilten leise in das erste Stockwerk. Dort kamen sie an Räumen vorbei, an denen farbige Schilder mit Aufschriften wie »Gemeinschaftsküche«, »Bad«, »Wohnzimmer« und »Spielzimmer« befestigt waren.

In einer Ecke saß eine nahezu lebensgroße Clownspuppe auf einem Stuhl und lächelte sie an. O'Connell und Alexa beachteten sie nicht, sondern eilten weiter, bis sie an einer Zimmertür ein getuschtes Bild entdeckten, auf dem der Name »Anna« geschrieben stand.

O'Connell öffnete die Tür und betrat den Raum. Annas Bezugsbetreuerin Anja Kather drehte sich um und starrte ihn mit weit aufgerissenen Augen an. Bevor sie etwas sagen konnte, richtete er die Pistole auf sie und drückte ab. Der Elektroschock lähmte sie sofort, und sie sackte auf dem Laminatboden zusammen.

Anna schien davon nichts mitzubekommen. Scheinbar ungerührt nahm sie ein großes schwarzes Plastikpferd, das am Ende einer langen Reihe von Spielzeugpferden stand, in die Hand und setzte es nach ganz vorne.

Alexa war sprachlos. Verwundert blickte sie sich im Raum um: Es sah hier exakt so aus wie in dem Kinderzimmer der Joosts in Döhle!

»Alexa«, drängte O'Connell, »die Tüte mit dem Chloroform! Nun machen Sie schon!«

Sie steckte ihre Pistole in eine ihrer Jackentaschen, zog die transparente Tüte aus der anderen Tasche und ging auf Anna zu. Sie öffnete die Tüte, beugte sich über das Mädchen und presste ihr die Öffnung über Mund und Nase. Bevor Anna reagieren konnte, sackte auch sie zusammen.

O'Connell stieg über den leblosen Körper von Anja Kather und hob Anna hoch. Er warf sie sich mit einem Schwung über die Schulter und verließ eilig den Raum. Alexa folgte ihm in wenigen Metern Entfernung. Sie passierten den Clown, die Gemeinschaftsräume und erreichten das Treppenhaus.

In diesem Moment hörte O'Connell Schritte auf der Treppe – irgendjemand kam ihnen entgegen.

Hastig drehte er sich um und wäre beinahe gegen Alexa geprallt. Beide liefen den Gang zurück. Neben der ersten Tür, die sie erreichten, war ein Schild mit der Aufschrift »Gemeinschaftsküche« angebracht. Alexa öffnete sie, spähte durch den Türspalt und atmete auf: In dem Raum war niemand. Sie hasteten hinein und schlossen die Tür hinter sich.

»Noch einmal Chloroform«, keuchte O'Connell und legte das Mädchen behutsam auf den Fußboden. Er befürchtete, Anna könnte wieder aufwachen.

Alexa holte die Tüte aus der Jackentasche und presste sie dem Mädchen noch einmal auf Mund und Nase. Währenddessen hörte O'Connell, wie jemand auf dem Flur vorbeiging. Leise öffnete er die Tür ein wenig und spähte hinaus. Er sah, wie eine Frau den Korridor in Richtung von Annas Zimmer entlanglief.

Er trat zurück in den Raum, hievte Anna erneut auf seine Schulter und blickte Alexa an. »Jetzt aber schnell!«

Sie hatten das Erdgeschoss beinahe erreicht, als sie aufgeregte Hilferufe von oben hörten.

O'Connell und Alexa hasteten durch den unteren Flur dem Ausgang entgegen. Endlich gelangten sie ins Freie und rannten weiter zum Wagen.

Als O'Connell das Mädchen auf dem Rücksitz des BMW abgelegt und eine Wolldecke über sie geworfen hatte, schaute er noch einmal zum Eingang des Wohnheims und konnte durch das Fensterglas sehen, wie ein Pulk aufgeregter Frauen das Treppenhaus durchquerte. Er setzte sich hinter das Lenkrad, startete den Wagen und fuhr los.

Nach rund fünfhundert Metern unterbrach das Rotlicht einer Ampelkreuzung die Flucht. Unruhig trommelte O'Connell auf das Lenkrad. Währenddessen ertönte ein Martinshorn, dessen bedrohliches Sirenengeheul schnell näher kam. Und die Rotphase an der Ampel schien ewig zu dauern …

Sekunden später tauchte ein Polizeiwagen auf. Er raste mit Blaulicht auf sie zu, bremste vor der Ampel stark ab, tastete sich über die Kreuzung und fuhr an ihnen vorbei in Richtung *Haus Sonnenschein*.

O'Connell atmete erleichtert auf. Dann sah er, dass die Ampel auf Grün geschaltet hatte, und gab Gas.

Kapitel 35

Winsen/Luhe,
Stadtrand,
Freitag, 20. April, 12:15 Uhr

Anton Theuerkauf stand neben seinem Garagentor und rückte die Brille mit einer hektischen Bewegung auf seiner Nase zurecht. Er beobachtete, wie der silberne BMW die Auffahrt zu seinem Grundstück hinauffuhr und schließlich in seine Garage rollte. Dann verstummte der Motor.

Normalerweise stand Theuerkaufs grüner Golf in der Garage. Vor einigen Minuten hatte er jedoch einen Anruf von Alexa erhalten und das Auto daraufhin unverzüglich am Straßenrand geparkt.

»Willst du die Garage nicht schließen?«, fuhr Alexa Jäger ihn an, als sie die Beifahrertür öffnete.

»Ähm, ja, natürlich«, murmelte er, trat unter das Garagentor und zog es herunter.

O'Connell sprang aus dem Auto und nickte ihm flüchtig zu. Rasch öffnete er die hintere Wagentür und zog eine Wolldecke beiseite, die die gesamte Rücksitzbank abgedeckt hatte.

Obwohl Theuerkauf wusste, was unter der Decke verborgen war, wurde ihm beim Anblick der betäubten Anna Joost flau im Magen. Er rieb sich die Stirn und kniff die Augenbrauen zusammen. »Ihr wolltet sie doch erst heute Abend holen und dann direkt zur Transplantation in die Klinik fahren! Ich will sie nicht bei mir zu Hause haben!«

»Wir mussten den Plan ändern«, erwiderte Alexa knapp.

O'Connell zog das Mädchen von der Rücksitzbank und legte es sich über die Schulter. »Wohin mit ihr?«

Theuerkauf seufzte. »Ich gehe voraus!«

* * *

Winsen/Luhe,
Haus Sonnenschein,
Freitag, 20. April, 12:15 Uhr

Als Degenhardt und Vorberg in Annas Zimmer stürmten, knieten bereits ein Rettungsassistent und Karin Bergen neben Annas Bezugsbetreuerin. Anja Kather lehnte mit dem Rücken an der Wand und weinte; neben ihr stand die Kolonne von Plastikpferden.

»Das tut so weh!«, schluchzte sie. Tränen liefen ihre Wangen hinab.

Der Polizeibeamte, der als Erster vor Ort gewesen war, wandte sich an Degenhardt. »Herr Hauptkommissar?«

»Ja?«

»Das hier haben wir gerade sichergestellt.« Der Mann drückte ihm ein transparentes Tütchen in die Hand, das zur Aufbewahrung von Beweismitteln diente. »Es stammt wohl aus einer Elektroschockpistole.«

Degenhardt nickte. In dem Beutel befanden sich zwei kleine metallene Pfeile, die an feinen Drähten hingen. »Das war mit Sicherheit keine schöne Erfahrung. Frau Kather ist anscheinend längere Zeit ohne Bewusstsein gewesen«, erklärte der Polizeibeamte. »Sie kann sich an nichts erinnern. Sie weiß nicht einmal, wie viele Täter es waren oder wie sie ausgesehen haben.«

»Vielen Dank«, sagte Degenhardt, dann wandte er sich an

Vorberg: »Ruf in der Einsatzleitstelle an. Ich will sofort eine Ringalarmfahndung! Ein silberner BMW mit Hamburger Kennzeichen. Zwei Personen – ein Mann und eine Frau. Und natürlich Anna Joost.«

Kapitel 36

Winsen/Luhe,
Stadtrand,
Freitag, 20. April, 14:00 Uhr

O'Connell kniete in Theuerkaufs Wohnzimmer vor einer ausladenden Regalwand. Der Kinderarzt hatte seine DVDs im untersten Bord eingeordnet. O'Connell hörte, dass Alexa und Theuerkauf sich im Flur stritten – das verschaffte ihm die Zeit, die er brauchte.

Rasch zog er eine DVD-Hülle aus der Jackentasche. Durch seine Beziehungen hatte er den Film »Sophies zehnter Geburtstag« gleich mehrfach für eine hohe Geldsumme gekauft. Zwei der DVDs hatten bereits gute Dienste geleistet, als es darum ging, falsche Fährten zu legen.

Er versicherte sich ein letztes Mal, dass die kleine silberne Scheibe mit der Aufschrift »Sophies zehnter Geburtstag« sich tatsächlich in der Hülle befand, dann platzierte er sie zwischen den DVDs, die bereits im Regal standen. Sollte alles gut gehen, würde er die DVD kurz vor ihrer Abreise wieder mitnehmen. Sollte es dagegen Probleme mit Theuerkauf geben, würde es für ihn wohl außerordentlich schwer werden, den Ermittlern der Kripo zu erklären, warum diese besondere DVD zu seiner Sammlung zählte.

O'Connell spähte vorsichtig auf den Flur und sah, dass Alexa immer noch auf Theuerkauf einredete. Er wusste, dass die beiden seit dem gemeinsamen Studium in Hamburg befreundet waren. Auch über Alexas Forschungsarbeiten und ihre speziellen Pläne war der Kinderarzt bestens informiert. Auf Theuerkauf hatten sie sich bislang verlassen können – nicht zuletzt auch wegen der hohen Geldsummen, die der Arzt regelmäßig vom *British Center For Technological Research* für die ärztliche Betreuung von Anna Joost erhalten hatte.

O'Connell trat aus dem Wohnzimmer und nickte Alexa zu: Sein Auftrag war erledigt.

Theuerkauf reagierte empört auf Alexas Worte: »Ich habe alles gemacht, was du wolltest! Und jetzt schleppt ihr das Mädchen hier an! Das war nicht vereinbart! Warum bist du heute Vormittag schon zu Annas Wohnheim gefahren? Was wolltest du da? Das musste ja schiefgehen!«

Da Alexa die Aufmerksamkeit von Theuerkauf nun nicht mehr auf sich lenken musste, versuchte sie das Gespräch schnellstmöglich zu beenden. »Das spielt jetzt keine Rolle mehr – was passiert ist, lässt sich ohnehin nicht mehr rückgängig machen. Außerdem haben wir den Plan nur minimal geändert. Wir haben Anna ein paar Stunden früher geholt und fahren heute Abend von hier aus in die Klink.«

Während Theuerkauf wütend mit den Zähnen knirschte, kam Alexa zum nächsten Punkt, der dringend geklärt werden musste. »Wir brauchen dein Auto.«

»Warum? Ihr habt doch selbst eins!«

Alexa verdrehte die Augen. »Weil die Polizei weiß, dass wir mit einem silbernen BMW unterwegs sind.«

»Und ... wozu braucht ihr mein Auto jetzt?«

»Nur um zur nächsten Autovermietung zu fahren und einen anderen Wagen zu besorgen!«

»Ach so«, erwiderte Theuerkauf und schüttelte resigniert den Kopf.

Alexa hielt die Hand auf. »Los! Die Autoschlüssel!«

Wenig später wurde der Motor des grünen Golfs gestartet, und Anton Theuerkauf war mit dem Mädchen alleine.

* * *

Buchholz in der Nordheide,
Polizeiinspektion Nordheide,
Freitag, 20. April, 14:00 Uhr

Nahezu alle Mitglieder der Mordkommission »Döhle« hatten sich in dem Besprechungsraum eingefunden. Auch der Pressesprecher, Oberkommissar Arne Friedrich, saß in der Runde. Als Letzte waren Degenhardt und Meislahn hinzugekommen. Sie hatten einen Stapel Unterlagen mitgebracht.

Meislahn eröffnete die Runde: »Wie Sie alle wissen, ist Anna Joost entführt worden. Leider haben wir noch keine Erkenntnisse über ihren Verbleib. Heute Vormittag konnten Frau Sjut und Herr Petersen aber ein Schließfach bei der *Friesischen Bank* in Emden ermitteln. Sie haben es mit der Zahlenkombination ›0103‹ öffnen können. Dort hat Thomas Wilke kurz vor seinem Tod Unterlagen deponiert. Nach einer ersten Auswertung, die Herr Degenhardt und ich vorgenommen haben, kennen wir nun einen Teil der Hintergründe.«

Meislahn blickte in die Runde. Es herrschte eine angespannte Stille.

Der Polizeidirektor atmete tief durch; er schien immer noch bestürzt zu sein von den neuen Erkenntnissen, die er den anderen mitteilen wollte. Endlich fuhr er fort: »Anna ist kein Mädchen wie jedes andere ...«

Vorberg nickte. »Richtig, sie ist Autistin.«

Meislahn nahm einen Schluck Wasser. »Ja, sie ist Autistin.

Das habe ich aber nicht gemeint. Es liegt der Verdacht nahe, dass sie ... sozusagen ... zweimal existiert.«

Vorberg runzelte die Stirn. »Ein Zwilling. Noch eine Autistin?«

Meislahn schüttelte den Kopf. »Nein, es gibt keinen Zwilling.«

Vorberg runzelte die Stirn. »Dann verstehe ich nicht, was Sie meinen.«

Meislahn stützte sich mit den Unterarmen auf der Tischplatte ab und beugte sich nach vorne. »Im *British Center For Technological Research* in London hat eine Wissenschaftlerin namens Alexa Jäger viele Jahre lang im Bereich der Reproduktionsmedizin geforscht. Sie hat Zellkerne aus menschlichen Zellen entnommen und sie mit einer entkernten Eizelle verschmolzen. Daraus hat sie dann mit einer von ihr entwickelten Methode lebensfähige Embryonen herangezüchtet. Ihre Forschungen sollen sehr erfolgreich gewesen sein.«

Meislahn machte eine Pause. Auch die übrigen Beamten sagten nichts. Offenbar überlegten sie, worauf er hinauswollte.

»Ich denke«, fuhr er fort, »dass Sie alle von dem Schaf Dolly gehört haben, nicht wahr?«

»Ja«, antwortete Vorberg, »das Klon-Schaf.«

»Richtig. Können Sie sich das auch beim Menschen vorstellen?«

Kurz herrschte Ruhe, dann setzte ein lautes Gerede unter den Beamten ein. Es folgten Kommentare wie »Das ist doch verboten!«, »Unglaublich!« oder »Alleine der Gedanke ist widerlich!«.

»Aber das geht beim Menschen doch gar nicht!«, sagte Pressesprecher Friedrich schließlich, wobei der Satz eher fragend klang.

»Warum nicht?«, erwiderte Meislahn. »Das Schaf Dolly wurde 1996 geklont. Seitdem wurde das Verfahren ständig weiterentwickelt. In der Pferdezucht ist das Klonen mittlerweile Standard. Warum soll das beim Menschen nicht funktionieren?«

Friedrich zuckte mit den Schultern. »Das weiß ich nicht ... Ich dachte ...«

»Die Tatsache, dass wir uns das Klonen von Menschen nicht vorstellen können, schließt noch lange nicht aus, dass Wissenschaftler auf diesem Gebiet erfolgreich geforscht haben!«

Friedrich nickte nachdenklich.

»Sie wollen uns damit also erklären, dass Anna Joost ein Klon ist«, murmelte Vorberg.

»Richtig.« Der Polizeidirektor nickte. »Genau das ist sie.«

Nachdem sich die allgemeine Aufregung ein wenig gelegt hatte, fuhr Meislahn fort: »Laut Unterlagen hat Alexa Jäger für die Forschungen ihr eigenes Erbgut benutzt. Als Teil ihrer Forschungen hat sie vor knapp fünfzehn Jahren nach einer Leihmutter gesucht, um einen der Embryos auszutragen. Exakt zu diesem Zeitpunkt haben sich Sarah und Andreas Joost, der zeugungsunfähig war, an das *British Center* in London gewandt, da die beiden sich ein Kind wünschten. Alexa Jäger hat Andreas Joost damals laut Unterlagen fünfhunderttausend Mark für das Austragen des Embryos geboten. Darauf hat er sich eingelassen. Doch seine Frau wusste offenbar von nichts. Sie ist wohl von einer regulären künstlichen Befruchtung ausgegangen. Im Ergebnis ist die Tochter der Familie Joost eine exakte Kopie von Alexa Jäger.«

»Aber Alexa Jäger ist keine Autistin wie das Mädchen«, stellte Friedrich fest.

Nun übernahm Degenhardt das Wort. »Ich habe mich mit dem Thema beschäftigt. Die Gründe für Autismus sind noch nicht abschließend geklärt, aber es kommen wohl hauptsächlich genetische Ursachen infrage. Anscheinend hat das Klonen bei Anna Joost zu Veränderungen geführt, die für ihren Autismus verantwortlich sind.«

Einen Moment lang herrschte Stille, dann meldete sich einer der Beamten: »Bedeutet das, dass alle DNA-Spuren, die wir an den Tatorten gefunden haben und die wir Anna Joost zugeordnet haben, auch von Alexa Jäger stammen könnten?«

Meislahn und Degenhardt nickten.

»Das heißt dann also, dass nicht Anna Joost, sondern Alexa Jäger die beiden Männer getötet haben könnte?«

»So ist es«, antwortete Meislahn.

»Und welches Motiv soll Alexa Jäger gehabt haben?«

»Laut den Unterlagen, die wir in dem Schließfach entdeckt haben, ist Alexa Jäger nierenkrank. Sie braucht ein neues Organ – und das Mädchen besitzt zwei Nieren, die genetisch mit den Nieren von Alexa Jäger identisch sind. Das würde also perfekt passen. Wir vermuten, dass Andreas Joost mit einer Nierentransplantation nicht einverstanden war. Offensichtlich hat Thomas Wilke ihm geholfen und Beweismaterial gegen Alexa Jäger in dem Schließfach in Emden deponiert. Wir gehen davon aus, dass Alexa Jäger beide Männer getötet hat, um an das Mädchen zu kommen und um die Beweise zu vernichten.«

»Wobei das Vernichten der Beweise nicht funktioniert hat«, kommentierte Vorberg.

»Richtig. Alexa Jäger hat Thomas Wilke höchstwahrscheinlich versehentlich mit einer Überdosis Thiopental getötet, bevor er ihr das Versteck verraten konnte. Erinnern Sie sich übrigens an diese unglaublich türkisfarbenen Augen von Anna

Joost? Alexa Jäger hat natürlich die gleiche Augenfarbe. Dieses Türkis scheint auch Andreas Joost so beeindruckt zu haben, dass er Alexa Jäger in seinen Aufzeichnungen häufiger als ›Eis-Engel‹ bezeichnet.«

»Und der Kinderpornoring?«, wollte Vorberg wissen.

Meislahn zuckte mit den Schultern. »Das wissen wir noch nicht. Wir haben in den Unterlagen keine Hinweise auf einen Kinderpornoring gefunden.«

»Also kein Sexualmord? Keine Rache?«

»Wir wissen aus Andreas Joosts Unterlagen bisher Folgendes: Er hat fünfhunderttausend Mark dafür erhalten, dass seine Frau den Klon ausgetragen hat und nach Annas Geburt drei Jahre lang mit dem Mädchen geforscht werden durfte. Danach haben sich die Joosts um die Kleine gekümmert. So war die Abmachung. Sie erinnern sich vielleicht an die zahlreichen Narben, die das Mädchen am Oberkörper hat? Die Narben sind offensichtlich Hinterlassenschaften dieser Forschungsarbeit. Die Niere, die Alexa Jäger nun haben will, war entsprechend den Unterlagen nicht Teil des Geschäfts. Und damit war Andreas Joost wohl nicht einverstanden.«

Es wurde wieder still – zumindest so lange, bis Degenhardt mit beiden Händen ungeduldig auf den Tisch schlug. »Das alles kann uns letztendlich nur Alexa Jäger beantworten! Wir müssen diese Frau finden, und zwar vor der Transplantation!«

Die Anwesenden nickten.

»Hat die Ringalarmfahndung noch nichts gebracht?«, wollte Pressesprecher Friedrich wissen.

Degenhardt schüttelte den Kopf. »Seit der Entführung werden in und um Winsen an allen wichtigen Punkten Verkehrs- und Personenkontrollen durchgeführt. Bisher ohne Erfolg.«

Plötzlich klopfte es laut, dann wurde die Tür geöffnet.

Meislahns Sekretärin platzte in die Besprechung. Alle Augen richteten sich überrascht auf sie.

»Entschuldigung! Ich muss leider stören. Es geht um die Kommissaranwärterin Jana Liebisch. Die englische Polizei ist am Apparat. Es ist dringend!«

»Warum ruft die englische Polizei wegen Jana Liebisch an?« Meislahn seufzte irritiert. »Sagen Sie denen bitte, dass ich mich später melde! Wir müssen jetzt erst über die Fahndung nach Alexa Jäger sprechen!«

»Genau das möchte die englische Polizei auch!«

Der Polizeidirektor war erstaunt. Er überlegte kurz, dann wandte er sich an Degenhardt: »Sie kommen mit. Ich will, dass Sie während des Telefonats dabei sind!«

Während Meislahn mit dem Hauptkommissar zu seinem Büro eilte, fragte er: »Wie gut ist Ihr Englisch?«

»Geht so«, antwortete Degenhardt. »Meine Frau hat eine Vorliebe für Cornwall. Wir haben dort einige Male Urlaub gemacht.«

Meislahn nickte. »Okay, können Sie auf Englisch telefonieren?«

»Ich könnte es zumindest probieren.«

»Dann sprechen Sie mit den Kollegen.«

Degenhardt war bestürzt, als der englische Kollege ihm berichtete, was sich im Haus von Mark Harrison zugetragen hatte. Die Rolle von Jana Liebisch konnten sich die englischen Beamten jedoch nicht erklären. Sie war noch nicht vernehmungsfähig.

Anscheinend hatte sie in London eigene Nachforschungen angestellt, mutmaßte der Hauptkommissar, und war Alexa Jäger dabei offenbar so nahe gekommen, dass diese radikale

Gegenmaßnahmen ergriffen hatte. Am Telefon kam Degenhardt mit dem britischen Kollegen überein, dass die Aussage von Jana Liebisch sicherlich Licht ins Dunkel bringen würde; leider hatten die Ärzte eine Vernehmung vor morgen früh untersagt.

Am Ende des Gesprächs erklärte der englische Kollege: »Doktor Harrison hat mich gebeten, Ihnen eine Information zu übermitteln, die möglicherweise bei den Ermittlungen weiterhilft. An dem Joost-Projekt ist auch ein Mediziner aus Deutschland beteiligt. Ein alter Freund von Alexa Jäger. Er wird vom *British Center For Technological Research* dafür bezahlt, dass er Anna Joost ärztlich betreut. Sein Name ist Anton Theuerkauf.«

Degenhardt beendete das Gespräch unverzüglich. Sie mussten so schnell wie möglich zu Theuerkauf fahren.

Es war ihre einzige Hoffnung, um Anna aus den Händen ihrer Entführer zu befreien.

Kapitel 37

Winsen/Luhe,
Stadtrand,
Freitag, 20. April, 14:45 Uhr

Als die Türklingel läutete, erschrak Theuerkauf. Er schob seine Brille ein Stück den Nasenrücken hinauf und blieb regungslos am Küchentisch sitzen. Es klingelte noch einmal, dann klopfte jemand vehement an die Tür.

»Mach endlich auf!«, hörte er Alexas Stimme von draußen schallen.

Erleichtert atmete er auf und ging zur Tür.

»An dem Schlüsselbund für das Auto ist auch mein Haustürschlüssel«, erklärte Theuerkauf, während er Alexa ins Haus ließ. »Ich habe nicht damit gerechnet, dass du klingeln würdest.«

»Glaubst du etwa, ich hätte jetzt Zeit, deine Schlüssel auszuprobieren?«, schnaubte sie und drängte sich an ihm vorbei.

Er blieb in der Tür stehen und schaute auf die Auffahrt. Alexa hatte seinen Golf am Straßenrand geparkt. Direkt vor der Garage stand ein hellblauer Skoda-Kombi mit Hamburger Kennzeichen. O'Connell stieg gerade aus dem Wagen aus und nickte ihm zu.

Theuerkauf wartete, bis auch er ins Haus gekommen war, dann fragte er: »Wie geht es jetzt weiter?«

»Ich lade unsere Sachen aus dem BMW in den Skoda, dann hole ich das Mädchen, und anschließend fahren wir in die Klinik«, antwortete O'Connell.

»Jetzt schon? Wissen die in der Klinik denn Bescheid, dass Anna früher kommt?«

O'Connell lachte laut auf. »Glauben Sie, dass es irgendetwas gibt, das Alexa nicht vorher plant? Und mit Geld lassen sich die meisten Dinge regeln!«

»Und der BMW?«

»Der bleibt in der Garage stehen. Ich bringe ihn später zurück.«

»Wann ist später?«

»Keine Ahnung.« O'Connell zuckte mit den Schultern.

* * *

Autobahn A1 zwischen Buchholz und Winsen,
Freitag, 20. April, 14:45 Uhr

Vorberg lenkte den silbernen Passat mit hoher Geschwindigkeit in Richtung Winsen. Degenhardt saß auf dem Beifahrersitz und telefonierte. Ihnen folgten weitere Wagen mit Beamten, die die Hausdurchsuchung bei Theuerkauf durchführen sollten.

»Und?«, fragte Vorberg, als Degenhardt das Gespräch beendet hatte.

»Staatsanwalt Hagemann hat den richterlichen Beschluss. Er ist damit schon auf dem Weg zu Theuerkauf.«

»Endlich läuft's!«, rief Vorberg erleichtert.

»Hoffentlich!«, murmelte Degenhardt.

Kapitel 38

Winsen/Luhe,
Stadtrand,
Freitag, 20. April, 15:00 Uhr

Theuerkauf stand in der Haustür und sah zu, wie O'Connell die Kofferraumklappe des Skoda schloss und sich hinter das Lenkrad setzte. Alexa hatte auf dem Beifahrersitz Platz genommen.

Der Motor startete, dann rollte der Skoda rückwärts. O'Connell ließ den Durchgangsverkehr passieren, dann setzte er auf die Straße zurück, hob grüßend die Hand und fuhr an.

In dem Moment, in dem Theuerkauf sich umdrehen wollte, stoppte der Skoda abrupt. Alexa sprang aus dem Wagen und kam die Auffahrt hinaufgelaufen.

»Ich habe meinen Mantel mit meinem Buch liegen lassen!«, rief sie ihm zu.

* * *

Degenhardt und Vorberg hatten während der letzten Kilometer geschwiegen. Direkt vor Theuerkaufs Haus passierten sie einen blauen Skoda-Kombi, der am Straßenrand angehalten hatte. Sie fuhren die Auffahrt hinauf und stoppten direkt vor der Garage. Theuerkauf stand in der Tür und starrte sie an.

»Hagemann ist noch nicht mit dem Durchsuchungsbeschluss hier«, stellte Vorberg fest. »Sollen wir trotzdem schon anfangen?«

Degenhardt nickte und stieg aus. Zwei der übrigen Dienstwagen, die ihnen gefolgt waren, parkten hinter ihnen in der Auffahrt, die übrigen Fahrzeuge hielten am Straßenrand – zwei vor dem Skoda und einer dahinter. Der Fahrer in dem blauen Wagen blieb ruhig sitzen – offenbar schien er auf jemanden zu warten.

Kapitel 39

Winsen/Luhe,
Stadtrand,
Freitag, 20. April, 15:05 Uhr

Alexa Jäger stand regungslos in der Küche.

»Wo können wir uns in Ruhe unterhalten?«, hörte sie den Beamten an der Haustür fragen.

Sie erkannte die Stimme sofort wieder: Es war der Mann, mit dem sie vor Annas Wohnheim gesprochen hatte.

»In ... in der ... Küche«, hörte sie Theuerkauf antworten.

Sie löste sich aus ihrer Starre und blickte sich in der Küche um. Es gab eine zweite Tür, die in den hinteren Teil des Hauses führte. Sie sputete zu der Tür, drückte die Klinke und kam in einen Vorratsraum. Sie schloss die Tür vorsichtig hinter sich, lehnte sich dagegen und atmete kurz auf. Im nächsten Moment hörte sie, dass in der Küche Stühle über den Fußboden gerückt wurden.

Wieder vernahm sie die Stimme des Beamten: »Wir suchen Anna Joost und Alexa Jäger. Ich gehe davon aus, dass Ihnen das bekannt sein dürfte.«

Alexa hatte genug gehört: Sie musste hier weg! Auf der gegenüberliegenden Seite des kleinen Raums sah sie eine weitere Tür. Wenn sie Glück hatte, führte diese ins Freie.

Alexa hetzte zu der Tür und versuchte sie zu öffnen – ohne Erfolg. Die Tür war verschlossen.

Wo verdammt mochte der Schlüssel sein?

Während sie immer mehr Stimmen durch Theuerkaufs Haus schallen hörte, zwang sie sich zur Ruhe. Sie ließ ihren

Blick durch den Raum schweifen. Wo würde sie den Schlüssel für diese Tür aufbewahren?

Alexas Blick fiel auf einen kleinen metallenen Kasten. Sie öffnete ihn und blickte auf eine ganze Reihe von Schlüsseln. Sie schnappte sich alle, trat zur Tür und steckte den ersten ins Schloss. Er ließ sich nicht umdrehen. Sie probierte den nächsten.

Mist – der passte auch nicht!

Sie versuchte es mit dem dritten Schlüssel – vergeblich. Dann der vierte …

* * *

Einer der Polizeibeamten war neben seinem Dienstwagen stehen geblieben. Er wartete auf Staatsanwalt Hagemann, der den Durchsuchungsbeschluss nach Winsen bringen wollte. Der Beamte setzte sich auf die Motorhaube und rief seine Facebook-Seite mit seinem Smartphone auf. Zwischendurch schaute er auf und blickte auf die Kofferraumabdeckung des blauen Skoda-Kombis, der direkt vor ihm stand.

Der Polizist musste nicht lange warten, bis ein dunkler Geländewagen sich näherte und direkt neben dem Skoda hielt. Staatsanwalt Hagemann stieg aus und grüßte.

»Der Skoda gehört nicht zu uns«, sagte der Polizist. »Es wäre besser, wenn Sie ein Stück vorfahren, damit Sie ihn nicht blockieren.«

»Ach so«, sagte Hagemann und nickte dem Fahrer des Skoda kurz zu.

Der Mann hinter dem Steuer, der gerade eine Nummer gewählt hatte und sein Handy nun ans Ohr hielt, erwiderte den Gruß nicht. Stattdessen sah er Hagemann mit einem leeren Blick an.

Der Staatsanwalt war gerade im Begriff, sich wieder hinter dem Lenkrad seines Wagens niederzulassen, als ein markerschütternder Schrei ertönte. Hagemann zuckte zusammen und sah den Polizeibeamten verständnislos an. Der blickte nicht weniger erschrocken und zeigte auf den Kofferraum des Skoda.

Hagemann stieg aus und klopfte an die Seitenscheibe des hellblauen Wagens. Der Mann legte sein Handy beiseite und ließ die Scheibe herunter. Nun ertönte ein noch lauteres Brüllen aus dem Wagen.

»Bitte steigen Sie aus und öffnen Sie den Kofferraum!«, herrschte Hagemann den Mann an.

Während O'Connell aus dem Wagen stieg, hatte der Polizist den Kofferraum bereits geöffnet.

»Wir haben das Mädchen!«, rief er.

* * *

Alexa konnte keinen klaren Gedanken fassen. Mechanisch probierte sie sämtliche Schlüssel des Schlüsselbundes aus, doch die Tür ins Freie ließ sich nicht öffnen. In dem Moment, als sie den letzten Schlüssel in das Schloss steckte, spürte sie das Vibrieren ihres Handys.

»Das soll ich Ihnen glauben?«, hörte sie den Beamten in der Küche plötzlich brüllen. »Die gleiche DVD haben wir bei Andreas Joost und Thomas Wilke gefunden!«

Wie in Trance versuchte Alexa, den Schlüssel in dem Schloss zu drehen – und es funktionierte.

Einige Augenblicke später trat Alexa ins Freie. Mit einer seltsamen Ruhe zog sie das Handy aus ihrer Hosentasche und schaute auf das Display. O'Connell hatte gerade versucht, sie zu erreichen.

Alexa blickte wieder auf und hörte das Schreien von Anna.

Dann drehte sie sich um und ging in den Garten, der direkt an ein Waldstück grenzte.

Kapitel 40

Egestorf,
Sankt-Stephanus-Kirche,
Sonntag, 29. April, 09:40 Uhr

Degenhardt parkte sein altes Mercedes-Coupé am Straßenrand gegenüber von der Kirche. Vorsichtig stieg er aus, denn die angebrochenen Rippen schmerzten noch immer. Er zog den Reißverschluss der Wachsjacke bis unter sein Kinn, vergrub die Hände tief in den Jackentaschen und schaute auf die Sankt-Stephanus-Kirche. Die ersten Konfirmanden waren mit ihren Familien bereits auf dem Weg in das fast vierhundert Jahre alte Fachwerkgemäuer mit dem separaten hölzernen Glockenturm. Degenhardt ging durch den Nieselregen zu der kleinen Bäckerei, die ebenfalls in der Nähe der Kirche lag. Er kaufte ein Franzbrötchen und einen Becher Kaffee und kehrte zum Wagen zurück.

Nachdem er die Autotür wieder hinter sich zugezogen hatte, stellte er den Kaffee auf die Mittelkonsole und legte das Franzbrötchen beiseite.

Er schaltete die Zündung ein, um das Beschlagen der Scheiben zu verhindern – allerdings sprang nicht nur die Lüftung an, sondern auch das Autoradio, aus dem Bruce Springsteen *Glory Days* besang. Degenhardt drehte das Radio aus, nahm sein Notizheft vom Beifahrersitz und begann, in seinen Aufzeichnungen der letzten Tage zu lesen. In diesem Notizheft hielt er in Stichworten jeden Fall fest, den er nicht gelöst hatte – oder besser gesagt: jeden Fall, den er *noch* nicht gelöst hatte.

Die Morde an Andreas Joost und Thomas Wilke nahmen mehrere Seiten ein, denn Alexa Jäger war noch immer nicht gefasst. Außerdem verweigerten Anton Theuerkauf und William O'Connell jegliche Zusammenarbeit.

Er hatte mit einem Bleistift als erwiesen vermerkt, dass Anna Joost durch Alexa Jäger geklont worden war. Sicher war ebenfalls, dass Alexa Jäger es aufgrund ihrer schweren gesundheitlichen Probleme auf eine Niere des Mädchens abgesehen hatte. Es war ihre Absicht gewesen, sich dieses Organ transplantieren zu lassen. Da sie und das Mädchen genetisch identisch waren, brauchte sie keine Abstoßungsreaktion ihres Körpers zu befürchten.

Ebensowenig bezweifelte Degenhardt, dass Andreas Joost seine Zustimmung zu dieser Transplantation verweigert und sich gegen Alexa Jäger mit Beweismaterial zur Wehr gesetzt hatte, das von Thomas Wilke in dem Emdener Schließfach deponiert worden war.

Vermutlich war es Alexa Jägers Plan gewesen, am Abend des 10. April nicht nur Andreas Joost zu ermorden, sondern auch das Mädchen zu entführen – allerdings hatte sie Anna wohl nicht gefunden, da sie das Versteck in dem Schrank nicht kannte. Wahrscheinlich war sie danach zu Thomas Wilke gefahren, um das belastende Beweismaterial an sich zu bringen. Degenhardt ging davon aus, dass sie Wilke mit dem Betäubungsmittel Thiopental zum Reden bringen wollte – ihm jedoch versehentlich eine zu hohe Dosis verabreicht hatte.

Möglicherweise hatte Alexa Jäger den Genitalbereich bei beiden Leichen verstümmelt, um ein Sexualdelikt vorzutäuschen und die Ermittlungsarbeit der Polizei in eine völlig andere Richtung zu lenken.

Neben seinen Notizen zu »Sophies zehnter Geburtstag«

hatte Degenhardt ein großes Fragezeichen gesetzt. Vielleicht hatte Alexa Jäger diese DVDs bei Andreas Joost und Thomas Wilke deponiert, um eine falsche Fährte zu legen. Aber warum hatten sie dann auch bei Anton Theuerkauf eine dieser DVDs gefunden?

Mit einem Seufzer klappte Degenhardt das Notizheft wieder zu. Seine Gedanken schweiften zu Jana Liebisch und Sarah Joost. Er war erleichtert, dass es beiden Frauen mittlerweile besser ging. Es hatte einigen Wirbel gegeben, weil die junge Polizistin im Ausland ermittelt hatte – und das ohne Rücksprache mit ihren Vorgesetzten. Degenhardt hatte sich bereits darum gekümmert, dass die dienstrechtlichen Konsequenzen für Jana Liebisch nicht das Ende ihrer Polizei-Karriere bedeuten würden.

Er legte das Notizheft zurück auf den Beifahrersitz und nahm von dort ein kleines Buch in die Hand: »Das Bildnis des Dorian Gray«. Als er das Haus von Anton Theuerkauf durchsucht hatte, war er auf diesen Roman von Oscar Wilde gestoßen und hatte darin herumgeblättert. Er wusste nicht, warum ihn das Werk so angesprochen hatte. Doch er hatte sich vor einigen Tagen selbst eine Ausgabe des Romans gekauft und las nun darin. Das Buch half ihm, zumindest für eine kurze Zeit zu vergessen, dass er diesen Fall noch immer nicht abgeschlossen hatte und die mutmaßliche Mörderin geflohen war. Selbst wenn Theuerkauf oder O'Connell irgendwann reden sollten – Alexa Jäger war längst untergetaucht.

Er las einige Minuten, dann hörte er, wie die Kirchenglocken zu läuten begannen. Bevor er das Buch wieder zuklappte, legte er ein Lesezeichen hinein: die Visitenkarte der Diplom-Psychologin aus Hamburg, die Polizeidirektor Meislahn ihm in die Hand gedrückt hatte. Vielleicht würde er sie irgendwann in der nächsten Zeit anrufen. Unverbindlich natürlich. Wahrscheinlich würde er ihre Hilfe gar nicht brauchen, sondern einfach nur ein wenig mit ihr reden. Mehr nicht. Aber erst einmal würde er dieses Buch zu Ende lesen …

Degenhardt wischte mit dem Ärmel das Kondensat von der Seitenscheibe und schaute hinüber zur Kirche. Die letzten Besucher eilten hinein, um noch einen Sitzplatz zu ergattern. Er legte das Buch beiseite, stieg aus und ging über die Straße in Richtung Kirche. Als er das Eingangstor beinahe erreicht hatte, hörte er, wie jemand aus der Menschentraube rief: »Hallo, Herr Hauptkommissar! Was machen Sie denn hier?«

Die männliche Stimme kam ihm bekannt vor, jedoch konnte er sie nicht sofort einem Gesicht zuordnen. Als er sich umdrehte und nach dem Mann Ausschau halten wollte, blendete ihn das Blitzlicht eines Fotoapparates.

Degenhardt erkannte den Redakteur Tom Wiese. Er hob die Hand vor die Augen. »Hören Sie auf damit! Was soll das? Spionieren Sie mir jetzt auch schon privat nach?«

»Ich habe Wochenenddienst und berichte von der Konfirmation«, erwiderte Wiese. »Welch ein Zufall, Sie hier zu treffen! Sie sind also privat hier? Oder vielleicht doch dienstlich?«

»Ich hasse Ihre Zufälle!« Degenhardt rümpfte die Nase, ging einen Schritt auf Wiese zu und hob den Zeigefinger. »Ihre Berichterstattung über den Kinderpornoring war übrigens erbärmlich!«

Wiese zuckte mit den Achseln. »Sie machen Ihren Job, ich mache meinen!«

Degenhardts Augen funkelten. Er ging einen weiteren Schritt auf Wiese zu und spürte im nächsten Moment, wie sich eine Hand auf seine Schulter legte. Er fuhr herum und schaute in die Augen seiner Tochter Alexandra.

»Wir warten«, sagte sie.

»Ja, natürlich, ihr … ihr wartet.« Degenhardt nickte und folgte ihr in die Kirche.

* * *

Cornwall, Küstenpfad zwischen Tintagel und Boscastle,
Sonntag, 29. April, 09:40 Uhr

An diesem Morgen hatte Alexa Jäger bereits einige Kilometer auf einem Wanderpfad entlang der zerklüfteten Steilküste zwischen Tintagel und Boscastle zurückgelegt. Sie liebte diese Gegend, und daher hatte sie ihren Urlaub mehrfach hier verbracht. Außerdem gab es in der Nähe eine Dialyseklinik, deren Personal sie vertraute.

Abseits des Pfades hatte sie sich einen einsamen Ort gesucht, den Rucksack abgestreift und ein Feuer angezündet. Nun warf sie die Akte mit der Aufschrift *Joost*, die sie in Burchetts Green aus Mark Harrisons Stahlschrank entwendet hatte, in die Flammen und stocherte so lange mit einem Ast darin herum, bis sämtliches Papier verkohlt war. Schließlich holte sie »Das Bildnis des Dorian Gray« aus ihrem Rucksack. Sie hatte eine neue Ausgabe des Romans kaufen müssen, denn ihr geliebtes Buch war in Deutschland zurückgeblieben. Aber irgendwie hatte es in den letzten Tagen seinen Sinn für sie verloren.

Alexa schlug eine Seite auf, die sie mit einem Klebestreifen markiert hatte, und las:

Schließlich fand man sie tot auf dem Boden ihrer Garderobe. Sie hat aus Versehen etwas geschluckt, irgend so ein furchtbares Zeug, das sie an Theatern verwenden. Ich weiß nicht, was es war, aber es enthielt entweder Blausäure oder Bleiweiß.

Sie schloss das Buch und warf es in das Feuer.

Nachbemerkungen

Ein großes Dankeschön an Tina, Nicole, Stephan, Heike, Peer, Cristina, Norbert und Renate für die wertvollen Kommentare.

In Gedanken bin ich ganz besonders bei Tina, die das Erscheinen dieses Buches leider nicht mehr erleben durfte.

Für ihren fachlichen Rat und ihre Unterstützung geht mein Dank an Dr. Thomas Rothämel, Dr. Reinhold Will, Stephan Matzath, Heike Birkholz, Kim Siemens, Jan Krüger und Klaus Stöckmann.

Den Weg vom Manuskript zum fertigen Buch verdanke ich Lars Schultze-Kossack und Lisbeth Körbelin von der Literarischen Agentur Kossack, weiterhin der Textredaktion von Dr. Arno Hoven sowie der Leidenschaft und der unermüdlichen Arbeit meiner Lektorin Karin Schmidt.

Mein größter Dank aber geht an Annika. Ohne ihren unerschütterlichen Glauben an mich, ohne ihre bedingungslose Unterstützung und ihr grenzenloses Verständnis hätte ich mich nicht getraut, meinen Traum zu leben.

Du wohnst neben ihnen. Du glaubst, sie zu kennen. Ein fataler Fehler.

Alison Littlewood
WINTERS HERZ
Roman
Aus dem Englischen
von Wulf Bergner
336 Seiten
ISBN 978-3-404-16941-2

Cass und ihr Sohn Ben ziehen nach Darnshaw: ein ruhiges und abgelegenes Städtchen. Die Bewohner nehmen sie freundlich auf, doch schon bald erweist sich ihre Herzlichkeit als trügerisch. Immer stärker drängen sie in Cass' und Bens Leben, ziehen den Jungen immer mehr in ihre Fänge. Als der Wintereinbruch Darnshaw von der Außenwelt komplett abschneidet, geht das Grauen erst richtig los. Cass erkennt, dass Ben in großer Gefahr ist und die Bewohner einen schrecklichen Plan verfolgen.

Bastei Lübbe Taschenbuch